IK ZIE JOU

Eveneens van Clare Mackintosh:

Mea culpa

Clare Mackintosh

IK
ZIE
JOU

De Fontein

MIX
Papier van verantwoorde herkomst
FSC® C014496
FSC www.fsc.org

Eerste druk juni 2017

Oorspronkelijke titel *I See You*
Oorspronkelijke uitgever Sphere, an imprint of Little, Brown Book Group, London

Vertaling Kris Eikelenboom
Omslagontwerp Marry van Baar, naar een origineel idee van Little, Brown UK
Omslagillustratie © Smart Photography
Opmaak binnenwerk ZetSpiegel, Best
ISBN 978 90 261 3775 4
ISBN e-book 978 90 261 3776 1
NUR 305

www.uitgeverijdefontein.nl

Voor mijn ouders, die me zo veel hebben geleerd.

Je doet elke dag precies hetzelfde.
Je weet precies waar je heen gaat.
Je bent niet de enige.

1

De man achter me staat zo dichtbij dat ik zijn adem vochtig in mijn nek voel blazen. Ik schuifel een centimeter naar voren en druk mezelf tegen een overjas die naar natte hond ruikt. Het lijkt wel of het sinds begin november onophoudelijk heeft geregend en er stijgt damp uit boven de dicht opeengepakte lichamen. Er duwt een aktetas tegen mijn dijbeen. De metro gaat schokkend een bocht om, maar ik word overeind gehouden door het gedrang van de mensen om me heen en met tegenzin zoek ik met één hand even steun tegen de grijze overjas. Bij Tower Hill spuugt de metro een man of tien uit, maar er stappen er twintig in, allemaal vastbesloten zo snel mogelijk naar huis te gaan omdat het weekend begint.

'Naar achteren doorlopen alstublieft!' klinkt het uit de luidspreker.

Niemand beweegt.

De grijze overjas is verdwenen en ik neem schuifelend zijn plaats in, voornamelijk omdat ik dan bij de stang kan en niet langer het DNA van een vreemde in mijn nek geblazen krijg. Mijn handtas is naar achteren gedraaid en ik trek hem weer naar voren. Twee Japanse toeristen met enorme rugzakken nemen twee extra plaatsen in beslag. Een vrouw aan de andere kant van de coupé ziet me kijken, vangt mijn blik op en vertrekt solidair haar gezicht. Ik kijk haar heel even aan en sla dan mijn ogen neer. De schoenen om me heen zijn allemaal anders: grote glimmende van de mannen, onder een gestreepte pantalon; die van de vrouwen kleurrijk en met hakken, de tenen in onmogelijke punten gepropt. Tussen de benen zie ik een paar met gladde kousen; mat zwart dat eindigt in witte gympen. De eigenaresse zie ik niet, maar ik stel me voor dat ze een jaar of twintig is en de kantoorschoenen met torenhoge hakken in haar tas heeft gestopt, of op kantoor in een lade.

Ik heb overdag nooit hakken gedragen. Ik was de Clarks-veterschoenen nog maar nauwelijks ontgroeid toen ik zwanger raakte van Justin en hakken waren zinloos achter de kassa van Tesco of met een tegenstribbelende peuter op straat. En inmiddels ben ik oud genoeg om beter te weten. Een uur in de trein op weg naar mijn werk, een uur op weg naar huis. Struikelen op kapotte roltrappen. Overreden worden door buggy's en fietsen. En waarvoor? Om acht uur achter een bureau te zitten. Ik heb mezelf een uniform opgelegd van een zwarte broek met daarop een verscheidenheid aan strijkvrije tops die net goed genoeg zijn voor kantoor; in mijn la heb ik een vest voor drukke dagen waarop de deur voortdurend opengaat en de warmte verdwijnt met elke potentiële klant.

De trein stopt en ik dring het perron op. Vanaf hier neem ik de bovengrondse en hoewel die vaak net zo vol is, vind ik het fijner. Ik voel me onder de grond niet op mijn gemak; benauwd, al weet ik dat het allemaal tussen mijn oren zit. Ik droom van werk op loopafstand maar dat gaat niet lukken; de enige banen die de moeite waard zijn bevinden zich in zone 1 en de enige betaalbare hypotheken in zone 4.

Ik moet op de trein wachten en ik pak een exemplaar van de *London Gazette* uit het rek. De sombere koppen passen bij de datum: vrijdag 13 november. De politie heeft weer een terroristische aanslag verijdeld. Drie pagina's met foto's van explosieven die ze uit een flat in Noord-Londen hebben gehaald. Ik blader door foto's van mannen met baarden en beweeg me naar de scheur in het asfalt op het perron waar de deur straks open zal gaan. Dankzij mijn zorgvuldig gekozen positie eindig ik in mijn favoriete hoekje voor de coupé helemaal vol is; de stoel aan het eind van de rij, waar ik tegen de glaswand kan leunen. De coupé stroomt snel vol en ik kijk naar de mensen die niet kunnen zitten. Met een licht schuldgevoel van opluchting zie ik dat er geen oudere mensen bij zijn of zichtbaar zwangere. Ondanks de platte schoenen doen mijn voeten pijn, want ik heb het grootste deel van de dag voor de archiefkasten gestaan. Dossiers opbergen behoort eigenlijk niet tot mijn taken. Er komt een meisje om kopieën te maken en de dossiers op orde te houden, maar uit wat ik vandaag heb gezien concludeer ik dat dat weken niet is gebeurd. Ik heb particuliere objecten aangetroffen tussen zakelijke en verhuur- tussen koopcontracten. Stom genoeg kon ik er mijn mond niet over houden.

'Ruim het dan maar meteen op, Zoë,' zei Graham. In plaats van bezichtigingen te plannen stond ik in de tochtige gang voor het kantoor van Graham te wensen dat ik me erbuiten had gehouden. Hallow & Reed is geen slechte werkgever. Vroeger kwam ik één dag per week voor de boekhouding, maar toen ging de collega die de administratie deed met zwangerschapsverlof en Graham vroeg me of ik haar taken wilde overnemen. Ik was boekhouder, geen persoonlijk assistente, maar het betaalde best goed en ik was een paar cliënten kwijtgeraakt, dus ik greep die kans met beide handen aan. Het is nu drie jaar later en ik doe het nog steeds.

Wanneer we bij Canada Water komen is de coupé aardig wat leger geworden en de mensen die nog staan doen dat omdat ze dat willen. De man naast me zit zo wijdbeens dat ik mijn benen aan de kant moet houden en als ik naar passagiers aan de andere kant kijk zie ik twee mannen precies hetzelfde doen. Is dat bewust? Of een innerlijke drang zich groter te maken dan anderen? De vrouw tegenover me verzet haar boodschappentas en ik hoor de onmiskenbare klank van een wijnfles. Ik hoop dat Simon een fles in de koelkast heeft gezet; het is een lange week geweest en ik wil alleen nog maar op de bank hangen en tv-kijken.

In de *London Gazette* beklaagt een voormalige *X-Factor*-finalist zich over de 'druk van de roem' en er is een artikel over een debat over privacywetten dat bijna de hele pagina in beslag neemt. Ik lees zonder de woorden echt in me op te nemen, het is meer foto's kijken en koppen scannen zodat ik het gevoel heb dat ik nog een beetje op de hoogte blijf. Ik kan me niet herinneren wanneer ik voor het laatst een hele krant gelezen heb of het hele journaal heb uitgezeten. Het blijft bij flitsen van *Sky News* tijdens het ontbijt of krantenkoppen die ik op weg naar mijn werk meelees over een schouder.

De trein komt tussen Sydenham en Crystal Palace tot stilstand. Verderop in de coupé wordt geërgerd gezucht, maar ik neem niet de moeite om te kijken wie dat doet. Het is al donker en als ik uit het raam kijk staart mijn eigen gezicht terug, bleker dan in het echt en vervormd door de regen. Ik zet mijn bril af en wrijf over de deukjes aan weerszijden van mijn neus. Er kraakt iets door de luidspreker, maar het klinkt zo gedempt en er wordt met zo'n sterk accent gesproken dat niemand de mededeling begrijpt. Het kan van alles zijn, van een seinstoring tot een aanrijding met een persoon.

Ik hoop niet dat het dat is. Ik denk aan mijn glas wijn en Simon die mijn voeten masseert en voel me schuldig omdat ik als eerste aan mijn eigen comfort denk en niet aan de wanhoop van een suicidale medemens. Ik ben ervan overtuigd dat het niet om een springer gaat. Die heb je op maandagochtend, niet op vrijdagmiddag, als het werk dagen ver weg is.

Er klinkt weer wat gekraak en dan wordt het stil. Wat de vertraging ook veroorzaakt, het gaat nog wel even duren.

'Dat is geen goed teken,' zegt de man naast me.

'Hmm,' zeg ik neutraal. Ik blijf in de krant bladeren en ben bij de theaterrecensies en zoekertjes aanbeland. Zo ben ik pas na zevenen thuis en dan moeten we iets eenvoudigs eten, niet de gebraden kip die ik bedacht had. Simon kookt door de week en ik vrijdagavond en in het weekend. Als ik het hem zou vragen zou hij het die avonden ook doen, maar dat kan ik niet maken. Ik kan hem niet elke avond voor ons – voor mijn kinderen – laten koken. Misschien ga ik wel wat afhalen.

Ik sla het zakelijke nieuws over en kijk naar de puzzel, maar ik heb geen pen bij me. Dus lees ik de zoekertjes – misschien vind ik wel een baantje voor Katie – of voor mij nu we het er toch over hebben, al weet ik dat ik nooit weg zal gaan bij Hallow & Reed. Het betaalt goed en ik weet waar ik aan toe ben. Met een andere baas zou het de perfecte baan zijn. De meeste cliënten zijn aardig. Over het algemeen start-ups die kantoorruimte zoeken en bedrijven die het voor de wind gaat en die moeten uitbreiden. We doen weinig in woonhuizen, maar de flats boven winkels zijn heel geschikt voor nieuwelingen op de woningmarkt of mensen die kleiner willen gaan wonen. Ik krijg veel te maken met mensen die net gescheiden zijn. Soms, als ik er zin in heb, vertel ik ze dat ik weet wat ze doormaken.

'Is het goed gekomen?' vragen de vrouwen altijd.

'De beste beslissing die ik ooit genomen heb,' zeg ik dan vol overtuiging. Dat willen ze horen.

Ik zie geen baantjes voor negentienjarige aspirant-actrices, maar van de pagina met een advertentie voor een officemanager vouw ik een hoekje om. Het kan geen kwaad om de markt in de gaten te houden. Even verbeeld ik me dat ik het kantoor van Graham Hallow binnenloop, hem mijn ontslagbrief overhandig en hem vertel dat ik er schoon genoeg van heb om als oud vuil toegesproken te worden. Dan kijk ik naar het salaris dat geboden wordt voor de functie van officemanager en bedenk hoelang ik erover heb gedaan om op te klimmen tot een salaris waar ik daadwerkelijk van kan leven. Je weet wat je hebt en niet wat je krijgt, dat zeggen ze toch altijd?

Op de achterkant van de *Gazette* staan alleen schadeclaims en financiële zaken. Opzettelijk vermijd ik de advertenties voor leningen – met die rentetarieven moet je hartstikke gek zijn of wanhopig – en mijn blik gaat naar onderen, waar zoekertjes staan voor chatboxen.

Getrouwde rijpe vrouw zoekt discreet vrijblijvend contact.
Sms ANGEL naar 69998 voor foto's.

Ik trek mijn neus op, meer vanwege de exorbitante prijs per bericht dan vanwege de geboden diensten. Wie ben ik om over een ander te oordelen? Ik wil de bladzijde al omdraaien en heb me erbij neergelegd dat ik me zal moeten verdiepen in de voetbalwedstrijd van gisteravond als mijn oog valt op de advertentie onder die van 'Angel'.

Even denk ik dat het door mijn vermoeide ogen komt; ik knipper uit alle macht, maar er verandert niets.

Ik ben zo verdiept in wat ik zie dat ik niet eens merk dat de trein weer gaat rijden. Met een schok komt hij in beweging en ik steek automatisch mijn hand uit, die op het dijbeen van mijn buurman belandt.

'Sorry!'

'Geeft niet.' Hij glimlacht en ik dwing mezelf terug te lachen. Maar mijn hart bonkt en ik staar naar de advertentie. Er staat dezelfde waarschuwing over extra kosten als bij de andere advertenties en een 0809-nummer erboven. Het webadres is www.findtheone.com. Ik kijk voornamelijk naar de foto. Hij is van heel dichtbij genomen, maar je ziet duidelijk blond haar en een zwarte top met spaghettibandjes. Ouder dan de andere vrouwen die hun waren aanprijzen, maar de foto is zo korrelig dat de leeftijd schatten erg moeilijk is.

Maar ik weet exact hoe oud ze is. Ik weet dat ze veertig is.

Want die vrouw in de advertentie ben ik.

2

Kelly Swift stond in het midden van een wagon op de Central Line en verplaatste haar gewicht van de ene voet op de andere om haar evenwicht te bewaren terwijl de trein een bocht nam. Een paar kinderen – niet ouder dan een jaar of veertien, vijftien – kwamen op Bond Street met veel misbaar de trein binnen. Ze slingeren elkaar vloeken en verwensingen naar het hoofd maar ze zijn te gewoontjes om overtuigend over te komen. Aangezien het al te laat was voor naschoolse clubs en het buiten donker was, hoopte Kelly dat ze op weg waren naar huis en niet gingen stappen. Niet op die leeftijd.

'Fucking wreed!' De jongen keek op en aan zijn houding kon Kelly zien dat hij zich geneerde toen hij haar zag. Kelly keek op de manier die ze zich bij vele gelegenheden herinnerde van haar moeder en de tieners vielen stil, kregen een rood hoofd en draaiden zich om en bestudeerden de sluitende deuren. Ze was waarschijnlijk oud genoeg om hun moeder te zijn, bedacht ze treurig. Ze telde terug van dertig en probeerde zichzelf voor te stellen met een veertienjarige. Verschillende schoolvriendinnen hadden kinderen van die leeftijd. De Facebook-pagina van Kelly vulde zich geregeld met foto's van gelukkige gezinnetjes, en een paar kinderen van vriendinnen hadden haar zelfs een vriendschapsverzoek gestuurd. Dan voelde je je pas echt oud.

Kelly ving de blik op van een dame met een rode jas aan de andere kant van de wagon en die knikte haar goedkeurend toe vanwege het effect dat ze op de jongeren had gehad.

Kelly beantwoordde haar glimlach. 'Goede dag vandaag?'

'Ik ben blij dat hij om is,' zei de vrouw. 'Laat het weekend maar komen, wat jij?'

'Ik moet werken. Ik heb dinsdag pas weer een vrije dag.' En dan heb ik maar één dag vrij, met daaropvolgend zes dagen werken, dacht ze en ze kreunde inwendig.

De vrouw keek verschrikt.

Kelly haalde haar schouders op. 'Iemand moet het doen, hè?'

'Dat is waar.' De trein minderde vaart voor Oxford Circus en de vrouw stapte naar de deur. 'Ik hoop dat je een paar rustige dagen hebt dan.'

Als dat niet de goden verzoeken is, dacht Kelly. Ze wierp een blik op haar horloge. Nog negen stations tot Stratford, daar moest ze de spullen afleveren en dan kon ze naar huis. Het zou acht uur, halfnegen worden. En om zeven uur morgenochtend moest ze weer present zijn. Zonder de moeite te nemen een hand voor haar mond te houden gaapte ze hartgrondig en ze vroeg zich af of er eten in huis was. Ze deelde een huis in de buurt van Elephant and Castle met drie anderen, wier namen ze alleen kende van het prikbord in de hal. De zitkamer was door de huisbaas tot extra slaapkamer omgebouwd, zodat het keukentje de enige gemeenschappelijke ruimte was. Er was maar plek voor twee stoelen, maar door de onregelmatige diensten van haar huisgenoten zag Kelly soms dagenlang niemand. De vrouw met de grootste slaapkamer, Dawn, was verpleegster. Ze was jonger dan Kelly, maar veel huishoudelijker aangelegd, en ze liet soms een portie eten naast de magnetron staan met een felroze post-it waarop stond: *Tast toe!*. Haar maag rommelde bij de gedachte aan eten en ze keek weer op haar horloge. Het was vanmiddag drukker geweest dan ze had voorzien en volgende week zou ze zeker overuren moeten draaien, anders kwam ze er nooit doorheen.

Bij Holborn stapten een paar zakenlui in en Kelly monsterde ze met een ervaren blik. Op het eerste gezicht zagen ze er identiek uit met hun korte haar, donkere pak en aktetas. Maar het zat hem altijd in de details, dacht Kelly en ze zocht naar een dun krijtstreepje; de titel van een boek dat achteloos in een tas was geduwd; een stalen brilletje met een geknakte poot; een bruinleren horlogebandje onder een witte manchet. De persoonlijke eigenaardigheden en uiterlijke tics die ze deed opvallen in een rij gelijksoortige mannen. Kelly staarde openlijk, afstandelijk. Ze oefende gewoon, hield ze zich voor, en het kon haar niet schelen dat er een opkeek en haar blik op zich gevestigd zag. Ze dacht dat hij zijn blik zou afwenden, maar in plaats daarvan knipoogde hij en zijn mond glimlachte zelfbewust. Kelly's blik flitste naar zijn linkerhand. Getrouwd. Blank, goedgebouwd, ongeveer 1 meter 80 lang, met een donker waas op zijn kaken dat er een paar uur eerder waarschijnlijk nog niet was geweest. Een vergeten geel etiket van de stomerij aan de binnenkant van zijn jas. Hij stond zo stram rechtop dat ze vermoedde dat hij een ex-militair was. Een onopvallende verschijning, maar Kelly zou hem herkennen wanneer ze hem nog eens zag.

Tevreden richtte ze haar aandacht op de nieuwe instroom van passagiers die bij Bank waren ingestapt en nu de trein door liepen op zoek naar de laatste zitplaatsen. Bijna iedereen had een mobiel in zijn hand. Ze speelden een spelletje, luisterden naar muziek of omklemden hem alsof hij aan hun handpalm vastgegroeid was.

Aan de andere kant van het rijtuig hief iemand zijn mobieltje en Kelly wendde zich intuïtief af. Toeristen die een typisch beeld wilden van de ondergrondse van Londen om thuis te laten zien, maar ze vond het een belachelijk en bizar idee dat ze de achtergrond moest vormen van andermans vakantiefoto's.

Haar schouder deed pijn. Ze was tegen een muur gebotst toen ze de bocht naar de roltrappen van het perron op Marble Arch te krap had genomen. Ze was evengoed net te laat geweest en het irriteerde haar dat ze die blauwe plek voor niets had opgelopen. De volgende keer moest ze sneller zijn.

De trein stopte op Liverpool Street; er stond een drom mensen op het perron ongeduldig te wachten tot de deuren openschoven.

Kelly's hartslag versnelde.

Daar, in het midden van de menigte, half verborgen onder de capuchon van zijn sweater en een honkbalpetje, stond Carl. Ze herkende hem meteen en hoe graag ze ook naar huis wilde, ze kon zich niet van hem afwenden.

Aan de manier waarop hij zich omdraaide en tussen de mensen verdween zag ze dat Carl Kelly een onderdeel van een seconde voor ze hem zag had ontdekt. Hij was net zomin als zij blij met deze ontmoeting en ze zou snel moeten zijn.

Net voor de deuren zich sissend sloten sprong Kelly het perron op. Eerst dacht ze dat ze hem kwijt was, maar toen zag ze honderd meter verder het honkbalpetje.

Hij rende niet, maar zigzagde snel tussen de mensenmassa op het perron door.

Als Kelly één ding had geleerd in de afgelopen tien jaar was het dat je met beleefdheid nergens kwam in de metro.

'Pas op!' schreeuwde ze. Ze begon te rennen en duwde twee oudere toeristen met rolkoffers opzij. 'Aan de kant!' Ze had hem misschien vanmorgen moeten laten lopen en daar een beurse schouder aan overgehouden, nu was ze niet van plan hem uit het oog te verliezen. Even schoot het eten waar ze thuis op hoopte door haar hoofd en ze berekende dat haar werkdag nu zeker met twee uur verlengd zou worden. Maar wat moest, dat moest. Ze kon altijd op weg naar huis ergens kebab halen.

Carl rende de roltrap op.

Een beginnersfout, wist Kelly, en ze nam de gewone trap. Daar liepen minder toeristen in de weg en het kostte minder spierkracht dan de schokkerige bewegingen van de roltrap. Evengoed brandden Kelly's spieren toen ze op gelijke hoogte kwam met Carl.

Bovengekomen wierp hij een snelle blik over zijn schouder en zwaaide naar rechts.

Verdomme, Carl, dacht ze, ik zou nu moeten uitklokken. Met een laatste krachtsinspanning kreeg ze hem te pakken net voor hij over de toegangspoortjes wilde springen. Met haar linkerhand greep ze zijn mouw en met de rechter dwong ze zijn arm omhoog achter zijn rug.

Carl deed een halfslachtige poging zich los te rukken en bracht haar zodanig uit haar evenwicht dat haar pet op de grond viel.

Kelly zag vanuit haar ooghoek dat iemand hem opraapte en hoopte dat die er niet mee vandoor zou gaan. Het was al niet zo goed gevallen dat ze vorige week tijdens een schermutseling haar wapenstok was kwijtgeraakt en ze wilde niet nog eens op het matje geroepen worden.

'We hebben bericht gekregen dat je niet in de rechtbank bent verschenen, vriend,' zei Kelly stokkend, want het viel niet mee om te hijgen met een kogelvrijvest aan. Haar hand ging naar haar riem en ze pakte de handboeien, die ze om Carls polsen vastmaakte, waarna ze controleerde of ze wel goed vastzaten. 'Ik heb je.'

Ik zie jou. Maar jij ziet mij niet. Je bent verdiept in je boek; een pocket met een meisje met een rode jurk op de voorkant. Ik kan de titel niet lezen maar dat geeft niet, ze zijn toch allemaal hetzelfde. Als het niet is jongen ontmoet meisje, is het jongen zit achter meisje aan. Jongen vermoordt meisje.

Bij de volgende halte kruip ik onder dekking van de binnenkomende passagiers dichter naar je toe. Je hangt aan een beugel in het midden van het rijtuig en leest met je boek in één hand. Geroutineerd sla je met je duim de bladzijde om. We staan nu zo dicht bij elkaar dat onze jassen elkaar raken en ik ruik de vanillegeur in je parfum; een aroma dat verdwenen zal zijn als je klaar bent met je werk. Sommige vrouwen verdwijnen in de lunchpauze naar het toilet om hun make-up bij te werken en hun parfum te verversen. Jij niet. Wanneer ik je na je werk weer zie is de donkere make-up van je oogleden af gezakt en vormen de resten een kring onder je ogen; je lippenstift is verdwenen op de rand van de eindeloze kopjes koffie.

Je blijft aantrekkelijk, ook na een lange werkdag. Dat betekent veel. Niet dat het altijd om schoonheid gaat; soms is het een uitheems uiterlijk, grote borsten of lange benen. Soms stijl of élégance – een marineblauwe broek met een scherpe vouw en bruine hakken – en soms is het glimmend en ordinair. Sletterig zelfs. Afwisseling is belangrijk. Zelfs de fijnste biefstuk wordt saai als je hem elke dag eet.

Je handtas is groter dan gemiddeld. Meestal draag je hem over je schouder, maar wanneer het druk is in de trein – op dit deel van het traject – zet je hem op de grond tussen je voeten. Hij hangt open, zodat ik erin kan kijken. Een portemonnee – reebruin kalfsleer met een vergulde gesp. Een borstel met blonde haren erin. Een keurig opgevouwen boodschappentasje. Leren handschoenen. Twee of drie bruine enveloppen, opengescheurd en met inhoud en al in de tas gestopt. Post die je van de deurmat hebt opgeraapt na het ontbijt en op het perron, terwijl je op de trein wachtte, hebt opengemaakt. Ik strek mijn nek om te lezen wat er op de bovenste envelop staat.

Nu weet ik hoe je heet.

Niet dat het belangrijk is; jij en ik zullen geen relatie aangaan waarbij namen belangrijk zijn.

Ik pak mijn telefoon en tik op het icoon van de camera. Ik draai me naar je toe en met mijn duim en wijsvinger zoom ik in tot ik je gezicht in close-up heb. Iemand die het ziet zal denken dat ik een verslag van mijn treinreis op Instagram wil zetten, of Twitter. Hashtag selfie.

Een geluidloze klik en je bent van mij.

De trein maakt een bocht en je bukt je naar je tas, nog steeds verdiept in je boek. Als ik niet beter zou weten zou ik denken dat je me hebt zien kijken en je tas in veiligheid wilt brengen, maar dat is het niet. Door de bocht weet je dat je er bij het volgende station uit moet.

Je vindt je boek spannend. Meestal stop je eerder met lezen, aan het eind van een hoofdstuk, en dan stop je er de ansichtkaart tussen die je als boekenlegger gebruikt. Vandaag lees je nog als de trein al langs het perron rijdt. En wanneer je je naar de uitgang begeeft en ontelbare keren 'Sorry' en 'Pardon' zegt. Op weg naar de uitgang lees je nog, al flitst je blik steeds omhoog om te zorgen dat je tegen niemand op botst.

Je leest nog steeds.

En ik kijk nog steeds.

3

Crystal Palace is het eindstation van mijn trein. Anders was ik op mijn stoel blijven zitten staren naar de advertentie in de hoop te begrijpen wat er aan de hand is. Nu ben ik de laatste die uitstapt.

De hoosbui is afgenomen tot een miezerregentje, maar ik ben het station amper uit als de krant in mijn handen doorweekt is en inktsporen op mijn handen achterlaat. Het is donker, maar de straatlantaarns branden en door de vele neonreclames van de afhaalrestaurants en telefoonwinkels in Anerley Road kan ik alles duidelijk zien. Aan de lantaarnpalen hangt opzichtige feestverlichting te wachten tot een derderangs tv-ster die van het weekend met veel vertoon zal aanzetten, maar ik vind het te vroeg en te warm om al aan de kerstdagen te denken.

Terwijl ik naar huis loop kijk ik naar de advertentie en bekommer me niet om de regen, waardoor mijn pony tegen mijn voorhoofd plakt. Misschien ben ik het helemaal niet, misschien heb ik een dubbelganger. Ik ben geen voor de hand liggende keus als het om een premiumchatbox gaat. Je zou denken dat ze dan iemand namen die jonger is en aantrekkelijker. Geen vrouw van middelbare leeftijd met volwassen kinderen en een zwembandje. Ik schiet bijna in de lach. Ik weet dat op elk potje een deksel past, maar zo'n advertentie heeft wel een héél kleine doelgroep.

Tussen de Poolse supermarkt en de sleutelspecialist is Melissa's café. Een van Melissa's cafés, verbeter ik mezelf. Het andere is in een zijstraat van Covent Garden, waar de vaste lunchklanten van tevoren opbellen en hun favoriete sandwich bestellen zodat ze niet in de rij hoeven te staan en de toeristen bij de deur aarzelen en zich afvragen of de panini het wachten waard zal zijn. Je zou denken dat in Covent Garden je kostje gekocht is, maar de hoge kosten betekenen dat ze in de vijf jaar dat ze nu open zijn hebben moeten ploeteren om het hoofd boven water te houden. Dit daarentegen, met de verveloze pui en onwaarschijnlijke buren, is een goudmijn. Al jaren wordt hier veel winst gemaakt, lang voor Melissa het overnam en haar naam boven de deur zette; een van die geheime plekjes die nu en dan in een stadsgids verschijnen. *Het lekkerste ontbijt in Zuid-Londen*, staat er in een kopietje van een krantenartikel dat met plakband op de deur zit.

Ik blijf een poosje aan de overkant staan zodat ik kan kijken zonder gezien te worden. De randen van het raam zijn beslagen, zoals een softfocusfoto uit de jaren tachtig. Binnen veegt een man de binnenkant van de perspex uitstalkast schoon. Zijn schort heeft hij dubbelgevouwen en draagt hij op de Parijse manier om zijn middel gebonden in plaats van om zijn hals. Met zijn zwarte T-shirt en haardos alsof hij net uit bed is gestapt ziet hij er veel te cool uit om in een café te werken. Knap? Ik weet dat ik bevooroordeeld ben, maar ik vind van wel.

Ik steek over en kijk goed uit voor fietsen als een buschauffeur gebaart dat ik mag oversteken. De deurbel klingelt en Justin kijkt op.

'Hoi, mam.'

'Dag, lieverd.' Ik kijk of ik Melissa zie. 'Ben je alleen?'

'Ze is in Covent Garden. De manager daar is ziek naar huis gegaan dus ik heb hier de leiding.' Hij klinkt onverschillig en ik probeer mijn reactie daarop aan te passen, maar ik zwel van trots.

Ik heb altijd geweten dat Justin deugt, hij had gewoon iemand nodig die hem een kans gaf.

'Als je vijf minuten hebt,' zegt hij en hij spoelt een vaatdoek uit in de wasbak achter zich, 'dan loop ik met je mee naar huis.'

'Ik wilde iets halen voor het eten. De frituur is zeker al uit?'

'Ik heb hem net uitgezet. Maar ik kan hem zo weer aanzetten om nog wat patat te bakken. En er liggen nog een paar worstjes die weg moeten als ze vandaag niet opgaan. Die mogen we wel meenemen van Melissa.'

'Maar ik betaal er wel voor,' zeg ik, want ik wil niet dat Justin te gemakkelijk omgaat met zijn nieuwe verantwoordelijkheid.

'Ze vindt het heus niet erg.'

'Ik betaal,' zeg ik vastbesloten en ik pak mijn portemonnee. Ik kijk naar het bord en bereken de prijs voor de patat en de worstjes. Hij heeft gelijk, Melissa zou het ons gewoon meegegeven hebben als ze hier was, maar ze is er niet en in dit gezin houden we onze eigen broek op.

Naarmate we verder van het station komen zijn er minder winkels en meer rijtjeshuizen. Verschillende woningen zijn afgesloten met grijze metalen luiken, wat betekent dat de bank ze gedwongen gaat verkopen. De deuren zitten vol vuurwerk van rode en oranje graffiti. In onze rij is het niet anders – drie huizen verderop ontbreken dakpannen en zijn de ramen dichtgetimmerd met multiplex – de huurhuizen kun je herkennen aan volgelopen dakgoten en smerig metselwerk. De laatste twee huizen van de rij zijn koophuizen; van Melissa en Neil en het mijne, ernaast.

Justin zoekt in zijn rugzak naar zijn sleutels en ik wacht op de stoep bij het hek om wat je met een beetje fantasie onze voortuin kan noemen. Tussen het natte grind groeit onkruid en de enige versiering is een lamp op zonne-energie in de vorm van een oude lantaarn, die geelachtig licht verspreidt. In de tuin van Melissa ligt ook grind, maar daar zie je geen onkruid en aan weerszijden van de voordeur staan twee potten met perfect in spiraalvorm gesnoeide boompjes. Onder het raam van de woonkamer is een strook stenen die lichter zijn dan de rest, waar Neil de graffiti heeft verwijderd van iemand in Zuid-Londen die zo bekrompen is dat hij bezwaar maakt tegen een gemengd huwelijk.

Niemand heeft de moeite genomen om de gordijnen in onze woonkamer te sluiten en ik zie Katie, die aan tafel haar nagels zit te lakken. Ik vond het altijd heel belangrijk om met elkaar aan tafel te eten en genoot van de gelegenheid bij te praten en te horen hoe het op school was geweest. Toen we er net woonden was dat het enige moment van de dag dat ik het gevoel had dat we het wel redden zonder Matt. Zoals we daar zaten, een gezinnetje van drie mensen, gezellig om zes uur aan tafel.

Door het raam – dat bedekt is met een laag vettigheid, wat je krijgt als je in een drukke straat woont – zie ik dat Katie een plaats voor haar spulletjes heeft vrijgemaakt tussen de tijdschriften, stapels rekeningen en de wasmand, die om een of andere reden de tafel heeft uitgekozen als natuurlijke rustplaats. Zo nu en dan ruim ik op zodat we op zondag samen kunnen lunchen, maar het duurt nooit lang voor een stortvloed aan papierrommel en afgedankte tasjes ons terugdrijft naar een bord op schoot voor de televisie.

Justin doet de deur open en ik moet eraan denken hoe het was toen de kinderen klein waren en ik bij mijn thuiskomst werd begroet alsof ik maanden weg was geweest, in plaats van dat ik acht uur vakken had gevuld in Tesco. Later haalde ik ze op bij de buren en bedankte ik Melissa voor de opvang na school, waar de kinderen zichzelf te oud voor vonden, maar waar ze stiekem van genoten.

'Hallo!' roep ik. Simon komt de keuken uit met een glas wijn, dat hij me overhandigt. Daarna kust hij me op mijn mond, zijn hand glijdt om mijn middel en hij trekt me dicht tegen zich aan. Ik geef hem het tasje uit Melissa's café.

'Boek een hotelkamer alsjeblieft.' Katie komt de kamer uit met haar handen in de lucht. 'Wat eten we?'

Simon laat me los en loopt met de tas de keuken in.

'Patat met worst.'

Ze trekt haar neus op maar ik snoer haar de mond voor ze een jammerklacht kan beginnen over calorieën. 'Er is sla in de koelkast, je kunt er zelf salade bij maken.'

'Denk maar niet dat je daar slanke enkels van krijgt,' zegt Justin.

Katie geeft hem een klap op zijn arm als hij om haar heen duikt en met twee treden tegelijk de trap op rent.

'Doe toch niet zo kinderachtig jullie.'

Katie is negentien en heeft maatje 36, zonder een spoor van het puppyvet dat ze een paar jaar geleden nog had. En er is niks mis met haar enkels.

Ik wil haar omhelzen, maar denk net op tijd aan haar nagels en geef haar in plaats daarvan een kus op haar wang. 'Het spijt me, schat, maar ik ben kapot. Zo nu en dan junkfood kan geen kwaad – alles met mate, zo is het toch?'

'Hoe ging het vandaag, lieverd?' vraagt Simon. Hij loopt achter me aan de woonkamer in en ik laat me op de bank vallen, sluit even mijn ogen en zucht als ik voel dat ik ontspan.

'Ging wel. Alleen moest ik van Graham de administratie archiveren.'

'Maar dat is toch niet jouw werk?' vraagt Katie.

'Nee, en de wc schoonmaken ook niet en je mag drie keer raden wat ik gisteren van hem moest doen.'

'Gadver. Wat is het toch een klootzak.'

'Dat moet je niet accepteren.' Simon komt naast me zitten. 'Je moet het aankaarten.'

'Bij wie? Hij is de eigenaar.' Graham Hallow is het soort man dat zichzelf superieur voelt door een ander te vernederen. Dat weet ik, dus ik trek me er niets van aan. Meestal.

Om van onderwerp te veranderen pak ik de *London Gazette*, die ik op de salontafel heb gegooid. Hij is nog nat en niet overal even goed leesbaar, maar ik vouw hem dubbel zodat de advertenties voor escort en chatboxen zichtbaar worden.

'Mama, waarom zoek jij escortservices?' vraagt Katie lachend. Ze brengt zorgvuldig de laatste, beschermende laag nagellak op, draait het dopje op het flesje en houdt haar vingers onder een ultraviolette lamp op tafel om de lak te laten drogen.

'Misschien wil ze Simon inruilen voor een nieuwer model,' zegt Justin, die de kamer binnen komt lopen. Hij heeft het zwarte T-shirt en de spijkerbroek die hij op zijn werk draagt geruild voor een grijze joggingbroek en sweater. Hij loopt op blote voeten en heeft een bord met patat en worstjes in zijn ene en een mobiel in zijn andere hand.

'Dat is niet grappig,' zegt Simon. Hij pakt de krant van me aan. 'Maar serieus, waarom kijk je daarnaar?' Hij heeft zijn wenkbrauwen gefronst en kijkt bedrukt.

Boos kijk ik naar Justin. Simon is veertien jaar ouder dan ik, al denk ik soms als ik mezelf in de spiegel zie dat ik hem aan het inhalen ben. Ik heb lijntjes om mijn ogen die ik niet had toen ik nog in de dertig was en de huid van mijn hals begint te rimpelen. Ik heb nooit een probleem gemaakt van het leeftijdsverschil, maar Simon brengt het zo vaak ter sprake dat ik weet dat hij zich er zorgen over maakt. Justin weet dat en neemt elke gelegenheid te baat om het erin te wrijven. Of hij nu mij of Simon op de kast wil jagen weet ik niet.

'Vind je niet dat die op mij lijkt?' Ik wijs op de onderste advertentie, onder die van Angels 'rijpe' diensten.

Justin leunt over de schouder van Simon en Katie haalt haar hand onder de lamp vandaan om het beter te kunnen zien.

Even staren we gezamenlijk naar de advertentie.

'Nee,' zegt Justin op het moment dat Katie 'Een beetje' zegt.

'Jij hebt een bril, mam.'

'Die draag ik niet altijd. Soms heb ik contactlenzen in.' Ik kan me niet herinneren wanneer ik die voor het laatst in had trouwens. Ik heb nooit last gehad van mijn bril en die ik nu heb, met een dik zwart montuur waardoor ik er geleerder uitzie dan ooit, vind ik erg leuk.

'Misschien wil iemand een geintje uithalen,' zegt Simon. 'Findtheone.com. Denk je dat iemand je voor de grap bij een datingbureau heeft ingeschreven?'

'Wie zou zoiets nou doen?' Ik kijk naar de kinderen, misschien wisselen ze een blik van verstandhouding, maar Katie kijkt net zo verbaasd als ik en Justin zit alweer te eten.

'Heb je het nummer gebeld?' vraagt Simon.

'Voor één vijftig per minuut? Ben je wel goed wijs?'

'Heb je het zelf gedaan?' vraagt Katie met een ondeugende blik. 'Gewoon voor een extraatje? Kom op, mam, biecht maar op.'

Het ongemakkelijke gevoel dat me in zijn greep hield sinds ik de advertentie zag trekt weg en ik lach. 'Ik zou niet weten wie er één vijftig per minuut voor mij over zou hebben, schat. Maar ze lijkt echt op mij, of niet? Ik schrok er echt van.'

Simon vist zijn mobiel uit zijn zak en haalt zijn schouders op. 'Het is vast iemand die het voor je verjaardag doet. Ik durf erom te wedden.' Hij zet de telefoon op de speaker en toetst het nummer. Het is belachelijk zoals we om de *London Gazette* heen gezeten een sekslijn aan het bellen zijn.

'Het nummer dat u belt is niet in gebruik.'

Ik merk dat ik mijn adem heb ingehouden.

'Dat is dan duidelijk,' zegt Simon en hij geeft me de krant.

'Maar waarom staat mijn foto daar dan?' vraag ik. Ik ben nog lang niet jarig en ik zou niet weten wie het leuk vindt om mij op te geven voor een escortbureau. Het zou iemand moeten zijn die een hekel heeft aan Simon; iemand die problemen wil veroorzaken. Matt? Ik verwerp de gedachte zo snel als ze is opgekomen.

Intuïtief knijp ik in Simons schouder, al blijkt nergens uit dat de advertentie hem dwarszit.

'Ze lijkt helemaal niet op jou, mam. Het is een oud mens met uitgegroeide haarwortels,' zegt Justin.

Ik zal het maar als een compliment beschouwen.

'Jus heeft gelijk, mam.' Katie kijkt nog eens naar de advertentie. 'Ze lijkt wel een beetje op jou, maar er zijn zo veel mensen die op een ander lijken. Op mijn werk is een meisje dat sprekend op Adele lijkt.'

'Dat is waar.' Ik werp een laatste blik op de foto. De vrouw op de foto kijkt niet recht in de camera en de kwaliteit van de foto is zo slecht dat het me verbaast dat ze hem voor een advertentie hebben gebruikt. Ik geef Katie de krant. 'Wil je die bij het oud papier leggen, schat, als je voor ons het eten gaat opscheppen?'

'Mijn nagels!' roept ze.

'Mijn voeten,' roep ik terug.

'Ik doe het wel,' zegt Justin. Hij zet zijn eigen bord op de salontafel en staat op.

Simon en ik kijken elkaar verbaasd aan en Justin rolt met zijn ogen.

'Wat nou? Je zou denken dat ik nooit iets doe hier.'

Simon schiet in de lach. 'En je punt is?'

'Donder toch op, Simon. Dan ga je je eigen eten maar halen ook.'

'Hou op jullie,' snauw ik. 'Jemig, soms weet ik niet wie het kind is en wie de ouder.'

'Dat is het punt. Hij is niet mijn...' begint Justin, maar hij maakt zijn zin niet af als hij mijn gezicht ziet.

We eten met ons bord op schoot voor de tv en ruziën over de afstandsbediening.

Ik vang Simons blik op en hij knipoogt; een intiem moment in de chaos van een leven met twee opgroeiende kinderen.

Als de borden leeg zijn op wat vette vegen na trekt Katie haar jas aan.

'Je gaat nu toch niet meer de deur uit?' vraag ik. 'Het is na negenen.'

Ze kijkt me vernietigend aan. 'Het is vrijdagavond, mam.'

'Waar ga je heen?'

'De stad in.' Ze ziet mijn uitdrukking. 'Ik deel een taxi met Sophia. Net zoals ik doe wanneer ik na mijn late dienst naar huis kom.'

Ik wil zeggen dat dat iets heel anders is. Dat de witte bloes met de zwarte rok die ze als serveerster draagt veel minder uitdagend is dan het strakke jurkje dat ze nu aanheeft. Dat de paardenstaart haar een jong en onschuldig uiterlijk geeft terwijl dit wilde kapsel haar sexy maakt. Ik wil zeggen dat ze te zwaar is opgemaakt en dat haar hakken te hoog en haar nagels te rood zijn.

Maar dat doe ik natuurlijk niet. Omdat ik zelf ook ooit negentien ben geweest en omdat ik lang genoeg moeder ben om te weten wanneer ik mijn gedachten voor mezelf moet houden.

'Veel plezier.' Ik kan me toch niet inhouden. 'Doe je voorzichtig? Blijf bij elkaar en hou je hand boven je glas.'

Katie geeft me een kus op mijn voorhoofd en wendt zich tot Simon. 'Praat je even met haar?' vraagt ze met een hoofdbeweging in mijn richting. Maar ze glimlacht erbij en knipoogt naar me voor ze de deur uit zeilt. 'Braaf zijn jullie, hè?' roept ze. 'En als dat niet lukt, wees dan in ieder geval voorzichtig.'

'Ik kan er niets aan doen,' zeg ik als ze weg is, 'ik ben bezorgd om haar.'

'Ik weet het, maar die loopt niet in zeven sloten tegelijk.' Simon geeft me een kneepje in mijn knie. 'Ze lijkt op haar moeder.' Hij kijkt naar Justin, die op de bank hangt met zijn telefoon vlak voor zijn gezicht. 'Ga jij niet uit?'

'Platzak,' zegt Justin zonder zijn ogen van het schermpje voor zijn neus af te houden. Ik zie de blauwe en witte kaders van een gesprek, maar de letters zijn te klein om op deze afstand te kunnen lezen. Tussen zijn sweater en joggingbroek zit een strook van een rode boxershort en hij heeft, hoewel hij binnen is, zijn capuchon op.

'Betaalt Melissa je niet op vrijdag?'

'Ze zei dat ze het in het weekend wel even zou komen brengen.'

Justin werkt sinds het begin van de zomer, toen ik de hoop dat hij nog werk zou vinden al had opgegeven, in het café. Hij had wel een paar sollicitatiegesprekken gehad – een bij een platenzaak en een bij Boots – maar zodra ze erachter kwamen dat hij ooit was opgepakt voor winkeldiefstal was het afgelopen.

'Het is ook wel begrijpelijk,' had Simon gezegd. 'Geen enkele werkgever wil het risico lopen dat een werknemer niet met zijn handen van de kassa af kan blijven.'

'Hij was veertien!' Ik moest het wel voor hem opnemen. 'Zijn ouders waren net gescheiden en hij moest naar een andere school. Je kunt hem moeilijk een beroepscrimineel noemen.'

'Maar toch.'

Ik liet het erbij zitten. Ik wilde geen ruzie met Simon. Op papier was Justin geen serieuze kandidaat, maar als je hem eenmaal kende... Met mijn trots ingeslikt ging ik naar Melissa. 'In de bezorging,' opperde ik. 'Flyers uitdelen. Alles is goed.'

Justin hield niet van school. Hij leerde niet lezen zoals de andere kinderen op de basisschool – kende het alfabet pas toen hij acht was. Naarmate hij ouder werd, werd het steeds moeilijker hem überhaupt naar school te krijgen; de viaducten en winkelcentra waren verleidelijker dan school. Hij ging van school af met een deelcertificaat informatica en een officiële waarschuwing vanwege winkeldiefstal. Tegen die tijd waren ze er op school eindelijk achter dat hij dyslectisch was, maar toen was het veel te laat.

Melissa keek me peinzend aan. Lang genoeg dat ik al begon te vrezen dat ik de grenzen van onze vriendschap had overschreden en haar in een onmogelijke positie had gebracht.

'Hij kan in het café werken.'

Ik was met stomheid geslagen. 'Dankjewel' dekte de lading bij lange na niet.

'Minimumloon,' zei Melissa opgewekt, 'en een proeftijd. Van maandag tot vrijdag, wisselende diensten. En af en toe in het weekend.'

'Ik sta bij je in het krijt.'

Ze wuifde mijn dankbaarheid weg. 'Waar ben je anders vrienden voor?'

'Nu je werk hebt, kun je je moeder misschien kostgeld betalen,' zegt Simon.

Ik kijk hem scherp aan. Simon bemoeit zich niet met de opvoeding. Het is nooit een onderwerp van gesprek geweest. De kinderen waren achttien en vijftien toen ik Simon leerde kennen. Praktisch volwassen, ook al gedroegen ze zich daar niet altijd naar. Ze hadden geen nieuwe vader nodig en gelukkig vertoonde Simon die neiging ook niet.

'Je vraagt Katie ook niet om kostgeld.'

'Die is jonger dan jij. Je bent tweeëntwintig, Justin, oud genoeg om op eigen benen te staan.'

Justin zet zijn voeten op de grond en staat in een vloeiende beweging op. 'Jij hebt verdomme wel lef. Waarom betaal je eerst zelf geen kostgeld voor je mij de wet voorschrijft?'

Ik vind dit verschrikkelijk. Twee mensen van wie ik hou die elkaar aanvliegen.

'Justin, ik wil niet dat je zo'n toon aanslaat tegen Simon.' Het is geen bewuste keuze om partij te kiezen, maar zodra ik het heb gezegd zie ik de blik in de ogen van Justin, alsof ik hem verraden heb. 'Het is maar een idee. Ik heb je nog nooit om kostgeld gevraagd.' Dat zou ik ook nooit doen en het kan me niet schelen als mensen me een watje vinden. Ik blijf bij mijn standpunt. Ook als ik Justin maar een schijntje zou vragen voor kost en inwoning zou hij zo goed als niets overhouden. Hoe kan hij een leven opbouwen en iets opzijleggen voor later? Ik was jonger dan Katie toen ik het huis uit ging met alleen een koffer met kleren en een dikke buik. De teleurstelling van mijn ouders galmde nog na in mijn oren. Ik wil iets beters voor mijn kinderen.

Simon laat het niet rusten. 'Ben je wel op zoek naar werk? Het café is heel leuk, maar als je een auto wil en je eigen huis zal je meer moeten verdienen dan wat Melissa je betaalt.'

Ik begrijp niet wat hem bezielt. We zijn niet rijk, maar we kunnen ons prima redden. We hoeven geen geld te vragen aan de kinderen.

'Papa zei dat hij me geld wil lenen voor een auto als ik mijn rijbewijs heb gehaald.'

Ik voel de ergernis van Simon naast me, zoals altijd wanneer Matt ter sprake komt. Soms is die reactie vervelend, maar meestal bezorgt het me een warm gevoel. Ik denk niet dat Matt ooit heeft gedacht dat iemand anders me aantrekkelijk zou vinden; ik vind het fijn dat Simon zo veel om me geeft dat hij jaloers is.

'Dat is aardig van papa,' zeg ik snel. Ik wil uit loyaliteit naar Justin iets positiefs zeggen. 'Misschien kun je ook de taxiopleiding doen.'

'Ik wil niet de rest van mijn leven in een taxi zitten, mam.'

Justin en ik waren heel hecht toen hij jong was, maar hij heeft me nooit kunnen vergeven dat ik bij Matt ben weggegaan. Als hij alles zou weten zou hij er waarschijnlijk anders over denken, maar ik heb nooit gewild dat de kinderen slecht zouden denken over hun vader, net zo gekwetst zouden worden als ik.

De vrouw met wie Matt naar bed was geweest zat qua leeftijd precies tussen Katie en mij in. Gek dat zulke details blijven hangen. Ik heb haar nooit gezien, maar kwelde mezelf met voorstellingen hoe ze eruitzag; stelde me de hand van mijn man voor die haar gladde drieëntwintigjarige lichaam zonder zwangerschapsstriemen streelde.

'Je hebt het niet altijd voor het uitkiezen,' zegt Simon. 'Taxichauffeur is een goede baan.'

Ik kijk hem verbaasd aan. In het verleden liet hij geen gelegenheid voorbijgaan om Matts gebrek aan ambitie te bekritiseren. Ergens voel ik me gekrenkt dat iets wat hij toch echt een 'baantje zonder enig perspectief' heeft genoemd kennelijk goed genoeg is voor mijn zoon. Matt studeerde techniek aan de universiteit, maar alles veranderde in één klap toen ik merkte dat ik zover over tijd was dat dat maar één ding kon betekenen. Diezelfde dag nog verliet Matt de universiteit en zocht een baan. Gewoon, ergens in de bouw, maar het verdiende behoorlijk. Na ons trouwen deed hij de taxiopleiding en zijn ouders gaven ons het geld voor zijn eerste taxi als huwelijksgeschenk.

'Op dit moment is het café uitstekend,' zeg ik. 'Er dient zich vast nog wel iets beters aan.'

Justin bromt iets onverstaanbaars en loopt de kamer uit. Hij gaat naar boven en ik hoor zijn bed kraken als hij zijn geliefde houding aanneemt; op zijn rug met zijn hoofd net hoog genoeg om op het beeldscherm van zijn laptop te kunnen kijken.

'Als het zo doorgaat woont hij hier op zijn dertigste nog.'

'Ik wil gewoon dat hij gelukkig is, meer niet.'

'Hij is gelukkig,' zegt Simon. 'Heel gelukkig omdat hij op jouw zak leeft.'

Ik slik in wat ik eigenlijk wil zeggen. Het zou niet eerlijk zijn. Ik ben degene die heeft bepaald dat Simon niet meebetaalt aan het huis. We hebben er zelfs ruzie over gemaakt, maar ik weigerde pertinent. We delen het huishoudgeld en de rekeningen en hij neemt me mee uit eten en op uitstapjes – met de kinderen. Hij is zeer vrijgevig. We hebben een gezamenlijke rekening en kijken nooit wie wat betaalt.

Maar het huis is van mij.

We zaten krap toen ik met Matt trouwde. Hij deed avonddiensten en ik werkte van acht tot vier bij Tesco en zo hebben we het gered tot Justin naar de peuterschool ging. Tegen de tijd dat Katie zich aandiende hadden we het gemakkelijker. Matt had meer werk dan hij aankon en zo nu en dan konden we ons eens een extraatje veroorloven. Uit eten en zelfs een zomervakantie.

Toen gingen Matt en ik uit elkaar en was ik terug bij af. We konden geen van beiden het huis alleen bekostigen en het duurde jaren voor ik genoeg bij elkaar had om dit huis te kopen. Ik zwoer dat ik nooit meer afhankelijk zou zijn van een man.

Maar ja, ik zwoer ook dat ik nooit meer verliefd zou worden en kijk nou waar dat op uitgedraaid is.

Simon kust me, een hand onder mijn kin, en die glijdt langzaam naar mijn hals. Zelfs nu, aan het eind van een lange dag, ruikt hij fris; naar scheerzeep en aftershave. Ik voel de vertrouwde warmte door mijn lichaam trekken als hij mijn haar om zijn hand wikkelt en mijn hoofd voorzichtig naar achteren trekt om mijn hals te kussen. 'Vroeg naar bed?' fluistert hij.

'Ik kom zo naar boven.'

Ik pak de borden en de *London Gazette*, loop naar de keuken en ruim de vaatwasser in. De krant gooi ik in de papierbak, van waaruit de vrouw op de foto me aankijkt. Hoofdschuddend doe ik het licht uit. Natuurlijk ben ik dat niet. Waarom zou er nou een foto van mij in de krant belanden?

4

Kelly trok het elastiekje van haar pols over haar hand en bond haar haar op. Het was eigenlijk te kort; de consequentie van een bezoek aan de kapper in augustus, toen er twee weken een hittegolf heerste en het een goed idee leek haar dikke haar, dat al sinds haar studententijd tot op haar middel hing, af te knippen. Er kwamen meteen twee plukken naar voren vallen. De arrestatie van Carl Bayliss had uiteindelijk twee uur gekost, omdat bleek dat hij niet alleen was weggebleven bij de rechtszaak, maar ook werd gezocht in verband met paar diefstalletjes. Kelly gaapte. Ze was inmiddels bijna over haar honger heen, al had ze bij thuiskomst hoopvol een blik de keuken in geworpen want je kon nooit weten. Niets. Ze had toch de kebab moeten gaan halen. Ze roosterde een paar boterhammen en nam ze mee naar haar kamer op de benedenverdieping. Het was een grote vierkante kamer met een hoog plafond en witte muren boven de gipsen sierlijst. Eronder had Kelly de muren lichtgrijs geschilderd en de versleten vloerbedekking had ze bedekt met twee grote kleden die ze op een veiling had gekocht. De rest van de inrichting – het bed, het bureau en de rode stoel waarop ze nu zat – kwam bij Ikea vandaan. De moderne lijnen vormden een contrast met de ronde erker waarin haar bed stond.

Ze bladerde door de *Metro* die ze onderweg had opgepikt. Veel van Kelly's collega's keurden de plaatselijke krantjes geen blik waardig – *het is al erg genoeg dat we de ellendelingen aan het werk zien, dat hoef ik niet ook nog mee naar huis te nemen* – maar Kelly kon er geen genoeg van krijgen. Over haar iPhone rolde voortdurend het laatste nieuws en wanneer ze op bezoek was bij haar ouders, die na hun pensionering vanuit Londen naar Kent waren verhuisd, vond ze het heerlijk om de dorpsroddels te lezen naast verzoeken om bestuursleden en klachten over vuil en hondenpoep op straat.

Ze vond wat ze zocht op de vijfde pagina, breed uitgemeten over twee bladzijden onder de kop **MISDAAD IN ONDERGRONDSE NEEMT HAND OVER HAND TOE.** *Na een recordaantal aangiftes van seksuele intimidatie, gewelddadige overvallen en diefstal stelt de gemeente een onderzoek in naar criminaliteit in het openbaar vervoer.*

Het artikel begon met een paragraaf vol schrikbarende statistieken – voldoende om nooit meer in de ondergrondse te stappen, dacht Kelly – en ging verder met een aantal studies naar de meest voorkomende overtredingen in het openbaarvervoernetwerk van Londen. Kelly keek naar het stuk over agressieve overvallen, geïllustreerd met een foto van een jongen bij wie boven zijn slaap een duidelijk patroon in zijn haar geschoren was. Het rechteroog van de tiener was bijna niet meer te zien door een enorme bloeduitstorting, waardoor hij er bijna mismaakt uitzag.

De gewelddadige aanval op Kyle Matthews was zonder enige provocatie, stond eronder.

Dat moest je met een korreltje zout nemen, dacht Kelly. Natuurlijk, ze kende Kyle niet, maar het symbool dat in zijn haar stond wel, en 'zonder provocatie' was niet een term de geassocieerd werd met mensen die dat symbool droegen. Maar goed, hij verdiende het voordeel van de twijfel.

De foto die het deel over seksuele vergrijpen illustreerde was vaag; een nauwelijks zichtbaar profiel van een vrouw. Er stond onder dat de namen en de foto niet hoorden bij het verhaal.

Ongevraagd verscheen er een ander artikel in het hoofd van Kelly. Een andere stad, een andere vrouw, maar dezelfde kop.

Ze slikte moeilijk, keek naar het laatste onderzoek en glimlachte om het gezicht van de vrouw op de foto.

'Ik hoef toch niet met zo'n treurig gezicht in de krant zoals ze altijd in de *Daily Mail* staan, of wel?' had Cathy Tanning aan de fotograaf gevraagd.

'Natuurlijk niet,' had hij opgewekt geantwoord. 'Ik wil een treurig gezicht zoals ze altijd in de *Metro* staan: treurnis met een flinke dosis verontwaardiging. Zet je handtas op je schoot en probeer te kijken alsof je thuiskomt en je man in bed vindt met de glazenwasser.'

De woordvoerder van British Transport Police was verhinderd dus Kelly had aangeboden zich over Cathy te ontfermen tijdens het interview, wat de vrouw met beide handen had aangegrepen.

'Je bent fantastisch,' had ze tegen Kelly gezegd, 'het is het minste wat ik kan doen.'

'Laat die complimentjes nog maar zitten tot we de vent hebben die je sleutels heeft gestolen,' had Kelly gezegd, al dacht ze dat de kans dat dat zou gebeuren erg klein was. Ze zat pas net een maand bij de Dip Squad, die zich focuste op zakkenrollers, toen deze zaak zich aandiende en ze mocht Cathy Tanning meteen.

'Het is mijn eigen schuld,' had de vrouw gezegd zodra Kelly zich had voorgesteld. 'Ik maak zulke lange dagen en moet zo'n eind om thuis te komen dat ik de verleiding om een dutje te doen niet kan weerstaan. Ik had niet verwacht dat iemand er misbruik van zou maken.'

Kelly vond dat Cathy nog geluk had gehad. De dader had haar tas doorzocht terwijl zij tegen de wand van het rijtuig leunde, diep in slaap. Hij had haar portefeuille, die in een apart ritsvak zat, niet gevonden, net zomin als haar telefoon, die in een ander vak zat. In plaats daarvan had hij haar sleutelbos meegenomen.

'Jij kunt er niks aan doen,' had Kelly haar verzekerd. 'Je hebt het recht even te slapen op weg naar huis.' Kelly had het proces-verbaal opgesteld en de beelden van de bewakingscamera opgevraagd. Later die dag, toen ze door de persvoorlichter werd gebeld, leek Cathy de aangewezen kandidaat voor een artikel over criminaliteit in het openbaar vervoer. Kelly zocht naar haar eigen bijdrage en zag dat ze hoofdagent werd genoemd in plaats van gewoon politieagent. Daar zouden een paar mensen op het werk heel chagrijnig van worden.

Cathy is een van de honderden forensen en toeristen die elk jaar ten prooi vallen aan dieven en zakkenrollers. We willen reizigers op het hart drukken oplettend te zijn en verdachte dingen te melden bij een agent van British Transport.

Kelly knipte het artikeltje uit voor Cathy en stuurt haar een berichtje om haar nogmaals te bedanken voor de medewerking. Haar werktelefoon stond uit en lag op het werk in de kast, maar ze had haar privénummer opgeschreven voor het geval Cathy haar nodig had.

Kelly was nog gedeeltelijk in uniform – een eigen vest over de witte bloes, zonder das of epauletten – en ze bukte zich om haar veters los te trekken. Een paar schoolvriendinnen gingen stappen en hadden gevraagd of ze meeging, maar ze moest om vijf uur weer op en een vrijdagavond uit zonder drank was ook niks. Geroosterd brood, Netflix en naar bed, dacht ze. Rock-'n-roll.

De telefoon ging en haar gezicht klaarde op toen ze de naam van haar zus zag verschijnen.

'Hé, hoe gaat het met je? Ik heb je al een eeuwigheid niet gesproken.'

'Sorry, je weet hoe die dingen gaan. Hoor eens, ik heb een geweldig idee voor mama voor Kerstmis, maar het is meer dan we normaal uitgeven dus ik vroeg me af of je ook mee wil doen.'

'Natuurlijk. Wat is het?' Kelly schopte een schoen uit en luisterde met een half oor naar het relaas van haar tweelingzusje over een vaas die ze op een kunstmarkt had gezien. Het was half november en Kerstmis was nog weken weg. Kelly vermoedde dat ze geboren was zonder het winkelgen en wachtte altijd tot het laatste moment. Stiekem genoot ze van de koortsachtige sfeer van kerstavond in de winkelcentra, gevuld met paniekerige mannen op jacht naar veel te duur parfum en lingerie.

'Hoe gaat het met de jongens?' vroeg ze toen duidelijk werd dat Lexi de verlanglijstjes van de rest van de familie ook nog wilde bespreken.

'Heel goed. Nou ja, lastpakken zijn het natuurlijk, maar heerlijke knullen. Alfie doet het goed op school en Fergus vermaakt zich nog uitstekend op de peuterspeelzaal, tenminste, als ik afga op zijn kleren aan het eind van de dag.'

Kelly schoot in de lach. 'Ik mis ze.'

Lexi en haar man Stuart woonden in St.-Albans, wat niet zo ver weg was, maar Kelly zag ze minder vaak dan ze zou willen.

'Kom dan hierheen!'

'Dat doe ik, ik beloof het, zodra ik een keer vrij heb. Ik zal mijn rooster bekijken en dan stuur ik je een paar data. Misschien een keer lunchen op zondag?' Lexi's zondagse lunch was legendarisch. 'Ik geloof dat ik begin december een paar dagen achter elkaar vrij heb. Mag ik dan bij jou komen instorten?'

'Geweldig. De jongens zijn altijd blij als je komt. Alleen niet de derde, dan heb ik een reünie.'

Door de aarzeling en opzettelijk onverschillige toon van Lexi wist Kelly precies om wat voor reünie het ging.

'In Durham?'

Het bleef stil aan de andere kant en in gedachten zag Kelly haar zusje knikken en haar kin naar voren steken, zoals ze altijd deed wanneer ze tegenspraak verwachtte.

'De lichting van 2005,' zei Lexi opgewekt, 'ik denk dat ik de helft maar herken. Met Abbie en Dan heb ik natuurlijk nog contact en af en toe zie ik Moshy. Niet te geloven dat het al tien jaar is, het lijkt wel tien minuten. Weet je –'

'Lexi!'

Haar zusje zweeg en Kelly zocht naar de juiste woorden.

'Weet je zeker dat dat wel een goed idee is? Zal het niet...' ze kneep haar ogen samen en wenste dat ze nu bij haar zusje was, 'alles weer oprakelen?' Ze zat op het puntje van haar stoel en wachtte op het antwoord van haar zusje. Even beroerde ze het halve hartje dat aan een zilveren kettinkje om haar hals hing en vroeg zich af of Lexi het ook nog droeg. Ze hadden het die herfst gekocht, vlak voor ze naar de universiteit gingen. Kelly naar Brighton en Lexi naar Durham. Het was sinds hun geboorte de eerste keer dat ze langer dan een paar nachten van elkaar gescheiden werden.

Toen Lexi eindelijk antwoord gaf, was het op de afgemeten toon waarop ze wel vaker tegen haar zusje sprak. 'Er valt niks op te rakelen, Kelly. Wat gebeurd is, is gebeurd. Dat kan ik niet veranderen, maar het definieert me niet.' Lexi was altijd de rustige, verstandige geweest. In theorie waren de zusjes gelijk, maar niemand had ooit moeite gehad ze uit elkaar te houden. Ze hadden dezelfde vierkante kin, smalle neus en donkerbruine ogen, maar naast het ontspannen en meegaande gezicht van Lexi was dat van Kelly altijd gespannen en ongeduldig geweest. Ze hadden als kind vaak geprobeerd van plaats te ruilen, maar mensen die ze een beetje kenden trapten er niet in.

'Waarom zou ik niet terugdenken aan de fijne dingen die ik op de universiteit heb meegemaakt?' vroeg Lexi. 'Waarom zou ik niet over de campus kunnen lopen met de rest van mijn vrienden en vriendinnen en terugdenken aan de feesten die we hebben gevierd, aan de colleges en de stomme grappen die we met elkaar uithaalden?'

'Maar –'

'Nee, Kelly. Als ik daarna weg was gegaan – naar een andere universiteit was gegaan zoals jij en mama wilden – zou hij hebben gewonnen. En als ik niet naar die reünie ga omdat ik bang ben voor de herinneringen die boven kunnen komen wint hij weer.'

Kelly merkte dat ze zat te beven. Ze plantte haar voeten recht op de grond en drukte met haar onderarm op haar knieën om ze stil te houden. 'Volgens mij ben je niet wijs. Ik zou er niet meer in de buurt willen komen.'

'Maar je bent mij niet, of wel?' Lexi ademde geërgerd uit en deed geen moeite haar frustratie te verbergen. 'Je zou denken dat het jou is overkomen en niet mij.'

Kelly zweeg. Hoe kon ze Lexi uitleggen dat het zo had gevoeld, zonder te impliceren dat ze net zo getraumatiseerd was als Lexi? Ze dacht aan de workshop op de politieacademie van de afdeling Arbeid en Gezondheid. Ze hadden een zaak bekeken van een kettingbotsing op de M25 met tientallen gewonden en zes doden. Welke mensen hadden last gekregen van posttraumatisch stresssyndroom? De coach had ze ernaar laten raden. De verkeerspolitie, die als eerste ter plaatse was? De hulpverlener die de moeder van twee overleden kinderen had getroost? De vrachtwagenchauffeur die door gebrek aan concentratie de botsing veroorzaakt had?

Geen van allen.

Het was de agent die geen dienst had en die tijdens zijn dagelijkse rondje hardlopen over een brug kwam en het had zien gebeuren, die opgebeld had naar de meldkamer met essentiële informatie, maar niet in staat was geweest het drama te voorkomen. Hij had PTSS ontwikkeld. Degene die zichzelf de schuld gaf omdat hij niet meer had kunnen doen. Hij werd om gezondheidsredenen afgekeurd; hij raakte geïsoleerd. De toeschouwer.

'Het spijt me,' zei ze. Ze hoorde Lexi zuchten.

'Het geeft niet.'

Maar het gaf wel en dat wisten ze allebei, maar geen van beiden wilde er ruzie over krijgen. Bij hun volgende gesprek zou Lexi het over Kerstmis hebben en Kelly zou vertellen hoe ze het naar haar zin had op haar werk en ze zouden allebei doen of er geen vuiltje aan de lucht was.

Zoals ze al tien jaar deden.

'Hoe gaat het op je werk?' vroeg Lexi, alsof ze Kelly's gedachten gelezen had.

'Goed, z'n gangetje, je weet wel.' Ze probeerde opgewekt te klinken, maar Lexi trapte er niet in.

'O, Kel, je bent aan iets nieuws toe. Heb je er nog over nagedacht om opnieuw te solliciteren bij een speciale eenheid? Ze kunnen het je toch niet de rest van je leven blijven nadragen?'

Daar was Kelly niet van overtuigd. Haar vertrek vier jaar geleden bij de zedenpolitie van British Transport was ongemakkelijk en snel verlopen. Ze had negen maanden in de ziektewet gelopen en toen ze terugkwam werd haar een schone lei aangeboden, maar eigenlijk was haar nieuwe functie een strafmaatregel. Kelly had zich met hart en ziel op de wisselende diensten gegooid en was al snel een van de meest gerespecteerde leden van het wijkteam. Ze maakte zichzelf wijs dat ze door en door een straatagent was, terwijl ze er dagelijks naar snakte weer serieus onderzoek te doen.

'De opdracht die je net hebt gedaan moet hebben uitgemaakt,' hield Lexi aan. 'Je chefs hebben toch kunnen zien dat je niet meer...' Ze zweeg abrupt, duidelijk onzeker hoe ze de tijd die Kelly thuis was geweest, niet in staat haar huis te verlaten zonder het Spaans benauwd te krijgen, moest samenvatten.

'Ik zit daar goed,' zei Kelly kortaf. 'Ik moet ophangen, er is iemand aan de deur.'

'Kom je ons gauw opzoeken – beloof je dat?'
'Ik beloof het. Ik hou van je, zusje.'
'En ik van jou.'
Kelly verbrak de verbinding en zuchtte. Ze had genoten van haar drie maanden bij de Dip Squad, de eenheid tegen zakkenrollers in de ondergrondse. Het ging er niet om dat ze in haar eigen kleding liep, al was het een welkome afwisseling na vier jaar in uniform – het was het gevoel dat haar werk ertoe deed, dat ze de golf van misdaad waaronder zo veel mensen leden had weten in te dammen. Sinds Kelly bij de politie werkte waren er steeds meer specialistische teams in het leven geroepen. Alle ernstige delicten werden behandeld door zo'n team, zodat het wijkteam zich alleen nog bezighield met overtredingen en asociaal gedrag. Kelly was nu een week terug in uniform en op de arrestatie van Carl Bayliss na had ze alleen maar jongetjes die met hun voeten op de bank zaten en de gebruikelijke dronkenlappen die op vrijdagavond probeerden te reizen zonder te betalen in de kraag gegrepen. Kon ze terug naar een speciale eenheid? Kelly dacht van wel, maar toen ze er tegen de inspecteur over was begonnen, had ze een kort en duidelijk antwoord gekregen.
'In dit werk hebben de mensen een uitstekend geheugen, Kelly. Je wordt gezien als te risicovol.' Als troost had hij haar bij de eenheid tegen zakkenrollers ingedeeld, iets beter dan wijkagent, maar zonder het risico van emotionele betrokkenheid. Het was bedoeld om Kelly tevreden te stellen, maar het had haar alleen maar met de neus gedrukt op wat ze miste.
Lexi had gelijk. Ze moest verder.

5

Meestal zien we Katie niet voor de middag; de fooien in het restaurant zijn 's avonds hoger dan bij de lunch en op haar vrije dagen gaat ze ook niet vroeg naar bed. Maar gisteren was ze al voor tienen boven en toen ik nog even naar haar ging kijken (sommige gewoontes zijn moeilijk af te leren) was ze diep in slaap. Nu lig ik in bed en probeer wat enthousiasme op te brengen voor een natte maandagochtend en hoor het geluid waarvan ik in het weekend had gehoopt dat het mijn verbeelding was. Het gezoem van de elektrische douche, begeleid door een tikkend geluid.

'Hij is kapot.'

Simon maakt een geluid dat instemmend zou kunnen zijn en strekt een arm uit boven het dekbed om me naar zich toe te trekken. Ik rol weg.

'We komen te laat op het werk. Ik zal iemand bellen voor die douche; hij doet het echt niet goed.'

'Dat kost een kapitaal – je kent de loodgieters van tegenwoordig. Er staat al honderd pond op de factuur voor ze een stap over de drempel hebben gezet.'

'Nou ja, zelf kan ik het niet maken en...' Ik maak mijn zin niet af en kijk Simon veelbetekenend aan.

'Ai, zo beroerd ben ik nou ook weer niet.'

De kluskwaliteiten van Simon steken niet boven de mijne uit. Het huis dat Matt en ik kochten kwam uit een executieverkoop, anders hadden we het ons nooit kunnen veroorloven, en we zouden het samen opknappen. Na de tweede keer dat ik door een waterleiding had geboord heb ik beloofd van het elektrische gereedschap af te blijven en het huis opknappen kwam onder aan de prioriteitenlijst te staan, samen met een grote beurt voor de taxi en de vuilnisbakken buitenzetten. In de tijd dat ik er alleen voor stond met de kinderen deed ik de meeste dingen zelf, maar het plankje in de badkamer is al drie keer naar beneden gekomen en de kast in de kamer van Katie die ik zelf in elkaar heb gezet wiebelt behoorlijk. Het feit dat Simon er niet meer van bakt dan ik was eigenlijk wel een teleurstelling.

'Heeft het wel zin om geld uit te geven aan de douche als de hele badkamer eigenlijk vernieuwd moet worden?' vraagt Simon.

'Dat gaat voorlopig nog niet gebeuren,' zeg ik en ik denk aan de kerstcadeautjes die ik binnenkort ga afrekenen met mijn creditcard. 'De douche moet gemaakt worden en de rest moet maar zo blijven.' Ik kruip onder het dekbed en voel het warme lichaam van Simon om het mijne heen buigen. Met één oog kijk ik naar de klok.

'Het is weggegooid geld.' Simon gooit het dekbed van ons af en schopt het buiten bereik.

Ik voel een koude windvlaag. Ik ga zitten en kijk hem aan.

'Sinds wanneer maak jij je druk over geld?' Ik ben degene die de uitgaven in de gaten houdt, dat zit in mijn genen. Simon daarentegen gaat nonchalant met geld om, zoals alleen mensen kunnen die nooit zonder hebben gezeten.

'Sorry,' zegt hij en hij haalt beschaamd zijn schouders op. 'Foutje. Het lijkt alleen zo jammer iets op te lappen waar veel meer mee moet gebeuren. Zal ik een offerte aanvragen voor een nieuwe badkamer?'

Ik stel me de badkamer van mijn dromen voor; veel chroom en witte tegels, zoals in het hotel in Parijs waar Simon me mee naartoe heeft genomen toen we een jaar bij elkaar waren. 'We kunnen het ons niet permitteren, Simon. Niet met Kerstmis voor de deur.'

'Ik betaal,' zegt hij. Ik zie iets in zijn ogen waardoor ik vermoed dat hij deze roekeloosheid direct betreurt, maar hij neemt het niet terug. 'Ik mag niet meebetalen aan de hypotheek, dus laat me je dan een nieuwe badkamer geven.'

Ik vraag me af of de opmerking van Justin gisteravond doel heeft getroffen. Ik wil al protesteren, maar hij heft zijn hand.

'Ik sta erop. Ik zal een bedrijf met een smetteloze reputatie zoeken. Als dat bestaat! En nu opschieten, anders kom ik te laat. En jij ook.' Hij springt op en ik zet mijn voeten over de rand van het bed en steek ze in mijn fleece sloffen.

Mijn ochtendjas voelt koud tegen mijn naakte huid en huiverend loop ik naar beneden en zet de waterkoker aan. Biscuit blijft hinderlijk om mijn benen draaien, tot ik een handvol brokjes in zijn bak gooi.

Het gezoem van de douche houdt op en de badkamerdeur gaat open. Ik hoor voetstappen op de overloop en stemmen als Katie en Simon elkaar tegenkomen. Het gezoem begint weer. Katie heeft haast vandaag. Als ze zich opmaakt om te gaan stappen blijft ze eindeloos lang in de badkamer – niet dat Simon zich ooit zal beklagen. Hij doucht liever niet dan haar tegen de haren in te strijken.

'Tieners,' zei hij schokschouderend toen ik haar op haar kop gaf omdat ze de badkamer zo lang in beslag nam. 'Ik heb niet zo veel tijd nodig om mijn haar te wassen.' Hij streek met één hand en een treurige uitdrukking op zijn gezicht over zijn dunner wordende grijze haar.

'Je bent heel begripvol,' zei ik tegen hem. Na de driftige Matt is het zo'n opluchting met iemand samen te wonen die zo tolerant is. Nog niet één keer heb ik meegemaakt dat Simon zijn geduld verloor, zelfs niet toen de buren voor de zoveelste keer kwamen klagen over de muziek van Justin, die minder luid klinkt dan het geschreeuw van hun kinderen. Simon kan gewoon niet boos worden.

Melissa kneep haar ogen tot spleetjes toen ze hoorde dat hij tien jaar alleen had gewoond voor we elkaar ontmoetten. 'Wat is er mis met hem?'

'Niets! Hij is de ware gewoon nog niet tegengekomen. Maar hij is keurig opgevoed. Kookt, veegt, zuigt en strijkt zelfs.'

'Kun je hem een keer bij mij langssturen als je met hem klaar bent? Neil kan van niets een computer bouwen, maar hoe je de stofzuiger moet aanzetten weet hij kennelijk niet.'

Ik schoot in de lach. Al vanaf het begin had ik het gevoel dat ik

Simon helemaal nergens heen zou sturen. Ik herinner me nog de heerlijke huivering toen hij me voor de eerste keer zoende en het genot van de onhandige seks aan het eind van dat eerste afspraakje. Vooral opwindend omdat het helemaal niks voor mij was. Dat vond ik zo spannend aan Simon – hij maakte me tot een ander mens. Geen moeder, niet de vriendin of vrouw van Matt. Ik. Zoë Walker. Ik ben vanuit huis met Matt getrouwd en toen ik eenmaal alleen kwam te staan kostte het me zo veel moeite te zorgen dat het de kinderen aan niets ontbrak dat er geen tijd overbleef om te ontdekken wie ik zelf eigenlijk was. Simon veranderde dat allemaal.

Ik zet thee en neem een blad mee naar boven met vier bekers. Ik klop op de deur van Justin en baan me een weg tussen de rommel door om de dampende beker naast zijn bed te zetten. 'Justin, ik heb thee voor je.'

Hij beweegt zich niet en ik pak de beker van gisteren, vol koude thee. Ik kijk naar mijn zoon. Een baard van drie dagen verbergt zijn zachtmoedige gezicht met het kuiltje in de kin. Zijn lange haar sliert over zijn ogen en hij heeft een arm boven zijn hoofd uitgestrekt. 'Lieverd, het is bijna zeven uur.'

Hij gromt. Justins laptop staat open naast hem; een site met een muziekforum of zoiets. De achtergrond is zwart en de letters zijn wit.

Ik zou hoofdpijn krijgen als ik er lang naar moest kijken. Aan de linkerkant zie ik de foto die Justin online gebruikt; het is zijn gezicht, maar je ziet hem bijna niet omdat hij een hand uitsteekt naar de camera. Op zijn handpalm staat in zwarte letters zijn gebruikersnaam: Game8oy_94.

Hij is tweeëntwintig, maar soms lijkt hij wel twaalf. Katie had altijd zo'n haast om op te groeien – ze popelde van verlangen om haar Barbie en de My Little Pony's aan de wilgen te hangen – maar mannen lijken er langer over te doen.

Ik denk aan de woorden van gisteravond, van Simon. Zal Justin echt op zijn dertigste nog hier wonen? Ik dacht altijd dat ik niet zou willen dat mijn kinderen het huis uit gaan. Het beviel me zo, met z'n drieën, 's avonds gezamenlijk eten, maar verder onze eigen gang gaan. Katie en ik gingen er zo nu en dan samen opuit en Justin hing in de keuken terwijl ik het eten kookte en jatte een paar patatjes nog voor ze op de borden lagen en hield me op de hoogte van de trucs in Grand Theft Auto, waar ik niets van snapte. Pas toen Simon in mijn leven kwam merkte ik hoe ik het had gemist om mijn volwassen leven met iemand te delen.

Justin trekt het dekbed over zijn hoofd.

'Je komt te laat op je werk,' zeg ik tegen hem. Net als ik trouwens als ik me nu niet haast.

'Ik voel me niet lekker,' klinkt het onderdrukt.

Ik ruk aan het dekbed. 'Melissa heeft haar nek uitgestoken voor jou, Justin. Je meldt je niet ziek, heb je me goed begrepen?' Eindelijk dringt tot hem door dat ik het meen.

Hij weet dat hij zonder Melissa geen werk zou hebben – of zonder dat ik het haar gevraagd had eigenlijk.

'Oké, rustig maar.'

Als ik wegga zit hij op de rand van zijn bed en wrijft over zijn hoofd tot zijn haar alle kanten op staat.

Een wolk stoom dampt door de open deur de badkamer uit. Ik klop op Katies deur en ze roept dat ik binnen kan komen. Ze zit achter het bureau dat ze als kaptafel gebruikt en tekent donkere wenkbrauwen op een onberispelijk opgemaakt gezicht, haar haar in een handdoek gedraaid.

'Je bent een held. Ik drink het op terwijl ik mijn haar doe. Ben je om halfacht klaar om te gaan?'

'Wil je geroosterd brood?'

'Dan zwel ik op. Ik eet later wel wat.' Ze blaast een kus in mijn richting en pakt de beker. Er staat op: CALM DOWN AND WATCH REALITY TV. Zelfs met een handdoek op haar hoofd is ze knap. Benen tot haar oksels. God mag weten van wie ze die heeft; in ieder geval niet van mij, en hoewel Matt langer is dan ik, is hij gezet.

'Allemaal zelf betaald,' zei hij altijd en dan wreef hij over zijn bierbuik. Je kunt je geen groter verschil indenken dan met Simon, die groot en tenger is, met lange benen die er in een pak geweldig uitzien en in een short lachwekkend zijn.

'Ik wil wedden dat hij nog nooit zijn handen uit zijn mouwen heeft gestoken,' zei Matt minachtend na hun eerste, ongemakkelijke ontmoeting, toen Matt een keer Katie thuis kwam brengen.

'Misschien is het nooit nodig geweest,' gaf ik terug, maar daar had ik meteen spijt van. Matt is slim. Misschien geen academicus, zoals Simon, maar zeker niet dom. Als ik er niet was geweest zou hij hebben doorgestudeerd.

Ik breng Simon zijn thee. Hij is al aangekleed; een lichtblauw overhemd op een donkerblauwe broek. Het colbertje hangt nog in de kast. De das laat hij weg vanwege de soepele kledingeisen van de *Telegraph*, maar hij is geen man voor een sportieve bloes. Ik kijk op de klok en doe de badkamerdeur dicht in de hoop dat ze warm water voor me hebben overgelaten. Dat hebben ze niet en ik ben snel klaar.

Als ik me sta af te drogen wordt er op de deur geklopt.

'Bijna klaar.'

'Ik ben het maar. Ik ga.'

'O?' Ik sla de handdoek om me heen en doe de deur open. 'Ik dacht dat we samen zouden gaan.'

Simon kust me. 'Ik heb gezegd dat ik vandaag vroeg zou zijn.'

'Over tien minuutjes zijn we klaar.'

'Het spijt me, ik moet nu echt weg. Ik bel je nog.'

Hij loopt de trap af en ik droog me verder af, boos op mezelf omdat ik teleurgesteld ben omdat hij niet met mij naar het station loopt. Als een tiener die niet het voetbalshirt krijgt van de jongen op wie ze verliefd is.

Simon werkte eerst in ploegendiensten, de vroege en late diensten en dan ook nog weekenden. Een paar maanden geleden, begin augustus, werd het veranderd en kreeg hij vaste dagen, van maandag tot vrijdag. Ik dacht dat hij blij zou zijn, maar in plaats van te genieten van de vrije avonden kwam hij humeurig en depressief thuis.

'Ik hou niet van verandering,' beklaagde hij zich.

'Vraag je oude diensten dan terug.'

'Zo werkt het niet,' zei hij, kortaf door zijn frustratie. 'Je begrijpt het niet.'

Hij had gelijk, ik begreep het niet. Net zomin als ik nu begrijp waarom hij geen tien minuten op Katie en mij kan wachten.

'Veel succes,' roept hij op de trap naar Katie. 'Geef ze van jetje.'

‘Ben je zenuwachtig?’ vraag ik op weg naar het station.

Ze geeft geen antwoord, wat een duidelijk antwoord is. Onder haar arm heeft ze haar portfolio, met daarin een stuk of tien foto’s die een fortuin hebben gekost. Op elke foto draagt Katie andere kleding en is haar gezichtsuitdrukking anders. Ze heeft de foto’s als verrassing voor haar achttiende verjaardag van Simon gekregen. Ik geloof niet dat ik haar ooit zo gelukkig heb gezien.

‘Ik weet niet of ik nog een afwijzing kan verwerken,’ zegt ze met een benepen stemmetje.

Ik zucht. ‘Het is een harde wereld, Katie. Ik ben bang dat je nog vaak nee te horen krijgt.’

‘Dank je. Fijn om te weten dat mijn eigen moeder er vertrouwen in heeft.’ Ze gooit haar haar naar achteren met zo’n zwaai dat duidelijk is dat ze de andere kant op gelopen zou zijn als ze niet ook naar het station moest.

‘Doe niet zo raar, Katie. Je begrijpt best wat ik bedoel.’ Ik groet de straatartiest met de dreadlocks die bij de ingang van station Crystal Palace staat. Ik pak een van de muntjes die ik speciaal daarvoor in mijn zak heb. Ze heet Megan en ze is iets ouder dan Katie. Dat weet ik omdat ik haar dat op een dag heb gevraagd en ze me vertelde dat haar ouders haar het huis uit gegooid hebben. Nu hangt ze op de bank, speelt op straat of staat in de rij bij de voedselbank in Norwood & Brixton.

‘Koud vandaag, hè?’ Ik gooi tien pence in haar gitaarkist bij een handvol andere muntjes en ze onderbreekt haar lied om me te bedanken, waarna ze naadloos de volgende maat oppikt.

‘Met tien pence kan ze niet veel, mam.’

Het geluid van Megans lied sterft weg als we het station in lopen.

‘’s Morgens tien pence, tien pence op weg naar huis. Dat is een pond in de week.’ Ik haal mijn schouders op. ‘Tweeënvijftig pond per jaar.’

‘Als je het zo zegt is het veel meer.’ Katie zwijgt een poosje. ‘Waarom geef je haar niet elke vrijdag een pond? Of een stapel geld met Kerstmis?’

We stempelen onze kaart af en lopen door de poortjes naar de bovengrondse.

'Omdat het zo lijkt alsof het niet zo veel is,' zeg ik tegen Katie, al is dat niet de echte reden. Het gaat niet om het geld maar om de vriendelijkheid. Zo ben ik elke dag even aardig tegen haar.

Op Waterloo knokken we ons door de mensenmenigte op weg naar de Northern Line.

'Echt, mam, hoe hou je het vol om dit elke dag te doen?'

'Je went eraan,' zeg ik, al is het niet zozeer gewenning als wel acceptatie. Wanneer je in Londen werkt raak je gewend aan tochtige en stinkende perrons.

'Ik vind het vreselijk. Het is al erg genoeg op woensdag- en zaterdagavond, maar in de spits? Mijn god, ik zou het niet overleven.'

Katie is serveerster in een restaurant in de buurt van Leicester Square. Ze zou dichter bij huis wel wat kunnen vinden, maar ze vindt het fijn om in het 'hart' van de stad te zitten. Wat ze bedoelt is dat de kans om een filmproducent of -agent tegen het lijf te lopen groter is in Covent Garden en Soho dan in Forest Hill. Waarschijnlijk heeft ze gelijk, al is het in de anderhalf jaar dat ze er nu werkt nog niet gebeurd.

Maar vandaag gaat Katie niet naar het restaurant. Vandaag gaat ze naar een auditie en de volgende in een lange rij theateragenten zal haar beoordelen en – naar ze hoopt – aannemen. Ik wilde dat ik zo in haar kon geloven als ze van me verwacht, maar ik ben een realist. Ze is mooi en getalenteerd en een groots actrice, maar ook een negentienjarige van een middelbare school in Peckham, en de kans dat ze wordt ontdekt is net zo groot als de kans dat ik de hoofdprijs win in de loterij. En ik doe niet eens mee.

'Beloof me dat als dit niks wordt, je in elk geval kijkt naar die secretaresseopleiding waar ik het over had.'

Katie kijkt me smalend aan.

'Dan heb je iets om op terug te vallen.'

'Fijn dat je zo'n vertrouwen in me hebt, mam.'

We worden in de mensenmenigte even uit elkaar gedreven en als ik haar weer vind knijp ik in haar hand.

'Ik probeer praktisch te blijven, meer niet.'

Ze is boos op me en ik neem het haar niet kwalijk. Waarom moest ik nou weer over die secretaresseopleiding beginnen? Ik kijk op mijn horloge. 'Je hebt nog drie kwartier. Ik trakteer op koffie.'

'Ik ben liever alleen.'

Dat heb ik verdiend, denk ik, maar ze ziet aan mijn ogen dat ik het me aantrek.

'Ik wil het stuk voor de auditie nog doornemen, meer niet.'

'Natuurlijk. Nou, heel veel succes dan. Ik meen het, Katie. Ik hoop dat het heel goed gaat.' Ik kijk haar na en wou dat ik blij voor haar kon zijn, haar kon toejuichen zoals Simon voor hij naar zijn werk ging.

'Je had best wat enthousiaster kunnen reageren.' Melissa smeert boter op de boterhammen en legt ze op elkaar als voorbereiding op de lunchdrukte. In de counter liggen bakken met tonijn met mayonaise, gerookte zalm en geraspte kaas. Het café in Covent Garden heet Melissa's Too. Het is groter dan dat aan Anerley Road, met barkrukken voor de ramen en vijf of zes tafels met metalen stoelen die elke avond in een hoek opgestapeld staan zodat er gedweild kan worden.

'Je bedoelt dat ik tegen haar moet liegen?' Het is tien voor negen en het café is leeg, op Nigel na, wiens lange grijze jas vol vuiligheid zit en die wolken stinkende lichaamsgeur achterlaat wanneer hij zich beweegt. Hij zit met een pot thee op een van de barkrukken voor het raam, tot Melissa hem er, elke dag, om tien uur uit werkt omdat hij slecht is voor de lunchomzet. Vroeger zat hij voor het café met een bakje op de stoep, maar Melissa kreeg medelijden met hem. Ze rekent hem vijftig pence, twee pond minder dan de prijs op de prijslijst, en hij krijgt absoluut waar voor zijn geld.

'Steun haar gewoon.'

'Maar ik steun haar ook! Ik heb een paar uur vrij genomen van mijn werk om samen met haar te reizen.'

'Weet ze dat?'

Ik val stil. Ik was van plan haar op te wachten om te kijken hoe de auditie is gegaan, maar Katie heeft heel duidelijk gemaakt dat ze geen behoefte heeft aan mijn aanwezigheid.

'Je moet haar aanmoedigen. Als ze het helemaal gaat maken wil je niet dat er in de *HELLO!* komt te staan dat haar moeder altijd zei dat ze nooit zou slagen.'

Ik lach. 'Begin jij nou ook al? Simon is ervan overtuigd dat ze het gaat maken.'

'Nou dan,' zegt Melissa alsof alles daarmee is gezegd. Haar blauwe haarnetje raakt los en ik trek het voor haar naar voren zodat ze niet haar handen opnieuw moet wassen. Melissa heeft lang, donker, dik en glanzend haar dat ze in een ogenschijnlijk ingewikkelde knot – die ik haar binnen een paar tellen heb zien maken – op haar hoofd draagt. Tijdens het werk steekt ze er een pen in, wat haar een bedrieglijk nomadische uitstraling geeft. Zoals gebruikelijk draagt ze een spijkerbroek en enkellaarsjes met een frisse witte bloes, waarvan de mouwen tot aan de ellebogen zijn opgerold. De huid op haar armen is zo bleek als die van haar man donker is.

'Bedankt.'

'Maar ja, hij is er ook van overtuigd dat hij een bestseller zal schrijven.' Ik grinnik en hoewel het een grapje is, voel ik me meteen een verrader.

'Maar moet je dan niet daadwerkelijk schrijven?'

'Hij schrijft ook wel,' zeg ik. Om het evenwicht te herstellen neem ik het direct voor hem op. 'Hij moet veel research doen en met een volledige baan is de tijd daarvoor moeilijk te vinden.'

'Waar gaat het over?'

'Ik geloof dat het een spionagethriller is. Je kent me, mijn stijl is het niet. Geef mij maar Maeve Binchy.' Ik heb geen woord gelezen van Simons roman. Ik mag hem pas zien wanneer hij klaar is en dat vind ik prima, want eerlijk gezegd word ik er een beetje zenuwachtig van. Ik ben bang dat ik niet weet wat ik moet zeggen; hoe kan ik het in vredesnaam beoordelen? Het is vast en zeker goed. Simon schrijft prachtig. Hij is een van de meest gewaardeerde redacteuren bij de *Telegraph* en werkt al aan het boek zolang ik hem ken.

De deur gaat open en er komt een man in pak binnen. Hij noemt Melissa bij haar voornaam en ze kletsen over het weer terwijl ze zijn koffie klaarmaakt en er zonder te vragen melk en suiker in doet.

Er zit een *Metro* in het rek aan de muur en die trek ik eruit terwijl Melissa afrekent. De vorige lezer heeft hem opengevouwen laten liggen op een pagina met als kop **MISDAAD IN ONDERGRONDSE NEEMT HAND OVER HAND TOE** en hoewel er niemand in mijn buurt is, leg ik intuïtief mijn arm over mijn handtas, waarvan de riem ouder gewoonte over mijn buik zit. Er staat een foto bij van een jongen, van Justins leeftijd, met een gehavend gezicht en een vrouw met een rugzak op haar schoot, die eruitziet alsof ze elk moment in tranen kan uitbarsten. Ik kijk het artikel door maar er staat niets nieuws in; advies om je bezittingen dicht bij je te houden en 's avonds laat niet alleen te reizen. Niets wat ik Katie niet al honderd keer heb verteld.

'Ik hoorde van Justin dat je manager zich ziek heeft gemeld,' zeg ik wanneer Melissa weer bij me staat.

'Ze is vandaag ook nog ziek, vandaar...' Ze wijst op het blauwe haarnetje. 'Ik wil wedden dat Richard Branson zulke problemen niet had toen hij zijn zakenimperium opbouwde.'

'Ik wil wedden van wel. En ik weet niet of je twee cafés' – ik krijg een boze blik van Melissa – 'twee fantastische cafés, een imperium mag noemen.'

Melissa kijkt besmuikt. 'Drie.'

Met opgetrokken wenkbrauwen wacht ik af.

'Clerkenwell. Kijk niet zo naar me. Die niet waagt, die niet wint.'

'Maar...' Ik breek mijn woorden af voor ik te ver ga. Een derde café beginnen met een zieltogend tweede café zou mij de stuipen op het lijf jagen, maar ja, daarom zit Melissa in zaken en ik niet. Toen ik naast Melissa en Neil kwam wonen deed ik een cursus boekhouden op de avondschool. Wiskunde was op school niet bepaald mijn sterkste vak, maar Matt had de kinderen alleen op woensdagavond, dus het was dat of meubels stofferen en ik wist niet hoe ik mezelf moest bedruipen met het opnieuw bekleden van stoelen. Melissa was mijn eerste cliënt.

'Tot nu toe heb ik de zakelijke administratie zelf gevoerd,' zei ze toen ik vertelde dat ik me voor de cursus had ingeschreven, 'maar ik heb een nieuwe vestiging in Covent Garden en wil graag mijn handen wat meer vrij hebben. Het zou om salarisstroken en facturen gaan – geen lastige dingen.'

Ik nam die kans met beide handen aan. Hoewel een van mijn

cliënten me al binnen een jaar een vaste baan aanbood ben ik de administratie voor Melissa's en Melissa's Too blijven doen.

'Melissa's Three?' opper ik.

Ze lacht. 'En vier en vijf... wie doet me wat?'

Ik hoef pas tegen lunchtijd op mijn werk te zijn, maar als ik om elf uur verschijn, kijkt Graham met veel omhaal op zijn horloge.

'Fijn dat je nog gekomen bent, Zoë.' Zoals altijd draagt hij een driedelig pak met een echt horloge aan een ketting in het horlogezakje. 'Professionaliteit geeft zelfvertrouwen,' vertrouwde hij me eens toe, misschien wel in een poging me uit de M&S-broeken te krijgen in een net zo ouderwetse outfit.

Ik geef geen sjoege. Ik heb vrijdag voor ik wegging aan Graham drie uur vrij gevraagd en gekregen. 'Zal ik koffiezetten?' vraag ik omdat ik al lang geleden heb geleerd dat onberispelijke beleefdheid de beste manier is om Graham de wind uit de zeilen te nemen.

'Dat zou ik lekker vinden, dankjewel. Heb je een fijn weekend gehad?'

'Aardig,' zeg ik zonder uit te weiden en hij vraagt ook niet verder. Ik ben tegenwoordig niet meer zo open over mijn privéleven. Toen Simon en ik een relatie kregen, waagde Graham het kritiek te hebben omdat het niet gepast zou zijn iets te beginnen met iemand die je via je werk hebt leren kennen. Terwijl het maanden geleden was dat Simon op kantoor was gekomen om, voor een stuk dat hij aan het schrijven was, te informeren naar commerciële huurtarieven.

'Maar het is wel gepast om uit te gaan met de baas?' vroeg ik en ik sloeg mijn armen over elkaar en keek hem recht aan. Zes weken na de ontdekking dat Matt een affaire had, toen ik een emotioneel wrak was, had Graham Hallow me mee uit gevraagd, maar ik had geweigerd.

'Ik had medelijden met je,' zei hij toen ik hem daar jaren later op aansprak. 'Ik wilde je opvrolijken.'

'Juist ja. Bedankt.'

'Misschien denkt deze man dat ook.'

Ik liet me niet op de kast jagen. Ik wist dat Simon geen medelijden met me had. Hij aanbad me. Hij nam bloemen voor me mee, nam me mee naar leuke restaurantjes en kuste me zo dat mijn knieën knikten. We gingen pas een paar weken met elkaar uit, maar ik wist het. Ik wist het gewoon. Misschien had Graham medelijden met me, maar hij heeft me nooit vergeven dat ik hem afwees. Ik mocht niet meer eerder weg als de kinderen ziek waren en het interesseerde hem ook niet dat de treinen soms vertraging hadden. Vanaf dat moment moest alles volgens het boekje en ik had het werk zo hard nodig dat ik het niet waagde zijn regels te overtreden.

Graham drinkt zijn koffie, trekt zijn jas aan en verdwijnt. Er staat niets in de agenda, maar hij mompelt iets over een afspraak en ik ben alleen maar blij dat ik het rijk alleen heb. Het is ongewoon stil voor de maandag, dus ik begin aan een rijkelijk late voorjaarsschoonmaak. Ik stop papieren in de versnipperaar en haal eeuwenoude spinplanten van hun plaats om eronder te stoffen.

Mijn mobiel piept en ik zie een berichtje van Matt.

KT Oké?

Hij kort alle namen af. Katie is KT en Justin is Jus en ik ben alleen Zoë wanneer we ruzie hebben, anders is het Zo.

Simon zou dan Si moeten zijn, als ze op zulke goede voet zouden staan.

Ik heb nog niks van haar gehoord. Ik weet niet of dat een goed teken is of niet!

Had ze er vertrouwen in?

Ik denk even na over mijn antwoord.

Ze was optimistisch

Wat denk jij? x

Ik zie de kus en negeer het bericht. Ik laat het gesprek voor wat het is, ga verder met afstoffen, en even later gaat de telefoon.

'Je hebt het weer gedaan, hè?'

'Wat heb ik gedaan?' vraag ik terwijl ik precies begrijp wat hij bedoelt.

'Je hebt haar hoop de grond in geboord.' Zijn klinkers klinken onderdrukt en ik weet dat hij een sigaret in zijn mond heeft. En jawel, ik hoor de metalige klik waarmee de aansteker opengaat en hoor hem diep inhaleren. Ik rook al twintig jaar niet meer, maar als hij inhaleert voel ik lichamelijke trek.

'Niet waar,' zeg ik, maar Matt kent me te goed. 'Niet expres in ieder geval.'

'Wat heb je gezegd?'

'Ik heb het alleen even over die secretaresseopleiding gehad waarvan ik je vertelde.'

'Zo...'

'Wat nou? Je zei zelf dat dat ideaal zou zijn voor haar.' Ik hoor verkeer op de achtergrond en weet dat Matt in een rij geparkeerd staat en tegen zijn taxi leunt.

'Je moet voorzichtig met haar zijn. Als je haar te hard de ene kant op duwt, rent ze juist de andere kant op.'

'Acteren is geen echte baan,' zeg ik, want het is nog steeds moeilijk om Matt gelijk te geven.

'Daar komt ze vanzelf wel achter. En dan zijn we er voor haar.'

Ik ben klaar met de vergaderruimte en ga naar het kantoor van Graham. Zijn bureau is twee zo groot als het mijne, maar bijna net zo netjes. Dat is het enige wat we gemeen hebben. Er staat een kalender parallel aan de rand van het bureau en een inspirerende tekst maant me vandaag iets te doen waar mijn toekomstige zelf me dankbaar voor zal zijn. Aan de andere kant staan drie in-bakjes op elkaar waarop respectievelijk BINNENKOMEND, IN BEHANDELING en POST staat. Ervoor ligt een stapel kranten, met bovenop de *London Gazette* van vandaag.

Daar is niets vreemds aan. Je zou in Londen moeite moeten doen om een kantoor te vinden waar de *London Gazette* niet ligt. Ik pak de bovenste krant en maak mezelf wijs dat ik nog steeds aan het schoonmaken ben. Dan zie ik dat de krant eronder ook de *London Gazette* is. Net als die daaronder en die daaronder. Een stuk of tien kranten, keurig opgestapeld. Ik werp een blik op de deur, ga achter het bureau van Graham zitten en pak de bovenste. Ik kijk de eerste pagina's door, maar kan me dan niet meer inhouden en kijk naar de zoekertjes.

Meteen voel ik een steen op mijn maag en mijn handpalmen worden vochtig. Want op de laatste pagina van de krant in mijn hand – een krant van een paar dagen geleden – zie ik een vrouw die ik eerder heb gezien.

We zijn allemaal gewoontedieren.

Zelfs jij.

Elke dag pak je dezelfde jas en je vertrekt elke morgen op dezelfde tijd. Je hebt voorkeursplaatsen in de bus en de trein; je weet precies welke roltrap het snelst gaat, door welk poortje je moet en bij welke kiosk de kortste rij staat.

Die dingen weet je; en ik weet ze ook.

Ik weet dat je dezelfde krant koopt in dezelfde winkel; je melk op een vast moment in de week. Ik weet langs welke route je de kinderen naar school brengt; welk binnenweggetje je neemt op weg naar zumba-les. Ik weet in welke straten je afscheid neemt van je vriendinnen na een vrijdagavond in de pub en ik weet dat je de rest van de weg naar huis alleen loopt. Ik ken het circuit van vijf kilometer dat je zondagmorgen hardloopt en de plek waar je stopt om te stretchen.

En al die dingen weet ik omdat het nooit in je is opgekomen dat er iemand naar je kijkt.

Routine is je troost. Het is bekend, vertrouwd.

Door die routine voel je je veilig.

Die routine zal je dood worden.

6

Kelly liep net de briefingruimte uit toen haar telefoon ging. *Onbekend nummer* – wat betekende dat het zo goed als zeker de meldkamer was. Ze hield de telefoon tussen haar rechterschouder en oor terwijl ze haar kogelvrije vest dichtritste.

'Kelly Swift.'

'Kun je een telefoontje afhandelen van ene mevrouw Zoë Walker?' klonk een stem.

Kelly hoorde gezoem van stemmen op de achtergrond; een tiental telefonisten die telefoontjes aannamen en doorverbonden. 'Ze wil je spreken over diefstal op de Circle Line – iets wat uit een tas is gehaald?'

'Dan moet je haar doorverbinden met de Dip Squad. Ik ben daar al een paar dagen weg; ik zit weer in het wijkteam.'

'Dat heb ik geprobeerd, maar er wordt niet opgenomen. Jouw naam staat nog op het proces-verbaal, dus...' De telefonist maakte zijn zin niet af en Kelly zuchtte.

De naam Zoë Walker zei haar niets, maar in de drie maanden bij de Dip Squad had ze met meer slachtoffers van gestolen portemonnees te maken gehad dan ze kon onthouden.

'Verbind maar door.'

'Dank je.' De telefonist klonk opgelucht en Kelly was, niet voor het eerst, blij dat ze in de uitvoerende kant van het politiewerk zat en niet in een benauwd hok hoefde te zitten en telefoontjes van boze burgers hoefde af te handelen.

'Hallo? Hallo?' Een stem aan de andere kant van de lijn; een vrouw dit keer. Ze klonk ongeduldig.

'Goedendag, u spreekt met agent Swift. Wat kan ik voor u doen?'

'Eindelijk! Je zou denken dat ik MI5 aan de telefoon probeer te krijgen.'

'Zo opwindend is het helaas niet. Ik begrijp dat u belt over een diefstal in de metro? Wat is er van u gestolen?'

'Van mij niets,' zei de beller, alsof Kelly er niets van begreep. 'Cathy Tanning.'

Zulke telefoontjes kwamen altijd wanneer de politie in de krant was geciteerd. Contact met het publiek; vaak zonder enige relatie met het artikel, alsof je naam en het nummer op je schouder je vogelvrij maakten.

'Haar sleutels waren uit haar tas gehaald terwijl ze sliep,' ging mevrouw Walker verder. 'Verder niets, alleen haar sleutels.'

Dat was wat het een ongebruikelijk geval maakte. Op weg naar het bureau om het proces-verbaal op te stellen had Kelly zich afgevraagd of het wel onder diefstal te scharen viel, maar Cathy had volgehouden dat ze ze niet verloren kon hebben.

'Ze zitten in een apart vak van mijn tas,' had ze tegen Kelly gezegd. 'Ze kunnen er niet uit gevallen zijn.'

Het vak zat aan de voorkant van de handtas in de vorm van een rugzak. Het werd afgesloten met een rits en een riem met een gesp. Beide waren open.

Op de beelden van de beveiligingscamera waarop Cathy op station Shepherd's Bush aankwam leek de riem stevig gesloten. Toen ze bij Epping uitstapte bungelde hij los en stond het vak enigszins open.

Het was een duidelijke zaak. Cathy was de perfecte getuige; ze liep altijd langs dezelfde weg van haar werk naar het station en nam zelfs dezelfde wagon van de Circle Line en zat, zo mogelijk, op dezelfde plaats. Als iedereen zo voorspelbaar was, had Kelly toen gedacht, zou haar werk veel gemakkelijker zijn. Ze had haar binnen een paar minuten gevonden op de beelden van de bewakingscamera, maar ze werd niet gevolgd door een bekende van de politie. Op dit moment waren de grootste boosdoeners in de metro de Curtis

Kids, maar die waren uit op portemonnees en mobiele telefoons, niet op sleutels.

En toen Kelly de beelden bekeek van het rijtuig waarin Cathy zat toen ze werd bestolen, keek ze de dader nog bijna over het hoofd ook.

Cathy had zitten slapen en leunde tegen de zijwand met haar benen gekruist en haar armen beschermend om haar tas. Kelly was zo geconcentreerd op zoek naar jongens met een hoodie of stelletjes vrouwen met een hoofddoek en een baby op de arm dat ze de man die bij Cathy's benen stond amper opmerkte. Hij paste dan ook niet in het profiel van een typische zakkenroller. Hij was lang, goed gekleed, en had een grijze sjaal twee keer om zijn hals geslagen alsof hij nog buiten was en zich tegen de kou wilde beschermen. Hij stond met zijn rug naar de camera en hield zijn gezicht naar de grond gericht. Met een snelle beweging bukte hij zich, boog zich over naar Cathy Tanning en ging weer staan. Zijn rechterhand bewoog zich zo snel naar zijn rechterzak dat Kelly niet kon zien wat hij daarin had.

Dacht hij dat er een portemonnee in het voorvak zou zitten? Of een mobiel? Een gok die teleurstellend afliep toen hij merkte dat hij alleen maar een sleutelbos had? Maar nam hij ze toch maar mee omdat het een onnodig risico was om ze terug te stoppen terwijl hij ze onderweg naar huis in een afvalbak kon dumpen?

Haar laatste dagen bij de Dip Squad was Kelly door de hele metro op zoek geweest naar de man die Cathy bestolen had. De foto die van de camerabeelden was gemaakt was zo korrelig dat het geen zin had die te verspreiden. Het was een Aziatische man, dat was wel duidelijk, en ruim 1 meter 80 lang. De camerabeelden waren in kleur en haarscherp – het leek bijna alsof je naar het nieuws keek over forensen in de metro – maar dat garandeerde geen herkenning. De camera's moesten precies de goede kant op staan om een gezicht in beeld te brengen. Maar al te vaak – zoals ook in dit geval – werd de overtreding gepleegd buiten het bereik van de camera. Wanneer je inzoomde om het beter te kunnen zien werd het beeld zo vaag dat een gezicht met geen mogelijkheid te identificeren viel.

'Bent u getuige geweest van de diefstal?' vroeg Kelly en ze richtte haar aandacht weer op Zoë Walker. Als ze het had gezien zou ze zich toch zeker wel eerder gemeld hebben? Ze bedacht dat mevrouw Walker misschien de sleutelbos had gevonden; dat ze ze aan de technische dienst konden overdragen.

'Ik heb informatie voor jullie,' zei Zoë Walker. Ze sprak formeel en zo kortaf dat het bijna onbeschoft was, maar er klonk een onzekerheid in haar stem door die suggereerde dat ze nerveus was.

'Ja, gaat u verder,' zei Kelly.

De brigadier verscheen en hij tikte op zijn horloge.

Kelly wees op de telefoon en zei geluidloos: *Wacht even.*

'Het slachtoffer. Cathy Tanning. Haar foto stond in een seksadvertentie in de *London Gazette* vlak voor haar sleutels werden gestolen.'

Wat Kelly ook van Zoë Walker had verwacht te horen, dat was het niet.

Ze ging zitten. 'Wat voor advertentie?'

'Ik weet het niet precies. Hij staat op een pagina met zoekertjes voor chatboxen en escorts en zo. Op vrijdag zag ik dezelfde advertentie, maar ik dacht toen met mijn foto.'

'Dacht u dat werkelijk?' Kelly kon het sarcasme niet uit haar stem houden. Ze hoorde Zoë Walker aarzelen.

'Nou ja, ze leek op mij. Zonder bril. Maar ik draag ook wel eens contactlenzen. Van die daglenzen die je weggooit, weet u.' Ze zuchtte. 'U gelooft me niet, hè? U denkt dat ik een soort malloot ben.'

Dat was bijna letterlijk wat Kelly dacht en ze voelde zich schuldig. 'Helemaal niet. Ik probeer alleen de feiten op een rijtje te krijgen. Kunt u me de data geven van de kranten?' Ze wachtte terwijl Zoë Walker op de kalender keek en schreef de data op die ze haar gaf. Dinsdag 3 november de foto van Cathy Tanning en vrijdag 13 november die van Zoë zelf. 'Ik zal ernaar kijken,' beloofde ze, al wist ze niet waar zc de tijd vandaan moest halen. 'Laat het maar aan mij over.'

'Nee.' Paul Powell was onverbiddelijk. 'Je hebt drie maanden in je eigen kleren mogen flaneren terwijl wij het werk mochten doen, nu is het tijd om weer eens echt politiewerk te doen.'

Kelly beet op haar tong in de wetenschap dat ze brigadier Powell beter niet tegen zich in het harnas kon jagen. 'Ik wil graag met Cathy Tanning praten,' zei ze en ze ergerde zich zelf aan de smekende toon van haar stem. 'Ik kom meteen daarna terug.' Er was niets ergers dan een los eindje en hoewel Zoë Walker een raar verhaal had opgehangen, knaagde er iets bij Kelly. Was het waar dat er een foto van Cathy bij de seksadvertenties had gestaan? Bestond de kans dat ze geen willekeurig slachtoffer was, maar zorgvuldig was uitgekozen? Geadvertéérd zelfs?

'Het behoort niet meer tot jouw taak. Als er onderzoek gedaan moet worden, dan dient de Dip Squad dat te doen. Als je geen werk genoeg hebt, dan zeg je het maar, hoor...'

Kelly hief haar hand. Ze wist wanneer ze beter kon zwijgen.

Cathy Tanning had een huis in Epping, niet ver van het metrostation. Ze leek het leuk te vinden iets van Kelly te horen en stelde voor af te spreken in een bodega in Sefton Street wanneer Kelly klaar was met werken. Kelly stemde meteen in, in de wetenschap dat als ze op eigen initiatief aan een zaak wilde werken, ze op zichzelf was aangewezen.

'Je hebt ze dus niet gevonden?' Cathy was zevenendertig, huisarts in de buurt van Shepherd's Bush, en had een directe manier van doen die, zo vermoedde Kelly, sommige patiënten tegen de borst stuitte.

Kelly kon hem waarderen.

'Het spijt me.'

'Het geeft niet. Ik had het ook niet verwacht. Maar ik popel van nieuwsgierigheid, wat zei je nou over een advertentie?'

De receptioniste van de *Gazette* was verbazend behulpzaam geweest en had kleurenkopieën gemaild van de advertentiepagina's op de data die Zoë Walker had genoemd. In de ondergrondse had Kelly de foto's bij de zoekertjes bestudeerd en ze had al snel de foto gevonden waarvan Zoë vermoedde dat het Cathy was. Nog maar een paar dagen geleden had Kelly toegekeken terwijl de fotograaf van de *Metro* een heel aantal plaatjes schoot van Cathy en het was haar opgevallen dat de pony van Cathy naar rechts viel en dat ze haar wenkbrauwen voortdurend licht fronste. Ze leek werkelijk op de vrouw in de *Gazette*.

Kelly legde de uitgeknipte advertentie voor Cathy op tafel en keek aandachtig naar de reactie van de vrouw. Onder de foto stond weinig informatie, maar de advertentie was omgeven door lijsten escortservices en chatboxen, zodat duidelijk was waarvoor werd geadverteerd. Verdienden huisartsen bij in een chatbox? Of als callgirl?

Het eerste wat Kelly had gedaan toen ze kopieën van de advertenties had ontvangen was het webadres – findtheone.com – zoeken in haar browser. Ze was op een lege pagina met een wit venster in het midden gekomen, waaruit bleek dat je een wachtwoord of iets dergelijks nodig had, maar zonder aanwijzingen hoe je daaraan moest komen.

De verbazing op het gezicht van Cathy was niet geveinsd. Na een korte stilte begon ze nerveus te lachen. Ze pakte de pagina om beter te kunnen kijken. 'Ze hadden wel een flatteuzere foto mogen gebruiken, vind je ook niet?'

'Maar je bent het zelf?'

'Het is mijn winterjas.'

De foto was scherp uitgesneden en van de achtergrond was zo goed als niets te zien. Ergens binnen, dacht Kelly, al kon ze niet zeggen waarom ze daarvan overtuigd was. Cathy keek in de richting van de camera, maar niet in de lens; ze staarde in de verte alsof ze diep in gedachten was. Je zag de schouders van een bruine winterjas met daarachter een capuchon met een bontrand.

'Heb je deze foto eerder gezien?'

Cathy schudde haar hoofd.

Kelly zag dat ze, ondanks haar zelfverzekerdheid, geschrokken was. 'En ik vermoed dat jij deze advertentie niet hebt geplaatst.'

'Hoor eens, de NHS is geen vetpot, maar ik ben nog niet aan een carrièremove toe.'

'Sta je bij een datingsite geregistreerd?'

Cathy keek haar geamuseerd aan.

'Het spijt me dat ik het moet vragen, maar ik wil weten of ze de foto's van een reguliere website af hebben kunnen halen.'

'Geen datingsites. Ik heb net een serieuze relatie achter de rug en eerlijk gezegd ben ik nog niet aan een volgende toe.' Ze legde de krantenpagina neer en nam een flinke slok van haar wijn. 'Zeg eens eerlijk, moet ik me zorgen maken?'

'Ik weet het niet,' zei Kelly naar waarheid. 'Deze advertentie dateert van twee dagen voor je sleutels werden gestolen en dat weet ik pas sinds een paar uur. De vrouw die het heeft opgemerkt zag op vrijdag een foto van zichzelf in de *London Gazette*.'

'Is er ook iets van haar gestolen?'

'Nee, maar het bevalt haar natuurlijk niet dat haar foto zo in de krant staat.'

'Nee, mij ook niet,' zei Cathy en ze zweeg, alsof ze aarzelde over wat ze wilde zeggen. 'Weet je wat het is, Kelly, ik loop al een paar dagen te twijfelen of ik je zal bellen.'

'Waarom heb je het niet gedaan?'

Cathy keek Kelly recht aan. 'Ik ben arts, ik doe aan feiten, niet aan fantasie, net als jij, vermoed ik. Ik wilde je bellen, maar... ik wist het niet zeker.'

'Wat wist je niet zeker?'

Weer een pauze.

'Ik denk dat er iemand in mijn huis is geweest toen ik aan het werk was.'

Kelly zweeg en wachtte tot Cathy verder zou praten.

'Ik weet het niet zeker. Het is meer... meer een gevoel.' Cathy rolde met haar ogen. 'Ik weet het, een advocaat zou er niet van onder de indruk zijn, toch? Daarom heb ik het niet gemeld. Maar toen ik gisteren thuiskwam had ik durven zweren dat ik aftershave rook in de hal en toen ik naar boven ging om me te verkleden stond de wasmand open.'

'Kan je hem zelf open hebben gelaten?'

'Mogelijk, maar niet erg waarschijnlijk. Ik doe hem altijd automatisch dicht.' Ze zweeg even. 'En volgens mij mis ik wat slipjes.'

'Je hebt de sloten toch vervangen?' vroeg Kelly. 'Je zat op de slotenmaker te wachten toen je ons belde.'

Cathy keek een beetje schaapachtig. 'Ja, van de voordeur. Ik heb de achterdeur laten zitten. Dat was weer honderd pond extra en eerlijk gezegd zag ik het nut er niet van in. Uit mijn sleutelbos was niet af te leiden waar ik woon en het leek een onnodige uitgave.'

'Maar nu...' Kelly liet de vraag hangen.

'Nu wilde ik maar dat ik ze allebei had laten vervangen.'

7

Het is bijna drie uur als Graham terug is op kantoor.

'Werklunch,' verklaart hij, maar zijn ontspannen houding doet me vermoeden dat de lunch vergezeld is gegaan van meer dan één glas bier.

'Kan ik even naar het postkantoor nu jij hier bent?'

'Als je snel bent. Ik heb over een uur een bezichtiging.'

Alles is gefrankeerd en ligt in bundeltjes met een elastiekje eromheen op mijn bureau. Ik schuif alles in een linnen tasje en trek mijn jas aan terwijl Graham in zijn kantoor verdwijnt.

Het is buiten zo koud dat ik mijn adem kan zien en ik stop mijn handen diep in mijn zakken en wrijf met mijn vingers tegen mijn handpalm. Een dof gezoem laat me weten dat ik een berichtje krijg, maar mijn mobiel zit in een binnenzak. Het kan wachten.

In de rij in het postkantoor rits ik mijn jas open. Het bericht is van Kelly Swift.

Wil je me zo snel mogelijk een foto van jezelf sturen?

Betekent dat dat ze Cathy Tanning heeft gesproken? Betekent het dat ze me gelooft? Ik heb de tekst nog niet gelezen of er komt er nog een.

Zonder bril

Er staan zes mensen voor me in de rij en net zo veel achter me. *Zo snel mogelijk*, zegt agent Swift. Ik zet mijn bril af en doe de camera van mijn telefoon aan. Ik moet even zoeken voor ik weer weet hoe ik mezelf kan fotograferen, maar dan strek ik mijn arm uit zonder dat het opvalt dat ik een selfie maak. Door de invalshoek heb ik drie onderkinnen en wallen onder mijn ogen, maar ik neem de foto toch. Ik schrik van de luide klik. Ik schaam me dood. Wie maakt er nou een selfie in een postkantoor? Ik stuur hem naar agent Swift en zie meteen dat ze hem geopend heeft. Ik stel me voor dat ze mijn foto vergelijkt met de advertentie in de *London Gazette* en wacht op een bericht dat ik het me maar verbeeld, maar mijn telefoon zwijgt in alle talen.

Ik stuur Katie een bericht en vraag hoe de auditie is verlopen. Die is al uren geleden afgelopen, maar ik weet dat ze geen contact met me opneemt vanwege mijn woorden van vanochtend. Ik stop mijn telefoon weg.

Wanneer ik het kantoor binnenkom staat Graham over mijn bureau gebogen en rommelt in de bovenste la. Hij schiet overeind wanneer ik binnenkom en de blos die over zijn gezicht trekt wordt niet ingegeven door schaamte, maar ergernis dat hij betrapt is.

'Zoek je iets?' Er liggen alleen maar enveloppen en pennen en elastiekjes in de bovenste la en ik vraag me af of hij de andere laden al heeft doorzocht. In de middelste liggen oude aantekeningenboekjes, keurig op datum voor als ik iets moet opzoeken. De onderste is een rommella: een paar gympen uit de tijd dat ik van plan was om naar de rivier te lopen voor ik naar het station ging, panty's, make-up, Tampax. Ik wil tegen hem zeggen dat hij met zijn vingers van mijn spullen af moet blijven, maar ik weet al wat hij zal zeggen. Het is zijn zaak, zijn bureau, zijn laden. Als Graham Hallow een huisbaas zou zijn, was het er een die zonder kloppen binnen zou lopen voor inspectie.

'De sleutels van de Tenement. Ze hangen niet in de kluis.'

Ik loop naar de sleutelkluis, een metalen kastje dat naast de archiefkast aan de muur hangt. De Tenement is een kantorenunit binnen een groter complex dat City Exchange heet. Ik kijk bij de C en zie de sleutels meteen hangen.

'Ik dacht dat Ronan de Exchange afhandelde?' Ronan is de laatste in een lange rij junior makelaars. Het zijn altijd mannen – Graham gelooft niet dat vrouwen kunnen onderhandelen – en ze lijken zo op elkaar dat het lijkt of ze allemaal hetzelfde pak gebruiken en er een paar dagen na elkaar in stappen. Ze blijven nooit lang; de goede zijn net zo snel weg als de slechte.

Graham hoort mijn vraag niet of hij verkiest hem te negeren, pakt de sleutels en herinnert me eraan dat de huurders van Churchill Place straks het huurcontract komen ondertekenen. De bel op de deur klingelt als hij weggaat. Hij vertrouwt Ronan niet, dat is het probleem. Hij vertrouwt ons geen van allen, wat betekent dat hij in plaats van op kantoor te zijn op straat loopt om iedereen te controleren en voor de voeten te lopen.

Op station Cannon Street is het vol met zakenmensen. Ik wurm me het perron over tot ik bijna bij de tunnel ben; in het voorste rijtuig zitten altijd de minste mensen en als we bij Whitechapel stoppen gaat de deur ter hoogte van de uitgang open.

In de trein pak ik de *London Gazette* die op de smerige stoel naast de mijne is achtergelaten. Ik blader meteen door naar achteren, waar de zoekertjes staan, en zie de advertentie met het loze telefoonnummer: 0809 4 733 968. De vrouw van vandaag heeft donker haar en een brede glimlach met witte tanden en onder aan de foto zie je een stukje van haar boezem. Om haar hals draagt ze een dun kettinkje met een zilveren kruisje.

Weet ze dat haar foto bij de zoekertjes staat?

Ik heb niets van agent Swift gehoord en maak mezelf wijs dat geen bericht goed bericht is. Als er iets was om me zorgen over te maken had ze me vast gebeld. Als een dokter met onrustbarende testuitslagen. Geen nieuws is goed nieuws, dat zeggen ze toch altijd? Simon heeft gelijk; die foto in de krant, dat was ik niet.

In Whitechapel stap ik in de bovengrondse naar Crystal Palace. Tijdens het lopen hoor ik voetstappen achter me. Daar is niks geks aan; in de ondergrondse zijn overal voetstappen, echoënd tegen de muren, versterkt en uitgerekt tot het lijkt alsof er tientallen mensen lopen, rennen, stampen.

Maar ik kan het gevoel dat deze voetstappen anders zijn niet van me afschudden.

Dat ze me achtervolgen.

Op mijn achttiende ben ik een keer achtervolgd, op weg naar huis nadat ik boodschappen had gedaan, net zwanger van Justin. Het naderende moederschap had me overgevoelig gemaakt en ik zag overal gevaar. Een gebarsten trottoirtegel waarover ik kon struikelen, een fietser die me zeker niet meer kon ontwijken. Ik voelde me zo verantwoordelijk voor het leven dat in me groeide dat ik de straat niet durfde oversteken omdat dat hem in gevaar kon brengen.

Ik was melk gaan halen en had Matts moeder verzekerd dat een beetje beweging me goed zou doen; dat ik graag iets terug wilde doen omdat ze me in huis hadden genomen. Het was donker en toen ik naar huis liep merkte ik dat ik gevolgd werd. Er was geen geluid, geen sensatie, alleen de zekerheid dat er iemand achter me liep en, erger, dat diegene probeerde onopgemerkt te blijven.

Diezelfde zekerheid voel ik nu.

Indertijd wist ik niet wat ik het beste kon doen. Ik stak de weg over; de persoon achter me stak ook over; hij kwam dichterbij en het kon hem niet meer schelen of ik hem hoorde of niet. Ik keek om en zag een man – een jongen – niet veel ouder dan Matt. Een capuchon op zijn hoofd; handen diep in zijn zakken gestoken. Een sjaal over de onderkant van zijn gezicht.

Er was een binnendoorweggetje naar het huis van Matt; een smal straatje achter een huizenblok langs, niet meer dan een steeg. *Het is sneller*. Ik kon niet meer helder denken en wilde zo gauw mogelijk veilig thuis zijn.

Zodra ik de hoek om was begon ik te rennen en de jongen achter me ook. Ik liet mijn boodschappentas vallen en de dop vloog van de melkfles af, zodat er een witte fontein over de stenen vloog. Even later struikelde ik en viel op mijn knieën, met een arm beschermend om mijn buik geslagen.

Het was zo voorbij. Hij boog zich over me heen en ik kon alleen zijn ogen zien. Hij stak een hand uit en doorzocht mijn zakken. Toen hij mijn portemonnee had gevonden rende hij weer weg en liet me op straat zitten.

De voetstappen komen dichterbij.

Een stukje verderop loopt een groepje meisjes en die probeer ik in te halen. In een groep ben je veilig, denk ik. Ze maken gekkigheid, rennen, springen en lachen de hele tijd, maar ze zijn niet bedreigend. In tegenstelling tot de voetstappen achter me, die zwaar klinken en dichterbij komen.

'Hé!' hoor ik.

Een mannenstem. Rauw en scherp. Ik trek mijn tas voor mijn buik en leg er een arm overheen zodat hij niet open kan, maar dan bedenk ik paniekerig dat als iemand hem grijpt, hij mij ook meesleurt. Ik denk aan de raad die ik de kinderen altijd geef: beroofd worden is beter dan gewond raken. 'Geef je over zonder verzet,' zeg ik altijd. 'Niets is het waard om voor in elkaar geslagen te worden.'

De voetstappen versnellen. Hij rent.

Ik ren ook, maar mijn angst maakt me onhandig en ik verzwik een enkel en val bijna. Ik hoor dezelfde stem weer schreeuwen en nu raast het bloed zo snel door mijn oren dat ik niet versta wat hij zegt. Ik hoor alleen dat hij rent en mijn eigen hijgende ademhaling. Mijn longen staan op barsten.

Mijn enkel doet pijn. Ik kan niet rennen en probeer het dus maar niet meer.

Ik geef het op. Ik draai me om.

Hij is jong, negentien of twintig. Blank, met baggy jeans en gympen die op het perron weerklinken.

Ik geef hem mijn mobiel – daar zijn ze toch opuit? En geld. Heb ik geld bij me?

Ik trek de riem van mijn tas al over mijn hoofd, maar hij haakt achter mijn capuchon. De jongen is nu bijna bij me, grinnikend alsof hij van mijn angst geniet, geniet van het feit dat ik zo bibber dat ik de riem niet kan loskrijgen. Ik knijp mijn ogen dicht. *Doe het nou maar. Wat je ook van plan bent, doe het maar gewoon.*

Zijn gympen dreunen op de grond. Sneller, luider, dichterbij.

Ze gaan aan me voorbij.

Ik doe mijn ogen open.

'Hé,' roept hij nog eens, 'stelletje trutten!' De tunnel draait naar links en hij verdwijnt uit mijn blikveld. Door de echo lijkt het weer alsof hij mijn kant op komt. Ik bibber nog steeds en mijn lichaam heeft moeite te accepteren dat wat ik dacht dat zou gebeuren zich niet voor zal doen.

Ik hoor geschreeuw. Ik begin met een kloppende enkel te lopen. Om de hoek zie ik hem weer. Hij heeft zich bij de meisjes gevoegd, zijn arm om een van hen heen geslagen, en de andere grinniken.

Ze praten allemaal door elkaar; opgewonden geklets dat aanzwelt tot een crescendo van hyena-achtig gelach.

Ik loop langzaam. Door mijn enkel en omdat ik – hoewel ik kan zien dat er geen gevaar dreigt – geen zin heb langs deze groep jongeren, die me zo de stuipen op het lijf heeft gejaagd, te lopen.

Niet elke voetstap zit je op de hielen, houd ik mezelf voor. Niet iedereen die rent zit achter jou aan.

Als ik bij Crystal Palace uitstap spreekt Megan me aan, maar ik hoor het amper. Ik ben blij in de frisse lucht te zijn en boos op mezelf omdat ik me zo heb laten opjutten om niks. 'Het spijt me,' zeg ik, 'wat zei je?'

'Ik vroeg alleen of je een fijne dag had gehad.' Er liggen minder dan tien muntjes in de gitaarkoffer; ze heeft me eens verteld dat ze de pond- en vijftigpencestukken eruit haalt.

'Mensen geven niet meer als ze denken dat je genoeg hebt verdiend,' verklaarde ze.

'Het ging wel, dank je. Tot morgen.'

'Ik zal er zijn,' zegt ze en er gaat troost uit van die voorspelbaarheid.

Aan het eind van Anerley Road ga ik ons open hek voorbij en loop door het keurig geverfde hek van Melissa. De deur zwaait open, een reactie op het berichtje dat ik onderweg van het station naar huis heb gestuurd.

Tijd voor thee?

'Het theewater staat op,' zegt ze zodra ze me ziet.

Op het eerste gezicht is het huis van Melissa en Neil hetzelfde als mijn huis. Een kleine hal, aan de linkerkant de huiskamer en de onderste traptree recht tegenover de ingang. Maar daarmee houdt de gelijkenis op. Aan de achterkant van het huis van Melissa, waar je bij ons het keukentje vindt, is een enorme uitbouw de tuin in. Door grote lichtkoepels schijnt licht naar binnen en er zijn openslaande deuren over de hele breedte van het huis.

Ik volg haar naar de keuken, waar Neil aan de ontbijtbar zit met zijn laptop voor zich. Melissa's bureau staat voor het raam en hoewel Neil boven een werkkamer heeft, zit hij vaak hier wanneer hij thuiswerkt.

'Hoi, Neil.'

'Hoi, Zoë, hoe gaat het?'

'Ik mag niet klagen.' Ik aarzel en weet niet of ik het verhaal van de foto's in de *Gazette* met ze wil delen, of ik het überhaupt kan duiden. Misschien helpt het om erover te praten. 'Er is trouwens wel iets raars aan de hand. Ik zag een foto in de *London Gazette* en die vrouw lijkt sprekend op mij.' Ik lach erbij, maar Melissa kijkt me scherp aan en stopt met theezetten. We brengen zo veel tijd met elkaar door dat ik niets kan verbergen.

'Gaat het wel goed met je?'

'Ja, prima. Het was alleen maar een foto. Een advertentie van een datingsite of zoiets. Maar met mijn foto erbij. Tenminste, dat denk ik.' Nu is het de beurt van Neil om verbaasd te kijken en ik kan het hem niet kwalijk nemen, ik sta te bazelen. Ik denk aan de jongen in de metro, die alleen maar zijn vriendinnen probeerde in te halen, en ik ben blij dat niemand mijn overdreven reactie heeft gezien. Ik vraag me af of ik een midlifecrisis heb, met paniekaanvallen om niks.

'Wanneer was dat?' vraagt Neil.

'Vrijdagavond.' Ik kijk de keuken door, maar natuurlijk liggen daar geen oude kranten. In mijn huis stroomt de papierbak voortdurend over van de kranten en opgevouwen kartonnen dozen, maar die van Melissa is keurig weggewerkt en wordt geregeld geleegd. 'Hij stond bij de zoekertjes. Alleen een telefoonnummer, een webadres en die foto.'

'Een foto van jou,' zegt Melissa.

Ik aarzel. 'Nou ja, iemand die op mij lijkt. Simon zei dat ik een dubbelganger moet hebben.'

Neil schiet in de lach. 'Je herkent jezelf toch zeker wel?'

Ik ga naast hem aan de ontbijtbar zitten en hij sluit zijn laptop en schuift hem aan de kant. 'Dat zou je denken, ja. Toen ik hem ontdekte in de metro was ik ervan overtuigd dat ik het was. Maar toen ik hem thuis aan de anderen liet zien wist ik het niet zo zeker meer. Ik bedoel, hoe zou die foto daar komen?'

'Heb je het nummer gebeld?' vraagt Melissa. Ze leunt op de bar tegenover ons, de thee vergeten.

'Het bestaat niet echt. En de website ook niet. Het adres is iets van findtheone.com, maar je komt op een lege pagina met een venster in het midden.'

'Zal ik eens voor je kijken?'

Neil werkt in de IT. Ik heb nooit goed begrepen wat hij precies doet, maar hij heeft het me een keer tot in detail uitgelegd en ik schaam me omdat ik het niet meer weet.

'Nee, het gaat wel, echt. Jij hebt ook wel wat beters te doen.'

'Zeker weten,' zegt Melissa treurig. 'Morgen is hij in Cardiff en dan de rest van de week in de Houses of Parliament. Op het moment mag ik van geluk spreken als ik hem één keer per week zie.'

'Parliament? Wauw. Hoe is het daar?'

'Saai,' zegt Neil grinnikend. 'Het deel waar ik kom in ieder geval. Ik moet een nieuwe firewall installeren, dus de kans dat ik de premier tegenkom is klein.'

'Heb je de papieren van oktober klaar?' vraag ik Melissa, als het me weer te binnen schiet waarom ik hier eigenlijk ben.

Ze knikt. 'Op het bureau, op de oranje multomap.'

Het bureau van Melissa is glanzend wit, zoals alles in de keuken. Een enorme iMac neemt het grootste deel in en op een zwevende plank erboven liggen de mappen van de cafés. Op het bureau staat een houten pennenbakje dat Katie op school heeft gemaakt.

'Dat je dit nog hebt!'

'Natuurlijk. Ik vond het zo lief dat ze die voor mij heeft gemaakt.'

'Ze had er een "goed" voor,' zeg ik. Toen we net naast Melissa en

Neil kwamen wonen zaten we heel krap. Ik kon wel meer diensten draaien bij de Tesco, maar omdat ik de kinderen om drie uur uit school moest halen lukte dat niet. Tot Melissa te hulp schoot. In die tijd had ze nog maar één café en na lunchtijd ging dat dicht. Ze haalde de kinderen voor me op, nam ze mee naar huis, en dan keken ze televisie terwijl zij de bestellingen voor de volgende dag doorgaf. Melissa bakte met Katie, Neil liet Justin zien hoe je RAM aan een moederbord toevoegde en ik kon mijn hypotheek betalen.

Op de oranje map ligt een stapeltje ontvangstbewijzen onder een opgevouwen kaart van de metro en een notitieblok vol met post-its, volgeschreven in het keurige handschrift van Melissa.

'Plannen om de wereld te veroveren?' vraag ik met een lach.

Melissa en Neil wisselen een blik van verstandhouding.

'O, sorry. Niet grappig.'

'Het gaat om het nieuwe café. Neil is er niet zo van gecharmeerd als ik.'

'Ik vind het café prima,' werpt Neil tegen. 'Ik ben alleen niet zo gecharmeerd van een faillissement.'

Melissa slaat haar ogen ten hemel. 'Je bent zo bang voor risico's.'

'Hoor eens, laat die thee maar zitten,' zeg ik en ik pak de papieren van Melissa.

'Blijf nou,' zegt Melissa. 'We zullen geen ruzie maken, ik beloof het.'

Ik schiet in de lach. 'Daar gaat het niet om,' antwoord ik, al is dat niet helemaal waar. 'Simon neemt me vanavond mee uit eten.'

'Op een doordeweekse avond? Ter gelegenheid waarvan?'

'Zomaar,' grinnik ik. 'Romantiek op de maandagavond.'

'Jullie zijn net een stel tieners.'

'Het is de roes van de eerste verliefdheid,' zegt Neil. 'Zo waren wij ooit ook.' Hij knipoogt naar Melissa.

'O ja?'

'Wacht maar tot er zeven jaar voorbij zijn, Mel. Dan liggen ze in bed televisie te kijken en maken ruzie over de dop van de tandpastatube die er weer eens niet op gedraaid is.'

'Dat doen we nu ook al heel vaak,' zeg ik lachend. 'Tot ziens.'

De voordeur is van het slot af wanneer ik thuiskom en de jas van Simon ligt over de trapleuning. Ik loop de trap op naar de zolderkamer en klop op de deur. 'Waarom ben je zo vroeg thuis?'

'Hé, schoonheid. Ik had je niet gehoord. Heb je een fijne dag gehad? Ik kon me op kantoor niet concentreren, dus ik heb werk mee naar huis genomen.' Hij staat op om me een kus te geven en bukt zorgvuldig onder een dakspant door. De vorige bewoners hebben op een koopje de zolder afgetimmerd. Ze hebben om de spanten heen gewerkt en hoewel het een grote ruimte is, kun je alleen in het midden staan.

Ik kijk naar de stapel papieren die het dichtst bij me ligt en zie een getypte lijst met namen, met onder elke naam een korte levensbeschrijving.

'Gesprekken die ik moet houden voor een artikel,' verklaart hij als hij me ziet kijken. Hij pakt de stapel en verplaatst hem naar de andere kant zodat ik op de hoek van het bureau kan zitten. 'Het is zo moeilijk ze te spreken te krijgen.'

'Ik weet niet hoe jij nog dingen kunt vinden.' Mijn laden op kantoor zijn misschien een rommeltje, maar de bovenkant van het bureau is zo goed als leeg. Een foto van de kinderen en een plant naast mijn in-bakje; voor ik naar huis ga zorg ik dat alles opgeruimd is. Aan het eind van elke dag maak ik een lijst van dingen die ik de volgende dag moet doen, ook wanneer dat dingen zijn die ik op de automatische piloot doe zodra ik op mijn werk kom. De post openen, het antwoordapparaat afluisteren, theezetten.

'Georganiseerde chaos.' Hij gaat op zijn draaistoel achter zijn bureau zitten en slaat uitnodigend op zijn knie. Ik lach en ga zitten met een arm om zijn nek om niet te vallen. Ik kus hem en laat mijn lichaam even ontspannen tegen het zijne aan hangen, maar dan ga ik met tegenzin weer rechtop zitten.

'Ik heb een tafel besproken bij Bella Donna.'

'Perfect.'

Ik ben geen veeleisende vrouw. Ik verspil geen geld aan dure kleding en beautyproducten en ik ben al blij als de kinderen weten wanneer ik jarig ben. Matt had niks met hartjes en bloemen, ook niet toen we jong waren, en ik ook niet.

Simon moet lachen om mijn cynische natuur en zegt dat hij stapje voor stapje mijn zachte kant naar buiten brengt. Hij verwent me en ik vind het heerlijk. Na jaren van tobben om eten op tafel te krijgen is uit eten gaan nog steeds een luxe, maar de echte traktatie is de tijd die we samen doorbrengen. Gewoon met z'n tweetjes.

Ik ga douchen en was mijn haar, spray parfum op mijn polsen, wrijf ze tegen elkaar en vul de lucht om me heen met de heerlijke geur. Ik trek een jurk aan die ik al een poosje niet heb gedragen en merk opgelucht dat hij nog past. Uit de chaos onder in mijn kast vis ik een paar zwarte pumps. Toen Simon bij me introk heb ik mijn kleren op elkaar geperst om ruimte te maken voor de zijne, maar hij moet evengoed nog spullen op de vliering bewaren. Het huis heeft drie slaapkamers, maar die zijn klein. Justins kamer is eenpersoons en Katie kan nog net om haar tweepersoonsbed heen lopen.

Simon zit in de woonkamer te wachten. Hij heeft een jasje aan met een das en hij ziet er net zo uit als de eerste keer dat hij bij Hallow & Reed binnen kwam stappen. Ik herinner me dat hij mijn beleefde glimlach beantwoordde met iets veel warmers.

'Ik ben van de *Telegraph*,' zei hij tegen me. 'We schrijven een stuk over de gestegen huurprijzen van commercieel vastgoed, over de kleine zelfstandigen die de huurprijzen in de hoofdstraten niet meer kunnen opbrengen en zo. Ik zou het erg op prijs stellen als je me kunt vertellen wat jullie op dit moment in portefeuille hebben.'

Hij keek me recht aan en ik verborg mijn blos in de archiefkast, waar ik er veel langer dan normaal over deed om op te zoeken waarnaar hij had gevraagd.

'Dit vind je misschien interessant.' Ik ging achter mijn bureau zitten en legde een vel papier tussen ons in. 'Vroeger was dit een cadeauwinkel maar sinds de huurverhoging, een halfjaar geleden, staat het leeg. Volgende maand trekt de British Heart Foundation erin.'

'Kan ik de eigenaar spreken?'

'Ik mag die gegevens niet verstrekken, maar als je me je nummer geeft, zal ik de vraag doorspelen.' Ik bloosde weer, al was de aanleiding volkomen legitiem. De lucht tussen ons in knetterde en dat verbeeldde ik me niet, daar was ik van overtuigd.

Met een frons schreef Simon zijn nummer op. Ik weet nog dat ik me afvroeg of hij eigenlijk een bril droeg en of hij die uit ijdelheid, of misschien vergeetachtigheid, niet ophad; later merkte ik dat de frons een teken van concentratie was. Zijn haar was grijs, maar nog niet zo dun als nu, vier jaar later. Met zijn lengte en tengere postuur zat hij met zijn enkels nonchalant over elkaar geslagen in de stoel voor mijn bureau. Onder de mouwen van zijn marineblauwe jas zag ik zilveren manchetknopen.

'Bedankt voor je hulp.'

Hij leek geen haast te hebben en ik wilde niets liever dan dat hij nog bleef.

'Het was geen moeite. Leuk om je te leren kennen.'

'Dus,' zei hij en hij keek me aandachtig aan, 'nu heb je mijn nummer... Mag ik het jouwe ook?'

Op Anerley Road houden we een taxi aan, al hoeven we niet ver, en ik zie de korte blik van opluchting op het gezicht van Simon wanneer we instappen en hij het gezicht van de chauffeur ziet. Op een keer, toen Simon en ik elkaar net kenden, sprongen we in een zwarte taxi met onze jas boven ons hoofd tegen de regen. Pas toen we zaten keken we in de achteruitkijkspiegel en zagen het gezicht van Matt. Even was ik bang dat Simon met alle geweld wilde uitstappen, maar in plaats daarvan keek hij strak naar buiten. We zwegen in alle talen. Zelfs Matt, die vijf kwartier in een uur kan praten, hield zijn mond.

We zijn al een paar keer in het restaurant geweest en de eigenaar begroet ons bij naam. Hij brengt ons naar een tafeltje bij het raam en overhandigt ons de kaart, die we uit het hoofd kennen.

Over de schilderijen aan de muur en de lampenkappen hangen goudkleurige slingers.

We bestellen wat we altijd eten – pizza voor Simon, pasta met zeevruchten voor mij – en het wordt zo snel gebracht dat ze het nooit vers hebben kunnen klaarmaken.

'Vanmorgen heb ik de zoekertjes in de *Gazette* bekeken. Er lag een stapel op Grahams bureau.'

'Je bent toch niet tot de traditionele blootfoto op pagina 3 gepromoveerd, mag ik hopen?'

Ik schiet in de lach. 'Ik geloof niet dat ik daarvoor voldoende ben toegerust. Maar ik herkende een andere vrouw op een foto.'

'Herkende? Bedoel je dat je haar kende?'

Ik schud mijn hoofd. 'Ik had haar foto in een andere krant gezien. In een artikel over misdaad in de metro. Ik heb de politie gebeld.' Ik probeer het luchtig te houden, maar mijn stem breekt. 'Ik ben bang, Simon. Wat nou als die foto in de krant van vrijdag echt van mij was?'

'Nee, Zoë.' Simon kijkt bezorgd, niet omdat mijn foto in de krant stond, maar omdat ik denk dat dat wel zo is.

'Ik verbeeld het me niet, hoor.'

'Heb je stress op je werk? Komt het door Graham?'

Hij denkt dat ik niet wijs ben. Misschien heeft hij gelijk.

'Ze lijkt echt op mij,' zeg ik zacht.

'Ik weet het.'

Hij legt zijn mes en vork neer. 'Goed, laten we aannemen dat de foto van jou is.'

Zo pakt Simon problemen aan. Hij breekt ze af tot alleen de kern over is. Een paar jaar geleden is er bij ons in de straat ingebroken. Katie was ervan overtuigd dat er bij ons ook ingebroken zou worden en van die gedachte kon ze niet meer slapen. Als ze ten slotte in slaap sukkelde kreeg ze een nachtmerrie en schoot overeind, schreeuwend dat er iemand in haar kamer was. Ik wist me geen raad meer. Ik had alles geprobeerd, ik was zelfs naast haar blijven zitten tot ze sliep, alsof ze een baby was.

Simon pakte het wat praktischer aan. Hij nam Katie mee naar de doe-het-zelfwinkel en daar kochten ze sloten voor op de ramen, een inbrekersalarm en een extra grendel voor op de tuinpoort. Samen installeerden ze alles in huis, tot antiklimverf op de regenpijpen. De nachtmerries waren meteen verdwenen.

'Goed,' zeg ik, en van de gedachte alleen knap ik al op. 'Laten we zeggen dat ík het ben op die foto.'

'Waar komt de foto vandaan?'

'Dat weet ik niet, dat vraag ik me ook steeds af.'

'Als iemand zomaar een foto van je maakt, dan merk je dat toch, of niet?'

'Misschien is hij met een telelens gemaakt,' zeg ik, maar ik hoor zelf ook hoe belachelijk dat klinkt. Wat is dan het volgende? Paparazzi voor de deur? Brommers die langs me heen scheuren met een fotograaf achterop in een poging dat ene plaatje te schieten waar iedereen naar snakt?

Simon lacht niet, maar als hij ziet dat ik het zelf ook een absurde suggestie vind, glimlacht hij.

'Misschien heeft iemand hem gestolen,' zegt hij op ernstiger toon.

'Ja!' Dat lijkt waarschijnlijker.

'Goed, laten we aannemen dat iemand jouw foto gebruikt om hun waren aan te prijzen.' Door zo rationeel en nuchter over de advertentie te spreken kalmeer ik een beetje, wat natuurlijk Simons opzet is. 'Dan is dat identiteitsfraude, of niet?'

Ik knik. Nu het een naam heeft – en een bekende naam – voelt het minder persoonlijk. Er zijn honderden, misschien wel duizenden gevallen van identiteitsfraude per dag. Bij Hallow & Reed moeten we uiterst voorzichtig zijn; we controleren identiteitsbewijzen op verschillende manieren en accepteren alleen originele en gewaarmerkte documenten. Het is kinderlijk eenvoudig om de foto van iemand anders voor jezelf te gebruiken.

Simon rationaliseert nog steeds wat er is gebeurd. 'Wat je moet bedenken is het volgende: schaadt het je echt? Meer dan wanneer iemand bijvoorbeeld een bankrekening opent onder jouw naam of je pasje kopieert?'

'Het is griezeliger.'

Simon legt over de tafel zijn handen op de mijne. 'Weet je nog toen Katie problemen had op school met die groep meiden?'

Ik knik en alleen al als ik eraan denk word ik weer razend. Toen ze vijftien was werd Katie door drie meisjes uit haar klas getreiterd. Ze openden een Instagram-account onder haar naam en plaatsten foto's van Katies hoofd op naakte lichamen. Naakte vrouwen en mannen en cartoonfiguurtjes. Infantiel, puberaal gedrag dat tegen de tijd dat de vakantie begon voorbij was. Maar Katie was volkomen van slag.

'Wat heb je toen tegen haar gezegd?'

'Schelden doet geen zeer,' heb ik tegen Katie gezegd. 'Negeer ze. Ze kunnen je niet echt raken.'

'Volgens mij,' zegt Simon, 'zijn er twee mogelijkheden. De foto was van iemand die als twee druppels water op je lijkt, hoewel niet zo knap...'

Ik grinnik, hoewel ik het een suf inkoppertje vind.

'... of het is een geval van identiteitsfraude dat, hoewel ergerlijk, je niet kan schaden.'

Daar valt niets tegen in te brengen. Maar dan denk ik aan Cathy Tanning. Ik speel haar uit als een troefkaart. 'Die vrouw die ik herkende van het artikel – haar sleutels zijn in de metro gestolen.'

Simon wacht op uitleg en kijkt me verbaasd aan.

'Dat was nadat haar foto in de krant had gestaan. Zoals mijn foto.' Ik corrigeer mezelf. 'De foto waar ik op lijk.'

'Toeval! Hoeveel mensen kennen we die in de metro beroofd zijn? Het is mij ook gebeurd, het gebeurt elke dag, Zoë.'

'Ja, dat zal wel.' Ik weet wat Simon denkt. Hij wil bewijzen. Hij is journalist, hij doet in feiten, niet in aannames en paranoia.

'Denk je dat de krant het zou willen onderzoeken?'

'Welke krant?' Hij ziet mijn gezicht. 'Mijn krant? De *Telegraph*? Nee, Zoë, dat denk ik niet.'

'Waarom niet?'

'Het is niet echt een verhaal, Zoë. Ik bedoel, ik weet dat je je er zorgen over maakt en het is heel eigenaardig, maar het heeft geen nieuwswaarde, als je begrijpt wat ik bedoel. Identiteitsfraude is een beetje oude koek, om je de waarheid te zeggen.'

'Maar jij kunt het toch aanbrengen? Uitzoeken wie erachter zit en zo.'

'Nee.'

Bot maakt hij een eind aan de conversatie en ik heb spijt dat ik er überhaupt over begonnen ben. Ik maak van een mug een olifant en word er zelf gek van. Ik pak een stuk knoflookbrood en schenk nog wat wijn in, want zonder het te merken heb ik mijn glas leeggedronken. Misschien moet ik wat aan mijn stressniveau doen. Mindfulness. Yoga. Ik word neurotisch en het laatste wat ik wil is dat dat tussen mij en Simon in komt te staan.

'Heeft Katie je verteld van de auditie?' vraagt Simon en ik ben blij met het nieuwe gespreksonderwerp en de zachte toon in zijn stem waaruit blijkt dat hij me mijn paranoia niet kwalijk neemt.

'Ze reageert niet op mijn berichtjes. Ik heb vanmorgen iets stoms tegen haar gezegd.'

Simon trekt een wenkbrauw op, maar ik weid niet uit.

'Wanneer heb je haar gesproken?' vraag ik en ik probeer niet verbitterd te klinken. Het stilzwijgen van Katie heb ik aan mezelf te wijten.

'Ze heeft me een berichtje gestuurd.' Nu voelt hij zich ongemakkelijk en ik haast me hem gerust te stellen.

'Wat fijn dat ze het met je wilde delen. Echt, dat vind ik leuk.' Ik meen het. Voor Simon bij me introk, maar toen onze relatie al wel serieus aan het worden was, probeerde ik momenten te creëren waarop Simon en de kinderen elkaar konden leren kennen. Ik deed net of ik iets boven had laten liggen of ging naar de wc terwijl ik helemaal niet hoefde, in de hoop dat ze bij mijn terugkeer geanimeerd zouden zitten te praten. Ik ben gekwetst dat Katie mij niets heeft laten horen, maar ik ben blij dat ze het Simon wel heeft laten weten.

'Wat is het resultaat?'

'Ik weet er het fijne ook niet van. Ze hebben niet aangeboden haar te vertegenwoordigen, maar ze heeft nuttige contacten opgedaan en het lijkt of er een rolletje voor haar in zit.'

'Wat goed!' Ik wil eigenlijk meteen mijn telefoon pakken om Katie te laten weten hoe trots ik op haar ben, maar ik dwing mezelf om te wachten. Ik feliciteer haar liever persoonlijk. In plaats daarvan vertel ik Simon over het nieuwe café van Melissa en het contract van Neil bij het parlement. Tegen de tijd dat we aan het dessert toe zijn hebben we nog een fles wijn besteld en zit ik te giechelen om de verhalen van Simon uit de tijd dat hij nog junior reporter was.

Simon betaalt en geeft een flinke fooi. Hij wil een taxi aanhouden, maar ik houd hem tegen.

'Zullen we lopen?'

'Het kost nog geen tientje.'

'Ik loop liever.'

We gaan lopen en ik steek mijn arm door die van Simon. Het

gaat me niet om het geld voor de taxi; ik wil gewoon de avond nog wat rekken. Hij kust me bij het verkeerslicht en we gaan zo in elkaar op dat we het groene licht missen en nog een keer op de knop moeten drukken.

Om zes uur word ik met een kater wakker. Ik ga naar beneden, pak een glas water en een aspirientje en zet *Sky News* aan. Gulzig drink ik het glas leeg en ik vul het nog een keer. Ik moet me vasthouden aan het aanrecht, want voor mijn gevoel sta ik te zwaaien op mijn benen. Door de week drink ik zelden en nu weet ik weer waarom.

De handtas van Katie staat op tafel. Ze lag al in bed toen Simon en ik gisteravond thuiskwamen en we moesten hard lachen om de ironie dat we zachtjes moesten doen om de kinderen niet wakker te maken terwijl we naar boven slopen. Er ligt een papiertje naast de waterkoker. Het is dubbelgevouwen en er staat *Mama* op. Met samengeknepen ogen van de hoofdpijn vouw ik het open.

> Mijn eerste acteerklus! Ik popel om je er alles over te vertellen. Ik hou van je xxx

Ondanks de kater glimlach ik. Ze heeft me vergeven en ik neem me voor extra enthousiast te reageren wanneer ze me over het rolletje vertelt. Ik zal zwijgen over secretaresseopleidingen of diploma's om op terug te vallen. Ik vraag me af waar het om gaat, of het een figurantenrol is of een echte rol. Het zal wel om theater gaan, vermoed ik, al sta ik mezelf toe te fantaseren over Katie in een rol in een televisieserie; een langlopende soap die haar beroemd zal maken.

De reporter van *Sky News*, Rachel Lovelock, doet verslag van een moord: een vrouwelijk slachtoffer uit Muswell Hill. Katie zou ook kunnen presenteren, bedenk ik. Ze is er knap genoeg voor. Ze zou niet het journaal willen lezen, maar bij een muziekzender misschien of een of ander lifestyleprogramma. Ik schenk nog een glas water in en kijk tegen het aanrecht geleund naar de televisie.

Er zijn nu opnames buiten; Rachel Lovelock wordt verruild voor een vrouw met een dikke jas die ernstig in een microfoon staat te praten. Terwijl ze verslag doet verschijnt er een foto van het slachtoffer. Ze heette Tania Beckett en lijkt niet veel ouder dan Katie, hoewel ze volgens de reportage vijfentwintig was. Haar vriend had alarm geslagen toen ze niet thuiskwam na haar werk en ze is gisteravond in een park gevonden, nog geen honderd meter van haar huis.

Het kan door de kater komen of door het feit dat ik nog half slaap, maar ik kijk een volle minuut naar de foto op het scherm voor het me opvalt. Ik kijk naar het donkere haar, de lachende mond en het volle figuur. Ik kijk naar het kettinkje met het zilveren kruisje.

En dan dringt het tot me door.

Het is de vrouw uit de advertentie van gisteren.

Hoe hard kun je rennen?

Wanneer het echt moet?

Op hakken en met een rok en de handtas die tegen je zij bonkt?

Wanneer je laat bent voor de trein en naar huis wilt, over het perron rent met een paar seconden speling; hoe hard kun je dan rennen?

En wanneer je nou eens niet rent naar de trein, maar om je leven te redden?

Wanneer je laat thuiskomt van je werk en er niemand te zien is? Wanneer je telefoon niet opgeladen is en niemand weet waar je bent? Wanneer de voetstappen achter je dichterbij komen en je weet, omdat je je daar elke dag van bewust bent, dat je tussen het perron en de uitgang geen levende ziel zult tegenkomen?

Wanneer je een hete adem in je nek voelt en de paniek toeslaat en het donker en koud en nat is?

Wanneer er niemand anders in de buurt is?

Alleen jij en degene achter je?

Wie je ook op de hielen zit?

Hoe hard kun je dan rennen?

Het maakt niet uit hoe hard.

Want er is altijd iemand die nog harder kan.

8

Er lag een hand over Kelly's mond. Ze voelde hem op haar gezicht drukken; proefde het zweet op de vingers die haar mond in drongen. Boven op haar bewoog een zwaar gewicht en een knie dwong haar benen uiteen. Ze probeerde te schreeuwen, maar het geluid bleef in haar keel steken en vulde haar borstkas met paniek. Ze dacht aan haar politietraining – de technieken voor zelfverdediging die ze had geleerd – maar haar geest was leeg en haar lichaam verstijfd.

De hand gleed weg, maar de opluchting was van korte duur: de hand werd vervangen door een mond; een tong die naar binnen drong.

Ze hoorde zijn ademhaling – zwaar, opgewonden – en een ritmisch kloppen.

'Kelly!'

Het kloppen hield aan en werd harder.

'Kelly, gaat het goed met je?'

De deur van de slaapkamer ging open en het gewicht verdween van haar borst. Kelly slaakte een diepe zucht.

'Het is weer zover.'

Kelly vocht om haar ademhaling onder controle te krijgen. Het was donker in haar kamer. De schaduw in de deuropening werd van achteren door de lamp in de gang verlicht. 'Hoe laat is het?'

'Halfdrie.'

'Jemig, het spijt me. Heb ik je wakker gemaakt?'
'Ik kwam laat thuis. Gaat het weer?'
'Ja. Dankjewel.'
De deur ging dicht en Kelly lag in het donker en voelde een straaltje zweet tussen haar borsten. Het was nu tien jaar geleden dat ze naast Lexi had gezeten, haar hand vasthield en luisterde terwijl Lexi de agent vertelde wat er was gebeurd. Daarna had ze naar een scherm gekeken toen de verklaring van haar zus werd opgenomen. Ze zag haar tweelingzusje huilen terwijl ze alles tot in het kleinste detail vertelde; elke vernedering, alle pijnlijke kleinigheden.
'Ik wil niet dat papa en mama dit te horen krijgen,' had Lexi gezegd.
Jaren later had Kelly haar gevraagd of ze wel eens nachtmerries had. Ze vroeg het tussen neus en lippen door, alsof het net in haar opkwam. Alsof Kelly niet wakker werd met het gewicht van een man op haar borst, zijn vingers bij haar binnen.
'Eén keer,' had Lexi gezegd. 'Een paar dagen nadat het was gebeurd. Daarna nooit meer.'
Kelly's kussen was doornat van het zweet. Ze gooide het op de grond en legde haar hoofd op het laken. Ze had vrij vandaag. Ze zou bij Lexi op bezoek gaan; misschien gezellig eten met de jongens. Maar eerst moest ze nog iets doen.

Het kantoor van de *London Gazette* was in Shepherd's Bush, in een groot, onaantrekkelijk gebouw waar meerdere kranten gevestigd waren. Kelly liet haar politiepas zien bij de receptie en wachtte toen op een rechte stoel, die minder gemakkelijk zat dan hij eruitzag. Ze negeerde de knoop in haar maag: ze werkte nu dus in haar vrije tijd aan een zaak – het was toch zeker geen misdaad om onbetaald over te werken?
Zelfs in haar eigen hoofd klonk het niet overtuigend. Dat Cathy Tannings sleutelbos gerold was, was niet langer haar zaak en Kelly had deze nieuwe ontwikkeling direct moeten melden bij de brigadier van de Dip Squad.
En dat zou ze ook doen, zodra ze iets concreets te melden had. Maar de Dip Squad beschikte net als de andere departementen niet

over genoeg middelen en zonder iets concreets zou de zaak van Cathy nog dagen kunnen blijven liggen. Iemand moest haar tot prioriteit maken.

Drie maanden voor Lexi was aangevallen had ze de politie om raad gevraagd. Iemand had in de studentenflat bloemen voor haar kamerdeur neergelegd en in haar postvakje lagen briefjes waar verwijzingen in stonden naar kleding die ze de avond ervoor had gedragen.

'Zo te horen heb je een bewonderaar,' had de man bij de balie gezegd.

Lexi had hem verteld dat ze er ongerust over was. Ze durfde de gordijnen niet meer open te laten uit angst bekeken te worden.

Toen er persoonlijke zaken uit haar kamer verdwenen stuurden ze iemand langs. Beschouwden het als een inbraak. Wist Lexi wel heel zeker dat ze de deur op slot had gedaan? Waarom dacht ze dat het dezelfde persoon was als van de briefjes en de bloemen? Er was niets wat erop wees dat er een verband was.

Een week later liep ze na een avondcollege naar huis en hoorde voetstappen, te afgemeten en te dichtbij om toeval te zijn, maar ze meldde het niet. Het zou toch geen zin hebben.

Toen het de week daarna weer gebeurde, wist ze dat ze naar de politie moest. Ze had kippenvel op haar armen en de adem stokte in haar keel van angst; dit was geen verbeelding. Ze werd gestalkt.

Maar het was te laat. Hij had haar al te pakken.

Kelly dacht aan alle preventieprojecten die ze in de tien jaar dat ze bij de politie was al voorbij had zien komen. Postercampagnes, flyers, alarmsystemen, educatieve programma's... maar zo ingewikkeld was het helemaal niet; ze hoefden alleen maar naar de slachtoffers te luisteren. Hen te geloven.

'Rechercheur Swift?' Er kwam een vrouw naar haar toe lopen met het hoofd een beetje scheef.

Kelly corrigeerde haar niet. Ze was niet in uniform en 'rechercheur' was een logische veronderstelling.

'Ik ben Tamir Barron, chef van de advertentieafdeling. Wilt u bovenkomen?'

De muren op de zesde verdieping hingen vol met eiken lijsten met advertenties van de laatste honderd jaar. Op weg naar het kantoor van Tamir, door een gang met vaste vloerbedekking, zag Kelly advertenties voor Pears, Brylcreem en Sunny Delight.

'Ik heb de informatie waar u naar vroeg,' zei ze zodra ze zaten, 'al snap ik nog steeds niet wat het te maken heeft met... Wat bent u ook alweer aan het onderzoeken? Een overval?'

Er was geen sprake geweest van geweld en dat maakte dat het stelen van Cathy's sleutels diefstal was en geen overval, maar Kelly besloot er geen punt van te maken voor het geval de bereidheid van Tamir om mee te werken direct verband hield met de ernst van het misdrijf. Trouwens, als Cathy gelijk had en de dief haar naar huis was gevolgd en bij haar binnen was geweest, was er nog veel meer aan de hand. Wat had hij uitgevoerd? Had hij aan haar make-up gezeten? Haar ondergoed? Cathy zei dat er iemand in huis was geweest terwijl ze op haar werk was, maar stel dat dat niet de enige keer was geweest. Kelly stelde zich voor hoe een indringer midden in de nacht door haar keuken sloop; naar boven ging om naar haar te kijken terwijl ze sliep.

'Het slachtoffer bevond zich in de Central Line,' zei Kelly tegen Tamir. 'De dader heeft zich van haar sleutels meester gemaakt en we hebben aanwijzingen dat hij zich toegang heeft verschaft tot haar woning. Een foto van het slachtoffer stond twee dagen voor het incident bij jullie zoekertjes.' Ze hoopte dat Cathy inmiddels het slot van de achterdeur had vervangen. Zou dat voldoende zijn om zich veilig te voelen? Kelly betwijfelde het.

'Juist. Er is alleen één obstakel.' Tamir glimlachte nog steeds, maar haar ogen flitsten naar haar bureau en ze wiebelde op haar stoel. 'In het geval van chatboxen is er een flink protocol dat afgewerkt moet worden. Bedrijven moeten een vergunning hebben en wanneer ze adverteren moeten ze aan het medium – aan ons in dit geval – het nummer van hun vergunning verstrekken. Om eerlijk te zijn richten we ons niet op chatboxen. U hebt gezien dat die sectie erg klein is. Ze zijn wat ik een noodzakelijk kwaad noem.'

'Hoezo noodzakelijk?' vroeg Kelly.

Tamir keek alsof het antwoord op die vraag vanzelfsprekend was.

'Ze betalen goed. De meeste van dat soort advertenties – sekslijnen, escortservices, datingbureaus en zo – gaan tegenwoordig online, maar wij hebben veel lezers en de advertenties bekostigen alles. Zoals u zich kunt voorstellen is de seksindustrie... een aparte discipline, en wij nemen maatregelen om te zorgen dat de aanbieders van chatboxen een geldige vergunning hebben en dus geregistreerd zijn.' Ze keek weer naar haar bureau.

'Maar in dit geval is het protocol niet gevolgd?'

'Ik vrees van niet. Deze cliënt benaderde ons eind september met dagelijkse advertenties voor oktober. Kort voor het einde van de maand had hij weer een portie voor november. De account is behandeld door een medewerker die Ben Clarke heet en hij heeft ze behandeld zonder om een vergunning te vragen.'

'En dat is niet toegestaan?'

'Nee, zeker niet.'

'Kan ik Ben spreken?'

'Ik zal zijn gegevens opvragen bij Personeelszaken. Hij is een paar weken geleden vertrokken. Ik ben bang dat het verloop hier groot is.'

'Hoe heeft de cliënt betaald?' vroeg Kelly.

Tamir keek naar haar aantekeningen. 'Met een creditcard. Die details en natuurlijk het adres van de cliënt kunnen we u geven. Maar dan heb ik wel een bewijs van afgifte van u nodig.'

'Uiteraard.' Verdorie. Tamir Barron had zo gemakkelijk ingestemd met een bezoek van Kelly dat ze stiekem hoopte dat ze het dossier gewoon zou overhandigen. Op een bewijs van afgifte moest een handtekening van de inspecteur staan en die kon Kelly niet krijgen zonder op te biechten dat ze op eigen houtje een onderzoek deed. 'Kan ik intussen vast kopieën krijgen van de advertenties; zowel die al geplaatst zijn als die klaarstaan voor plaatsing?' Ze hield de blik van Tamir zo lang mogelijk vast.

'Een bewijs van afgifte –' begon ze.

'Is vereist voor persoonlijke gegevens zoals adres en creditcard. Dat begrijp ik natuurlijk. Maar in die advertenties staan geen persoonlijke details, of wel soms? En we hebben het hier over een potentiële serie misdaden.' Kelly's hart bonkte nu zo luid dat ze bang was dat Tamir het kon horen. Had ze voor die advertenties ook een bewijs van afgifte nodig? Ze wist het niet zeker meer en duimde inwendig dat Tamir het ook niet wist.

'Een serie? Zijn er meer overvallen geweest?'

'Ik ben bang dat ik u niet meer kan vertellen.' Gegevensbescherming, wilde Kelly zeggen.

Er viel een stilte.

'Ik zal kopieën laten maken en naar de receptie sturen. U kunt er daar op wachten.'

'Bedankt.'

'Overigens hebben we ons personeel uiteraard nog eens gewezen op het belang van de juiste procedures.'

'Dank u. U laat de rest van de advertenties vervallen, neem ik aan?'

'Vervallen?'

'De advertenties die nog niet geplaatst zijn. Die mag u niet plaatsen. Dat zou medewerking zijn aan misdaden tegen vrouwen.'

'Ik voel met u mee, rechercheur Swift, maar met alle respect, het is jullie werk om het publiek te beschermen, niet het mijne. Ons werk is kranten uitgeven.'

'Kunt u ze een paar dagen tegenhouden? Niet helemaal laten vervallen, maar...' Kelly maakte haar zin niet af. Ze had bewijs nodig dat de advertenties aan begane misdaden koppelde. De link tussen Cathy Tannings sleutels en de advertentie was duidelijk, maar Zoë Walker was geen slachtoffer van een misdrijf. Het was niet genoeg.

'Ik vrees van niet. De cliënt heeft vooruitbetaald. Ik heb toestemming van mijn baas nodig om het contract open te breken. Behalve natuurlijk als u een gerechtelijk bevel hebt?'

De uitdrukking op Tamirs gezicht was neutraal, maar haar ogen stonden hard en Kelly besloot het erbij te laten zitten.

Ze spiegelde de glimlach van de vrouw. 'Ik heb geen gerechtelijk bevel. Nog niet.'

Kelly had nog niet aangebeld of ze hoorde de opgewonden kreten van haar neefjes, die hard aan kwamen rennen om haar te begroeten. De vijfjarige Alfie droeg een Spider-Man-pak, gecombineerd met een plastic vikinghelm, en zijn driejarige broertje Fergus kwam op zijn dikke, blote beentjes aanhobbelen met een T-shirt met daarop zijn geliefde Minions.

'Wat zie ik nou?' riep Kelly zogenaamd verbaasd en ze keek naar de onderste helft van Fergus. 'Een grotejongensbroek?'

Het jongetje lachte en trok zijn T-shirt omhoog om zijn onderbroek te laten zien.

'We zijn er nog niet,' zei Lexi, die achter de jongens verscheen. Ze tilde Fergus op en kuste in dezelfde beweging Kelly. 'Pas op waar je loopt.'

In de buurt waar Lexi en haar man Stuart woonden wemelde het van de moeders met buggy's.

Na Durham had Lexi een lerarenopleiding gevolgd en ze gaf geschiedenis op de plaatselijke middelbare school. Daar had ze Stuart, de adjunct-directeur, ontmoet en sindsdien waren ze samen.

'Waar is Stu?'

'Ouderavond. Ik heb gelukkig gisteren de laatste gesprekken gehad. Ja, jullie twee: ga je pyjama maar aantrekken. Nu!'

'Maar we willen met tante Kelly spelen!' kreunde Alfie.

Kelly zakte op haar knieën en omhelsde hem. 'Weet je wat? Als jullie extra snel je pyjama aantrekken en jullie tanden poetsen, zal ik jullie nog even kietelen. Afgesproken?'

'Afgesproken!' De jongens renden naar boven en Kelly grinnikte.

'Het is echt een eitje, die opvoeding.'

'Dat zou je een halfuur geleden niet hebben gezegd. De ene driftbui na de andere. De jongens hebben al gegeten, dus als we ze nou samen naar bed brengen, eten wij in alle rust terwijl zij slapen. Ik heb voor ons paddenstoelenrisotto gemaakt.'

'Klinkt perfect.' Kelly's telefoon piepte en ze keek met gefronste wenkbrauwen op het schermpje.

'Problemen?'

'Sorry, het is voor mijn werk. Ik moet even reageren.' Ze toetste een bericht en keek daarna naar het afkeurende gezicht van Lexi.

'Je zit gewoon aan dat ding vastgeplakt. Dat is het probleem met smartphones – het is net of je je hele kantoor hebt meegenomen. Je bent nooit echt vrij.' Lexi weigerde een smartphone te kopen en prees in plaats daarvan de voordelen van haar reusachtige Nokia, die ze maar eens in de drie dagen aan de lader hoefde te leggen.

'Het is geen baan van negen tot vijf, zoals jullie gewend zijn. Elke middag om drie uur klaar en de hele zomer vakantie.'

Lexi liet zich niet op stang jagen.

Kelly las het berichtje dat binnenkwam en antwoordde. Ze was als eerste ter plaatse geweest bij een relletje in Liverpool Street en had getuigenverklaringen moeten opnemen toen de daders eenmaal waren ingerekend. Een oudere vrouw was in het strijdgewoel beland en Kelly had contact opgenomen met haar dochter, die haar moeder graag op de hoogte wilde houden.

'Eigenlijk wil ze van me horen dat ze in de gevangenis zijn gestopt,' zei Kelly nadat ze de situatie aan Lexi had uitgelegd. 'Haar dochter zegt dat ze de deur niet uit durft uit angst de relschoppers tegen te komen.'

'En zijn ze in de gevangenis gestopt?'

Kelly schudde haar hoofd. 'Het zijn kinderen zonder strafblad. Die krijgen op z'n hoogst een taakstraf of een tik op de vingers. Ze vormen geen bedreiging, maar dat ziet zij anders.'

'Maar de begeleiding van moeder en dochter hoort toch niet tot jouw taken? Daar is toch zoiets als slachtofferhulp voor?'

Kelly dwong zichzelf diep adem te halen. 'Ik vertel jou ook niet hoe je je werk moet doen, Lex...' begon ze, maar haar zus hief beide handen.

'Goed, goed, ik zeg al niks meer. Maar kun je alsjeblieft voor één keer je telefoon uitzetten en mijn zus zijn en geen politieagent?' Ze keek Kelly smekend aan en die voelde zich meteen schuldig.

'Natuurlijk.' Ze wilde net het toestel uitschakelen toen het nummer van Cathy Tanning verscheen. Ze keek naar Lexi. 'Het spijt me, het is –'

'Werk. Ik snap het.'

Maar ze snapte het niet, dacht Kelly terwijl ze de woonkamer in liep om Cathy te woord te staan. Ze snapte het nooit.

9

Het politiebureau in Cannon Street is vlak bij mijn werk en ik moet er duizenden keren langs zijn gelopen zonder het op te merken. Nooit nodig gehad. Mijn hoofdpijn is niet afgenomen, ondanks de pijnstiller die ik vanmorgen genomen heb. Mijn hele lijf doet zeer en dat heeft niets te maken met een kater. Ik heb iets onder de leden, bedenk ik en ik voel me meteen beroerder, alsof ik het virus daarmee toestemming heb gegeven zich in te nestelen.

Mijn handen zijn klam op de deurkruk en ik krijg zo'n redeloos paniekgevoel dat gezagsgetrouwe mensen krijgen wanneer er een politieauto voorbijrijdt. Justin gedraagt zich al jaren voorbeeldig, maar het eerste telefoontje van de politie staat me nog pijnlijk helder voor de geest.

Ik weet niet wanneer Justin is begonnen met stelen, maar ik weet wel dat hij niet de eerste keer tegen de lamp is gelopen. Je begint met een kleinigheidje, nietwaar? Snoep of een cd. Je pakt je eerste keer geen vijfentwintig pakjes scheermesjes als je zelf nog te jong bent om je te scheren. Je hebt de eerste keer geen voering in je jas die aan de bovenkant open is zodat je de buit erin kunt laten vallen. Justin zweeg in alle talen over de anderen. Hij bekende de diefstal, maar wilde niet zeggen waarom hij het had gedaan of wat hij met de scheermesjes van plan was. Hij kwam ervan af met een waarschuwing, waar hij zijn schouders over ophaalde alsof het een boetepreek was op school.

Matt was woedend. 'Nu heb je voor de rest van je leven een strafblad!'

'Vijf jaar,' zei ik en ik probeerde me te herinneren wat ze op het politiebureau hadden gezegd. 'Dan is het verjaard en hoeft hij het alleen te vermelden wanneer een werkgever er rechtstreeks naar vraagt.' Melissa wist het natuurlijk al, zoals ze ook wist van de vechtpartijen waar hij bij betrokken was en mijn bezorgdheid toen ik een zak met wiet in zijn kamer vond.

'Het is een kind,' zei ze altijd nadat ze me het zoveelste glas wijn had ingeschonken. 'Hij groeit er wel overheen.'

En dat deed hij. Of het lukte hem beter uit handen van de politie te blijven.

In gedachten zie ik hem voor me: een schort van Melissa voor, broodjes aan het smeren en in gesprek met de klanten. Het brengt een lach op mijn gezicht.

De dienstdoende agent zit achter een loket, zoals in een postkantoor. Hij praat door een gleuf die groot genoeg is voor papieren en kleine gevonden voorwerpen.

'Kan ik u helpen?' vraagt hij op een toon die doet vermoeden dat hij daar absoluut geen zin in heeft.

Door de hoofdpijn ben ik niet helemaal helder en ik zoek naar woorden.

'Ik heb informatie over een moord.'

De man glimlacht, matig geïnteresseerd. 'Ja, zegt u het maar.'

Ik schuif een krantenknipsel onder de gleuf. Er zit een stukje versteende kauwgom in de hoek tegen de muur en iemand heeft het met een pen blauw gekleurd. 'In de *London Gazette* van vandaag staat een artikel over een moord in Muswell Hill.'

Zijn blik glijdt over de voorpagina en zijn lippen bewegen een beetje mee met de woorden die hij leest. Naast hem op het bureau kraakt een radio.

Het artikel vermeldt niet veel details. Tania Beckett was onderwijsassistent op een basisschool aan Holloway Road. Ze ging rond halfvier met de Northern Line van Archway naar Highgate en dan met bus 43 naar Cranley Gardens. *Ik zou haar bij de bushalte op-*

halen, aldus haar vriend, *maar het regende en ze had gezegd dat ik binnen moest blijven. Ik zou er alles voor overhebben om de klok te kunnen terugdraaien.* Er staat een foto bij van de vriend die zijn arm om Tania heen heeft geslagen en ik kan er niets aan doen, maar ik vraag me af of ik in de ogen van een moordenaar kijk. Dat zeggen ze toch altijd? Dat de meeste moordslachtoffers de dader kennen?

Ik schuif een tweede knipsel onder de gleuf door. 'En deze advertentie stond gisteren in de *Gazette*.' Er dansen witte stipjes voor mijn ogen en ik knipper om ze te verjagen. Even leg ik mijn vingers tegen mijn voorhoofd en die blijven gloeien.

De agent kijkt van het ene naar het andere knipsel met een uitdrukking op zijn gezicht alsof hij alles al eens gezien heeft. Zou hij me proberen voor te houden dat ik me de gelijkenis verbeeld? Dat het meisje met het kruisje om haar hals niet de vijfentwintigjarige Tania Beckett is?

Maar dat zegt hij niet. In plaats daarvan pakt hij de telefoon, toetst een 1 en kijkt me aan terwijl hij wacht tot er wordt opgenomen. 'Kun je me doorverbinden met inspecteur Rampello?'

Ik stuur Graham een berichtje dat ik iets onder de leden heb en niet terugkom naar kantoor. Ik drink wat lauw water, leg mijn hoofd tegen de koele muur en wacht tot er iemand komt om met me te praten.

'Het spijt me,' zegt de man achter het loket na een uur. Hij heeft zich voorgesteld als Derek, maar ik vind het te amicaal om hem bij zijn voornaam te noemen. 'Ik weet ook niet waarom hij niet komt.'

'Hij' is inspecteur Nick Rampello, die naar Cannon Street komt van iets wat Derek het MOT noemt, waarna hij zich verontschuldigt voor het jargon. 'Het is een afkorting voor het moordonderzoeksteam. De eenheid die de moord op de jongedame onderzoekt.'

Ik kan niet ophouden met bibberen. Gebiologeerd kijk ik naar de twee foto's van Tania Beckett en ik vraag me af wat er is gebeurd tussen het verschijnen van de foto in de *Gazette* en de ontdekking van haar ontzielde lichaam in een park in Muswell Hill.

En of ik nu aan de beurt ben.

Afgelopen vrijdag stond mijn foto in de *Gazette*. Zodra ik hem zag wist ik het. Ik had me daar niet van af moeten laten brengen. Als ik meteen naar de politie was gestapt was het misschien anders gegaan.

Er moet een verband zijn. Tania Beckett is binnen een dag na het verschijnen vermoord, de sleutels van Cathy Tanning zijn binnen twee dagen na het verschijnen van haar foto gestolen. Vijf dagen geleden zag ik mijn eigen foto; hoelang duurt het nog voor mij iets overkomt?

Er komt een man zijn rijbewijs laten zien.

'Wat een tijdverspilling,' zegt hij luid terwijl de agent formulieren invult. 'Die van u en die van mij.' Hij kijkt naar mij voor bijval, maar ik reageer niet, net zomin als Derek.

Die bestudeert het rijbewijs en noteert tergend langzaam de gegevens.

Ik mag die Derek wel.

Wanneer hij klaar is bergt de man het rijbewijs op. 'Heel hartelijk bedankt,' zegt hij met een stem die druipt van het sarcasme. 'Dit is mijn ideale lunchpauze.'

Na hem komt er een vrouw met een krijsende kleuter de weg vragen, gevolgd door een oudere man die zijn portefeuille kwijt is. 'Bij Bank had ik hem nog, toen ik de metro uit kwam. Maar ergens tussen daar en de rivier is hij...' hij kijkt om zich heen alsof hij verwacht dat de portefeuille ineens zal verschijnen, '... verdwenen.'

Ik doe mijn ogen dicht en wilde dat ik zo'n banale klacht had; dat ik straks licht geïrriteerd weer naar huis kon gaan.

Derek noteert de gegevens van de man en een omschrijving van de portefeuille en ik dwing mezelf diep adem te halen.

Ik wou dat inspecteur Rampello een beetje opschoot.

De man van de portefeuille verdwijnt en eindelijk pakt Derek de telefoon. 'Ben je al onderweg? Ze zit hier al sinds de lunch.' Hij kijkt met een ondoorgrondelijk gezicht naar mij. 'Ja. Natuurlijk. Ik zal het zeggen.'

'Hij komt zeker niet.' Ik voel me te ziek om boos te worden over de tijdverspilling. Wat zou ik anders gedaan hebben? Ik ben te ziek om te kunnen werken.

'Hij is opgehouden door dringende verhoren. Zoals u zich kunt voorstellen is het daar nu een gekkenhuis. Hij heeft gevraagd of ik u zijn verontschuldigingen wil doorgeven en hij zal contact met u opnemen.' Hij bekijkt me met samengeknepen ogen. 'Lieve help, u ziet er niet goed uit.'

'Het gaat wel,' zeg ik, maar dat is niet waar. Ik houd mezelf voor dat ik niet bang ben, maar mijn handen trillen als ik mijn telefoon pak en door de contacten scrol.

'Ben je ergens in de buurt van Cannon Street? Ik voel me niet goed. Ik geloof dat ik naar huis moet.'

'Blijf waar je bent, Zo,' zegt Matt zonder aarzelen. 'Ik kom je halen.'

Hij zegt dat hij vlak om de hoek is, maar er verstrijkt een halfuur dus dat is niet waar en schuldbewust denk ik aan de ritten die hij misloopt omdat hij ineens naar mij toe moet komen.

De deur van het bureau zwaait open en beschaamd voel ik tranen langs mijn wangen stromen zodra ik zijn vertrouwde gezicht zie.

'Kom je je vrouw ophalen?' vraagt Derek. Ik heb de energie niet om hem te verbeteren en ook Matt doet geen moeite. 'Twee aspirines en een slok whisky, dat heeft ze nodig. Ik hoop dat u zich weer snel beter voelt, hoor.'

Matt installeert me op de achterbank, alsof ik een betalende klant ben, en zet de verwarming op de hoogste stand. Ik concentreer me op mijn ademhaling en probeer het bibberen van mijn hele lichaam tegen te houden.

'Wanneer is dit begonnen?'

'Vanmorgen. Ik vond het al zo gek dat ik een kater had – zo veel heb ik gisteravond niet gedronken – maar toen werd de hoofdpijn erger en werd ik niet goed.'

'Griep,' zegt hij zonder aarzelen. Zoals de meeste *cabbies* is Matt een expert op elk gebied. Hij kijkt beurtelings naar de weg en via de achteruitkijkspiegel naar mij. 'Wat moest je op het bureau?'

'Er is gisteravond een moord gepleegd. In een park in de buurt van Cranley Gardens.'

'Crouch End?'

'Ja. Ze is gewurgd.' Ik vertel hem over de advertenties in de *London Gazette*; over mijn foto en dat ik toen die van Tania Beckett zag.

'Weet je zeker dat het dezelfde vrouw is?'

Ik knik, al heeft hij zijn ogen op de weg voor zich. Hij zuigt lucht door zijn tanden en gooit het stuur scherp naar links door eenrichtingsverkeerstraatjes die zo smal zijn dat ik door het raampje de muur zou kunnen aanraken.

'Waar gaan we heen?'

'Het verkeer is een ramp. Wat zei de politie?'

Ik kijk naar buiten en probeer erachter te komen waar we zijn, maar ik weet het niet. Er lopen kinderen van school naar huis, sommige alleen, andere aan de hand van hun moeder.

'Ze hebben de inspecteur gebeld die over de zaak gaat, maar hij kon niet komen.'

'Nee, natuurlijk niet.'

'Ik ben bang, Matt.'

Hij zegt niets. Hij heeft nooit goed met emoties kunnen omgaan.

'Als het echt mijn foto was in de krant, gaat er iets gebeuren. Iets ergs.' Mijn keel voelt rauw en er zit zo'n brok in dat ik niet kan slikken.

'Denkt de politie dat er verband is tussen de foto's en de moord?'

Eindelijk komen we tevoorschijn uit het doolhof van straatjes en ik zie de South Circular. We zijn bijna thuis. Mijn ogen prikken zo erg dat ik ze bijna niet open kan houden. Ik knipper snel om ze te bevochtigen.

'De dienstdoende agent leek het serieus te nemen,' zeg ik. Ik heb moeite me op het gesprek te concentreren. 'Maar ik weet niet hoe de inspecteur erover denkt. Ik heb hem nog niet over mijn eigen foto verteld, daar was nog geen gelegenheid voor.'

'Dit is echt heel eigenaardig, Zo.'

'Dat hoef je mij niet te vertellen. Ik dacht dat ik gek werd toen ik mijn foto zag. Simon denkt nog steeds dat ik gek ben.'

Matt kijkt me scherp aan. 'Gelooft hij je niet?'

Ik kan mezelf wel voor de kop slaan. Alsof Matt nog meer munitie tegen Simon nodig heeft.

'Hij denkt dat er een rationele verklaring moet zijn.'

'Wat denk jij?'

Ik geef geen antwoord. *Ik denk dat ik vermoord ga worden.*

We stoppen voor mijn huis en ik pak mijn handtas.

'Ik wil je graag betalen.'

'Nee, dat hoeft niet.'

'Maar het hoeft jou geen geld te kosten, Matt, dat is niet eerlijk –'

'Ik hoef je geld niet, Zoë,' snauwt hij. 'Doe weg.' Zijn toon wordt zachter. 'Kom, dan help ik je naar binnen.'

'Het lukt wel.' Maar zodra ik sta knikken mijn knieën en hij kan me nog net op tijd opvangen.

'Natuurlijk.'

Hij pakt mijn sleutel, opent de voordeur en aarzelt dan.

'Geen zorgen,' zeg ik. 'Simon is op zijn werk.' Ik ben te ziek om me zorgen te maken of ik daarmee Simon afval. Ik hang mijn handtas en jas over de trapleuning en laat me door Matt naar boven brengen. Boven aan de trap blijft hij staan, want hij weet niet wat mijn slaapkamer is.

Ik wijs op de kamer naast die van Katie. 'Ik red me verder wel,' zeg ik, maar hij slaat er geen acht op, opent de deur, en samen schuifelen we naar binnen.

Hij slaat het dekbed aan de linkerkant open, de kant waar ik sliep toen wij getrouwd waren.

Nu liggen de spullen van Simon op het nachtkastje: zijn boek, een reserveleesbril en een leren blaadje voor zijn horloge en muntgeld.

Als het Matt al opvalt, zegt hij niks.

Met mijn kleren aan kruip ik in bed.

Simon maakt me wakker. Het is donker buiten en hij doet het leeslampje aan. 'Je slaapt al sinds ik thuis ben. Ben je ziek?' Hij fluistert en houdt een hand om mijn mobiel. 'Een politieagent aan de telefoon. Wat is er aan de hand? Is er iets gebeurd?'

Ik ben klam en bezweet en als ik mijn hoofd optil doet het pijn. Ik strek mijn arm uit naar de telefoon, maar Simon houdt hem buiten mijn bereik.

'Waarom belt de politie jou?'

'Ik leg het later wel uit.' Halverwege het laatste woord verdwijnt mijn stem en ik hoest om hem weer op te wekken.

Simon geeft me mijn telefoon en komt op de rand van het bed zitten.

Ik ben nog koortsig, maar het slapen heeft me goedgedaan. 'Hallo? Met Zoë Walker.'

'Mevrouw Walker, u spreekt met inspecteur Rampello van het moordonderzoeksteam Noordwest-Londen. Ik begreep dat u me wilde spreken?'

Hij klinkt afgeleid. Moe of verveeld, of allebei.

'Ja,' zeg ik. 'Maar ik ben nu thuis. Misschien kunt u hier komen.'

Simon heft zijn handen en vraagt geluidloos wat er aan de hand is.

Geïrriteerd door de onderbreking schud ik mijn hoofd tegen hem. De ontvangst is thuis slecht en ik wil horen wat inspecteur Rampello te zeggen heeft.

'... waarschijnlijk voor nu voldoende.'

'Pardon? Wat zei u?'

'U kende Tania Beckett niet, heb ik begrepen?'

'Nee, maar –'

'Dus u weet niet of ze als escort werkte of een sekslijn had?'

'Nee.'

'Juist.' Hij klinkt afgemeten, alsof ik er één ben van een lange lijst telefoontjes die hij vanavond moet plegen. 'De foto van Tania is gisteren, maandag 16 november, in de *London Gazette* geplaatst bij een advertentie voor een chatbox. Is dat juist?'

'Ja.'

'En u hebt contact met ons opgenomen omdat u haar herkende van de foto in het nieuws vanmorgen?'

'Ja.'

'Dat is heel behulpzaam, hartelijk dank.'

'Maar wilt u mij niet spreken? Een verklaring opnemen?'

'Als we nog iets nodig hebben nemen we contact met u op.' Hij legt neer terwijl ik nog aan het woord ben.

Simon kijkt nu eerder boos dan verbaasd. 'Wil je me nu alsjeblieft vertellen wat er aan de hand is?'

'Het is dat meisje,' zeg ik. 'Dat vermoord is. De foto die ik je vanmorgen liet zien.'

Vanmorgen ben ik meteen na het journaal naar boven gerend en heb Simon wakker geschud. Ik kon bijna niet uit mijn woorden komen.

'En als het nou wel iets te maken heeft met die foto's, Si?' vroeg ik met overslaande stem. 'Als iemand foto's plaatst van vrouwen die hij gaat vermoorden? En als ik nou de volgende ben?'

Simon omhelsde me onhandig. 'Lieverd, overdrijf je nou niet een beetje? Ik heb ergens gelezen dat er elk jaar in Londen honderd mensen worden vermoord. Elk jaar! Dat is, wat, acht per maand? Ik weet dat het verschrikkelijk is, maar het heeft niets met zo'n pulpblaadje te maken.'

'Tijdens mijn lunchpauze ga ik naar het politiebureau,' zei ik tegen hem. Ik kon zien dat hij me nog steeds hysterisch vond.

'Namen ze je serieus?' vraagt hij nu en hij gaat op het voeteneinde van het bed zitten.

Hij plet mijn tenen en ik trek mijn voeten terug. Ik haal mijn schouders op. 'De man achter het loket was aardig, maar hij belde de inspecteur die met de zaak is belast en die kwam niet. En nu zegt hij dat hij voldoende informatie van me heeft gekregen en contact opneemt als hij meer wil weten.' Er stromen tranen uit mijn ooghoeken. 'Maar ze weten nog niks van de andere foto's; van die van Cathy Tanning en die van mij.' Ik snik het uit en kan met die knallende hoofdpijn niet meer goed nadenken.

'Sst.' Simon streelt mijn haar en draait mijn kussen op zoek naar een koel plekje om mijn hoofd neer te leggen. 'Zal ik ze terugbellen?'

'Ik heb niet eens hun nummer. Hij zei dat hij van het MOT Noordwest-Londen was.'

'Ik zoek het op. Ik haal eerst wat pijnstillers voor je en een glas water en dan bel ik ze op.' Hij loopt naar de deur, draait zich om alsof hem net pas iets opvalt. 'Waarom lig je aan mijn kant van het bed?'

Ik druk mijn hoofd in het kussen om hem niet te hoeven aankijken. 'Ik denk dat ik me in mijn slaap heb gedraaid,' mompel ik.

Het is het enige waar we wel eens onenigheid over hebben.

'Matt is de vader van Katie en Justin,' zeg ik dan. 'Je zal hem zo nu en dan moeten spreken.'

Dat moest Simon met tegenzin toegeven. 'Maar daarvoor hoeft hij hier niet binnen te komen. In onze woonkamer te zitten en onze thee te drinken.'

Het was kinderachtig en onredelijk, maar ik wilde Simon niet kwijt en indertijd voelde het als een compromis.

'Goed,' gaf ik toe, 'hij komt hier niet binnen.'

Als ik mijn ogen weer opendoe staat er een glas water op het nachtkastje naast een strip tabletten. Ik neem er twee en stap het bed uit. Mijn top is gekreukeld en mijn broek zit gedraaid. Ik kleed me uit, pak een warme katoenen pyjama en sla een vest om me heen.

Het is negen uur en beneden zie ik de restanten van iets wat op een stoofschotel lijkt. Mijn benen zwabberen en ik ben nog groggy van het lange slapen. In de woonkamer zitten Simon, Justin en Katie televisie te kijken. Niemand zegt iets, maar er heerst een ontspannen stilte en ik blijf even naar mijn gezin staan kijken.

Katie is de eerste die me ziet. 'Mam! Voel je je al beter?' Ze schuift op om ruimte te maken op de bank tussen zichzelf en Simon en ik ga zitten, uitgeput door het traplopen.

'Nee, nog niet. Ik ben afgedraaid.' Ik heb me in jaren niet zo ziek gevoeld. Mijn botten doen zeer en mijn huid is overgevoelig. De steken achter mijn ogen gaan alleen weg als ik ze dichtdoe en mijn keel doet zo'n pijn dat ik nauwelijks kan praten. 'Ik denk dat ik griep heb. Echte griep.'

'Arme schat,' zegt Simon en hij slaat een arm om me heen. Deze keer zegt Katie niets over wat zij ons 'geklef' noemt.

Zelfs Justin kijkt bezorgd. 'Wil je iets?' vraagt hij.

Ik moet er echt ziek uitzien, denk ik. 'Alleen wat water, dankjewel.'

'Graag gedaan.' Hij steekt een hand in zijn zak en geeft me een envelop.

'Wat is dit?' vraag ik en ik haal er een stapel briefjes van twintig pond uit.

‘Kostgeld.’

‘Wat? Daar hebben we het over gehad. Ik hoef geen kostgeld van jou, lieverd.’

Ik wend me tot Simon, omdat hij Justin de laatste tijd op zijn nek heeft gezeten omdat hij hier voor niets woont.

Die schudt zijn hoofd om aan te geven dat hij er niets mee te maken heeft.

‘Dat is heel aardig van je, Justin. Goed gedaan, maatje.’

Het klinkt geforceerd vertrouwelijk van Simons lippen en Justin kijkt hem minachtend aan.

‘Ik dacht dat je blut was,’ zegt Katie en ze probeert te kijken hoeveel geld het is.

Ik stop het in de zak van mijn vest en probeer het stemmetje in mijn hoofd dat wil weten waar het vandaan komt het zwijgen op te leggen.

‘Melissa heeft me de leiding gegeven over het café zodat ze tijd heeft voor het nieuwe,’ zegt Justin alsof hij mijn gedachten heeft gelezen. ‘Het is maar tijdelijk, maar er zit wel een loonsverhoging aan vast.’

‘Wat geweldig!’ Door de opluchting dat mijn zoon niet steelt of dealt is mijn reactie overdreven enthousiast.

Justin haalt zijn schouders op alsof het de normaalste zaak van de wereld is en loopt naar de keuken voor mijn water.

‘Ik wist wel dat hij gewoon eens een kans moest krijgen,’ fluister ik tegen Simon. ‘Dat iemand moest inzien hoe hard hij kan werken.’

Plotseling herinner ik me dat Justin niet de enige is met nieuws over werk. Ik wend me tot Katie. ‘Het spijt me zo dat ik niet wat enthousiaster was over je auditie, schat. Ik voel me er echt naar over.’

‘Jezus, mam, maak je niet druk. Je bent ziek.’

‘Simon zei dat het fantastisch ging.’

Katie straalt. ‘Het was geweldig. Die agent wilde me dus niet hebben omdat hij al een paar meiden heeft met mijn uiterlijk en uitstraling, wat dat ook mag betekenen, maar ik raakte aan de praat met iemand die bij de receptie zat. Het is de directeur van een theatergezelschap dat *Driekoningenavond* van Shakespeare gaat uitvoeren en hun Viola heeft een skiongeluk gehad. Ik bedoel, hoe perfect wil je het hebben?'

Ik kijk haar glazig aan.

Justin komt terug met het glas water. Hij heeft de kraan niet laten doorlopen en het is lauw en troebel, maar ik neem dankbaar een slokje. Alles om mijn keel te verzachten.

'Mam, *Driekoningenavond* is de tekst die we bij ons examen hebben gedaan. Ik ken de tekst vanbuiten. En hij zei dat ik geknipt ben voor Viola. Ik heb letterlijk ter plekke auditie gedaan – het was echt bizar – en ik heb de rol! De rest van de cast repeteert al weken, maar ik moet het in veertien dagen onder de knie hebben.'

Mijn hoofd tolt. 'Maar wie is die man? Weet je iets van hem?'

'Hij heet Isaac. Zijn zus heeft op dezelfde school gezeten als Sophia, dus helemaal vreemd is hij niet. Hij heeft dingen gedaan in Edinburgh en – nu komt het mooiste – ze gaan toeren met *Driekoningenavond*! Hij is waanzinnig ambitieus en zo getalenteerd.'

Ik zie iets anders in het gezicht van Katie. Iets wat niets te maken heeft met haar opwinding over de rol. 'Knap?'

Ze bloost. 'Heel knap.'

'O, Katie!'

'Wat nou, mam? Het is allemaal koosjer, dat beloof ik je. Jij vindt hem vast ook leuk.'

'Mooi. Nodig hem maar uit.'

Katie snuift. 'Ik heb hem gisteren pas leren kennen, mam. Ik ga niet vragen of hij kennis wil maken met mijn ouders.'

'Nou, je gaat niet mee op tournee tot dat is gebeurd, dus...' We kijken elkaar woedend aan, tot Simon tussenbeide komt.

'Zullen we het daarover hebben wanneer je je wat beter voelt?'

'Ik voel me al beter,' maar mijn koppigheid moet wijken voor een golf van duizeligheid waardoor ik mijn ogen dicht moet doen.

'Tuurlijk. Kom mee jij, je bed in.'

Ik herinner me zijn belofte. 'Heb je de politie gebeld?'

'Ja, ik heb een van de hoge heren van het onderzoeksteam gesproken.'

'Rampello?'

'Ja, dat zou kunnen. Ik zei dat je je zorgen maakte over de advertentie met de foto die op jou lijkt...'

'Die was van mij.'

'... en de man die ik sprak begreep helemaal dat je ongerust bent, maar op dit moment brengen ze de moord op Tania Beckett in verband met andere misdaden.'

'Er moet een verband zijn,' houd ik vol. 'Het kan geen toeval zijn.'

'Je kent haar niet eens,' zegt Justin. 'Waarom maak je je zo druk?'

'Omdat ze vermoord is, Justin!'

Hij reageert niet en wanhopig kijk ik naar Katie.

'En omdat mijn foto –'

'Het was jouw foto niet, schat,' onderbreekt Simon me.

'– omdat mijn foto in precies dezelfde advertentie stond als de hare. Ik vind dus dat ik het recht heb me daar erg druk om te maken, jij niet?'

'Bij zulke advertenties staan meestal geen dure nummers, behalve als ze malafide zijn,' zei Simon.

'Wat heeft dat er in vredesnaam mee te maken?'

'Was ze een escort?' vraagt Katie.

'Beroepsrisico,' zegt Justin. Hij haalt zijn schouders op en gaat weer met zijn mobiel in zijn hand op de bank hangen.

'In de krant stond dat ze onderwijsassistent was, geen escort.' Ik denk aan de foto die van haar in de krant stond, van Tania en haar vriend. Ik stel me de kop voor van het artikel naar aanleiding van de moord op mij en vraag me af welke foto ze daarvoor zouden kiezen; en of ze Graham Hallow om commentaar zouden vragen.

'In de advertentie stond toch niks over een escortservice, of wel, mam?' vraagt Katie.

'Er stond een adres van een website.' Ik leg mijn hand tegen mijn voorhoofd en probeer het me voor de geest te halen. 'Findtheone.com.'

'Dat klinkt meer als een datingsite. Misschien is ze vermoord door iemand die ze online heeft leren kennen.'

'Ik wil niet dat jij nog alleen weggaat,' zeg ik tegen Katie.

Ze staart me ontzet aan. 'Vanwege een moord aan de andere kant van Londen? Doe niet zo idioot, mam, er worden aan de lopende band mensen vermoord.'

'Mannen, ja. Bendes opgeschoten jongens. Junkies en mensen die van risico's houden. Geen meisjes die van hun werk naar huis gaan. Je gaat met een groep vrienden uit of je blijft thuis.'

Katie kijkt naar Simon, maar deze ene keer valt hij me bij.

'We willen gewoon niet dat je gevaar loopt, meer niet.'

'Maar dat is niet te doen! Hoe moet het dan met mijn werk? Ik ben zaterdagavond pas om halfelf in het restaurant klaar en nu ik in *Driekoningenavond* sta moet ik bijna elke avond repeteren. Ik kan niet anders dan alleen naar huis.'

Ik wil reageren, maar Katie geeft me de kans niet en zegt nadrukkelijk, maar niet onaardig: 'Ik ben een grote meid, mam. Ik kijk wel uit. Je hoeft je over mij geen zorgen te maken.'

Maar ik maak me wel zorgen. Ik ben bezorgd om Katie, die elke avond onbekommerd van haar werk thuiskomt, haar gedachten in de wolken bij haar sterrenstatus en de rode loper. Ik ben bezorgd om alle Cathy Tannings en Tania Becketts, die geen idee hebben wat het leven voor ze in petto heeft. En ik maak me zorgen om mezelf. Ik weet niet hoe ik die advertenties moet inschatten of waarom mijn foto erin stond, maar het gevaar is niet denkbeeldig. Ik kan het niet zien, maar ik voel het wel... en het komt dichterbij.

Je weet nooit waar je de Ware kunt tegenkomen. Misschien zit ze op de heenweg altijd bij het raampje. Misschien staat ze in de rij voor je wanneer je koffie gaat halen. Of steek je elke dag achter haar de straat over. Als je zelfverzekerd bent, knoop je een praatje aan. Om te beginnen over het weer en de staat waarin de treinen verkeren, maar naarmate de tijd verstrijkt komen er persoonlijker onderwerpen aan bod. Je afschuwelijke weekend; haar slavendrijver van een baas, het vriendje dat haar niet begrijpt. Je leert elkaar kennen en dan tilt een van jullie de relatie naar het volgende niveau. Koffie? Een hapje eten? De zaak is beklonken.

Maar als de Ware in de volgende coupé zit? Of als ze koffie van huis meeneemt, op de fiets naar haar werk gaat, de trap neemt in plaats van de roltrap? Stel je voor wat je mist omdat je haar niet tegen het lijf loopt.

Een eerste afspraakje. Een tweede, nog meer.

Misschien gaat het niet om de Ware, misschien wil je zo ver niet gaan. Zoek je iets korters, iets zoeters waar je bloed sneller van gaat stromen en je hart sneller van gaat slaan.

Een slippertje.

Een onenightstand.

Een achtervolging.

Daar begint het. Findtheone.com. Een manier om forensen in Londen met elkaar in contact te brengen. Een helpende hand om mensen tot elkaar te brengen. Je zou me een beurshandelaar kunnen noemen; een tussenpersoon; een koppelaar.

En het mooiste is dat jullie geen van allen weten dat ik je op mijn radar heb.

10

Ik blijf vierentwintig uur in bed en slaap meer dan ik wakker ben. Woensdagmiddag sleep ik me naar de dokter en krijg te horen wat ik al weet. Ik heb griep en er valt niets tegen te doen, behalve water drinken, paracetamol slikken en wachten tot het over is. Simon is geweldig. Hij kookt voor de kinderen, brengt me eten dat ik laat staan en gaat ijs halen als ik bedenk dat dat het enige is wat ik door mijn keel kan krijgen. Hij zou een goede man zijn geweest voor een zwangere vrouw, denk ik en ik herinner me de zwangerschap van Justin, toen ik Matthew mopperend de sneeuw en kou in stuurde voor winegums en nacho's.

Het lukt me naar mijn werk te bellen en Graham te vertellen dat ik ziek ben. Hij is verbazend meelevend, tot ik hem vertel dat ik de hele week niet zal komen.

'Kun je dan niet in ieder geval morgen komen? Jo heeft vrij en dan is er niemand om de telefoon op te nemen.'

'Ik zal mijn best doen,' beloof ik hem. De volgende morgen stuur ik hem een berichtje dat ik nog steeds ziek ben en zet mijn telefoon uit. Pas tussen de middag kan ik eten verdragen. Melissa neemt kippensoep mee uit het café en pas wanneer ik begin te eten merk ik dat ik rammel van de honger.

'Dit is verrukkelijk.' We zitten in mijn keuken aan het piepkleine tafeltje waar maar twee mensen aan kunnen zitten. 'Let maar niet op de rommel.' De vaatwasser moet worden uitgeruimd, wat betekent dat iedereen net heeft gedaan alsof zijn neus bloedt en alles op het aanrecht heeft opgestapeld. Het aantal lege verpakkingen rondom de afvalemmer doet vermoeden dat die vol is. De koelkast zit vol met familiekiekjes die op hun plaats worden gehouden door de kitscherige magneten die wij op vakantie altijd kopen, waarbij het een uitdaging is de lelijkste op de kop te tikken. Op dit moment is de eerste plaats voor de ezel met sombrero van Katie, uit Benidorm, die met zijn kop schudt elke keer dat de deur open- of dichtgaat.

'Het is gezellig,' zegt Melissa en ze schiet in de lach bij mijn sceptische blik. 'Ik meen het. Het is warm en liefdevol en hangt aan elkaar van herinneringen – precies wat je van een gezinshuis mag verwachten.'

Ik kijk of ze spijtig kijkt, maar dat is niet zo.

Melissa was veertig toen we elkaar leerden kennen en ik heb haar ooit gevraagd of Neil en zij kinderen wilden.

'Hij kan ze niet krijgen.' Ze verbeterde zichzelf meteen. 'Dat is niet eerlijk. Wij kunnen geen kinderen krijgen.'

'Dat moet heel moeilijk zijn.' Ik was al zo lang moeder dat ik me een leven zonder kinderen niet kon voorstellen.

'Niet echt. Ik heb het altijd geweten, weet je. Neil heeft als kind leukemie gehad en na de chemo was hij onvruchtbaar. Het is nooit een deel geweest van ons leven samen. We hebben andere dingen gedaan, andere mogelijkheden benut.'

Ze zou wel werk bedoelen, dacht ik. De vakanties, een prachtig huis.

'Neil had het er moeilijker mee dan ik,' zei ze. 'Hij kon er erg boos om worden – "Waarom moet mij dat overkomen" en dat soort vragen, maar tegenwoordig denken we er niet meer aan.'

'Ik zou het heerlijk vinden in zo'n huis te wonen als het jouwe,' zeg ik nu. 'Een leeg aanrecht en nergens een vuile sok te zien.'

Ze glimlacht. 'Het gras is altijd groener en zo. Nog even en Katie en Justin zijn het huis uit en dan loop jij in je lege huis te wensen dat ze er nog waren.'

'Misschien. O ja, nu je het zegt, wat heb je met mijn zoon gedaan?'

Melissa kijkt meteen bezorgd en ik voel me schuldig over mijn poging grappig te zijn en leg het snel uit: 'Hij gaf me dinsdag kostgeld zonder dat ik erom had gevraagd. Ik begreep dat hij promotie had gekregen.'

'O, bedoel je dat! Nou, hij verdient het. Hij werkt als een paard en ik heb een manager nodig. Het loopt fantastisch zo.'

Er zit haar nog iets dwars. Ik houd haar blik vast tot ze haar ogen neerslaat en naar buiten kijkt, onze verwaarloosde tuin in.

Eindelijk zegt ze iets. 'Die loonsverhoging.' Ze kijkt me even aan. 'Dat is in contanten.'

Ik trek mijn wenkbrauwen op. Ik ben haar vriendin, maar ook haar boekhouder. Ik denk dat ze het me niet verteld zou hebben als ik niet over de loonsverhoging van Justin was begonnen.

'Als klanten contant betalen, komt het niet altijd in de boeken. Ik heb een appeltje voor de dorst. Daar betaal ik zo nu en dan een persoonlijke rekening van zodat ik de rekening van de zaak niet hoef aan te spreken.'

'Juist.' Ik zou nu last van mijn geweten moeten krijgen, maar zoals ik het zie doet ze er niemand kwaad mee. Ze is geen wereldspeler die met schimmige postbusconstructies de belasting een poot uitdraait. Ze is een plaatselijke ondernemer die net als iedereen probeert het hoofd boven water te houden.

'Het is niet alleen om eigen gewin, snap je.' Ik zie aan Melissa dat ze er spijt van heeft dat ze het me heeft verteld; dat ze bang is dat ik haar zal veroordelen. 'Zo hoeft Justin er ook geen belasting over te betalen en kan hij wat apart leggen.'

Ik ben geroerd dat ze daaraan denkt. 'En heb ik ook aan jou te danken dat hij een deel van zijn extra verdiensten afdraagt als kostgeld?'

'Misschien hebben we het er wel even over gehad...' Ze kijkt zo gemaakt onschuldig dat ik in de lach schiet.

'Bedankt in ieder geval. Ik ben blij dat hij eindelijk een beetje volwassen wordt. Je bent niet bang dat iemand de belasting tipt?' vraag ik met even mijn boekhouderpet op. Het gaat niet alleen om Melissa – als zij wordt gepakt hang ik ook.

'Je bent de enige die het weet.'

'Die wat weet?' Ik grinnik. 'Ik ga me douchen en aankleden, volgens mij stink ik een uur in de wind.' Ik heb nog steeds de joggingbroek en het T-shirt aan waarin ik heb geslapen en ik ben me ineens bewust van de zieke-mensen-geur die ik verspreid. 'De nieuwe vriend annex regisseur van Katie komt langs – hij haalt haar op voor de repetitie.'

'Vriend?'

'Nou ja, zo heeft ze hem niet genoemd, maar ik ken mijn dochter. Ze heeft hem maandag pas leren kennen, maar ik zweer je dat ik sindsdien geen gesprek met haar heb gevoerd waarin hij niet ten tonele werd gevoerd. Het is Isaac voor en Isaac na. Ze heeft het zwaar te pakken.' Ik hoor de trap kraken en houd snel mijn mond, net voor Katie de keuken binnenkomt.

'Is dat je beroemde kippensoep? Is er nog wat over?'

'Liters. Wat heb ik nou gehoord over Isaac...' Ze benadrukt de klinkers in de naam en Katie kijkt me wantrouwig aan.

Ik zeg niets.

'Het is een fantastische regisseur,' zegt Katie afgemeten.

We wachten, maar ze laat zich niet uit haar tent lokken.

'En mag ik vragen naar de verdienste?' vraagt Melissa, zakelijk als ze is. 'Ik weet dat je met acteren geen wereldbedragen verdient, maar zijn je kosten in ieder geval gedekt?'

Katie doet zo lang over het antwoord dat ik genoeg weet.

'Ach, Katie, ik dacht dat dit echt werk was.'

'Het ís werk. We krijgen na afloop betaald, als alle recettes binnen zijn en de rekeningen betaald.'

'Je deelt dus in de winst?' vraagt Melissa.

'Precies.'

'En als er geen winst is?' vraag ik.

Katie wendt zich nu naar mij. 'Jij ook altijd. Waarom zeg je niet gewoon dat je me een nul vindt, mam? Dat niemand naar me zal komen kijken en dat we allemaal ons geld kwijtraken...' Ze slikt de rest van haar zin in, maar het is al te laat.

'Welk geld kwijtraken? Winstdeling kan ik begrijpen – tot op zekere hoogte – maar vertel me alsjeblieft niet dat je daadwerkelijk geld hebt gegeven aan een man die je nog maar net hebt ontmoet.'

Melissa staat op. 'Ik denk dat ik maar beter kan gaan. Ik ben blij dat je de rol hebt gekregen, Katie.' Ze werpt me een strenge blik toe die betekent: *Heb een beetje mededogen met haar*, en vertrekt.

'Wat voor geld, Katie?' dring ik aan.

Ze zet een kom soep in de magnetron en drukt op een paar knoppen. 'We betalen allemaal mee aan de ruimte waar we repeteren, meer niet. Als een soort partnerschap.'

'Ze draaien je een poot uit.'

'Je weet niets van de gewoontes bij een theater, mam.'

We schreeuwen nu allebei zo hard om ons punt te maken dat we niet de sleutel in het slot horen die aankondigt dat Simon vroeg thuis is, zoals deze week, sinds ik ziek werd, elke dag.

'Je voelt je dus al wat beter,' zegt hij wanneer ik zie dat hij met een geamuseerde uitdrukking op zijn gezicht tegen de deurpost geleund staat.

'Een beetje,' zeg ik schaapachtig.

Katie zet haar soep op een blaadje om mee te nemen naar haar kamer.

'Hoe laat komt Isaac je ophalen?'

'Om vijf uur en ik vraag hem niet binnen als jij het over dat partnerschap gaat hebben.'

'Dat zal ik niet doen. Ik beloof het. Ik wil hem alleen leren kennen.'

'Ik heb iets voor je meegenomen,' zegt Simon. Hij geeft Katie een tasje met iets hards erin.

Katie zet het blad neer en maakt het tasje open. Het is een alarm – dat afgaat wanneer je er een pin uit trekt.

'Ze hadden ze bij de winkel om de hoek. Ik weet niet of het iets is, maar je kunt hem bij je dragen als je van de metro naar huis loopt.'

'Dank je,' zeg ik. Ik weet dat hij hem meer voor mijn gemoedsrust heeft gekocht dan die van Katie. Zodat ik me ermee kan verzoenen dat ze nog laat over straat gaat. Ik probeer mijn uitbarsting van zo-even goed te maken. 'Wanneer start de kaartverkoop van de *Driekoningenavond*, want we willen wel op de eerste rij zitten, of niet, Simon?'

'Jazeker.'

Hij meent het en niet alleen omdat het om Katie gaat. Simon houdt van klassieke muziek en theater en jazzconcertjes in obscure cafés. Hij was stomverbaasd dat ik *The Mousetrap* nooit had gezien. Hij heeft me er mee naartoe genomen en keek steeds naar me om te zien of ik het wel leuk vond.

Het was wel oké, maar ik vind *Mamma Mia!* leuker.

'Ik weet het niet, maar ik zal het vragen. Bedankt.' Dat laatste is gericht tot Simon, in wie ze een verwante ziel gevonden denkt te hebben.

Gisteravond heeft hij haar tekst met haar geoefend en ze onderbraken het overhoren om het samen over denkbeeldige personages in de tekst te hebben.

'Zie je hoe hij "Vermomming" personifieert en het "Snoodheid" noemt?' vroeg Simon.

'Ja! En aan het eind is van niemand de identiteit echt duidelijk.'

Ik ving een blik op van Justin en we hadden een van onze zeldzame samenzweerderige momenten.

Bij ons eerste afspraakje vertelde Simon me dat hij schrijver wilde worden.

'Maar je schrijft toch al voor je werk?' vroeg ik. Ik begreep het niet. Toen hij zich had voorgesteld zei hij dat hij journalist was.

Hij schudde minachtend zijn hoofd. 'Dat is niet echt schrijven, dat is alleen inhoud. Ik wil boeken schrijven.'

'Doe dat dan.'

'Dat ga ik ooit doen,' zei hij, 'zodra ik tijd heb.'

Dat jaar kocht ik met Kerstmis een Moleskine-boekje voor hem; dikke crèmekleurige pagina's omgeven door een zacht leren kaft. 'Voor je boek,' zei ik verlegen. We hadden pas een paar weken een relatie en ik had mijn hoofd gebroken over een geschikt cadeau.

Hij keek me aan alsof ik hem de maan had overhandigd.

'Het ging niet om het boekje,' vertrouwde hij me meer dan een jaar later toe. 'Het was het feit dat je vertrouwen in me had.'

Katie is nerveus. Ze draagt nog steeds de strakke spijkerbroek met het topje met glitters en ziet er tegelijkertijd sportief en bekoorlijk uit, maar ze heeft donkerrode lippenstift opgedaan en een streep zwarte eyeliner die als een vleugel omhoogwijst naar haar wenkbrauwen toe.

'Een kwartiertje,' sist ze me toe als de bel gaat, 'en dan gaan we.'

Justin is nog in het café en Simon en ik zitten in de woonkamer, die ik snel even heb opgeruimd.

Ik hoor zachte stemmen in de gang en vraag me af wat Katie haar regisseur/vriend te vertellen heeft. *Let maar niet op mijn moeder*, waarschijnlijk.

Ze komen de woonkamer binnen en Simon en ik staan op. Ik zie meteen wat Katie aantrekkelijk vindt aan hem. Isaac is lang en heeft een olijfkleurige huid en ravenzwart haar dat boven op zijn hoofd langer is dan van achteren. Zijn ogen zijn donkerbruin en onder het T-shirt en het leren jasje zit een strak lijf.

Maar hij is ook minstens dertig.

Ik realiseer me dat mijn mond openhangt en maak er snel 'Hallo' van.

'Fijn u te ontmoeten, mevrouw Walker. U hebt een zeer getalenteerde dochter.'

'Mama heeft liever dat ik secretaresse word.'

Ik kijk Katie boos aan. 'Ik heb voorgesteld een secretaresseopleiding te volgen. Zodat je iets hebt om op terug te vallen.'

'Een wijze raad,' zegt Isaac.

'Vind je?' vraagt Katie verbaasd.

'Het is een moeilijk vak en bezuinigingen op kunstsubsidies betekenen dat het er alleen maar moeilijker op wordt.'

'O, nou, ik zal er nog eens over nadenken.'

Ik vermom mijn kreet van verbazing als kuch en Katie kijkt me scherp aan.

Isaac geeft Simon een hand en die biedt hem een biertje aan. Dat slaat hij af omdat hij nog moet rijden en dat doet me in ieder geval goed.

Hij en Katie zitten op de bank met een respectabele tussenruimte en ik zoek naar tekenen dat ze in de korte tijd dat ze elkaar kennen meer zijn geworden dan regisseur en actrice. Ze raken elkaar niet zogenaamd per ongeluk aan en ik vraag me af of de verliefdheid van Katie eenrichtingsverkeer is. Ik hoop dat ze niet gekwetst zal worden.

'Ik wist dat Katie geknipt was voor de rol van Viola zodra ik haar bij het agentschap zag,' zei Isaac. 'Ik heb snel even een fotootje gestuurd naar de man die Sebastian speelt om te horen wat hij van haar vond.'

'Heb je een foto van me genomen? Zonder het te zeggen? Stiekemerd.'

'Met mijn telefoon. Hoe dan ook, ik kreeg meteen een berichtje terug dat je perfect was. Ik had je al horen spreken – je had het tegen het meisje naast je, weet je nog? Ik had meteen het gevoel dat ik de Shakespeare-vertolkster naar wie ik op zoek was had gevonden.'

'Eind goed, al goed,' zegt Simon grinnikend.

'Heel goed,' zegt Isaac.

Ze lachen allemaal.

Katie kijkt op haar horloge. 'We moeten gaan.'

'Ik zal haar na de repetitie weer thuisbrengen, mevrouw Walker.'

'Dat is heel aardig van je.

'Geen moeite. Londen is 's avonds niet de veiligste plaats voor een vrouw alleen.'

Ik mag hem niet.

Matt moest altijd lachen omdat ik mijn oordeel over mensen altijd meteen klaar heb, maar een eerste indruk is belangrijk. Ik kijk Katie en Isaac na door het raam van de woonkamer, ze moeten honderd meter lopen, want daar heeft Isaac een plaatsje gevonden voor zijn auto. Bij de auto legt hij een hand op haar onderrug en hij buigt zich voorover om het portier voor haar open te maken. Ik kan er niet de vinger op leggen wat me er niet aan bevalt, maar al mijn alarmbellen gaan af.

Nog maar een paar dagen geleden heb ik me voorgenomen Katie meer te steunen bij haar acteeraspiraties; zodra ik commentaar heb op Isaac zal ze dat beschouwen als de zoveelste aanval op haar keus. Ik kan het niet goed doen. Ze komt vanavond in ieder geval niet alleen naar huis. Vanmorgen op de radio hoorde ik een verslag over een zedenmisdrijf en ik kon er niets aan doen, maar ik vroeg me af of haar foto ook in de krant had gestaan. Simon neemt meestal de *London Gazette* mee van zijn werk, maar deze week kwam hij steeds met lege handen thuis. Ik weet dat hij wil dat ik niet meer aan de advertenties denk. Maar dat doe ik wel. Ik kan ze niet vergeten.

Vrijdag komt Simon met me mee naar mijn werk. 'Voor het geval je nog wat wankel bent,' zegt hij als we wakker worden. Hij houdt de hele weg mijn hand vast. In de District Line zie ik een vergeten exemplaar van de *Gazette*, maar ik negeer het en verstop mijn gezicht in het overhemd van Simon. Ik laat de lus waar ik me aan vasthield los en sla mijn armen om zijn middel zodat hij ons beiden overeind houdt wanneer de trein afremt. We praten niet, maar ik voel zijn hartslag tegen mijn wang. Sterk en betrouwbaar.

Voor Hallow & Reed kust hij me.

'Nu kom jij te laat op je werk,' zeg ik.

'Dat geeft niet.'

'Krijg je er geen problemen mee?'

'Laat dat maar aan mij over. Red je het verder? Ik kan nog blijven, hoor, als het nodig is.' Hij wijst op de koffiebar aan de overkant.

Ik moet lachen om het idee dat Simon daar de hele dag op me blijft wachten, als een soort bodyguard.

'Het lukt wel. Ik zie je vanavond.'

We kussen elkaar weer en hij wacht tot ik binnen veilig achter mijn bureau zit voor hij wegloopt in de richting van de metro.

Zodra Graham weg is voor een bezichtiging start ik Google. Ik typ *misdaad in Londen*, en klik op de eerste de beste site. Een website die Londen 24 heet en actuele informatie over misdaad in de hoofdstad belooft.

Tiener neergeschoten in West Dulwich.

Man meer dood dan levend met mysterieuze brandwonden gevonden in Finsbury Park.

Daarom lees ik geen kranten meer. Meestal tenminste. Ik weet wel dat het allemaal speelt, maar ik wil er niet aan denken. Ik wil er niet aan denken dat Justin en Katie ergens opgroeien waar steekpartijen de normaalste zaak van de wereld zijn.

Ex-Premier League-speler erkent dronken achter het stuur gezeten te hebben in Islington.

Walgelijke aanval op 84-jarige in Enfield.

Mijn gezicht vertrekt als ik de foto zie van de vierentachtigjarige Margaret Price, die haar pensioen ging halen en nooit meer thuis is gekomen. Ik zoek naar Tania Beckett. In een van de artikelen is sprake van een condoleancesite op Facebook. *Tania Beckett* RIP staat er en de pagina staat vol met emotionele berichten van familie en vrienden. In sommige berichten is de naam van Tania gekleurd en ik begrijp dat die mensen haar Facebook-pagina hebben getagd. Zonder nadenken klik ik op haar naam en onwillekeurig schrik ik als haar pagina verschijnt, vol met updates.

Nog 135 dagen te gaan! Het is het laatste wat ze erop heeft gezet, de ochtend van haar dood.

Nog 135 dagen tot wat?

Het antwoord staat een stukje naar onderen in een bericht waarboven staat: *Hoe vinden jullie deze, meiden?* De foto is een screenshot van een mobiele telefoon, ik zie het tekentje van de batterij bovenaan staan. Een foto van een bruidsmeisjesjurk die van internet is geplukt. Er staan drie namen bij.

Tania Beckett is 135 dagen voor haar huwelijk gestorven.

Ik kijk naar de vriendenlijst van Tania. Fotootjes van identiek uitziende meiden, allemaal hebben ze blond haar en witte tanden. Mijn aandacht wordt getrokken door een oudere dame met dezelfde achternaam.

De pagina van Alison Beckett is net zo toegankelijk als die van Tania en ik zie meteen dat ik naar de foto kijk van de moeder van Tania. Haar laatste bericht is van twee dagen geleden.

Er is een engel bij gekomen in de hemel. RIP *mijn mooie meisje. Slaap lekker.*

Ik sluit Facebook af, omdat ik me een indringer voel. Ik denk aan Tania en Alison Beckett. Hoe ze samen de bruiloft aan het voorbereiden waren; op zoek gingen naar een jurk, uitnodigingen verstuurden. Ik zie Alison thuis, op die donkerrode bank die op haar profielfoto te zien was, de telefoon aannemen, luisteren naar de politieagent zonder te begrijpen wat hij zegt. Niet háár dochter, niet Tania. Mijn borst doet zeer en ik merk dat ik zit te huilen, al weet ik niet of ik huil om een meisje dat ik nooit heb gezien of omdat het maar al te gemakkelijk is haar naam te vervangen door die van mijn dochter.

Mijn oog valt op een telefoonnummer dat ik op mijn prikbord heb gehangen.

Kelly Swift, British Transport Police.

Zij luisterde tenminste.

Ik snuit mijn neus. Haal diep adem. Pak de telefoon.

'Agent Swift.'

Op de achtergrond hoor ik verkeersgeluiden, een sirene in de verte. 'Met Zoë Walker. Van de advertenties in de *London Gazette*?'

'Ja, ik herinner het me. Ik ben bang dat ik niet veel verder ben gekomen –'

'Ik wel,' onderbreek ik haar. 'Een van de vrouwen uit de advertenties is vermoord. En het kan kennelijk niemand schelen wie de volgende is.'

Het blijft even stil en dan zegt agent Swift heel beslist: 'Mij wel. Het kan mij wel schelen. Vertel me alles wat u weet.'

11

Het was al middag voor Kelly terug was op het bureau en het nummer kon opzoeken van inspecteur Rampello, die als leidinggevende voor het onderzoek werd opgegeven. Ze werd eerst doorverbonden met een algemeen nummer voor particulieren die tips hadden inzake de moord op Tania Beckett.

'Ik zal een notitie maken en zorgen dat die wordt doorgegeven aan iemand van het team,' zei de vrouw op zo'n onverschillige toon dat Kelly vermoedde dat ze die dag niet de enige was die belde.

'Ik wil echt inspecteur Rampello persoonlijk spreken. Ik ben een agent in dienst van British Transport en ik denk dat een van mijn zaken hier ook mee te maken heeft.' Kelly hield haar vingers gekruist. Het was niet helemaal een leugen. Zoë Walker was naar haar toe gekomen en de naam van Kelly stond nog steeds op het rapport over Cathy Tanning. Haar werk, haar naam.

'Ik zal u doorverbinden met de meldkamer.'

De telefoon ging eindeloos over. Kelly wilde het net opgeven toen een vrouw opnam, lichtelijk buiten adem, alsof ze net een trap op gerend was.

'Moordonderzoeksteam Noordwest.'

'Kan ik inspecteur Rampello aan de lijn krijgen alstublieft?'

'Ik zal kijken of hij in zijn kantoor zit. Welke naam kan ik doorgeven?' De vrouw sprak als een nieuwslezeres van de BBC en Kelly probeerde haar rol in te schatten. Ze had weinig ervaring met MOT's.

Hoewel British Transport een eigen team had, had dat veel minder te doen dan dat van de Londense politie en Kelly had er nooit gewerkt. Ze gaf haar naam en nummer en werd alweer in de wacht gezet.

'Met Rampello.'

Geen sprake van een BBC-accent hier. Rampello was een geboren Londenaar en hij sprak snel en zo zakelijk dat het bijna bot was.

Kelly struikelde over haar woorden bij haar poging net zo snel te spreken en hoorde zelf dat ze onprofessioneel klonk, incompetent in ieder geval.

'Waar zei u dat u werkte?' vroeg Rampello halverwege haar uitleg.

'Bij British Transport, inspecteur. Op dit moment zit ik op de Central Line. Vorige week is er een tas van iemand gerold en ik denk dat dat verband houdt met de moord op Tania Beckett. Ik hoopte dat ik bij u kon komen om het uit te leggen.'

'Met alle respect, agent...' zijn stem werd vragend omdat hij haar rang niet kende.

'Swift. Kelly Swift.'

'Met alle respect, agent Swift, dit is een moordzaak, geen zakkenrollerij. Tania Beckett was die avond niet in de buurt van de Central Line en alles wijst erop dat het een geïsoleerd incident was.'

'Volgens mij is er een verband, inspecteur,' zei Kelly zelfverzekerder dan ze zich voelde. Ze zette zich schrap voor de reactie van Rampello en was opgelucht toen hij niet kwaad werd.

'Hebt u een kopie van het dossier daar?'

'Ja, ik –'

'Stuur maar naar mijn afdeling, dan zal ik ernaar kijken.' Hij wilde van haar af.

'Ik geloof, inspecteur, dat er een foto van uw slachtoffer in een advertentie in de *London Gazette* heeft gestaan. Klopt dat?'

Het bleef even stil.

'Die informatie is niet vrijgegeven. Hoe weet u dat?'

'Van een getuige die naar mij toe is gekomen. Dezelfde getuige die een foto gezien heeft van het slachtoffer van de zakkenrollerij in een andere editie van de *Gazette*. Dezelfde getuige die bang is omdat ze ook haar eigen foto in de krant heeft gezien.'

Deze keer duurde de pauze langer.

'Komt u maar hiernaartoe.'

Het MOT Noordwest was gevestigd in Balfour Street, discreet gesitueerd tussen een uitzendbureau en een flatgebouw met een TE KOOP-bord op de derde verdieping.

Kelly drukte op de bel, waar alleen MOT bij stond, en draaide iets naar rechts zodat ze recht in de camera kon kijken. Ze tilde haar kin iets omhoog en hoopte dat ze er minder nerveus uitzag dan ze zich voelde. Inspecteur Rampello had gevraagd of ze om zes uur wilde komen en daardoor had ze nog net tijd gehad om zich thuis te verkleden. Wat zeiden ze ook weer? Kleed je voor de baan die je ambieert. Kelly wilde dat inspecteur Rampello haar als een serieuze rechercheur beschouwde, iemand met belangrijke informatie over het moordonderzoek, niet als een simpele wijkagent. Ze drukte nogmaals op de bel en had er meteen spijt van toen een ongeduldige stem suggereerde dat dat niet nodig was geweest.

'Ja?'

'Agent Kelly Swift van British Transport. Inspecteur Rampello verwacht me.'

Met een luide klik ging de zware deur open en Kelly stapte naar binnen met een dankbare glimlach naar de camera, voor het geval ze nog keken. Ze stond voor de lift, maar nam de trap, niet zeker op welke verdieping het MOT zetelde. Aan de dubbele deuren boven aan de eerste trap was niets te zien en Kelly aarzelde even. Zou ze kloppen of doorlopen?

'Zoekt u het crisiscentrum?'

Kelly herkende de BBC-stem van degene die ze aan de telefoon gesproken had en draaide zich om naar een vrouw met lang blond haar dat met een zwartfluwelen bandje uit haar gezicht gehouden werd. Ze droeg een smal toelopende broek en ballerina's en stak Kelly haar hand toe. 'Lucinda, ik ben een van de analisten. Jij bent toch Kelly Swift?'

Kelly knikte dankbaar. 'Ik kom voor de inspecteur.'

Lucinda duwde de deur open. 'Hier is de vergadering. Kom maar, ik zal het wijzen.'

'Vergadering?' Kelly volgde Lucinda door de dubbele deuren naar een grote kantoortuin waar een stuk of tien bureaus stonden. Aan één kant was een apart kantoor.

'Dat is het kantoor van de hoofdinspecteur. Niet dat hij er veel gebruik van maakt. Over een halfjaar gaat hij met pensioen en hij heeft nog zo veel vakantiedagen staan dat hij tegenwoordig eigenlijk parttime werkt. Maar het is een beste vent, hoor, Diggers – als hij een keer zijn gezicht laat zien.'

Kelly spitste haar oren bij de bekende bijnaam. 'Toch niet toevallig Alan Digby?'

Lucinda keek verbaasd. 'Ja, die. Hoe ken je hem?'

'Hij was mijn chef bij British Transport. Hij is toen overgeplaatst naar de Metropolitan en later hoorde ik dat hij was gepromoveerd. Het is een beste chef.'

Lucinda ging haar voor door de kantoortuin en Kelly gaf haar ogen de kost. Zelfs leeg ademde het een drukte en levendigheid die Kelly zich goed herinnerde van haar tijd bij het serieuze onderzoekswerk. Op elk bureau stonden twee monitoren en er rinkelden minstens drie telefoons; het geluid zweefde door de ruimte terwijl de telefoontjes automatisch werden doorgeschakeld, op zoek naar een reactie. Op de een of andere manier klonk het gerinkel hier dringender, alsof het de sleutel bevatte tot de oplossing van het mysterie waar het MOT die week aan werkte. Dit was waarom Kelly dit werk had gekozen en ze voelde de vertrouwde stroom van energie op gang komen.

'Het antwoordapparaat pakt ze zo,' zei Lucinda, die zag dat Kelly naar een knipperend lampje op een van de telefoons keek, 'en dan belt iemand terug.'

'Waar is iedereen?'

'Bij de briefing. De inspecteur wil graag dat iedereen daarbij is. Dat noemt hij de NASA-theorie.'

Kelly keek haar verbaasd aan en Lucinda grinnikte.

'President Kennedy bezocht een keer de NASA en raakte aan de praat met een van de schoonmakers. Hij vroeg hem wat voor werk hij deed en zonder aarzelen zei de man: "Ik help mee een man op de maan te zetten, meneer de president." De theorie van Nick is dat wanneer het complete moordonderzoeksteam bij de briefings is, ook de schoonmakers, we niets over het hoofd zien.'

'Wat een fantastische aanpak! Is de inspecteur prettig om voor te werken?' Ze volgde Lucinda naar een openstaande deur.

'Hij is een goede detective,' zei Lucinda.

Kelly kreeg het idee dat de analiste haar woorden met zorg had gekozen, maar er was geen tijd om er dieper op in te gaan. Ze waren in de briefingruimte en Lucinda schoof haar naar voren.

'Baas, dit is Kelly Swift van British Transport.'

Kelly voelde haar maag rommelen en wist niet of het door de zenuwen of de honger kwam. Ze ging met Lucinda achter in de ruimte staan en wierp steelse blikken om zich heen. Inspecteur Rampello had niks over een briefing gezegd; ze had verwacht in zijn kantoor met hem te spreken, misschien in het bijzijn van nog iemand van het onderzoeksteam.

'Welkom allemaal. Dit is een briefing voor Operatie FURNISS. Ik weet dat het voor allemaal een lange dag is geweest en een aantal van jullie is nog lang niet klaar, dus ik zal het zo kort mogelijk houden.' De inspecteur sprak net zo snel als hij door de telefoon had gedaan. Het was een grote ruimte en hij deed kennelijk geen enkele moeite om zijn stem te verheffen.

Kelly moest aandachtig naar elk woord luisteren. Ze vroeg zich af waarom hij niet wat luider sprak, maar toen ze naar de rest van het team keek zag ze dat iedereen geconcentreerd luisterde en besefte dat het – heel slim – zijn tactiek was.

'Voor degenen die nieuw zijn in het team: het lichaam van Tania Beckett is vier dagen geleden, maandag 16 november, door George Skinner en zijn hond gevonden in Cranley Gardens in Muswell Hill.'

Kelly vroeg zich af hoe oud inspecteur Rampello was. Hij zag eruit als begin dertig; jong om al inspecteur te zijn. Hij was vierkant en stevig en had een lichtgetinte huid, wat paste bij zijn naam – in tegenstelling tot zijn afgebeten, Londense klinkers. Er lag een waas van stoppels over de onderkant van zijn gezicht en Kelly zag de schaduw van een tatoeage op zijn onderarm door de stof van zijn overhemd.

Tijdens het praten ijsbeerde de inspecteur voor de mensen en wuifde met aantekeningen, waar hij nog niet op had hoeven kijken. 'Tania was onderwijsassistent op een lagere school, St.-Christopher, in Holloway. Ze werd om halfvijf thuis verwacht, maar toen ze om tien uur nog niet terug was heeft haar verloofde, David Parker, haar als vermist opgegeven. Een agent heeft er een rapportje van gemaakt, maar dacht niet dat het acuut was.'

Kelly wist niet of ze zich de verwijtende toon inbeeldde en hoopte dat de agent die de melding had behandeld zich niet schuldig voelde over wat er met Tania was gebeurd. Uit het weinige dat Kelly over de zaak wist leidde ze af dat er niet veel gedaan had kunnen worden om de moord te voorkomen.

'Het lichaam van Tania is gevonden in een bosje in het park, een deel dat bekendstaat als ontmoetingsplaats voor seksafspraken. Onderzoekers van de plaats delict hebben gebruikte condooms gevonden die al dusdanig vergaan waren dat ze weken eerder dan de moord daar achtergelaten moeten zijn. Tania was geheel gekleed op haar slipje na, en dat is ook niet op de plaats delict aangetroffen. Ze is gewurgd met de schouderband van haar tas en sectie heeft uitgewezen dat ze door verwurging om het leven is gekomen.'

Hij keek de kamer door en zijn blik bleef hangen bij een oudere man die met zijn handen achter zijn hoofd onderuitgezakt op zijn stoel zat. 'Bob, kun jij iets vertellen over de verloofde?'

Bob maakte zijn handen los en ging rechtop zitten. 'Tania Beckett was verloofd met de zevenentwintigjarige bandenspecialist David Parker, die we uiteraard als eerste onder de loep hebben genomen. Meneer Parker heeft een ijzersterk alibi. Hij heeft de hele avond in de Mason's Arms bij hem op de hoek gezeten en dat wordt bevestigd door de beveiligingscamera's van de pub en zeker tien stamgasten.'

'Zijn vriendin verdwijnt en hij zit in de pub?' zei iemand.

'Parker zegt dat hij zich pas 's avonds laat, toen hij haar als vermist kwam opgeven, zorgen begon te maken. Hij nam aan dat ze naar een vriendin was gegaan en vergeten was dat tegen hem te zeggen. We pakken haar dus op als ze met de Northern Line naar Highgate gaat. Er zit een gat in de beelden, maar dan zien we haar weer als ze op de bus staat te wachten. Helaas kan de buschauffeur niet bevestigen dat ze bij Cranley Gardens is uitgestapt en hij wist ook niet of ze alleen was. We zoeken op dit moment nog naar de andere passagiers in de bus.'

De blik van Nick Rampello bleef weer even op Kelly rusten. 'Op woensdag 17 november horen we van mevrouw Zoë Walker, die gelijkenis heeft gezien tussen Tania Beckett en een foto in de zoekertjes in de *London Gazette*.' Hij pakte een papier op A3-formaat dat ondersteboven op de tafel voor hem lag en hield dat omhoog.

Kelly zag de bekende advertentie; korrelig door de vergroting.

'Deze stond tussen andere advertenties voor...' de inspecteur pauzeerde even, '... verschillende persoonlijke diensten.' Hij wachtte tot het gelach was weggeëbd en ging toen verder: 'Waaronder chatboxen en escorts. Deze advertentie biedt ogenschijnlijk dezelfde service, al wordt er niets gespecificeerd. Het telefoonnummer geeft geen informatie, net zomin als de website.' Hij plakte het papier met plastic magneten op een whiteboard. 'Het onderzoeksteam is begonnen met het verleden van Tania en zoekt naar een verband met de seksindustrie, al houden haar ouders en verloofde bij hoog en bij laag vol dat dat absoluut niet bij haar past. We onderzoeken ook haar computer of er iets te vinden is van een registratie bij een datingsite of onlinecommunicatie met mannen. Tot nu toe hebben we niets gevonden. Vanmiddag was er sprake van een nieuwe ontwikkeling.' Hij keek weer naar Kelly. 'Misschien wil je je even voorstellen?'

Kelly knikte en hoopte dat ze meer zelfvertrouwen uitstraalde dan ze voelde. 'Hallo, allemaal. Dank dat ik bij jullie briefing mag zijn. Ik heet Kelly Swift en ik werk voor British Transport bij het wijkteam op de Central Line.' Te laat bedacht ze dat ze Nick Rampello in de waan had gelaten dat ze bij de Dip Squad werkte. Ze zag hem verbaasd kijken en richtte haar aandacht op het whiteboard. 'Vanmorgen sprak ik Zoë Walker, de getuige over wie inspecteur

Rampello het zojuist had en die mij maandag had benaderd. Ze had een advertentie gezien en de vrouw herkend; het slachtoffer van een zakkenroller en onderwerp van een lopend onderzoek door British Transport.'

'Nog een moord?' De vraag kwam van een tengere, grijsharige man die bij het raam zat.

Kelly schudde haar hoofd. 'Diefstal. Cathy Tanning was in de Central Line in slaap gevallen en toen is er een sleutelbos ontvreemd uit de tas die op haar schoot stond.'

'Alleen haar sleutels?'

'Op dat moment dachten we dat de dader op zoek was naar iets anders – een portemonnee of een mobiel. Het slachtoffer heeft er een sleutelmaker bij moeten halen om in haar eigen huis binnen te komen, wat betekende dat ze het slot van de voordeur moest laten vervangen, maar de achterdeur heeft ze zo gelaten. Er stond geen adres op de sleutelbos en ze had geen reden om aan te nemen dat de dief wist waar ze woonde.' Met kloppend hart laste Kelly een pauze in. Zelfs inspecteur Rampello was niet op de hoogte van het laatste nieuws. 'Maandag sprak ik Cathy Tanning en ze is ervan overtuigd dat er iemand in haar huis is geweest.'

Het werd onrustig.

'Inbraak?' vroeg de man met het grijze haar.

'Er is niets van waarde meegenomen, maar Cathy houdt vol dat haar sleutels gebruikt zijn en dat er iemand in haar vuile was heeft zitten rommelen. Ze heeft de sloten vervangen en ik heb de zaak doorgespeeld aan de technische dienst, die op zoek gaan naar forensisch bewijs. Zoë Walker is ervan overtuigd dat haar eigen foto vandaag precies een week geleden in de krant heeft gestaan.'

'En is Zoë Walker slachtoffer geworden van een misdrijf?' vroeg Lucinda.

'Nog niet.'

'Dankjewel.' De inspecteur liet niet merken dat hij de nieuwe informatie interessant vond en hij ging snel verder en eiste de aandacht weer op.

Plotseling voelde Kelly zich leeg.

'We treffen elkaar morgenochtend om acht uur weer, maar laten we eerst een rondje doen. Heeft iemand iets te vragen of op te merken?'

Hij keek de ruimte rond en verzamelde alle opmerkingen en vragen. Zoals Lucinda al had gezegd werd niemand overgeslagen. Toen iedereen aan de beurt was geweest knikte hij kort en verzamelde zijn aantekeningen. De briefing was voorbij.

'Ik hoop dat je vanavond geen plannen hebt, Lucinda,' zei hij toen hij langs de analiste liep.

Ze lachte en wierp Kelly een samenzweerderige blik toe. 'Het is maar goed dat ik met mijn werk getrouwd ben, of niet?'

Kelly, die niet wist of ze moest gaan of blijven, liep met Lucinda mee. Ze was ervan uitgegaan dat de inspecteur een eigen kantoor zou hebben, maar het bureau van Nick Rampello bevond zich, net als die van de rest, in de kantoortuin. Kennelijk had alleen de hoofdinspecteur een eigen kantoor en er scheen geen licht door de dichte jaloezieën.

Nick gebaarde naar Kelly dat ze moest gaan zitten. 'Ik moet een verband vinden tussen de twee zaken,' zei hij tegen Lucinda, die al aantekeningen aan het maken was. 'Kenden ze elkaar? Werken ze voor een chatbox? Als escort? Wat doet Walker voor de kost? Zoek uit waar Tanning werkt. Zit ze net als Beckett in het onderwijs? Gaan haar kinderen naar de school van Beckett?'

Kelly luisterde en hoewel ze sommige vragen kon beantwoorden, dacht ze niet dat een onderbreking door haar nu op prijs zou worden gesteld. Ze zou later met Lucinda praten en haar vertellen wat ze wist.

Nick ging verder. 'Zoek uit of een van hen gebruik heeft gemaakt van een datingsite. De partner van Zoë Walker heeft me gebeld; het zou kunnen dat hij erachter is gekomen dat ze op een datingsite zit en dat zij dat nu in alle toonaarden ontkent.'

'Zoë Walker zit niet op een datingsite, inspecteur. Ze maakte zich vreselijk ongerust toen ze me belde.'

'Wat heel verklaarbaar is als een... laten we zeggen agressieve partner erachter is gekomen dat hij niet de enige is,' gaf Nick terug. Hij wendde zich tot Lucinda. 'Zeg tegen Bob dat hij het originele dossier moet opvragen bij BT. Als het niet zorgvuldig is bestudeerd, moet hij het overdoen.'

Kelly kneep haar ogen samen. Het was niet verrassend dat iemand van de Metropolitan het werk van een andere afdeling niet vertrouwde, maar hij had het fatsoen kunnen hebben dat niet in haar bijzijn in twijfel te trekken. 'De camerabeelden zijn zorgvuldig geanalyseerd,' zei ze en ze keek opzettelijk naar Lucinda en niet naar de inspecteur. 'Ik kan morgen voor kopieën zorgen, met stills van de dader. Gezien de oorspronkelijke overtreding leek het buiten proportie om een DNA-onderzoek aan te vragen, maar ik neem aan dat het budget nu geen probleem meer is. De tas is volgens de regels onderzocht en ingenomen door BT, ik kan hem ter beschikking stellen van jullie team. Cathy Tanning heeft geen kinderen, ze zit niet in het onderwijs en heeft nooit als escort gewerkt. Net zomin trouwens als Zoë Walker, wier foto ook in de *London Gazette* heeft gestaan en die, heel begrijpelijk, vreest voor haar veiligheid.' Kelly haalde adem.

'Ben je klaar?' vroeg Nick Rampello. Hij wachtte niet op een antwoord en wendde zich tot Lucinda. 'Kom over een uur terug en laat me weten hoe ver je bent.'

Lucinda knikte, stond op en knikte naar Kelly. 'Leuk om kennis te maken.'

De inspecteur wachtte tot Lucinda achter haar eigen bureau zat voor hij zijn armen over elkaar sloeg en Kelly aanstaarde. 'Is het jouw gewoonte om het gezag van je meerderen te ondermijnen?'

'Nee, inspecteur.' *Is het uw gewoonte om andermans werk af te kraken*, wilde ze eraan toevoegen.

Het leek erop dat de inspecteur wilde doorgaan, maar zich ineens herinnerde dat het niet zijn taak was Kelly op het matje te roepen. Hij ontvouwde zijn armen en stond op. 'Bedankt dat je het verband onder onze aandacht hebt gebracht. Ik zal later contact opnemen met mijn collega voor het dossier en de tas. We kunnen het net zo goed onder één dak brengen als ze toch met elkaar in verband staan, ook al is er technisch gesproken geen sprake van een seriemoord.'

'Inspecteur?' vroeg Kelly en ze zette zich schrap. Ze kende het antwoord voor ze de vraag had gesteld, maar ze kon het MOT niet verlaten zonder in ieder geval een poging te wagen.

'Ja?' vroeg Rampello ongeduldig.

'Ik zou graag verder werken aan de zaak van Cathy Tanning.'

'Het spijt me, maar daar zie ik het nut niet van in.' Hij zag de teleurstelling op haar gezicht en zuchtte. 'Hoor eens, je hebt het verband tussen de zaken boven tafel gekregen. Het is heel goed dat je contact hebt gezocht en ik waardeer je aanwezigheid bij de briefing. Je hebt nu toch geen dienst, of wel?'

Kelly knikte.

'Maar wij handelen het verder af. Elke seriemoord wordt onderzocht door het team dat de eerste in behandeling heeft en in dit geval is dat de moord op Tania Beckett. Deze seriemoord valt onder de jurisdictie van de Metropolitan, niet British Transport. Zoals gezegd ben ik er nog niet van overtuigd dat het een seriemoord betreft, maar als het zo is, is jouw slachtoffer van de zakkenroller misschien de dans ontsprongen. Dat is een zaak van het MOT, niet van jouw Dip Squad.'

Er was geen speld tussen te krijgen.

'Kan ik niet voor u werken?' Het was eruit voor ze over haar woorden kon nadenken. 'Gedetacheerd, bedoel ik. Ik heb de zaak van Cathy Tanning in behandeling gekregen toen hij binnenkwam en ik kan in uw zaak helpen met het onderzoek bij de metro. Ik ken elke centimeter van de ondergrondse en u hebt uren camerabeelden nodig, of niet?'

Nick Rampello was beleefd, maar duidelijk. 'We hebben mankracht genoeg.' Hij glimlachte naar haar, wat het vervolg verzachtte. 'Bovendien heb ik het gevoel dat het nogal vermoeiend is om met je te werken.'

'Ik ben niet onervaren, inspecteur. Ik heb vier jaar gewerkt bij de zedenpolitie. Ik ben een goede rechercheur.'

'Als rechercheur? Waarom loop je dan nu weer in uniform?'

Kelly overwoog even de waarheid te verdraaien. Beweren dat ze meer actie wilde of naar een brigadiersexamen toe werkte. Maar iets vertelde haar dat Nick Rampello dat direct zou doorzien.

'Dat ligt wat ingewikkeld.'

Nick keek haar even aan en ze hield haar adem in, in de hoop dat hij van gedachten zou veranderen. Maar toen sloeg hij zijn ogen neer, opende zijn agenda, een handeling waarmee hij haar al had weggestuurd voor hij iets zei.

'Ik doe helaas niet aan ingewikkeld.'

12

Ik trek de grijze deken om mijn schouders. Hij is van wol en prachtig als hij over de bank ligt, maar nu schuurt hij in mijn hals en kriebelt. Het licht zoemt zo hard dat je het boven kunt horen – weer iets wat verholpen moet worden – en hoewel ik weet dat Simon en de kinderen liggen te slapen, heb ik het niet aangedaan. Door het licht van mijn iPad lijkt de woonkamer nog donkerder dan hij is. De wind loeit en ergens klappert een hek. Ik heb geprobeerd te slapen, maar ik schrik van elk geluid en ten slotte heb ik het opgegeven en ben naar beneden gegaan.

Iemand heeft een foto van me genomen en die in de zoekertjes gezet.

Dat is het enige feit waarover ik beschik en het blijft door mijn hoofd tollen.

Iemand heeft een foto van me genomen.

Agent Swift gelooft ook dat het mijn foto is. Ze heeft gezegd dat ze het zal onderzoeken en dat ze weet dat dat klinkt alsof ik met een kluitje in het riet wordt gestuurd, maar dat ze er echt achteraan zal gaan. Ik wou dat ik haar kon vertrouwen maar ik deel Simons geloof in onze jongens en meisjes in het blauw niet. In mijn jeugd was het leven zwaar en een politieauto was iets om voor weg te rennen, ook al wist niemand precies waarom we dat deden.

Ik tik op het scherm voor me. Op de Facebook-pagina van Tania

Beckett staat een link naar een blog; een dagboek van Tania en haar moeder in de aanloop naar de bruiloft.

Zullen we miniflesjes gin nemen als bedankje of hartjes met onze namen? Witte rozen of gele?

Alison heeft maar een paar keer iets geschreven, steeds in de vorm van een brief.

Voor mijn lieve dochter,

Nog tien maanden tot de grote dag! Ik kan het bijna niet geloven. Vandaag ben ik naar zolder gegaan om mijn sluier op te zoeken. Ik verwacht niet dat jij die zult dragen – de mode is zo veranderd – maar ik dacht dat je het misschien leuk zou vinden om een strookje ervan in je zoom te laten naaien. Als iets wat geleend is. Ik heb een doos gevonden met je schoolschriften, verjaardagskaarten en kunstwerkjes. Je lacht me altijd uit omdat ik alles heb bewaard, maar als je eenmaal zelf kinderen hebt, zal je het begrijpen. Ook jij zal een eerste paar schoentjes wegbergen, zodat je op de dag dat je je eigen zolder op gaat op zoek naar de sluier van je trouwjurk, verbaasd staat dat die voetjes zo klein waren.

Mijn blik vertroebelt en ik knipper mijn tranen weg. Het voelt verkeerd om door te lezen. Ik kan Tania en haar moeder niet uit mijn hoofd krijgen. Op weg naar beneden ben ik de kamer van Katie op geslopen om mezelf gerust te stellen, dat ze er nog is, nog leeft. Er was gisteravond geen repetitie en ze heeft haar normale dienst gedraaid bij het restaurant, maar Isaac heeft haar evengoed thuisgebracht. Ze liepen langs het raam van de woonkamer en pauzeerden lang genoeg voor een zoen voor ik de sleutel in het slot hoorde.

'Je bent echt gek op hem, hè?' vroeg ik haar. Ik verwachtte dat ze het zou ontkennen, maar ze keek me met stralende ogen aan.

'Ja, stapel.'

Ik hield even mijn mond omdat ik het moment niet wilde verpesten, maar toen kon ik me toch niet inhouden. 'Hij is heel wat ouder dan jij.'

Haar gezicht verhardde meteen en haar antwoord kwam zo prompt dat ik wist dat ze mijn zorg had voorvoeld. 'Hij is eenendertig. Dat is een verschil van twaalf jaar. Simon is vierenvijftig, dat betekent dat hij veertien jaar ouder dan jij is.'

'Dat is anders.'

'Waarom? Omdat jij volwassen bent?'

Even was ik opgelucht omdat ze het leek te begrijpen, maar toen zag ik de boze flits in haar ogen en werd de mierzoete toon scherp.

'Dat ben ik ook, mam.'

Ze heeft eerder vriendjes gehad, maar dit lijkt anders. Ik voel haar van me weg glijden. Op een dag zal Isaac – of een andere man – de eerste zijn tot wie ze zich richt; op wie ze leunt als het haar allemaal even boven het hoofd groeit. Voelde Alison Beckett zich net zo?

Mensen houden me steeds voor dat ik niet een dochter kwijtraak, schreef ze in haar laatste stukje van het dagboek.

Maar ze raakte haar wel kwijt.

Ik zucht diep. Ik raak mijn dochter niet kwijt en ik zal zorgen dat ze mij ook niet kwijtraakt. Ik kan niet werkeloos toezien en hopen dat de politie me serieus neemt; ik moet iets doen.

Naast me op de bank liggen de advertenties. Ik heb ze uit de *London Gazette* geknipt en ze allemaal zorgvuldig gedateerd. Ik heb er achtentwintig en ik spreid ze als op een tentoonstelling uit op de kussens van de bank.

Fotografische quilt, van Zoë Walker. Het is iets waar Simon voor naar het Tate Modern zou gaan.

De meest recente heb ik zelf verzameld door elke dag een krant mee te nemen uit de metro, maar de oudere heb ik vrijdag opgehaald bij het kantoor van de *London Gazette*. Je zou denken dat je gewoon kon binnenlopen en om oude kranten vragen, maar zo eenvoudig is het natuurlijk niet. Ze draaien je een poot uit en rekenen bijna zeven pond per exemplaar. Ik had die uit het kantoor van

Graham moeten kopiëren, maar toen ik dat bedacht was het te laat en had Graham ze al met het oud papier weggedaan.

Ik hoor boven iets kraken en verstijf, maar het is niets en ik ga verder met mijn speurwerk. 'Vrouw vermoord in Londen' geeft gelukkig maar een paar hits en geen van de foto's lijkt op een van de foto's naast me. Ik kom al snel tot de conclusie dat ik niet verder kom met krantenkoppen. Afbeeldingen bij Google zijn beter en sneller. Een uur lang scrol ik door foto's uit politiedossiers, plaatsen delict, snikkende ouders en politiefoto's van nietsvermoedende vrouwen wier leven gedoofd is. Er zijn er geen van mij.

Van mij.

Ze zijn allemaal mij geworden, de vrouwen naast me. Ik vraag me af of iemand van hen haar eigen foto heeft gezien. Of ze, net als ik, bang zijn, denken dat iemand ze observeert, volgt.

Een blonde vrouw valt me op. Ze heeft een vierkante baret op en een mantel om. Ze glimlacht naar de camera en ik meen iets te herkennen. Ik kijk naar de advertenties. Alle gezichten zijn me inmiddels vertrouwd en ik weet precies welke ik zoek.

Daar.

Is het dezelfde vrouw? Ik tik op mijn scherm en de foto wordt een nieuwsbericht – ironisch genoeg van de website van de *London Gazette*.

POLITIE ONDERZOEKT MOORD OP VROUW IN TURNHAM GREEN

De District Line van West-Londen, denk ik meteen, en ik probeer me de stations voor de geest te halen. Tania Beckett is aan de andere kant van Londen vermoord. Zou er een verband zijn? De vrouw heet Laura Keen en er staan drie foto's van haar onder het artikel. Een in de mantel van de diploma-uitreiking, tussen twee mensen in die waarschijnlijk haar ouders zijn. De tweede is minder geposeerd; ze lacht en heft een glas naar de camera. Een studentenflat, denk ik te zien aan de lege wijnflessen op de achtergrond en de gekleurde grand foulard die dienstdoet als gordijn. En dan nog een foto die vermoedelijk op haar werk is gemaakt. Ze draagt een bloes en haar haar zit in een paardenstaart. Ik maak de foto wat groter en houd de advertentie naast het scherm.

Ze is het.

Ik probeer er niet bij stil te staan wat dat betekent. Ik markeer de pagina en e-mail het artikel naar mezelf op kantoor, waar ik het kan printen. Ik verander mijn zoekterm naar 'aanrandingen van vrouwen in Londen', maar realiseer me dat dat een doodlopende weg is. De beelden op mijn scherm zijn van mannen, niet van vrouwen, en als ik erop klik zijn de vrouwen in de artikelen naam- en gezichtloos. De anonimiteit die bedoeld is om ze te beschermen frustreert mij nu.

Mijn aandacht wordt getrokken door een kop boven een beeld van een beveiligingscamera.

POLITIE ZOEKT DADER AANRANDING IN METRO

Veel details zijn er niet.

Een 26-jarige vrouw uit Fulham Broadway werd in de District Line onzedelijk betast door een man. British Transport heeft de beelden van de beveiligingscamera vrijgegeven bij hun zoektocht naar de man.

Ik kijk naar de advertenties. 'Is een van jullie dat overkomen?' Ik vraag het hardop. Het beeld is belachelijk slecht; zo korrelig dat je niet eens kunt zien wat voor kleur haar de man heeft. Zijn eigen moeder zou nog moeite hebben hem te herkennen.

Ik markeer het artikel, want je kunt nooit weten, en staar naar mijn scherm. Dit heeft geen zin. Het is een kaartspelletje met de helft van het spel. Als ik mijn iPad afsluit hoor ik voetstappen op de trap. Ik veeg snel de foto's bij elkaar, maar door de wind die dat geeft vallen er verscheidene op de grond en als Simon in zijn ogen wrijvend de woonkamer binnenkomt ben ik ze nog aan het oprapen.

'Ik werd wakker en je was er niet. Wat doe je?'

'Ik kon niet slapen.'

Simon kijkt naar de advertenties in mijn hand.

'Uit de *London Gazette*.' Ik spreid ze weer uit op het kussen naast me. 'Er staat er elke dag een in.'

'Wat wil je ermee?'

'Ik probeer erachter te komen wat er met de vrouwen uit de advertenties is gebeurd.' Ik vertel niet de echte reden dat ik zo veel oude nummers van de *London Gazette* heb gekocht, want als ik het hardop zeg, erken ik dat het echt kan gebeuren. Dat ik op een dag de *Gazette* opensla en het gezicht van Katie voor me zie.

'Maar je bent bij de politie geweest – ik dacht dat zij het gingen onderzoeken. Zij hebben inlichtingensystemen; rapporten over misdaad. Als het een seriemoordenaar is, vinden ze het verband.'

'We kennen het verband: de advertenties.' Ik klink koppig, maar eigenlijk weet ik dat Simon gelijk heeft. Mijn Nancy Drew-benadering is absurd en zinloos. Het kost me mijn nachtrust en levert niks op.

Behalve Laura Keen, bedenk ik.

Ik zoek tussen de advertenties. 'Dit meisje,' zeg ik en ik geef het papiertje aan Simon, 'is vermoord.' Ik open de gemarkeerde pagina op mijn iPad en geef die ook aan hem. 'Dat is ze toch?'

Hij zwijgt een poosje en zijn gezicht vertrekt in de meest potsierlijke uitdrukkingen terwijl hij nadenkt. 'Denk je? Het zou kunnen, ja. Zelfde type, vind je niet? Ze zijn allemaal...'

Ik begrijp wat hij bedoelt. Laura heeft lang steil, blond haar dat in een nonchalante paardenstaart naar achteren is getrokken. Haar wenkbrauwen zijn scherp afgetekend en haar huid is glad. Zo lopen er duizenden meisjes in Londen rond. Ze kon Tania Beckett zijn. Ze kon Katie zijn. Maar ik weet wie ze is. Ik weet zeker dat haar foto in de advertentie staat.

Simon geeft me de iPad. 'Ga nog een keer naar de politie als je je zorgen maakt,' zegt hij. 'Maar kom nu alsjeblieft naar bed. Het is drie uur 's nachts en je hebt je slaap nodig. Je bent nog steeds niet helemaal over die griep heen.'

Met tegenzin berg ik de iPad op in de hoes en raap de advertenties bij elkaar. Die laat ik ook in de hoes glijden. Ik ben moe, maar mijn gedachten draaien op volle toeren.

Het wordt al licht wanneer ik in slaap val en als ik rond tienen wakker word voelt mijn hoofd aan alsof het vol watten zit. Mijn oren tuten alsof ik op een plek ben geweest met veel lawaai en door het slaapgebrek struikel ik als ik de douche in stap.

Onze maandelijkse lunch met Melissa en Neil is een traditie sinds Katie, Justin en ik daar zijn komen wonen en Melissa ons uitnodigde voor de zondagse lunch. Ons huis stond vol met dozen – sommige afkomstig uit het huis waarin ik was gaan wonen nadat ik Matt verlaten had, andere kwamen uit de opslag en waren twee jaar niet open geweest. Het witte, schone huis van Melissa leek daardoor reusachtig groot.

Sinds die tijd eten we afwisselend aan de lange glanzende tafel van Melissa en Neil en aan mijn mahoniehouten tafel, die ik omdat hij wiebelt voor een schijntje op de Bermondsey Market heb gekocht. De kinderen moesten van mij aan die tafel hun huiswerk maken en aan één kant staan nog de balpensporen van een boze Justin.

Deze week is het mijn beurt om te koken en ik stuur Simon op wijn uit terwijl ik met de groente begin. Katie pikt een stuk wortel en ik sla haar hand weg. 'Wil jij even de tafel leegruimen?'

'Het is Justins beurt.'

'Ach, schei toch eens uit. Jullie zijn allebei even erg. Doe het dan samen.' Ik roep Justin en krijg een onverstaanbaar antwoord uit zijn slaapkamer.

'Tafeldekken!' roep ik.

Hij komt naar beneden, nog in zijn pyjamabroek en met ontbloot bovenlijf.

'Het is al na twaalven, Justin, je wilt toch niet zeggen dat je de hele ochtend hebt geslapen?'

'Laat me alsjeblieft, mam, ik heb de hele week gewerkt.'

Ach, hij heeft gelijk. Melissa laat hem veel uren maken in het café, maar hij lijkt erop te gedijen. Wat een beetje verantwoordelijkheid kan bewerkstelligen – al vermoed ik dat de stapels bankbiljetten er ook iets mee te maken hebben.

De eetkamer is eigenlijk geen echte kamer, maar een ruimte die van de woonkamer is afgescheiden door een boog. Veel buren hebben de muur naar de keuken eruit gebroken of uitgebouwd, zoals Melissa en Neil, maar we moeten nog steeds met het eten door de gang en de woonkamer, wat je aan het tapijt duidelijk kunt zien. De uitgebreide lunch om de maand is de enige keer dat dat de moeite waard is en tegenwoordig het enige moment waarop de tafel wordt leeggeruimd.

'Pas op met die dossiers,' zeg ik tegen Justin als ik binnen kom lopen met het bestek en zie dat hij een stapel papier op het dressoir mikt. Hoewel het een rommeltje lijkt in de eetkamer, zorg ik dat alle papieren geordend zijn op verschillende stapels. Twee stapels van de boekhouding van Melissa, met nota's en rekeningen, en de boeken van Hallow & Reed, met de eindeloze bonnetjes van Graham voor lunches en taxiritjes. 'Er moet nog een stoel gehaald worden uit Simons kamer,' zeg ik tegen hem.

Hij staat stil en kijkt me aan. 'Dus het is nu "Simons kamer"?'

Voor Simon bij ons introk was er sprake van dat Justin de zolder zou krijgen als zitkamer. Een plek voor zijn PlayStation en misschien een bank. Hij werd te oud om met zijn vrienden op zijn eenpersoonsbed te zitten als ze bij hem kwamen; hij had een meer volwassen ruimte nodig.

'Van zolder dan. Je begrijpt me toch wel.'

Het was niet mijn bedoeling geweest de zolder aan Simon te geven. De kinderen hadden niet veel gezegd toen ik ze had verteld dat ik graag wilde dat Simon bij ons kwam wonen en die stilte had ik in mijn naïviteit beschouwd als instemming. Pas toen Simon hier woonde begonnen de ruzies. Hij had niet veel meubels bij zich, maar wat hij had was van goede kwaliteit en het leek onredelijk om te zeggen dat daar geen plaats voor was. We stalden het op zolder tot we wisten wat we ermee wilden. Het leek mij een goed idee Simon een eigen kamer te geven; dat creëerde wat afstand tussen hem en Justin en bood mij en de kinderen de gelegenheid zo nu en dan ongestoord televisie te kijken.

'Ga nou maar een stoel halen,' zeg ik.

Gisteravond, toen ik met eten voor een heel weeshuis terugkwam van boodschappen doen, vertelde Katie me dat ze niet thuis zou zijn voor de lunch.

'Maar het is onze speciale lunch!'

Ze heeft er nog nooit een gemist. Justin ook niet, zelfs niet toen de PlayStation en zijn vrienden belangrijker waren dan zijn familie.

'Ik heb met Isaac afgesproken.'

Het gaat gebeuren, dacht ik. Ze gaat ons verlaten. 'Nodig hem ook uit.'

'Voor een lunch met het gezin?' Katie snoof. 'Nee, dank je.'

'Dat is het niet. Melissa en Neil zijn er ook. Het is leuk.'

Ze leek niet overtuigd.

'Ik zal hem niet op zijn huid zitten. Ik beloof het.'

'Goed,' zei ze. 'Maar hij wil vast niet.'

'Heerlijk vlees, mevrouw Walker.'

'Zeg toch Zoë,' zeg ik voor de derde keer. *Qua leeftijd zit je dichter bij mij dan bij mijn dochter*, zou ik eraan willen toevoegen.

Isaac zit tussen Katie en Melissa.

'Bof ik even, zo tussen twee schoonheden,' zei hij toen ze gingen zitten en meteen kreeg ik de neiging om, als een puber, te faken dat ik moest kokhalzen. Katie laat zich toch niet inpakken door die malligheid?

Katie kijkt echter naar hem op alsof hij zo van de catwalk komt.

'Hoe gaat het met de repetities?' vraagt Melissa.

Ik kijk haar dankbaar aan. Door de aanwezigheid van een vreemde is de sfeer geforceerd en hoe vaak kun je vragen of iedereen de saus lekker vindt?

'Heel goed. Het is opmerkelijk hoe snel Katie zich heeft aangepast als je bedenkt dat ze er pas zo laat bij is gekomen. Zaterdag hebben we generale, jullie moeten allemaal komen.' Met zijn vork zwaait hij de tafel rond. 'Het is heel fijn om daar echt publiek bij te hebben.'

'Dat zouden we enig vinden,' zegt Simon.

'Kan mijn vader ook komen?' vraagt Katie en ik voel dat Simon naast me verstijft.

'Hoe meer zielen, hoe meer vreugd. Maar jullie moeten wel beloven dat we geen boegeroep krijgen.' Hij grinnikt en iedereen lacht beleefd.

Ik kan niet wachten tot we uitgegeten zijn en Katie en Isaac weggaan. Dan kan ik Melissa vragen wat ze van hem vindt.

Ze kijkt hem enigszins geamuseerd aan, maar uit haar uitdrukking kan ik niets opmaken.

'Hoe is het met je detectivewerk, Zoë?'

Neil is gefascineerd door de foto's in de *Gazette*. Elke keer dat ik hem zie vraagt hij of er al ontwikkelingen zijn; of de politie al iets verder is gekomen met die advertenties.

'Detectivewerk?'

Ik heb geen zin om het er met Isaac over te hebben, maar voor ik iets kan zeggen heeft Katie hem alles verteld. Over de advertenties, mijn foto, de moord op Tania Beckett.

Ik vind het vreselijk als ik zie dat hij helemaal opleeft, alsof ze hem over een nieuwe film of een net verschenen boek vertelt in plaats van over het echte leven. Mijn leven.

'En ze heeft er nog een gevonden. Hoe heet die nieuwe ook alweer, mama?'

'Laura Keen,' zeg ik zacht. Ik zie in gedachten de foto die van Laura is gemaakt bij haar diploma-uitreiking en vraag me af waar het origineel zich bevindt. Staat die op het bureau van de journalist die het artikel heeft geschreven of alweer op de schoorsteenmantel in het huis van haar ouders? Misschien hebben ze hem plat neergelegd, omdat ze er niet tegen kunnen hem elke keer dat ze erlangs lopen te zien staan.

'Hoe denk je dat ze aan je foto zijn gekomen?' vraagt Isaac, die mijn gebrek aan enthousiasme om erover te praten kennelijk niet oppikt.

Het verbaast me dat Katie hem aanmoedigt en gooi het er maar op dat ze indruk wil maken.

Neil en Simon eten zwijgend verder, Melissa werpt me steelse blikken toe om te kijken of het wel goed met me gaat.

'Wie zal het zeggen?' Ik probeer onverschillig te klinken, maar mijn vingers voelen onhandig aan en mijn mes klettert op mijn bord.

Simon duwt zijn lege bord van zich af, leunt achterover en legt een arm op mijn stoel. In de ogen van de anderen gaat hij gemakkelijk zitten, maar ik voel zijn duim geruststellende rondjes draaien over mijn schouderblad.

'Facebook,' zegt Neil met een overtuiging die me verbaast. 'Het is altijd van Facebook; de meeste identiteitsfraude wordt tegenwoordig gepleegd met namen en foto's van de sociale media.'

'De vloek van de moderne tijd,' zegt Simon. 'Voor welke firma werkte je ook weer een paar maanden geleden? Die effectenmakelaar?'

Neil kijkt verbaasd, maar dan schiet hij in de lach. 'Ze huurden mij in om bewijs te verzamelen tegen iemand die handelde met voorkennis, maar terwijl ik daar was hielden ze een soort initiatie voor een nieuwe vrouwelijke bankier. Net als in *The Wolf of Wall Street*. Ze hadden een Facebook-groep – ze stuurden elkaar privéberichten om te beslissen wat ze nu weer met haar zouden uithalen.'

'Wat erg,' zegt Isaac, maar zijn ogen houden geen gelijke tred met zijn mond. Ze schitteren geïnteresseerd. Hij ziet me kijken en leest mijn gedachten. 'Je vindt me een aasgier. Sorry, beroepsdeformatie, vrees ik. Ik probeer me altijd voor te stellen hoe iets er op toneel uit zou zien en dat – dat zou werkelijk bizar zijn.'

De eetlust is me vergaan en ik leg mijn mes en vork neer. 'Ik kom bijna nooit op Facebook. Ik heb alleen een account aangemaakt om in contact te blijven met de familie.' Mijn zus Sarah woont in Nieuw-Zeeland met haar gebruinde, atletische echtgenoot en twee perfecte kinderen, die ik pas één keer heb gezien. De een is jurist en de ander werkt met gehandicapte kinderen. Het verbaast me niet dat de kinderen van Sarah het zo goed doen; zij was vroeger altijd de lieveling. Mijn ouders zeiden het niet, maar ik zag het in hun blik: *Waarom ben je niet wat meer zoals je zus?*

Sarah hield van leren; hielp met klusjes in huis. Ze zette nooit haar muziek heel hard en sliep in het weekend geen gat in de dag. Sarah maakte haar school af, had hoge cijfers en werd toegelaten tot een secretaresseopleiding. Zij moest niet stoppen met school omdat ze zwanger was. Soms vraag ik me af wat er gebeurd zou zijn als dat wel was gebeurd; of mijn ouders voor haar net zo streng waren geweest als voor mij.

'Pak je spullen maar,' zei mijn vader toen ze erachter kwamen.

Mijn moeder barstte in tranen uit, maar of dat was vanwege de baby of omdat ik wegging heb ik nooit geweten.

'Je zou ervan staan te kijken wat je allemaal van Facebook kunt halen,' zegt Isaac. Hij pakt zijn telefoon – een slanke iPhone 6s – en veegt handig over het schermpje.

Iedereen kijkt toe alsof hij een goochelaar is.

Hij draait me het scherm toe en ik zie het blauw en wit van Facebook. Mijn naam staat in het zoekvenster en daaronder rijen Zoë Walkers, allemaal met een fototje. 'Welke ben jij?' vraagt hij en hij scrolt erdoorheen. Hij tikt door naar de tweede pagina.

'Daar.' Ik wijs. 'Daar, de derde van onderen. Met die kat.' Het is een foto van Biscuit, die op de oprit in de zon zit. 'Zie je wel!' roep ik triomfantelijk. 'Ik heb niet eens een foto van mezelf op mijn profiel. Ik ben op mijn privacy gesteld.' In tegenstelling tot mijn kinderen, denk ik, die hun hele leven tentoonstellen op Instagram of Snapchat of hoe het snoepje van de maand ook heten mag. Katie neemt de hele dag selfies, ze tuit haar lippen alle kanten op en zoekt dan eindeloos lang naar het filter dat haar het meest flatteert.

Isaac opent mijn pagina. Ik weet niet wat ik verwachtte, maar niet mijn hele Facebook-profiel.

Vijftigduizend pond per jaar en dan nog vinden dat je moet kunnen staken? Ik wil meteen wel ruilen met de machinist!

Zit vast in de trein... ALWEER. Godzijdank is er wifi.

6??! Kom op Len, dat was minstens een 8 waard!!

'Dat ging over *Strictly Come Dancing*,' leg ik uit, beschaamd dat mijn leven wordt teruggebracht tot posts over televisieprogramma's en forensendrama's. Het gemak waarmee hij zich toegang heeft verschaft tot mijn account is schokkend. 'Hoe ben je zo snel binnengekomen alsof je mij bent?'

Isaac lacht. 'Dat heb ik niet gedaan. Dit kan iedereen zien die op je profiel klikt.' Hij ziet mijn verschrikte gezicht. 'Je privacyinstellingen staan helemaal open.' Om het te bewijzen klikt hij op *Info* en mijn e-mailadres verschijnt in beeld, waar de hele wereld het kan zien. *Gestudeerd aan Peckham Comprehensive*, staat er, alsof dat iets is om trots op te zijn. *Gewerkt bij Tesco*. Half en half verwacht ik nog te zien: *Op haar zeventiende zwanger geworden*.

'Mijn hemel, dat wist ik niet.' Vaag herinner ik me dat ik al die dingen invulde: welke baantjes ik had gehad, films die ik mooi vind en boeken die ik heb gelezen, maar ik dacht dat het alleen voor mezelf was. Een soort onlinedagboek.

'Wat ik probeer duidelijk te maken,' zegt Isaac en hij klikt nog een keer, dit keer op *Foto's met Zoë*, 'is dat als iemand een foto van jou wil hebben, hij ze voor het uitzoeken heeft.' Hij scrolt door tientallen foto's, waarvan ik de meeste zelf nooit heb gezien.

'Maar die heb ik niet geplaatst!' Ik zie een foto van mezelf van achteren, op een barbecue bij Melissa en Neil vorig jaar zomer. Is mijn achterwerk echt zo enorm of is de foto onder een ongunstige hoek genomen, vraag ik me af.

'Je vrienden wel. Al deze foto's' – het zijn er tientallen – 'zijn door andere mensen geplaatst, maar ze hebben jou getagd. Je kunt jezelf wel onttaggen, maar wat je beter kunt doen is de privacyinstellingen aanpassen. Als je wil kan ik je daarbij wel helpen.'

'Nee, ik zoek het wel uit.' Ik schaam me zo dat ik kortaf reageer en ik dwing mezelf hem te bedanken. 'Is iedereen uitgegeten? Katie, lieverd, help je me even afruimen?'

Iedereen stapelt borden op elkaar en brengt spullen naar de keuken toe en Simon knijpt even in mijn hand voor hij weinig subtiel van onderwerp verandert.

Als ze allemaal weg zijn zit ik met een kop thee in de keuken. Simon en Katie kijken naar een zwart-witfilm en Justin is naar een vriend. Het is stil in huis en ik open Facebook op mijn telefoon met het gevoel dat ik iets verkeerds doe. Ik kijk naar de foto's en herken het album dat Isaac me heeft laten zien op zijn telefoon. Langzaam scrol ik erdoorheen. Sommige foto's zijn helemaal niet van mij en ten slotte zie ik dat ik ook getagd ben in foto's van Katie en heel oude schoolfoto's. Melissa heeft mij en een heleboel andere vriendinnen getagd in een foto van haar eigen benen, vorig jaar bij het zwembad.

Jaloers, meisjes? staat erbij.

Het duurt even, maar dan vind ik hem. De foto uit de advertentie. Ik zucht diep. Ik wist wel dat ik niet gek was. Ik wist wel dat ik het was. Facebook vertelt me dat het een foto is van Matt en hij is van drie jaar geleden. Als ik de link verder volg zie ik een stuk of twintig, dertig foto's die na de bruiloft van mijn nichtje tegelijk zijn geplaatst. Daarom had ik mijn bril dus niet op.

Het is eigenlijk een foto van Katie. Ze zit naast me aan tafel en lacht, met haar hoofd een beetje scheef naar de camera. Ik kijk meer naar haar dan in de lens. De foto van de advertentie is een zorgvuldige uitsnede en het grootste deel van de jurk, die ik meteen herkend zou hebben als een van mijn weinige feestjurken, is eraf gehaald.

Ik stel me voor dat iemand – een onbekende – door mijn foto's scrolt en naar mij kijkt in mijn deftige jurk, naar mijn dochter, mijn familie. De rillingen lopen over mijn rug. Het valt niet mee de privacyinstellingen waar Isaac het over had te vinden, maar uiteindelijk lukt het. Systematisch sluit ik alle gebieden van mijn account af; foto's, berichten, tags. Ik ben nog niet klaar of er verschijnt een rood rondje boven aan mijn scherm. Ik klik erop.

Vriendschapsverzoeken: Isaac Gunn. 1 gemeenschappelijke vriend

Ik staar er een paar tellen naar en druk dan op *verzoek verwijderen.*

Ik weet wat je denkt.

Je vraagt je af hoe ik met mezelf kan leven. Hoe ik mezelf kan aankijken in de spiegel in de wetenschap wat er met deze vrouwen is gebeurd.

Maar geef je de schuld aan Tinder als de afspraak niet aan de verwachtingen voldoet? Ga je naar de bodega waar je een man hebt opgepikt en scheld je de eigenaar uit als de dingen niet volgens plan zijn verlopen? Ga je tegen je beste vriendin tekeer als de man aan wie zij je heeft voorgesteld van sm blijkt te houden?

Natuurlijk niet.

Waarom houd je mij dan wel verantwoordelijk? Ik ben slechts de koppelaar.

Het is mijn taak het toeval een handje te helpen.

Jij denkt dat jullie ontmoeting willekeurig was. Jij denkt dat hij per ongeluk die deur voor je openhield, dat hij toevallig die sjaal voor je opraapte, dat hij er geen idee van had dat je die weg zou nemen…

Misschien wel, maar misschien ook niet.

Nu je weet dat er mensen bestaan zoals ik, zul je het nooit meer zeker weten.

13

Ik ben geobsedeerd door de advertenties. Ze vullen mijn hoofd en maken me paranoïde. Gisteren droomde ik dat Katies gezicht in de zoekertjes verscheen. Een paar dagen later stond ze, aangerand, verkracht en meer dood dan levend achtergelaten, in *The Times*. Doorweekt van het zweet werd ik wakker en ik kon zelfs de armen van Simon pas verdragen nadat ik de gang op was gestommeld en met eigen ogen had gezien dat ze rustig in bed lag te slapen.

Ik gooi het gebruikelijke tienpencestuk in de gitaarkoffer van Megan.

'Fijne maandag,' roept ze.

Geforceerd lach ik terug. De wind giert de hoek om en het verbaast me dat ze met blauwe vingers van de kou nog kan spelen. Wat zou Simon zeggen als ik haar op een dag mee naar huis neem voor het eten en zou Melissa af en toe een kopje soep voor haar apart willen zetten? In mijn hoofd oefen ik het gesprek waarin ik haar een warme maaltijd aanbied zonder dat het op liefdadigheid lijkt, want ik wil Megan niet beledigen.

Ik ben zo in gedachten verzonken dat ik de man met de overjas eerst niet eens zie. Eigenlijk weet ik niet zeker of hij me in de gaten hield voor ik naar hem keek. Maar nu kijkt hij beslist. Ik loop langs het perron als de trein aankomt, maar wanneer ik instap en ga zitten zie ik hem weer. Hij is lang en breed, met een dikke bos grijs haar en bijpassende baard. Die is keurig onderhouden, maar er zit een druppeltje bloed in zijn hals waar hij zich bij het scheren heeft gesneden.

Hij kijkt nog steeds naar me en ik doe net alsof ik de kaart van de ondergrondse boven zijn hoofd bestudeer terwijl ik zijn ogen langs mijn lichaam voel glijden. Verlegen sla ik mijn ogen neer en kijk naar mijn handen in mijn schoot, ik weet niet waar ik ze anders moet laten. Ik vermoed dat hij in de vijftig is en hij draagt een mooi pak en, nu de eerste sneeuw dreigt, een warme overjas. Zijn glimlach is te vertrouwelijk – bezitterig.

Er is vandaag zeker geen school, want het is minder druk dan normaal. Bij Canada Water stappen er zo veel mensen uit dat er tegenover me drie plaatsen vrijkomen. De man met het nette pak gaat er zitten. In de metro kijken mensen naar je, dat doe ik zelf ook, maar als je iemands blik vangt kijken ze beschaamd weg. Deze man kijkt niet weg. Als ik naar zijn gezicht kijk – en dat doe ik echt niet nog eens – houdt hij mijn blik uitdagend vast, alsof ik vereerd moet zijn met zijn aandacht. Even vraag ik me af of ik dat ben, maar het gevoel in mijn maag is onbehagen, geen opwinding.

Het openbaar vervoer in Londen is een videocampagne gestart en die heet: ‘Roep ongewenst gedrag een halt toe’. Het gaat over seksuele intimidatie in de metro. *U kunt alles rapporteren wat u een ongemakkelijk gevoel geeft*, is de boodschap. Stel je voor dat ik ter plekke een politieagent bel. Wat moet ik dan zeggen? *Hij kijkt zo naar me...*

Het is geen misdaad om naar iemand te kijken. In mijn achterhoofd zit de groep tieners in Whitechapel. De jongen met de gympen en dat ik ervan overtuigd was dat hij achter me aan kwam. Stel je voor dat ik toen de politie had gebeld of om hulp had geschreeuwd. Ondanks de logica van die argumentatie kan ik het gevoel niet van me afschudden.

Het gaat niet alleen om hem – deze arrogante vent die me met zijn ogen in bezit neemt. Het is alles. De gedachte aan Cathy Tanning, die in de metro in slaap was gevallen waardoor iemand iets uit haar tas kon halen. Tania Beckett, die gewurgd in een park lag. Het is Isaac Gunn en de zelfverzekerde manier waarop hij inbreekt in Katies leven, in mijn huis. Gisteravond, toen iedereen weg was, heb ik naar zijn Facebook-profiel gekeken, maar dat was tot mijn teleurstelling zo goed beveiligd dat ik niet verder kwam dan zijn profielfoto. Ik staarde ernaar; de zelfbewuste glimlach waarmee hij zijn egale witte tanden laat zien en het gekrulde zwarte haar dat nonchalant over één oog valt. Het uiterlijk van een filmster, zeker, maar een waar ik de rillingen van krijg in plaats van dat ik in katzwijm val; alsof ze hem bij voorbaat de rol van slechterik hebben toebedeeld.

De man met het pak staat op en biedt een zwangere vrouw zijn plaats aan. Hij is lang en kan makkelijk bij de lus, die hij om zijn pols slaat zodat hij hem hoger kan vasthouden, bij het plafond van de wagon. Hij kijkt niet meer naar mij, maar hij staat op minder dan twintig centimeter bij me vandaan en ik pak mijn tas tussen mijn benen vandaan en druk die tegen me aan. Ik moet aan Cathy Tanning en de zakkenroller denken. De man kijkt op zijn horloge en staart dan ongeïnteresseerd de andere kant op. Iemand beweegt en de man schuift iets op. Zijn been komt onzacht in aanraking met het mijne en ik schrik me rot. Ongemakkelijk draai ik op mijn stoel om hem te ontwijken.

'Neem me niet kwalijk,' zegt hij en hij kijkt me recht aan.

'Het geeft niet,' hoor ik mezelf zeggen. Mijn hart is echter op hol geslagen en het bloed raast door mijn oren alsof ik een sprintje heb getrokken.

Bij Whitechapel sta ik op. Het is duidelijk dat ik eruit moet, maar de man beweegt zich niet en ik moet me langs hem heen wringen. Even sta ik strak tegen hem aan en ik voel zo'n lichte streling over mijn dijbeen dat ik niet eens zeker weet of ik het wel echt voel. Er zijn mensen om me heen, houd ik mezelf voor. Er kan niets gebeuren. Maar in mijn haast om uit te stappen struikel ik bijna. Terwijl de deuren sluiten kijk ik naar achteren, rustiger nu er meer afstand is gekomen tussen mij en de man die naar me keek.

Hij is niet in de trein.

Misschien is hij gaan zitten, denk ik, op de stoel van iemand die is uitgestapt. Maar ik zie niemand met een baard. Niemand met een grijze overjas.

Het perron loopt leeg. Forensen haasten zich naar hun volgende trein, toeristen zoeken de uitgang en botsen tegen elkaar op omdat ze meer aandacht hebben voor de plattegrond dan voor hun omgeving. Ik blijf staan en laat de drukte aan me voorbijgaan.

Dan zie ik hem.

Hij staat net zo stil als ik, ongeveer tien meter verder op het perron, tussen mij en de uitgang. Hij kijkt niet naar mij, maar naar zijn telefoon.

Uit alle macht probeer ik mijn ademhaling onder controle te houden. Ik moet een besluit nemen. Als ik langs hem naar de uitgang loop volgt hij me misschien. Maar als ik hier blijf wachten tot hij weggaat blijft hij misschien ook. Het perron is bijna leeg. Nog even en we zijn met z'n tweeën. Ik moet nu beslissen.

Ik ga lopen. Mijn blik op oneindig. Ik loop snel, maar ga niet rennen. *Niet gaan rennen. Laat hem niet merken dat je bang voor hem bent.*

Hij staat midden op het perron en door de bank achter hem moet ik wel voor hem langs. Als ik dichterbij kom voel ik zijn ogen.

Nog een meter.

Een halve.

Bijna.

Ik kan er niets aan doen, ik begin te rennen. Op weg naar de uitgang, met mijn tas bonkend op mijn zij. Het interesseert me niet hoe ik eruitzie. Half en half verwacht ik dat hij de achtervolging zal inzetten, maar als ik bij het deel van de tunnel kom waardoor ik bij de District Line kom, draai ik me om en dan zie ik hem nog steeds op het perron staan. Hij kijkt me na.

Ik probeer me op mijn werk te concentreren, maar mijn hoofd werkt niet mee. Diep in gedachten staar ik naar de monitor en probeer me de inlogcodes voor de boekhouding te herinneren.

Een man komt naar de huurvoorwaarden voor een kantoor informeren en uiteindelijk geef ik hem een map met de koopvoorwaarden. Als hij zich komt beklagen barst ik in tranen uit. Hij is beleefd meelevend.

'Het is niet het einde van de wereld,' zegt hij als hij eindelijk heeft waarvoor hij is gekomen. Hij kijkt om zich heen of er tissues staan, en reageert opgelucht wanneer ik hem verzeker dat alles in orde is en ik eigenlijk liever alleen ben.

Ik schrik als de deur opengaat en de bel erboven klingelt.

Graham kijkt verbaasd. 'Gaat het wel goed met je?'

'Prima. Waar was je? Er staat niets in de agenda.'

'Er staat niets in de kantooragenda,' verbetert hij me en hij trekt zijn jas uit en hangt hem op de kapstok in de hoek. 'In míjn agenda staat altijd wat.' Hij strijkt zijn jasje recht over zijn buikje. Vandaag draagt hij een groen tweed jasje met vest boven een rode broek, waardoor hij eruitziet als een verlopen model voor de *Country Gazette*. 'Ik lust wel een kop koffie, Zoë. Heb je de krant gezien?'

Tandenknarsend ga ik naar de keuken. Als ik terugkom zit hij met zijn voeten op zijn bureau de *Telegraph* te lezen. Ik weet niet of het de adrenaline van vanmorgen is of het feit dat ik de enige bij Hallow & Reed ben die iets lijkt uit te voeren, maar ik begin te praten voor ik over mijn woorden heb nagedacht.

'De *London Gazette*. Je had er een hele stapel van op kantoor liggen, minstens twintig. Waarom lagen die daar?'

Graham negeert me en alleen aan het optrekken van zijn wenkbrauwen zie ik dat hij me heeft gehoord.

'Waar zijn ze nu?' vraag ik op hoge toon.

Hij zwaait zijn voeten naar de grond en gaat rechtop zitten met een zucht die eerder ergernis dan belediging uitdrukt. 'Tot pulp vermalen, vermoed ik. Is dat niet het lot van alle oude kranten? Op weg naar het toiletpapierschap in de supermarkt.'

'Maar waarom had je ze bewaard?' Een zeurend stemmetje in mijn hoofd blijft me herinneren aan wat ik heb gezien. Die stapel kranten op zijn bureau. Ik herinner me het moment dat ik Cathy Tanning herkende en een naam kreeg bij haar foto.

Graham zucht. 'We houden ons met onroerend goed bezig, Zoë. We verkopen en verhuren onroerend goed. Kantoren, winkelcentra, fabriekspanden. Hoe denk je dat de mensen op de hoogte gehouden worden van onze activiteiten?'

Ik neem aan dat de vraag retorisch bedoeld is, maar hij blijft zwijgen. Niet alleen betuttelt hij me, hij is ook nog van plan me voor gek te zetten.

'Door de krant.' De woorden komen er staccato uit, met een punt tussen elk woord.

'En welke krant?'

Ik bal mijn vuisten. 'De *Gazette*.'

'En waarin denk je dat onze concurrenten adverteren?'

'Ja, het is duidelijk.'

'Werkelijk, Zoë? Ik maak me een beetje zorgen of je wel begrijpt wat ons werk inhoudt. Want als je er moeite mee hebt, kan ik vast wel een andere administratief medewerkster vinden met verstand van boekhouden.'

Schaakmat.

'Ik begrijp het, Graham.'

Zijn lippen vertrekken zich tot een glimlach.

Ik kan het me niet permitteren mijn baan te verliezen en dat weet hij heel goed.

Op weg naar huis koop ik een tijdschrift, vastbesloten de *Gazette* niet aan te raken. Het is mudvol op het station en door de winterjassen is iedereen twee keer zo dik. Ik dring me tussen de mensen door naar mijn gebruikelijke plaats en de inspanning is de moeite waard door de tijd die ik win als ik moet overstappen naar de bovengrondse. Onder mijn voeten voel ik de bolletjes die voor blinden bedoeld zijn. Mijn schoenen komen net over de gele streep en ik schuifel zo ver naar achteren als de horde forensen toelaat. Ik kijk naar de cover van het tijdschrift, met steeds ongeloofwaardiger koppen.

DE GROOTMOEDER DIE DE DOOD TE SNEL AF WAS – DRIE KEER

IK HUWDE DE VROUW VAN MIJN ZOON

MIJN TIEN MAANDEN OUDE BABY PROBEERDE ME TE VERMOORDEN

Aan de warme luchtstroom langs mijn gezicht voel ik dat de metro elk moment kan komen. Uit de tunnel komt een diep gerommel en mijn haren waaien voor mijn gezicht. Ik hef mijn arm om ze weg te vegen en verontschuldig me tegenover de vrouw naast me als ik haar aanstoot. Er komt weer een golf forensen het perron op en de lichamen om me heen worden nog verder samengeperst. Ik zet een pas naar voren, meer uit noodzaak dan uit vrije wil.

De voorkant van de trein komt in zicht en ik rol het tijdschrift op in mijn hand. Ik probeer het in mijn handtas te schuiven als ik mijn evenwicht verlies en naar de rand van het perron val. Ik voel iets hards tussen mijn schouderbladen; een elleboog, een tas, een hand. Ik voel de bolletjes onder mijn voeten en zie, terwijl ik naar voren struikel, de wervelende rommel tussen de rails die door de trein wordt opgestuwd. Een gevoel van gewichtloosheid als mijn zwaartepunt naar voren helt en mijn voeten geen grip meer hebben op de grond. Ik zie de treinmachinist scherper worden en de ontzetting op zijn gezicht. We denken vast en zeker hetzelfde.

Ik kan onmogelijk op tijd stoppen.

Er schreeuwt iemand. Een man roept iets. Ik knijp mijn ogen stijf dicht. Het geluid van krijsend metaal vermengt zich met een razen in mijn oren. Ik voel een scherpe pijn als mijn schouder naar achter wordt gerukt en mijn lichaam draait.

'Gaat het?'

Ik doe mijn ogen open. Om me heen zie ik alleen maar bezorgde gezichten, maar de deuren van de trein staan open en iedereen heeft haast. Ze verdwijnen snel, en als de wisseling van passagiers compleet is zet de trein zich weer in beweging.

Dringender nu: 'Gaat het?'

De man voor me heeft een dikke bos grijs haar en een keurig getrimde baard. Hij is zo lang dat ik de druppel opgedroogd bloed naast zijn adamsappel duidelijk kan zien. Onwillekeurig deins ik achteruit en hij grijpt mijn arm.

'Hoho, ik weet niet of ik twee reddingen op één dag aankan.'

'Redding?' Ik probeer te bevatten wat er zojuist is gebeurd.

'Je hebt gelijk. "Redding" is misschien een groot woord.' Hij grinnikt overdreven bescheiden.

'Jij bent het,' zeg ik onnozel.

Hij kijkt me verbaasd aan.

'Van de District Line vanmorgen.'

'O.' Hij glimlacht beleefd. 'Ja, sorry, ik weet niet –'

Ik raak in de war. Ik was er vanmorgen heilig van overtuigd dat hij me volgde. Maar hij lette helemaal niet op mij. Hij weet niet eens meer wie ik ben.

'Nee, waarom zou je?' Nu voel ik me beschaamd. 'Nu heb je door mij je trein gemist. Het spijt me.'

'Er komt er zo weer een.' In de tijd dat we met elkaar praatten heeft het perron zich weer gevuld met mensen die vooraan proberen te komen en op vaste afstanden vormen zich rijen achter mensen die weten waar de deuren zich straks openen.

'Ik hoop dat je je weer goed voelt.' Hij aarzelt. 'Als je hulp nodig hebt zijn er mensen tot wie je je kunt wenden... een telefonische hulpdienst misschien.'

Ik snap hem niet, maar dan dringt het tot me door. 'Ik wilde geen zelfmoord plegen.'

Hij is niet overtuigd. 'Oké, nou ja, ze zijn er om je te helpen. Je weet wel, wanneer je ze nodig hebt.'

Weer een golf warme lucht en het gerommel van de aanstormende metro.

'Ik ga nu maar...' Hij maakt een gebaar naar de rails.

'Natuurlijk. Het spijt me dat ik je heb opgehouden. En nogmaals bedankt. Ik ga maar even een wandelingetje maken. De frisse lucht in.'

'Het was me een genoegen kennis te maken...' Hij maakt er een vraag van.

'Zoë. Zoë Walker.'

'Luke Friedland.' Hij steekt zijn hand uit.

Ik aarzel en schud hem dan.

Hij stapt de trein in en glimlacht beleefd als de deuren zich sluiten en de trein wegrijdt. Ik vang een glimp op van een lach voor de trein in de tunnel verdwijnt.

Ik ga niet wandelen. Ik wacht op de volgende trein en blijf ver van de rand van het perron. De gedachte die zich in mijn achterhoofd heeft gevormd laat zich niet verjagen.

Ben ik gestruikeld?

Of ben ik geduwd?

14

Hoofdinspecteur Digby was niet veel veranderd in de vier jaar dat Kelly hem niet had gezien. Een beetje grijzer aan de slapen misschien, maar nog jong voor zijn leeftijd en met de scherpe blik die Kelly zich herinnerde. Hij droeg een goed zittend pak met een grijze krijtstreep en schoenen die met diepgewortelde militaire ijver glanzend waren gepoetst.

'Golf,' zei hij op het compliment van Kelly. 'Ik heb altijd gezworen dat ik geen voet op de golfbaan zou zetten als ik gepensioneerd was, maar Barbara zei dat het dat was of een parttimebaan. Ze wilde me niet de hele dag om zich heen hebben. En eigenlijk vind ik het heel leuk.'

'Hoelang moet u nog?'

'In april ga ik stoppen. Ik heb erover gedacht nog aan te blijven, maar gezien de werkdruk van tegenwoordig ben ik blij dat ik eruit kan stappen, eerlijk gezegd.' Hij zette zijn bril af en legde zijn armen op de tafel die tussen hen in stond. 'Maar je hebt me niet gebeld om het over mijn pensioenplannen te hebben. Wat is er aan de hand?'

'Ik zou heel graag worden toegevoegd aan het team van Operatie FURNISS,' zei Kelly.

De hoofdinspecteur zei niets. Hij keek Kelly aandachtig aan, maar ze gaf geen krimp. Diggers was Kelly's mentor geweest toen ze net begon en had haar aangesteld als rechercheur bij de zedenpolitie, waar hij inspecteur was.

Uitstekende kandidaat, stond er in haar beoordeling. *Een vasthoudend en opmerkzaam rechercheur met oog voor de slachtoffers en potentieel voor promotie.*

'Ik weet dat ik de fout in ben gegaan,' begon ze.

'Je bent een gevangene aangevlogen, Kelly. Dat is meer dan de fout in gaan. Dat is een halfjaar zitten, in de D-vleugel bij de junks en verkrachters.'

Haar maag balde zich samen; een steen van schaamte en ellende die haar nu al drie jaar achtervolgde.

'Ik ben veranderd.' Ze was in therapie geweest; een halfjaar lessen in zelfbeheersing, die haar alleen maar bozer hadden gemaakt. Ze had ze natuurlijk met vlag en wimpel afgesloten; het was simpel de juiste antwoorden te geven wanneer je het spelletje beheerste. De waarheidsgetrouwe antwoorden zouden niet te pruimen zijn geweest voor de politietherapeut, die beweerde niet te oordelen, maar zichtbaar was verbleekt toen Kelly de vraag 'Hoe voelde het om hem te slaan?' beantwoordde met 'Heerlijk'.

Daarna had ze de waarheid voor zich gehouden. 'Heb je spijt van je handelen?' *Totaal niet.* 'Zou je ook anders hebben kunnen handelen?' *Niet met hetzelfde genoegen.* 'Zou je het weer doen?'

Zou je het weer doen?

Daar was ze nog niet over uit.

'Ik ben nu drie jaar terug, chef,' zei ze tegen Diggers. Ze probeerde een glimlachje. 'Ik heb mijn tijd uitgediend.'

Diggers zag het niet of kon het grapje niet waarderen.

'Ik ben net klaar met een periode van drie maanden bij de Dip Squad en ik zou graag ervaring opdoen bij het moordonderzoeksteam.'

'En waarom kun je dat niet bij je eigen eenheid?'

'Ik denk dat ik veel zou kunnen leren bij de Metropolitan,' zei Kelly, die haar argumenten van tevoren had bedacht, zodat ze er vlot uit kwamen, 'en u hebt een van de sterkste teams.'

De mondhoeken van Diggers trilden en Kelly wist dat hij er niet voor viel. Ze stak haar handen in de lucht.

'Ik heb het al gevraagd aan het moordonderzoeksteam bij British Transport,' zei ze zacht. 'Ze willen niks met me te maken hebben.'

Ze dwong zichzelf haar ogen niet neer te slaan; hem niet te laten zien hoezeer ze zich schaamde, hoe moeilijk ze het vond dat haar eigen collega's haar niet vertrouwden.

'Juist.' Er viel een stilte. 'Het is niet persoonlijk, dat weet je toch?'

Kelly knikte. Het vóélde wel persoonlijk. Andere wijkagenten werden bij tekorten aan mankracht gedetacheerd naar het moordonderzoeksteam of de recherche. Kelly nooit.

'Ze denken allemaal dat waar rook is, ook vuur is. Ze zijn bang voor hun eigen baan, hun reputatie.' Hij zweeg even, alsof hij twijfelde over zijn volgende woorden. 'Misschien voelen ze zich ergens ook schuldig.' Hij boog zich naar voren en liet zijn stem dalen, waardoor Kelly hem nauwelijks kon verstaan. 'Er is geen man of vrouw bij de politie die nooit heeft willen doen wat jij hebt gedaan.'

Er gingen een paar tellen voorbij voor Diggers weer rechtop ging zitten en op normale toon verder sprak. 'Waarom deze zaak? Waarom Tania Beckett?'

Nu voelde Kelly zich zekerder worden. 'De zaak heeft te maken met een diefstalletje in de metro dat ik heb behandeld toen ik bij de Dip Squad zat. Ik heb al contact gelegd met het slachtoffer en ik wil de zaak graag afmaken. Als ik niet met informatie was gekomen, was het nu nog niet herkend als een seriemoord.'

'Hoe bedoel je dat?'

Kelly aarzelde. Ze wist niet hoe de hoofdinspecteur tegenover Nick Rampello stond. Ze vond hem niet aardig, maar was ook niet van plan een collega af te vallen.

Diggers pakte zijn mok, nam er slurpend een grote slok uit en zette hem terug op tafel. 'Als je iets te zeggen hebt, Kelly, kom er dan mee voor de dag. Als het allemaal openlijk kon zouden we nu in mijn kantoor zitten en had je niet na vier jaar ineens mijn mobiele nummer gebeld om af te spreken in dit' – hij keek om zich heen naar de kale bar en de gehavende posters op de muur van het café – 'exclusieve etablissement.' Zijn mondhoeken krulden iets op om zijn woorden te verzachten en Kelly haalde diep adem.

'Een vrouw die Zoë Walker heet heeft contact met me opgenomen om te vertellen dat er een foto van Cathy Tanning in de zoekertjes van de *Gazette* heeft gestaan, net als haar eigen foto een paar dagen eerder.'

'Wat is je punt, Kelly?'

'Het was niet de eerste keer dat ze de politie opmerkzaam maakte op die foto's. Zoë Walker heeft het moordonderzoeksteam gebeld op de dag dat het lichaam van Tania Beckett is gevonden.' Kelly vermeed zorgvuldig de naam van rechercheur Rampello. 'Daarop heeft het team connecties van Tania met de seksindustrie onderzocht, zonder acht te slaan op het feit dat de foto van mevrouw Walker in dezelfde advertentie was geplaatst zonder haar toestemming en zonder dat er enig verband is met een chatbox of een datingsite. Ze wilden pas accepteren dat het een serie betreft toen ik aandrong.'

Diggers zweeg en Kelly hoopte dat ze niet te ver was gegaan.

'Ze?' vroeg hij uiteindelijk.

'Ik weet niet wie Zoë Walker heeft gesproken,' zei ze en ze nam een slok koffie om hem niet te hoeven aankijken.

Diggers dacht even na. 'Hoelang wil je hebben?'

Kelly probeerde haar opwinding te verbergen. 'Zo lang als het duurt.'

'Dat kan maanden zijn, Kelly. Misschien wel jaren. Je moet wel realistisch blijven.'

'Drie maanden dan. Ik heb echt wat te bieden, chef. Ik zal geen blok aan hun been zijn. Ik kan de contacten met British Transport onderhouden en al het werk in de metro doen...'

'Krijg je zo lang de tijd van BT?'

Kelly kon zich niet voorstellen hoe brigadier Powell op zo'n verzoek zou reageren. 'Ik weet het niet. Ik heb het niet gevraagd. Ik hoopte dat met de juiste benadering, op seniorniveau...' Ze maakte haar zin niet af.

'Je verwacht dus niet alleen dat ik toestemming geef voor plaatsing in het team, maar ook nog dat ik de weg effen bij je baas? Je houdt niet van halve maatregelen, hè, Kelly?'

'Ik wil dit echt heel graag, chef.'

De hoofdinspecteur keek haar zo indringend aan dat ze haar ogen moest neerslaan. 'Kun je het aan?'

'Dat weet ik zeker.'

'Ik heb een uitstekend team in Balfour Street. Ze zijn heel hecht en het zijn ervaren rechercheurs; ze kunnen allemaal zelfstandig werken; ze kunnen allemaal de druk van een intensief onderzoek aan.'

'Ik ben een goede agent, chef.'

'Ze kunnen allemaal emotioneel moeilijke zaken aan,' ging hij verder en deze keer was de nadruk onmiskenbaar.

'Het zal niet weer gebeuren. Ik beloof het.'

Diggers dronk zijn koffie op. 'Hoor eens, ik kan niets beloven, maar ik zal een paar telefoontjes plegen en als BT je los wil laten, kun je drie maanden bij mij aan de slag.'

'Dank u wel. Ik zal u niet teleurstellen, chef, ik –'

'Op twee voorwaarden.'

'U hebt ze maar te noemen.'

'Eén: je werkt niet alleen.'

Kelly wilde al tegenwerpen dat ze geen babysitter nodig had, maar Diggers snoerde haar de mond.

'Daar kan niet over worden onderhandeld, Kelly. Ja, je bent een ervaren politieagent en een goede rechercheur, maar in mijn team ben je op proef. Begrepen?'

Ze knikte. 'En de tweede voorwaarde?'

'De tweede is dat je zodra je merkt dat je je zelfbeheersing verliest, aan de bel trekt. Ik heb je één keer uit de ellende gehaald, Kelly. Ik doe het niet nog een keer.'

15

'Wat vind je van Isaac?'

Het is dinsdag tussen de middag en ik heb met Melissa afgesproken voor een broodje, halverwege Cannon Street en haar nieuwe café in Clerkenwell, dat opnieuw wordt ingericht voor het open kan. Ze draagt een strakke zwarte corduroy broek, een strak zwart truitje en zelfs met het laagje stof op haar schouders ziet ze er stijlvol uit. Ze heeft haar haar naar achteren gebonden met een clip.

'Ik vind hem wel leuk. Maar jij niet zo, heb ik de indruk.'

Ik vertrek mijn gezicht. 'Ach, op de een of andere manier moet ik hem niet.' Ik schuif mijn BLT-sandwich een beetje heen en weer.

'Dat zou je over elk vriendje van Katie zeggen.' Ze trekt haar baguette open en kijkt wat erin zit. 'Hoe ze hier drie vijftig voor durven vragen is mij een raadsel. Meer dan tien garnalen zitten er niet in.'

'Niet waar.' Of is het wel waar? Ik probeer terug te denken aan het laatste vriendje waar Katie mee thuiskwam, maar met niemand was het echt serieus. Een stuk of tien onhandige tieners met zweethandjes. 'Het gaat niet alleen om hem, het is ook alles eromheen. Het idee dat Katie – en de hele cast – wekenlang voor niets werken met de vage belofte van een aandeel in de winst als de kaartverkoop eenmaal is begonnen. Ze worden geëxploiteerd als je het mij vraagt.'

'Of het is een briljant zakenidee.'

'Aan wiens kant sta je eigenlijk?'

'Aan niemands kant. Ik wil alleen maar zeggen dat het van hem, van Isaac uit gezien een goede strategie is. Beperkte kosten, minimaal risico... Als ik daarmee naar mijn bank ga, zijn ze dolblij.' Ze grinnikt, maar met een scherp randje, en ik denk dat ik wel weet waarom.

'Ik neem aan dat je bankmanager niet enthousiast is over je uitbreidingsplannen?'

'Ik zou het niet weten.'

'Hoe bedoel je dat? Heb je geen lening aangevraagd?'

Ze schudt haar hoofd en neemt een hap van haar baguette.

Als ze eindelijk begint te praten, krijg ik het gevoel dat ik de woorden uit haar moet trekken.

'Ik heb de hypotheek op het huis verhoogd.'

'Daar zal Neil niet blij mee zijn geweest.'

De man van Melissa is zo bang voor schulden dat hij zelfs in de pub tijdens een avond uit alles direct afrekent.

Melissa zwijgt.

'Je hebt het hem niet verteld, of wel?'

Er valt weer een stilte en Melissa's gezicht verandert. De zelfbewuste blik verdwijnt en even kijkt ze bang en weerloos.

Het inkijkje is wonderlijk vleiend. Alsof ik tot een geheim genootschap ben toegelaten. In de jaren dat we elkaar nu kennen worden de bordjes zelden verhangen; dat ík degene ben die háár moet troosten. Ik vraag me af hoe ze de hypotheek heeft kunnen verhogen zonder toestemming van Neil – ik ga ervan uit dat ze een gezamenlijke hypotheek hebben – maar besluit dan dat het beter is dat ik zo min mogelijk weet. Niemand is scherpzinniger dan Melissa en als zij geld leent om een onderneming te financieren, doet ze dat omdat het geheid een succes wordt.

'Het gaat op het moment niet zo goed tussen ons,' zegt ze. 'Neil is begin dit jaar een grote opdracht kwijtgeraakt en hij maakt zich zorgen over geld. Het nieuwe café kan het verloren inkomen compenseren, maar het duurt zeker een halfjaar voor ik winst ga maken.'

'Maar dat snapt hij toch ook wel?'

'Er valt op het moment niet met hem te praten. Hij is afstandelijk. Slechtgehumeurd.'

'Ik heb zondag niets aan hem gemerkt.'

Melissa lacht humorloos. 'Nou, dan zal het wel aan mij liggen.'

'Doe niet zo idioot. Neil aanbidt je.'

Ze trekt haar wenkbrauwen op. 'Niet zoals Simon jou aanbidt.'

Ik bloos.

'Het is zo. Hij masseert je voeten, kookt voor je, loopt met je mee als je naar je werk gaat... Die man is stapelgek op je.'

Ik grinnik. Ik kan er niets aan doen.

'Je hebt mazzel.'

'We hebben allebei mazzel,' zeg ik, maar dan hoor ik hoe zelfingenomen dat klinkt. 'Dat we een tweede kans op geluk hebben gekregen, bedoel ik. Matt en ik waren zo lang samen dat we elkaar niet eens meer echt zagen.' Ik denk nu hardop en verwoord wat ik me eigenlijk niet eerder heb gerealiseerd. 'Hij is met dat meisje naar bed gegaan omdat hij zo aan mijn aanwezigheid gewend was dat het uitgesloten leek dat er ooit iets zou veranderen.'

'Het was moedig van je om weg te gaan. Met zulke kleine kinderen, bedoel ik.'

Ik schud mijn hoofd. 'Stom. Een eerste reactie, ingegeven door woede. Matt hield helemaal niet van dat meisje. Het was een vergissing. Het symptoom van een huwelijk waarin de sleur heeft toegeslagen.'

'Vind je dat je had moeten blijven?' Melissa vraagt om de rekening en wuift mijn pogingen om mijn portemonnee te pakken weg. 'Ik trakteer.'

Ik formuleer mijn antwoord zorgvuldig, want ik wil haar niet op het verkeerde been zetten. 'Nu vind ik dat niet meer. Ik hou van Simon en hij houdt van mij. Elke dag tel ik mijn zegeningen. Maar ik heb iets goeds vergooid de dag dat ik bij Matt wegging en ik weet dat de kinderen er ook zo over denken.'

'Katie en Simon kunnen het toch goed vinden? Zondag bij de lunch, toen het over *Driekoningenavond* ging, waren het de beste maatjes.'

'Met Katie gaat het goed, maar met Justin...' Ik breek mijn

woorden af omdat ik besef dat ik het gesprek helemaal naar mij toe heb getrokken. 'Sorry, nu gaat het weer over mij. Heb je geprobeerd Neil te vertellen hoe je je voelt?' De kwetsbaarheid die ik even op het gezicht van Melissa heb menen te zien is echter weer verdwenen.

'Ach, het is niks. Hij komt er wel weer overheen. Waarschijnlijk is het zijn midlifecrisis.' Ze grinnikt. 'Maak je geen zorgen over Justin. Het is volkomen natuurlijk; ik had een bloedhekel aan mijn stiefvader, alleen omdat hij mijn vader niet was.'

'Ja, dat zal ook wel.'

'En over Katie met die Isaac zou ik me ook niet druk maken. Ze loopt niet in zeven sloten tegelijk, die dochter van je. Die heeft hersens én schoonheid.'

'Hersens zeker. Waarom ziet ze dan niet in dat het verstandig is om echt werk te zoeken? Voor mij hoeft ze heus haar droom niet op te geven, maar ik wil zo graag zekerheid voor haar.'

'Omdat ze negentien is, Zoë.'

Met een wrang lachje bevestig ik haar woorden. 'Ik heb Simon voorgesteld haar bij zijn krant werkervaring op te laten doen, de theaterrecensies te laten schrijven, maar hij wil er niet van horen. Ze nemen kennelijk alleen afgestudeerde mensen.' Ik vond het erg; dat het zwaarbevochten middelbareschooldiploma van Katie helemaal geen gewicht in de schaal legde. 'Kun je een beetje invloed uitoefenen?' vroeg ik Simon, maar hij was onverbiddelijk.

'Ze is volwassen, Zoë,' zegt Melissa. 'Ze moet haar eigen beslissingen nemen. Ze komt er snel genoeg achter welke goed zijn geweest en welke niet.' Ze houdt de deur voor me open en we lopen in de richting van de metro. 'Ik heb geen tiener grootgebracht, maar ik heb er genoeg in dienst om te weten dat wanneer je iets van ze gedaan wilt krijgen, je ze het idee moet geven dat ze het zelf hebben bedacht. In dat opzicht zijn het net mannen.'

Ik schiet in de lach. 'Nu we het er toch over hebben, hoe doet Justin het?'

'De beste manager die ik ooit heb gehad.' Ze ziet dat ik aan haar woorden twijfel en haakt haar arm door de mijne. 'En dat zeg ik echt niet alleen omdat je mijn vriendin bent. Hij komt op tijd, steelt niet uit de kassa, en de klanten mogen hem graag. Meer vraag ik niet.'

Ze omhelst me en gaat dan richting de Metropolitan Line en het café. Ik ben zo opgeknapt van de lunch dat de middag voorbijvliegt en zelfs de gewichtigdoenerij van Graham Hallow kan mijn positieve gevoel niet aantasten.

'Nogmaals hallo.'

Het is tien over halfzes en de metro is volgepakt met mensen die allemaal liever ergens anders zouden zijn. Ik ruik zweet, knoflook en regen.

Ik herken die stem.

Het zelfvertrouwen en de rijke toon van iemand die gewend is in het middelpunt van de belangstelling te staan.

Luke Friedland.

De man die me gered heeft toen ik voor de trein dreigde te vallen.

Vallen?

Ben ik wel gevallen?

Er komt een halve herinnering naar boven; het gevoel van druk tussen mijn schouderbladen. Het is allemaal vaag en lijkt veel langer dan vierentwintig uur geleden.

Luke Friedland.

Gisteren beschuldigde ik hem zo'n beetje van stalken en nu ben ik degene die in een trein stapt waar hij al in staat. Zie je wel, houd ik mezelf voor. Hij kan je niet gevolgd zijn.

Ondanks mijn gêne prikt mijn nek zo erg dat ik denk dat de mensen kunnen zien dat de haartjes rechtovereind staan. Ik wrijf erover.

'Slechte dag gehad?' vraagt hij; kennelijk denkt hij dat het een teken van stress is.

'Nee, een goede dag zelfs.'

'Wat fijn! Ik ben blij dat je je beter voelt.' Hij praat op de overdreven opgewekte toon die bij kinderen heel goed werkt, of in een ziekenhuis, en ik moet denken aan zijn suggestie dat ik maar met een telefonische hulpdienst moet gaan praten. Hij denkt dat ik suicidaal ben. Hij denkt dat ik me met opzet voorover heb laten vallen; als schreeuw om hulp misschien of als oprechte poging om een einde te maken aan mijn leven.

'Ik ben niet gesprongen,' zeg ik. Ik spreek zacht – ik wil niet dat de hele trein het hoort – dus dringt hij zich langs een vrouw naar voren tot hij naast mij staat. Mijn hartslag versnelt. Hij steekt zijn arm omhoog naar de lus boven mijn hoofd en ik voel kleine haartjes langs me strijken, als een elektrische stroom tussen ons.

'Het is oké,' zegt hij en hij klinkt zo ongelovig dat ik aan mijn eigen verhaal ga twijfelen. Stel je voor dat ik wél ben gesprongen? Dat mijn onderbewustzijn me naar de rails heeft gevoerd terwijl mijn hersens een tegenovergestelde boodschap aan mijn lichaam gaven? Ik huiver.

'Oké, hier moet ik eruit.'

'O.' We zijn bij Crystal Palace. 'Ik ook.' Hij heeft zich vandaag niet gesneden bij het scheren en de blauwgestreepte das heeft plaatsgemaakt voor een bleekroze die scherp afsteekt tegen zijn grijze overhemd en pak.

'Je volgt me toch niet, hè?' vraagt hij en als hij mijn verschrikte gezicht ziet verontschuldigt hij zich meteen. 'Het was maar een grapje.'

We passen onze stappen aan elkaar aan op weg naar de roltrappen. Het is moeilijk om je te distantiëren van iemand die dezelfde kant op moet. Bij de uitgang doet hij een pas opzij zodat ik als eerste kan uitchecken. Ik bedank hem, zeg goedendag, maar voor het station gaan we weer dezelfde kant op.

Hij lacht. 'Het is net als in de supermarkt, dat je iemand groet bij de groente en hem dan in elk gangpad tegenkomt.'

'Woon je hier in de buurt?' vraag ik. Ik heb hem nog nooit gezien, maar dat slaat nergens op, er wonen tientallen mensen bij me in de straat die ik nog nooit heb gezien. Ik gooi mijn tienpencestuk in de gitaarkoffer van Megan en glimlach in het voorbijgaan naar haar.

'Nee, ik ga bij een vriend op bezoek.' Hij staat stil en automatisch doe ik hetzelfde. 'Ik bezorg je een ongemakkelijk gevoel, of niet? Loop maar door.'

'Nee, heus niet,' zeg ik, al voelt mijn borstkas aan alsof iemand hem samendrukt.

'Ik steek gewoon over, dan hoef je je niet meer verplicht te voelen met me te praten.' Hij grinnikt. Hij heeft een aardig, open gezicht.

Ik weet niet waarom ik me zo beroerd voel. 'Het hoeft niet, echt niet.'

'Ik moet trouwens nog sigaretten kopen.'

We staan stil en andere mensen lopen om ons heen.

'Nou, tot ziens dan.'

'Dag.' Hij opent zijn mond om nog iets te zeggen, maar bedenkt zich.

Ik draai me om en wil weglopen.

'Eh, zou je het heel brutaal vinden als ik je vroeg een keer met me te gaan eten?' De vraag wordt in één adem gesteld, gehaast, alsof hij zich schaamt, terwijl zijn gezicht nog steeds hetzelfde zelfvertrouwen uitstraalt.

Ik vermoed dat hij het met opzet zo vraagt. Erop heeft geoefend zelfs.

'Dat gaat niet. Sorry.' Ik weet niet waarom ik me verontschuldig.

'Of iets drinken? Ik bedoel... ik wil me er niet op laten voorstaan dat ik je leven heb gered, maar...' Zogenaamd in overgave heft hij zijn handen, maar dan laat hij ze weer zakken en kijkt ernstiger. 'Het is een bizarre ontmoeting, ik weet het, maar ik zou je graag terugzien.'

'Ik ben al met iemand,' zeg ik als een zestienjarige. 'Ik woon samen.'

'O.' Hij kijkt verbaasd, maar herstelt zich meteen. 'Natuurlijk heb je al iemand. Stom van me. Ik had het kunnen weten.' Hij deinst achteruit.

'Sorry,' zeg ik nogmaals.

We nemen afscheid en als ik omkijk steekt hij de straat over naar de kiosk. Om sigaretten te kopen, neem ik aan.

Ik bel Simon op zijn mobiel, want ik wil niet langs Anerley Road zonder gezelschap, al is het ook via de telefoon. Hij gaat over, maar ik krijg de voicemail. Vanmorgen heeft hij me helpen herinneren dat hij vanavond bij zijn zus eet. Ik was van plan een film te kijken en misschien Katie en Justin over te halen om me gezelschap te houden. Gezellig met z'n drietjes, net als vroeger. Mijn ontmoeting met Luke Friedland heeft me helemaal van mijn stuk gebracht en ik vraag me af of Simon het bezoek aan zijn zus wil uitstellen en toch naar huis wil komen.

Nu kan ik hem misschien nog te pakken krijgen voor hij van zijn werk weggaat. Vroeger had ik zijn directe nummer, maar de krant is overgegaan op een systeem waarbij niemand meer een eigen bureau heeft, zodat ik niet meer weet waar ik hem kan treffen.

Ik google het nummer van de receptie. 'Kunt u me doorverbinden met Simon Thornton alstublieft?'

'Hebt u een momentje?'

Ik luister zolang naar klassieke muziek en kijk naar de kerstverlichting aan de lantaarnpalen van Anerley Road. Er zit nu al een laag vuil op. De muziek stopt. Ik verwacht de stem van Simon te horen, maar ik krijg weer de receptioniste.

'Kunt u de naam herhalen alstublieft?'

'Simon Thornton. Hij is redacteur. Meestal schrijft hij een hoofdartikel, maar soms zit hij op de nieuwsredactie.' Ik herhaal de termen die ik van Simon ken zonder te weten of deze twee rollen op dezelfde plaats vervuld worden of mijlen uit elkaar. Zonder zelfs maar te weten of ze in hetzelfde gebouw zitten.

'Het spijt me, ik heb hier niemand die zo heet. Is hij een freelancer? In dat geval staat hij niet op mijn lijst.'

'Nee, hij is in vaste dienst. Al jaren. Kunt u nog eens kijken? Simon Thornton.'

'Die komt in mijn systeem niet voor,' herhaalt ze. 'Hier werkt niemand die Simon Thornton heet.'

16

Kelly haalde de kauwgom uit haar mond en gooide hem in de prullenbak. Hoewel ze vroeg van huis was gegaan moest ze nu niet langer treuzelen, anders zou ze nog te laat komen ook en dat zou niet goed vallen bij Nick Rampello. Ze haalde diep adem, stak haar neus in de lucht en stapte, met een paraplu die haar nauwelijks beschermde tegen het miezerige regentje dat horizontaal leek te vallen, energiek naar de deur waar ze vrijdag ook voor had gestaan.

Omdat ze op haar eerste dag een goede indruk wilde maken had ze vanmorgen haar mantelpakje uit de kast gehaald, maar dat haalde onwelkome herinneringen naar boven. Ze had het gedragen bij het verhoor en voelde nog het gekriebel van de wollen manchetten tegen haar polsen terwijl ze voor de deur van haar chef stond te wachten tot ze binnen werd geroepen.

Ze was misselijk geworden van de herinnering en had het mantelpak van de hanger gehaald en in een vuilniszak gepropt, klaar voor het goede doel. Ze had haar gestreepte bloes aangetrokken en een wijde, grijze broek, die nu onderaan kletsnat was van de regen. Ook zonder de herinnering die werd losgemaakt door de kleding werd Kelly overspoeld door gedachten die omgekeerd werden afgespeeld, als een film die werd teruggespoeld. Haar terugkeer naar het team, hoe ze met gloeiende wangen bij de briefing was gaan zitten. De echo van roddels die natrilden in de lucht. De maanden die ze niet had gewerkt; dagenlang alleen in haar kamer, in afwachting van het verhoor dat een einde kon maken aan haar carrière. Het geluid van het alarm, dat een roep om hulp was. Rennende voeten die haar niet kwamen helpen, maar haar kwamen bedwingen.

Ze had geen beelden van de aanval in haar hoofd. Had ze nooit gehad. Tijdens de cursus woedebeheersing was ze aangemoedigd om over het incident te vertellen; met haar therapeut stap voor stap te herbeleven wat er was gebeurd, wat haar zover had gebracht.

'Ik weet het niet meer,' had ze verklaard. Het ene moment had ze de gevangene ondervraagd; het volgende... het alarm. Ze had geen idee waarom ze zo uit de bocht was gevlogen; ze had er geen herinneringen aan.

'Dat is toch gunstig?' had Lexi gevraagd toen ze na een heel moeilijke sessie woedebeheersing bij haar op bezoek was gekomen. 'Dat maakt het gemakkelijker om vooruit te kijken. Te vergeten dat het is gebeurd.'

Kelly had haar gezicht in een kussen gedrukt. Het was niet gemakkelijker om vooruit te kijken. Het was moeilijker. Want als ze niet wist wat ervoor had gezorgd dat ze haar zelfbeheersing verloor, hoe kon ze dan voorkomen dat het weer gebeurde?

Ze drukte op de bel van het MOT en schuilde ineengedoken in de smalle portiek voor de regen. Een stem zonder lichaam schalde door de portiek.

'Hallo?'

'Kelly Swift hier. Ik ben gedetacheerd bij Operatie FURNISS.'

'Kom maar boven, Kelly.'

Kelly herkende de stem van Lucinda en haar zenuwen kalmeerden enigszins. Dit was een schone lei, bracht ze zichzelf in herinnering; een kans om opnieuw te beginnen, zich te bewijzen zonder op haar verleden te worden aangekeken. Ze nam de lift en wandelde zonder de aarzeling van haar vorige bezoek bij het MOT binnen. Iemand van het team knikte haar toe – Bob als ze het zich goed herinnerde, maar net te laat om hem bij naam te begroeten. Daar kikkerde ze van op en toen Lucinda achter haar bureau vandaan kwam was dat nog een geruststelling voor Kelly.

'Welkom in het gekkenhuis.'

'Dank je, denk ik. Is de inspecteur er?'

'Hij is hardlopen.'

'Met dit weer?'

'Zo is de inspecteur. Maar hij verwacht je. Diggers heeft gisteren een e-mail rondgestuurd om het ons te laten weten.'

Kelly probeerde het gezicht van Lucinda te doorgronden. 'En hoe viel dat?'

'Bij Nick?' Ze schoot in de lach. 'Ach, je kent Nick. O nee. Hoor eens, de inspecteur is geweldig, maar hij heeft een beetje een autoriteitsprobleem. Als het zijn idee was geweest om iemand van British Transport aan het team toe te voegen zou het allemaal koek en ei zijn. Zoals de zaken er nu voor staan zijn hij en Diggers het niet bepaald eens, dus...' Lucinda zweeg. 'Het komt wel goed. Kom, dan zal ik je je werkplek laten zien.'

Op dat moment ging de deur open en inspecteur Rampello kwam binnen. Hij droeg een korte broek, een gore-tex T-shirt en een lichtgewicht fluorescerend jack dat half openstond. Hij trok zijn oordopjes uit en rolde die in een paar lycra handschoenen. Er droop water op de grond.

'Hoe was het buiten?' vroeg Lucinda.

'Heerlijk,' antwoordde Nick. 'Bijna tropisch.' Hij ging naar de garderobekastjes zonder Kelly een blik waardig te keuren. Die benijdde Lucinda om de gemakkelijke manier waarop ze met de inspecteur omging.

Ze had haar computer aangezet en zocht naar het papiertje met de tijdelijke inlogcode dat Lucinda haar had gegeven toen Nick terugkwam. Een wit overhemd plakte tegen zijn nog natte bovenlijf en hij had een opgerolde das in zijn hand. Zijn jasje gooide hij over de stoel naast die van Kelly.

'Ik weet niet of ik kwaad moet zijn omdat je naar de hoofdinspecteur bent gegaan terwijl ik al nee had gezegd tegen je detachering of dat ik bewondering moet hebben voor je onderhandelingstechniek. In het belang van de samenwerking kies ik voor het laatste.' Hij grinnikte en stak haar zijn hand toe. 'Welkom aan boord.'

'Dank u.' Kelly voelde zich ontspannen.

'Je bent dus een goede vriendin van de hoofdinspecteur als ik het goed begrijp?'

'Geen vriendin, nee. Hij was mijn chef bij de zedenpolitie.'

'Hij geeft hoog van je op. Ik begrijp dat je een aanbeveling hebt gekregen.'

Nick Rampello had zijn huiswerk gedaan. De aanbeveling van de hoofdcommissaris was naar aanleiding van het moeizaam opsporen van een potloodventer die schoolkinderen lastigviel. Kelly had tientallen getuigenverklaringen opgenomen en nauw samengewerkt met de inlichtingendienst om zedendelinquenten en andere ongure types die bekend waren bij de politie uit te sluiten. Ten slotte had Kelly met succes een verzoek ingediend om lokmiddelen – een team van undercover surveillanceagenten die zich in de risicogebieden hadden opgehouden als potentieel slachtoffer – en had de dader op heterdaad betrapt. Het vleide haar dat Diggers dat nog wist en het trof haar dat hij de weg naar Nick had geëffend door hoog van haar op te geven. Dat gevoel was geen lang leven beschoren.

'De hoofdinspecteur wil dat je te allen tijde met iemand samenwerkt.' Uit niets bleek dat Nick wist waarom Diggers die voorwaarde had gesteld, maar Kelly was niet zo naïef dat ze niet begreep dat de twee mannen dat hadden besproken.

Ze voelde dat haar wangen gingen gloeien en hoopte dat het Nick en Lucinda, die met interesse meeluisterde, niet zou opvallen.

'Je werkt dus met mij samen.'

'Met u?' Kelly had aangenomen dat ze aan een rechercheur gekoppeld zou worden. Had Diggers besloten dat de inspecteur een oogje op haar moest houden of had Nick dat zelf bedacht? Vormde ze werkelijk zo'n groot risico?

'Je kunt het net zo goed van de beste leren.' Nick knipoogde naar haar.

'Arrogante zak,' zei Lucinda.

Nick haalde zijn schouders op alsof hij wilde zeggen: *Ik kan er ook niks aan doen dat ik zo briljant ben*, en Kelly glimlachte onwillekeurig.

Lucinda had gelijk, hij was een arrogante zak, maar hij kon tenminste om zichzelf lachen.

'Heb je me wel gesponsord, Luce?' vroeg Nick en Kelly besefte – niet zonder opluchting – dat hun gesprek voorbij was.

'Dat heb ik je al weken geleden gegeven!'

'Dat was voor de Great North Run. Nu is het voor de Great South Run.' Hij keek naar Lucinda, die haar armen gekruist had. 'Denk aan de kindertjes, Lucinda. Die arme weesjes –'

'Al goed, noteer voor mij maar vijf pond.'

'Per kilometer?' Nick grinnikte. Lucinda keek hem streng aan. 'Top. Nou, ik heb een update nodig. Op het eerste gezicht is er geen overeenkomst tussen Tania Beckett en Cathy Tanning, behalve de advertenties, maar ik wil weten of we niets over het hoofd zien.'

'Zet theewater op en breek de geheime kluis met koekjes open, dan hoor je de rest bij de briefing.'

'Welke geheime kluis?' begon Nick, maar Lucinda keek hem nu vernietigend aan.

'Ik ben analist, inspecteur,' zei ze en ze trok een wenkbrauw op toen ze zijn rang benadrukte. 'Voor mij kun je niets verbergen.'

Ze ging terug naar haar eigen bureau en Kelly waagde het te glimlachen.

'Als u me vertelt waar de keuken is, zal ik wel theezetten.'

Nick keek haar waarderend aan. 'Jij gaat het ver schoppen. De gang door en dan de tweede deur aan de rechterkant.'

Aan het eind van haar eerste dag had Kelly grondig kennisgemaakt met de waterkoker. Tussen het koffie- en theezetten door had ze het dossier doorgelezen en om vijf uur ging ze naar het crisiscentrum met Nick en Lucinda, en een handvol mensen aan wie ze was voorgesteld en wier namen ze nu al niet meer wist. Er stonden verschillende lege stoelen in de ruimte, maar de meeste mensen bleven staan.

Hun rusteloosheid was een duidelijke boodschap dat ze eigenlijk wel iets beters te doen hadden.

Nick Rampello maalde daar niet om. 'Pak een stoel en ga zitten,' instrueerde hij ze. 'Ik zal jullie niet lang ophouden, maar we hebben met een gecompliceerde zaak te maken en ik wil dat we allemaal over dezelfde informatie beschikken.' Hij keek de kamer rond en wachtte tot alle ogen op hem gericht waren voor hij verderging. 'Het is dinsdag 24 november en dit is een briefing voor Operatie FURNISS, een onderzoek naar de moord op Tania Beckett en daarmee samenhangende misdrijven tegen vrouwen, zoals het stelen van sleutels en de vermoedelijke inbraak bij een vrouw die Cathy Tanning heet. Het verband tussen deze misdrijven zijn advertenties die geplaatst zijn bij seksadvertenties in de zoekertjes van de *London Gazette*, compleet met hun foto.' Nick keek naar Lucinda. 'Over naar jou.'

Lucinda liep naar voren. 'Ik heb de opdracht gekregen moorden van de afgelopen vier weken te onderzoeken, maar ik heb ook gekeken naar aanrandingen, seksuele intimidatie en inbraken waarbij de slachtoffers alleenstaande vrouwen waren. Ten behoeve van het onderzoek heb ik huiselijk geweld erbuiten gelaten, maar er blijven genoeg zaken over.' Tijdens het spreken schoof ze een USB-stick in de laptop waaraan een zoemende projector verbonden was. Op het eerste beeld stonden de fotootjes van vrouwen die Kelly herkende uit de advertenties in de *Gazette*; allemaal uit het dossier dat Tamir Barron Kelly met tegenzin had gegeven. De volgende vier beelden klikte Lucinda snel door; een duizelingwekkende serie fotootjes. 'Deze vrouwen zijn allemaal in de afgelopen maand het slachtoffer geworden van een relevant misdrijf. Ik heb ze gesorteerd op uiterlijke kenmerken. Huidskleur, daarna haarkleur en dan nog subcategorieën op de gemiddelde leeftijd. Dat is natuurlijk geen exacte wetenschap, maar het maakt wat volgt iets begrijpelijker.'

'Ze koppelen aan de advertenties?' De suggestie kwam ergens achter Kelly vandaan.

'Precies. Ik heb vier hits door dieper in het dossier te duiken en het beeld uit de advertentie te vergelijken met andere foto's van het slachtoffer.' Lucinda ging vlot door de powerpoint heen en vatte elk beeld samen. 'Charlotte Harris. Een zesentwintigjarige secretaresse van een jurist uit Luton die in Moorgate werkt. Poging tot aanranding door een onbekende man met een Aziatisch uiterlijk.' Aan de linkerkant van het beeld stond een foto met de naam van het slachtoffer en aan de rechterkant de betreffende advertentie uit de *London Gazette*.

'Bingo,' zei Nick grimmig.

'Emma Davies. Een vrouw van vierendertig die in West Kensington is aangerand.'

Kelly blies langzaam uit.

'Laura Keen. Eenentwintig. Vorige week in Turnham Green vermoord.'

'Die hadden we al in beeld,' onderbrak Nick haar. 'Het MOT West vermoedde dat er een link kon zijn met Tania Beckett vanwege haar leeftijd.'

'Geen vermoeden meer,' zei Lucinda. 'Ik durf er mijn leven om te verwedden, als ik het zo mag zeggen. Oké, de laatste.' Het volgende beeld liet een donkerharige vrouw van in de veertig zien. Net als bij de andere vrouwen was haar foto naast de advertentie uit de *Gazette* gelegd. 'Deze is eigenaardig. Alexandra Chatham, die in de buurt van Hampstead Heath woont, komt zich voortdurend beklagen omdat er iemand haar huis binnenkomt wanneer ze slaapt en dingen verplaatst. Op dit moment houdt de buurtpreventie een oogje in het zeil, maar er wordt vanaf het begin aan getwijfeld. Kennelijk was de dienstdoende agent er niet van overtuigd dat er ooit echt iets is gebeurd, maar mevrouw Chatham houdt bij hoog en bij laag vol dat er iemand bij haar binnenkomt.'

Lucinda keek naar haar aantekeningen. 'En dan hebben we natuurlijk nog Cathy Tanning – ook het slachtoffer van een nachtelijke inbreker – en Tania Beckett, ons moordslachtoffer. Zes. Tot nu toe. En ik ben nog niet door de hele lijst open zaken heen.'

Het bleef stil in het crisiscentrum en Nick liet de informatie van Lucinda even bezinken, waarna hij wees op haar laatste beeld; de zes bekende zaken met de betreffende advertenties ernaast. 'Tot nu toe zijn er vierentachtig advertenties geplaatst, wat betekent dat we nog achtenzeventig vrouwen moeten identificeren die al dan niet slachtoffer zijn geworden van een misdrijf. We hebben hier kopieën van de advertenties,' Nick wees op een tweede whiteboard, 'en een pakket met informatie voor jullie.'

Er klonk papiergeritsel want iedereen bladerde meteen door de stapel documenten die ze bij binnenkomst hadden gekregen. Lucinda sprak intussen verder.

'Ik ben nog steeds bezig de foto's van de vrouwen te vergelijken met foto's van slachtoffers uit ons gebied en ik heb contact opgenomen met Surrey, Thames Valley, Hertfordshire, Essex en Kent, voor het geval daar gevallen zijn geregistreerd. Ik heb al een paar mogelijke zaken, maar ik wil wachten tot het zeker is en niet onze zaak vertroebelen, als dat goed is, chef?'

'Prima.'

'Je hebt me gevraagd op zoek te gaan naar overeenkomsten tussen de slachtoffers en de misdrijven. Ik heb niet veel gevonden, vrees ik. Op het eerste gezicht lijken de misdrijven niet op elkaar, maar wanneer je de overduidelijke dingen buiten beschouwing laat – het misdrijf zelf en de modus operandi – kom je bij het openbaar vervoer uit; al deze vrouwen waren op weg van of naar hun werk.'

Nick knikte. 'Ik wil een beschrijving van hun route. Om te kijken of dezelfde trajecten voorkomen.'

'Wordt al aan gewerkt, chef.'

'Wat weten we van de dader?'

'Dáders.' Lucinda benadrukte het meervoud. 'Charlotte Harris beschrijft een lange Aziatische man met een penetrante aftershave. Ze heeft zijn gezicht niet gezien, maar hij was keurig gekleed, met een krijtstreeppak en een grijze overjas. Emma Davies, die in West Kensington is aangerand, beschrijft haar aanvaller als blank en met duidelijk overgewicht. We weten heel weinig over de zaak in Turnham Green, maar op beelden van de bewakingscamera is in de buurt een lange blanke man gezien, vlak voor de moord op Laura Keen.'

'De sleutels van Cathy Tanning zijn ontvreemd door een Aziatische man,' zei Kelly. 'Op de beelden kun je zijn gezicht niet zien, maar zijn handen zijn heel duidelijk.'

'Zes misdaden,' zei Nick, 'en zes potentiële daders. Je hoeft geen genie te zijn om te weten dat de advertenties een sleutelpositie innemen bij deze misdaden; we concentreren ons er dus nu op om erachter te komen wie ze plaatst.' Hij ging midden voor het team staan en Lucinda klikte op het volgende beeld, een vergrote foto van de advertentie van Zoë Walker.

'Deze advertenties verschijnen sinds begin oktober. In de zoekertjes op de een-na-laatste pagina en allemaal in de hoek rechts onderaan. Geen van de foto's is door een professional gemaakt.'

'Zoë Walker belde me gisteren,' zei Kelly. 'Haar foto blijkt afkomstig te zijn van Facebook, ze heeft me de oorspronkelijke versie gestuurd. Het is een foto van haar met haar dochter Katie op een bruiloft een paar jaar geleden.'

'Ik zal nog een keer op de Facebook-pagina's van Tanning en Beckett kijken,' zei Lucinda om Nick voor te zijn. 'Er zijn overeenkomsten tussen alle foto's, vooral dat geen van de vrouwen recht in de lens kijkt.' Alsof ze zich er niet van bewust zijn dat ze worden gefotografeerd, dacht Kelly.

Nick ging door: 'Bij elke advertentie staat dit webadres.' Hij wees naar de bovenkant van het scherm, waar *www.findtheone.com* stond.

'Een datingsite?' De vrouw naast Kelly maakte ijverig aantekeningen in een spiraalschriftje. Ze keek naar Nick met haar pen in de aanslag.

Een rechercheur aan de andere kant van de kamer keek naar het scherm van zijn telefoon en weer terug naar het scherm om de URL goed over te nemen.

'Mogelijk. Geen van de slachtoffers herkende de naam. Cathy is een poosje geabonneerd geweest op Elite en we hebben contact met ze opgenomen om te controleren of er ingebroken is in hun systeem. De verloofde van Tania Beckett heeft, niet onverwacht, verklaard dat Tania nooit bij een datingsite ingeschreven heeft gestaan en Zoë Walker zegt hetzelfde. Zoals een aantal van jullie vast al heeft ontdekt leidt het adres naar een lege pagina, zwart met alleen

een venster dat om een wachtwoord vraagt. Cybercriminaliteit heeft zich over dit aspect van het onderzoek gebogen en ik zal jullie op de hoogte houden van de vorderingen. Goed, ik moet op de tijd letten. We gaan weer aan de slag.'

'Het telefoonnummer,' zei Lucinda. Ze wendde zich tot het whiteboard en onderstreepte een nummer dat met grote rode letters was geschreven: 0809 4 733 968. 'Niet bekend bij ons en een ongeldig nummer, wat plaatsing bij de advertentie – behalve als het een vergissing is – tamelijk zinloos maakt.

Niets was zinloos. Dat nummer stond er niet zomaar. Kelly staarde naar de vergrote advertentie uit de *London Gazette* op het scherm achter Lucinda. Er stond een regel tekst onder de foto.

Bezoek de website voor meer informatie en voorwaarden.
Op basis van beschikbaarheid.

De website, ja, maar wat dan? Wat was het wachtwoord?

Nick was naast Lucinda gaan staan, hij verdeelde taken en benadrukte dat hij op de hoogte gehouden moest worden.

Kelly keek naar de advertenties en vroeg zich af wat ze over het hoofd zagen.

'In dit stadium van het onderzoek worden we overstelpt met informatie zonder dat we het onderlinge verband zien,' zei Nick. 'Degene die deze advertenties in de *London Gazette* heeft geplaatst kondigt daarmee aan dat hij van plan is een misdrijf te plegen, of andere daders in staat stelt om dat te doen.'

Kelly luisterde met een half oor en haar hersens kraakten. Wat was de zin van een advertentie als er geen actie op volgde? Waarom zou je klanten naar een website sturen als ze niet beschikten over het wachtwoord om de site op te komen?

0809 4 733 968

Plotseling kreeg ze een idee en ze schoot overeind. Stel je voor dat het telefoonnummer geen telefoonnummer was maar het wachtwoord?

Ze controleerde of haar telefoon op stil stond, opende Safari en toetste de domeinnaam in.

www.findtheone.com

De cursor knipperde naar haar. Ze typte *0809 4 733 968* in het venster en drukte op *Enter*.

Het wachtwoord wordt niet herkend.

Kelly onderdrukte een zucht. Ze was er zo zeker van geweest dat het nummer de sleutel was. Ze wilde net Safari afsluiten toen er een bericht binnenkwam.

Verheug me erop je te zien. Bel even als je later komt xx

Ook zonder de naam van haar zus te zien wist ze dat het van haar kwam. Kelly kende niemand anders die berichtjes verstuurde zonder afkortingen. Ze zag haar zus voor zich terwijl die zorgvuldig de toetsen een aantal keer indrukte en wachtte tot ze op haar Nokia bij de juiste letter gekomen was.

0809 4 733 968

Er begon een gedachte vorm te krijgen en ze haalde het toetsenbord op haar schermpje tevoorschijn. Ze keek naar de 4 en de letters eronder.

G. H. I.

Met een hand pakte ze haar aantekeningenboekje en zonder haar ogen van de telefoon te halen knipte ze de dop van de pen en begon te schrijven.

Onder de 7 stonden vier letters: P. Q. R. S. Kelly noteerde het.

Op naar de volgende. Twee keer de 3. De letters D, E en F.

Kelly schreef koortsachtig. De briefing was vergeten en ze werkte door naar de laatste cijfers. Daarna bekeek ze wat ze had opgeschreven en zocht naar een patroon, een woord.

I.

Spatie.

S.E.E...

I see you. Ik zie jou.

Kelly snakte naar adem. Ze keek op en zag dat Rampello met gekruiste armen naar haar stond te kijken.

'Heb je informatie over het onderzoek die je graag met ons wilt delen?'

'Zeker, chef,' zei Kelly, 'ik denk het wel.'

De eerste koppeling waar ik getuige van was, was nauwelijks een zaak voor de politie.

Het ging om een meisje op de Bakerloo Line. Elke vrijdag stapte ze uit bij Piccadilly Circus en kocht een lot voor de EuroMillions.

'Dit zijn de winnende nummers,' zei ze tegen de man achter de balie terwijl ze hem het geld gaf.

Hij lachte. 'Dat zei je vorige week ook.'

'Maar nu weet ik het zeker.'

'Ja, dat zei je toen ook.'

Ze schoten allebei in de lach en ik wist dat ze dit gesprek elke vrijdag voerden.

De week daarna keek ik hoe ze op vrijdag op Piccadilly Circus uit de metro stapte en naar de kiosk liep.

Hij stond al op haar te wachten.

Een meter of vijf van de kiosk, zijn vuisten gebald alsof hij zichzelf oppepte voor een sollicitatiegesprek. Duur pak; mooie schoenen. Een man met meer geld dan tijd. Hij hield ermee op toen hij haar zag en veegde zijn zweterige handpalm af aan zijn broek. Ik dacht dat hij haar zou aanspreken, maar in plaats daarvan paste hij zijn stappen aan de hare aan, liep naar de kiosk en was haar een fractie van een seconde voor. Ik dacht dat de moed hem in de schoenen was gezonken.

'Een winnend lot voor de EuroMillions van vanavond,' zei hij. Hij betaalde voor het lot. 'Dit zijn de winnende nummers, moet je weten.'

Het meisje achter hem glimlachte.

Met veel onnodig gedoe borg hij zijn portemonnee weg en bleef staan zodat hij het meisje kon aanspreken toen zij ook om een winnend lot vroeg.

'O, ik geloof dat ik een beetje ben voorgedrongen. Het spijt me.'

'O, dat geeft niet, hoor.'

'Maar stel je voor dat dit lot eigenlijk voor jou bedoeld was?' Hij gaf het haar. 'Ik sta erop.'

Ze maakte wat tegenwerpingen maar gaf zich snel gewonnen. Ze glimlachten naar elkaar.

'Als je wint, mag je me mee uit eten nemen,' zei hij lachend.

'En als ik niet win?'

'Dan neem ik jou mee uit eten.'

Je kunt niet ontkennen dat als het jou gebeurd was je gesmuld zou hebben van die ontmoeting. Misschien had je gebloosd om zijn toenaderingspoging; had je hem zelfs brutaal gevonden. Maar je zou ook gevleid zijn geweest; dankbaar voor de aandacht van een knappe man. Een rijkaard. Succesvol. Iemand die je anders nooit had leren kennen.

Nu je weet wat ik doe ben je gefascineerd, of niet? Je vraagt je af welke informatie ik over jou heb verzameld; wat er op mijn steeds uitgebreidere website te vinden is. Je vraagt je af of je, net als dat meisje, door een vreemde aangesproken zult worden. Of hij je mee uit eten zal vragen.

Misschien wel, misschien ook niet. Misschien heeft hij je al gevonden; houdt hij je al in de gaten. Misschien volgt hij je al weken.

Het leven is een loterij.

Hij kan voor jou wel iets heel anders in gedachten hebben.

17

Geplaatst: vrijdag 13 november

Blank

Eind dertig

Blond haar, meestal in een staart

Bril (kan ook contactlenzen in hebben)

Platte schoenen, zwarte broek met strak topje; rode driekwart regenjas

Maat 40-42

08.10: Komt binnen in metrostation Crystal Palace. Spreekt even met de straatmuzikant en gooit geld in haar koffer. Neemt de bovengrondse in de richting van Whitechapel. Stapt over op de District Line, in westwaartse richting. Stapt in wagon 5 om tegenover de ingang van Cannon Street uit te komen. Buiten het station gaat ze rechtsaf en loopt op straat om de drukte op het trottoir te ontlopen. Houdt haar telefoon in haar rechterhand en haar handtas tegen haar borst. Werkt bij Hallow & Reed, onroerendgoedmakelaar in Walkbrook Street.

Beschikbaarheid: maandag tot vrijdag

Tijdsduur: 50 minuten

Moeilijkheidsgraad: gemiddeld

'We moeten haar inlichten,' Kelly keek ontzet naar het scherm, waar in detail iets beschreven stond wat alleen maar de route naar het werk van Zoë Walker kon zijn.

'Weet je zeker dat het om haar gaat?' vroeg Lucinda.

Kelly en Nick stonden gebogen over het bureau van de rechercheur en keken naar zijn laptop. In de rest van de kantoortuin waren de lichten uit en de gele streep boven het bureau van Nick flakkerde een beetje, alsof hij het elk moment kon begeven.

Lucinda werkte aan het bureau ernaast en vergeleek aandachtig elk beeld van de website met de advertenties in de *London Gazette*.

'De omschrijving klopt, de datum van het plaatsen klopt en ze werkt bij Hallow & Reed,' zei Kelly. 'Geen twijfel mogelijk. Zullen we het haar door de telefoon vertellen of zal ik naar haar toe gaan?'

'Wacht even.' Nick had niet veel gezegd toen Kelly hem had uitgelegd hoe ze achter het wachtwoord was gekomen. Hij had een blik op haar telefoon geworpen; op het kleine schermpje waarop de tekst boven het witte venstertje was veranderd.

Log in of creëer een account.

Hij had de rest van het team naar huis gestuurd met strikte instructies om de volgende ochtend om acht uur present te zijn voor de volgende briefing. 'Het gaat een heel lange dag worden,' had hij grimmig gezegd.

Het had ze maar een paar tellen gekost om Nicks computer aan te zetten en op de website te komen. Doordringen tot de afdeling Financiën was echter niet zo gemakkelijk. Buiten kantooruren was dat zo'n ingewikkeld proces dat Nick uiteindelijk zijn eigen creditcard maar uit zijn portemonnee pakte.

'De media mogen er geen lucht van krijgen,' zei hij nu. 'Dat zou een rel veroorzaken. En dat betekent dat we Zoë Walker voorlopig in het ongewisse moeten laten.'

Kelly wachtte even tot ze een betere reactie kon formuleren dan de eerste die in haar was opgekomen. 'Ze verkeert in gevaar, chef. Is het niet onze plicht haar te waarschuwen?'

'Op dit moment is de situatie onder controle. De persoon of personen die achter deze website zitten weten niet dat de politie erbij betrokken is, wat betekent dat we een kans hebben om achter hun identiteit te komen. Als we dit aan Zoë Walker laten zien, vertelt ze het aan haar familie, haar vrienden.'

'Dan vragen we haar dat niet te doen.'

'Het ligt in de menselijke aard, Kelly. Ze zal ervoor willen zorgen dat andere vrouwen die ze kent niet in gevaar komen. Voor je het weet komen de kranten erachter en dan breekt er paniek uit. Onze dader duikt onder en we vinden hem nooit.'

Kelly vertrouwde zichzelf niet meer en zweeg. Zoë Walker was geen kanonnenvlees.

'We gaan morgen naar haar toe en dan stellen we voor dat ze een andere route neemt naar haar werk,' zei Nick. 'We geven haar het standaardadvies voor iedereen die zich zorgen maakt om zijn of haar veiligheid. Doe de dingen anders, wees niet voorspelbaar. Meer dan dat hoeft ze niet te weten.' Hij sloot zijn laptop, een duidelijk teken aan Kelly dat het gesprek beëindigd was. 'Jullie kunnen nu wel gaan als jullie willen. Ik zie jullie morgenochtend, fris als een hoentje.' Zijn woorden waren nog niet koud of de bel van de buitendeur ging.

'Dat zal de man van Cybercriminaliteit zijn,' zei Nick. 'Laat hem maar bovenkomen.'

Andrew Robinson had een bril met een donker montuur en een klein sikje. Hij droeg een grijs T-shirt onder een kakikleurige parka, die hij uittrok en naast zich op de grond liet vallen.

'Ik waardeer het zeer dat je gekomen bent,' zei Nick.

'Het is geen moeite. We zitten op het moment tot onze ellebogen in het werk, dus ik was sowieso niet van plan om snel naar huis te gaan. Ik heb naar die website van je gekeken. Degene die de domeinnaam heeft gekocht heeft zich niet laten registeren in de WHOIS-gids, een soort telefoonboek voor websites – dus ik heb een aanvraag ingediend om achter zijn identiteit aan te mogen gaan. Intussen probeer ik de administrateur van de site te achterhalen via het IP-adres, al ben ik bang dat ze een proxy gebruiken dus dat valt ook nog niet mee.'

Hoewel ze niet veel begreep van de woorden van Andrew was Kelly graag gebleven om mee te luisteren, maar Lucinda trok haar jas al aan. Kelly volgde met tegenzin haar voorbeeld en vroeg zich af hoelang Nick nog zou blijven en of er thuis iemand op hem wachtte.

Ze namen de trap naar beneden. Het haar van Lucinda was nog net zo steil en glanzend als die morgen en Kelly werd zich ineens bewust van haar ongekamde haardos, die alle kanten op stond elke keer dat ze haar vingers erdoorheen haalde. Misschien moest ze wat make-up opduikelen. Lucinda leek niet veel te dragen, maar het laagje lipgloss en de aangezette wenkbrauwen gaven haar net dat verzorgde en professionele uiterlijk dat Kelly absoluut niet had.

'Waar moet jij heen?' vroeg Lucinda toen ze naar het metrostation liepen. Ze was zeker een halve kop groter dan Kelly en die moest bijna rennen om haar bij te houden.

'Elephant and Castle. Ik deel een flat met twee andere agenten van British Transport en een verpleegster. En jij?'

'Kilburn.'

'Mooi.'

'Het huis van mijn ouders. Vreselijk op je achtentwintigste, ik weet het, maar anders krijg ik nooit geld bij elkaar voor de aanbetaling van een flat. Nick steekt altijd de draak met me.' Ze ging achter Kelly lopen en ontweek zo een vrouw met een glimmende legging en een ronde hoed die ze over haar oren trok. Ze verhief haar stem om het gesprek te vervolgen. 'Hoe vond je je eerste dag?'

'Mijn hoofd tolt. Maar ik vond het heerlijk. Het is al even geleden dat ik in het crisiscentrum heb gewerkt. Ik was een beetje vergeten wat een gekkenhuis het daar is.'

'Hoe zit dat dan? Je hebt bij de zedenpolitie gezeten, toch?'

Hoewel ze de vraag had verwacht, schrok Kelly toch even. Was Lucinda oprecht geïnteresseerd of wist ze eigenlijk heel goed hoe het zat en was ze gewoon sensatiebelust? Kelly wierp een blik opzij, maar het gezicht van de andere vrouw gaf haar geen uitsluitsel.

'Ik ben geschorst,' zei ze en ze schrok zelf van haar openhartigheid. Meestal zei ze dat ze er vertrokken was en vulde dat aan met een onzinverhaal over gebrek aan actie en ervaring in de vuurlinie. Of ze zei dat ze ziek was geworden, wat ook in de buurt van de waarheid kwam. Ze hield haar ogen strak op het trottoir gericht. 'Ik heb iemand aangevallen.'

'Een collega?' Lucinda klonk eerder verrast dan veroordelend.

Kelly haalde diep adem. 'Een gevangene.'

'Noem hem bij zijn naam,' had de therapeut gezegd. 'Het is belangrijk hem als persoon te zien, Kelly, net zo menselijk als jij.'

Kelly had gehoorzaamd, maar elke keer dat ze dat deed kreeg ze een smerig gevoel op haar tong. 'Hij had een schoolmeisje verkracht.'

'Shit.'

'Het is geen rechtvaardiging voor mijn gedrag,' zei Kelly snel. Ze had geen therapie nodig gehad om dat te snappen.

'Nee,' zei Lucinda. Ze bleef even staan en koos haar woorden met zorg. 'Maar het verklaart het misschien wel.'

Ze liepen zwijgend door en Kelly vroeg zich af of Lucinda over haar woorden nadacht; of ze er een oordeel over had. Ze bereidde zich al voor op meer vragen, maar die kwamen niet.

'Je hebt het geweldig gedaan met dat wachtwoord,' zei Lucinda toen ze in de buurt van het station kwamen. 'Nick was diep onder de indruk.'

'O ja? Daar heb ik niks van gemerkt.' Kelly had geprobeerd zich niks aan te trekken van de onderkoelde reactie van de inspecteur op haar ontdekking. Ze had heus geen applaus verwacht, maar toch wel iets meer dan een gemompeld 'goed gedaan'.

'Je went wel aan hem. Persoonlijk hou ik wel van zijn benadering. Hij is niet scheutig met complimentjes, dus als je er een krijgt, weet je dat het welgemeend is.'

Kelly dacht dat ze daar lang op zou moeten wachten.

Bij de ingang van het metrostation stond een man met een baard gitaar te spelen. Voor hem lag een hoed met niet meer dan een paar muntjes erin. Zijn hond lag te slapen op een zorgvuldig opgevouwen slaapzak die voor een stapel spullen lag. Kelly dacht aan Zoë Walker en haar straatmuzikant bij Crystal Palace.

'Als jij Zoë Walker was,' vroeg ze Lucinda, 'zou je het dan niet willen weten?'

Ze liepen langs de muzikant het station binnen en reikten automatisch naar hun Oyster-vervoercard.

'Ja.'

'Dus...'

'Er zijn zo veel dingen die ik zou willen weten,' zei Lucinda beslist. 'Staatsgeheimen. De pincode van Bill Gates, het mobiele nummer van George Clooney... maar dat betekent niet dat het goed voor me is die dingen te weten.'

'Ook niet als ze het verschil zouden maken tussen in leven blijven en vermoord worden? Of verkracht?'

De politie was erachter gekomen dat de verkrachter van Lexi haar wekenlang had gevolgd. Waarschijnlijk al sinds het begin van het schooljaar. Hij was zo goed als zeker verantwoordelijk voor de bloem die voor haar kamer was neergelegd en de briefjes in haar postvakje. Haar vriendinnen hadden het weggelachen en spraken over haar geheime aanbidder. Toen de politie haar vroeg of ze had gemerkt dat ze was gevolgd, had ze ze verteld over de donderdagavonden als ze na het college van vier uur naar huis liep. Steeds dezelfde jongen die tegen de muur van de bibliotheek geleund stond en naar muziek luisterde; het gevoel dat er iemand naar haar keek als ze wegliep, het gekraak van een tak toen ze de kortste weg nam door het bos. Ze was niet de enige met dat gevoel, had de politie gezegd. Er waren verschillende aangiftes van verdachte omstandigheden, maar niets concreets, hadden ze gezegd.

Lucinda bleef staan en keek naar Kelly. 'Je hebt gehoord wat Nick zei. We maken de grootste kans te ontdekken wie er achter de website zit als we de informatie die we naar buiten brengen beperken. Als we hem eenmaal hebben, is de rest een makkie.'

Kelly was teleurgesteld. Ze had gehoopt dat Lucinda haar kant zou kiezen; dat ze de invloed die ze kennelijk bij Nick had zou aanwenden om hem van gedachten te doen veranderen.

Lucinda zag de blik op haar gezicht. 'Je kunt het met zijn beslissing oneens zijn, hij is de baas. Als je bij hem in de gunst wilt blijven, hou je je aan zijn regels.'

Ze namen samen de Northern Line en het gesprek kwam op neutraal terrein. Tegen de tijd dat ze in Euston afscheid namen had Kelly een besluit genomen.

Regels waren er om overtreden te worden.

18

Ik ben nog onderweg van het station naar huis als Simon belt vanaf zijn zus. Hij zal wel in de metro hebben gezeten toen ik naar zijn mobiel belde, zegt hij. Hij heeft net de voicemail afgeluisterd.

'Ik ben niet laat thuis. Ange moet morgen vroeg op, dus ik kom na het eten naar huis.'

'Was het leuk op je werk?' Dezelfde woorden die ik elke avond uitspreek, maar met een scherpte die hem even tot zwijgen brengt, en ik vraag me af of het genoeg is om hem zover te krijgen dat hij me de waarheid die hij tot nu toe verzwegen heeft opbiecht.

Maar zo is het niet.

'Ja hoor.'

Ik hoor Simon tegen me liegen: de details over de man aan het bureau naast het zijne die met open mond eet en de halve dag zijn vriendin aan de telefoon heeft. Ik wil hem ermee confronteren, maar ik kan de woorden niet vinden; wat erger is, ik kan nog steeds niet geloven dat het waar is.

Natuurlijk werkt Simon bij de *Telegraph*. Ik heb zijn bureau gezien. Tenminste, foto's ervan. Toen we een paar keer samen uit waren geweest stuurde hij een berichtje.

Ik mis je. Wat doe je nu? Stuur me een foto.

Ik ben in Sainsbury's,

En ik stuurde hem een foto van het diepvriespad terwijl ik hardop liep te lachen.

Het werd een spelletje, afgekort tot WDJN en beantwoord met een foto van wat er zich op dat moment ook voor ons bevond. Een volle metro, een broodje bij de lunch, de onderkant van mijn plu terwijl ik naar mijn werk loop in de regen. Het was een kijkje in ons leven; in de dagen en nachten tussen onze avonden samen.

Ik heb zijn bureau gezien, herhaal ik tegen mezelf. Ik heb de kantoortuin met de computer en het altijd aanwezige Sky News gezien en stapels kranten.

Je hebt een bureau gezien, zegt een stemmetje in mijn hoofd, *het zou van iedereen kunnen zijn.*

Ik schud het van me af. Wat denk ik nou eigenlijk? Dat Simon me foto's heeft gestuurd van een plek waar hij helemaal niet werkt? Dat hij foto's van de nieuwsruimte van internet heeft geplukt? Dat is belachelijk. Er moet een onschuldige verklaring zijn. Een vermelding die over het hoofd is gezien door een incompetente telefoniste, een practical joke. Simon zou niet tegen me liegen.

Toch?

Ik steek de straat over zodat ik bij Melissa's café kom. Ik weet dat Justin bijna klaar is met werken en ik zie ze aan tafel gebogen zitten over papieren; het hoofd van Melissa raakt bijna dat van Justin. Ze wijken uiteen als ik binnenkom en Melissa springt op om me een kus te geven.

'Je komt als geroepen! We zaten net te kibbelen over het kerstmenu. Baguettes met kalkoenfilet en cranberry's of met salie en uien? Schuif de menu's aan de kant, Justin, die maken we morgen wel af.'

'Cranberry's én salie én uien. Hoi, schat.'

Justin pakt de papieren en legt ze op een stapel. 'Ik zei ook allebei.'

'Dat komt omdat het niet van jouw winst af gaat,' protesteert Melissa. 'Salie en uien óf cranberrysaus. Niet allebei.'

'Ik dacht dat we wel samen naar huis konden lopen,' zeg ik tegen Justin, 'maar je hebt het nog druk.'

'Ga maar,' zegt Melissa. 'Ik sluit wel af.'

Mijn zoon doet zijn schort af en hangt het achter de toonbank op, klaar voor morgen.

Ik haak mijn arm door die van Justin terwijl we naar huis lopen. Mijn maag voelt hol als ik denk aan de vastbesloten stem van de telefoniste toen ze me het nieuws mededeelde.

Hier werkt niemand die Simon Thornton heet.

'Heeft Simon het met jou wel eens over zijn werk gehad?' Ik probeer onverschillig te klinken, maar Justin kijkt me aan alsof ik hem vraag of hij wel eens met Biscuit heeft gesproken. De vijandigheid tussen Simon en Justin is als een olifant in de kamer: je negeert hem maar in de hoop dat hij op een dag weg zal zijn.

'Alleen om te benadrukken dat ik nooit zo'n baan als hij zal hebben zonder diploma. Wat heel aardig was.'

'Hij wilde je vast alleen maar motiveren.'

'Nou, hij stopt die motivatie van hem maar in zijn –'

'Justin!'

'Hij hoeft niet tegen me te preken. Hij is mijn vader niet.'

'Dat probeert hij ook niet te zijn.' Ik steek de sleutel in het slot. 'Kun je nou niet proberen om het met hem te kunnen vinden? Voor mij?'

Hij staart me aan en onder de verbitterde uitdrukking op zijn gezicht zie ik ook berouw. 'Nee. Je denkt dat je hem kent, mam. Maar dat is niet zo. Echt niet.'

Ik zit aardappelen te schillen als mijn mobiel gaat. Ik wil hem eigenlijk niet opnemen, maar dan zie ik de naam op het scherm. Agent Kelly Swift. Ik veeg mijn handen droog en neem op voor hij overgaat op voicemail. 'Hallo?'

'Heb je een momentje?' Agent Swift klinkt weifelend. 'Ik moet je iets vertellen. Maar het is off the record.'

Ik sta nog midden in de keuken met mijn mobiel in mijn hand lang nadat het gesprek is beëindigd.

Katie komt de keuken binnen, doet de koelkast open en sluit hem weer. Al die tijd kijkt ze op haar eigen telefoon en haar rechterduim scrolt onophoudelijk. Ze is altijd verslaafd geweest aan haar mobiel, maar sinds ze Isaac kent legt ze hem nauwelijks nog neer en haar ogen lichten op als er een bericht van hem binnenkomt.

Ik hoor de trap kraken als Justin naar beneden komt en neem een besluit. Dit wil ik met eigen ogen zien, zonder dat mijn familie over mijn schouder meekijkt. Zonder dat Katie in paniek raakt en Justin dreigt degene die er verantwoordelijk voor is op zijn bek te slaan.

'We hebben geen melk meer,' zeg ik plotseling en ik pak mijn tas en trek mijn jas aan. 'Ik ga even wat halen.'

'Er staat nog een pak in de koelkast,' roept Katie, maar ik gooi de deur al achter me dicht.

Ik loop snel en trek mijn jas dichter om me heen. Er is hier een café, niet zoals van Melissa, maar een klein viezig tentje waar ik nooit eerder ben geweest. Maar ik weet dat ze lang openblijven en ik wil ergens heen waar niemand me kent; een anonieme plek.

Ik bestel koffie. Die is bitter en ik doe er een suikerklontje bij, dat ik op mijn lepeltje helemaal laat smelten. Dan zet ik mijn iPad voor me op tafel, haal een keer diep adem en zet me schrap voor... ja, waarvoor eigenlijk?

Het wachtwoord – *I see you* – doet me huiveren. In het zicht verborgen, net als de advertenties zelf; brutaal geëtaleerd tussen advertenties voor banen en spullen die te koop zijn. Het lijkt een eeuwigheid te duren voor de pagina geladen is, maar er verandert sowieso weinig. De achtergrond is nog steeds zwart, maar het witte venster waarin om een toegangscode wordt gevraagd is vervangen.

Log in of creëer een account.

'Je moet geen account maken,' heeft agent Swift gezegd nadat ze me had verteld wat ze hadden ontdekt. 'Ik vertel het je alleen omdat ik vind dat je het recht hebt het te weten.' Ze pauzeerde even. 'Want als dit mij overkwam of mijn familie zou ik het willen weten. Vertrouw ons alsjeblieft.'

Ik tik op 'creëer een account' en typ mijn eigen naam, tot ik tot bezinning kom en op backspace druk tot die weg is. Als ik opkijk

zie ik de eigenaar van het café en zijn dikke buik wordt omspannen door een schort met op de linkerborst *Lenny* geborduurd.
Lenny Smith, typ ik en dan maak ik een wachtwoord aan.

Selecteer lidmaatschapspakket.

Bronzen lidmaatschap: 250 pond. Profielen zijn zichtbaar. Downloads vanaf 100 pond.

Zilveren lidmaatschap: 500 pond. Profielen zijn zichtbaar. Eén gratis download per maand.

Gouden lidmaatschap: 1000 pond. Profielen zijn zichtbaar. Ongelimiteerde downloads.

Ik proef gal in mijn keel. Snel neem ik een slok lauwe koffie en slik die door. Is dat wat ik waard ben? Wat Tania Beckett waard was? Laura Keen? Cathy Tanning? Ik staar naar het scherm. Mijn creditcard heeft geen saldo meer en zo aan het eind van de maand kan ik me niet eens een bronzen lidmaatschap veroorloven. Een paar dagen geleden zou ik misschien Simon om hulp hebben gevraagd, maar nu is hij de laatste die ik in vertrouwen durf te nemen. Dat kan ik gewoon niet, nu hij zo tegen me heeft gelogen over zijn werk.
Ik kan maar één persoon bedenken. Ik pak mijn telefoon.
'Kan ik geld van je lenen?' vraag ik zodra Matt opneemt.
'Die stadsjongen heeft je eindelijk aan de rand van een faillissement, of niet? Kranten betalen niet zo goed meer tegenwoordig, hè?'
Hij moest eens weten. Ik sluit mijn ogen. 'Matt, alsjeblieft. Ik zou het niet vragen als het niet belangrijk was.'
'Hoeveel?'
'Duizend.'
Hij fluit. 'Zo, zo veel geld heb ik echt niet liggen. Waar heb je het voor nodig?'
'Kan ik dan je creditcard lenen? Ik zal het terugbetalen, Matt. Tot op de laatste penny. Met rente.'
'Heb je problemen?'

'Alsjeblieft, Matt.'

'Ik stuur je de gegevens.'

'Dankjewel.' Ik ben zo opgelucht dat het er bijna uit komt als een snik.

'Het is al goed.' Hij zwijgt even. 'Je weet dat ik alles voor je zou doen, Zo.'

Ik wil hem alweer bedanken, maar merk dan dat hij al heeft opgehangen. Even later komt er een berichtje. Ik typ de gegevens van zijn creditcard in het valse profiel van Lenny Smith.

Hoewel agent Swift heeft geprobeerd me voor te bereiden, valt het niet mee te verwerken wat ik te zien krijg. Rijen en rijen fotootjes, allemaal vrouwen, met onder elke foto een of twee woorden.

Central Line

Piccadilly

Jubilee/Bakerloo

De rillingen lopen over mijn rug.

Ik bekijk de foto's en zoek naar die van mij. Ik tik op Meer foto's en laad een tweede pagina en dan een derde. En daar ben ik. Dezelfde foto als in de *Gazette*; de foto van mijn Facebook-pagina, van de bruiloft van mijn nicht.

Klik om te downloaden.

Ik aarzel geen seconde.

Geplaatst: vrijdag 13 november

Blank

Eind dertig

Blond haar, meestal in een staart

Ik lees het twee keer; de exacte beschrijving van de treinen die ik neem, van de jas die ik op dit moment draag, de nonchalante omschrijving van mijn verschijning. Met verbazing merk ik dat het me werkelijk ergert dat mijn kledingmaat wordt omschreven als 40-42, terwijl alleen mijn spijkerbroek maat 42 is.

Om me heen veegt Lenny tafels schoon en aan de luidruchtige manier waarop hij stoelen op elkaar stapelt merk ik dat ik te lang ben blijven zitten, maar mijn benen weigeren dienst. De ontmoeting met Luke Friedland vanmorgen was helemaal geen toeval, besef ik, net als dat het geen toeval was dat hij naast me stond toen ik bijna op de rails viel.

Luke Friedland heeft mijn route gedownload om me te kunnen volgen.

Wie heeft dat nog meer gedaan?

Simon komt thuis als ik net in bed stap. Hij is zo blij om me te zien dat het me verwart. Hoe kan een man die zo veel van me houdt zo tegen me liegen?

'Hoe was het bij Ange?' Plotseling bedenk ik dat hij misschien helemaal niet bij zijn zus is geweest. Als hij tegen me heeft gelogen over de plek waar hij werkt, waarover liegt hij dan nog meer? De woorden van Justin weerklinken in mijn gedachten en ik kijk met een nieuwe waakzaamheid naar Simon.

'Gezellig. Je moet de groeten hebben.'

'Hoe was het op je werk?' vraag ik.

Hij trekt zijn broek uit en laat die, met zijn overhemd erop, liggen waar hij valt. Dan stapt hij in bed.

Vertel het me, denk ik. Als je het me nu vertelt, is het goed. Zeg me dat je nooit bij de *Telegraph* hebt gewerkt, dat je junior verslaggever bent bij een sufferdje, of dat je helemaal geen journalist bent, dat je dat allemaal hebt bedacht om indruk op me te maken en dat je eigenlijk patat staat te bakken bij McDonald's. Maar vertel me de waarheid.

Maar dat doet hij niet. Hij streelt mijn buik en omcirkelt met zijn duim mijn heupbot. 'Heel goed. Dat verhaal over declaraties van volksvertegenwoordigers gaat eruit, dus we hadden het druk.'

Even twijfel ik aan mezelf. Tijdens de lunchpauze, toen ik even buiten was om een sandwich te halen voor Graham, heb ik de koppen gezien. Mijn hoofd begint te bonken. Ik moet de waarheid weten.

'Ik heb de *Telegraph* gebeld.'

Simon verbleekt.

'Je nam je mobiel niet op. Er is iets gebeurd toen ik op weg was naar huis, ik was overstuur. Ik wilde je spreken.'

'Wat is er gebeurd? Is alles goed met je?'

Ik negeer zijn bezorgdheid. 'De telefoniste had nog nooit van je gehoord.' Ik maak zijn handen los van mijn middel. Het blijft even stil en ik hoor de centrale verwarming tikken.

'Ik wilde het je vertellen.'

'Wat wilde je vertellen? Dat je hebt gelogen? Dat je een baan hebt bedacht om indruk op me te maken?'

'Nee! Ik heb het niet bedacht, Zoë. Wat denk je wel van me?'

'Wil je echt een antwoord op die vraag?' Geen wonder dat hij zo terughoudend was toen ik opperde dat Katie stage bij hem kon lopen, bedenk ik nu, dat hij tegen me snauwde toen ik vroeg of hij een artikel kon schrijven over de advertenties.

'Ik werkte echt bij de *Telegraph*. En toen...' Hij breekt zijn woorden af, rolt bij me vandaan en staart naar het plafond. 'Toen hebben ze me ontslagen.'

Ik weet niet of de schaamte die ik in zijn stem hoor wordt veroorzaakt door het ontslag of door het feit dat hij tegen me heeft gelogen.

'Waarom? Je hebt daar, wat is het, meer dan twintig jaar gewerkt.'

Simon lacht hol. 'Precies. De ouden moeten plaatsmaken voor de jonkies. Een jonger team. Goedkoper. Kinderen die niet weten wat de aanvoegende wijs is, maar die kunnen bloggen en tweeten en in een oogwenk content uploaden.' Hij klinkt verbitterd, maar ik hoor geen vechtlust in zijn woorden; alsof hij de strijd al lang geleden heeft opgegeven.

'Wanneer is dat gebeurd?'

'Begin augustus.'

Ik ben sprakeloos. 'Je bent al vier maanden geleden ontslagen en je hebt niks gezegd? Wat heb je in vredesnaam al die tijd uitgevoerd?' Ik stap uit bed en loop naar de deur omdat ik niet wil blijven, maar ik moet meer weten.

'Rondgelopen. In cafés gezeten, geschreven, gelezen.' Opnieuw klinkt hij verbitterd. 'Naar werk gezocht; sollicitatiegesprekken gevoerd, te horen gekregen dat ik te oud ben, getobd over hoe ik het jou moet vertellen.' Hij wil me niet aankijken en houdt zijn ogen strak op het plafond gericht. Er komen diepe rimpels in zijn voorhoofd. Hij is gebroken.

Ik sta naar hem te kijken en voel mijn woede langzaam wegebben.

'En hoe zit het dan met geld?'

'Ze hebben me een zak geld meegegeven. Ik hoopte dat ik snel iets nieuws zou vinden en wilde het je vertellen als het zover was. Maar het ging maar door en toen had ik geen geld meer en moest mijn creditcard aanspreken.' Hij kijkt me eindelijk aan en tot mijn schrik zie ik dat zijn ogen zich met tranen vullen. 'Het spijt me zo, Zoë. Ik wilde niet tegen je liegen. Ik hoopte dat het zich snel zou oplossen en dat ik je kon verrassen met nieuw werk, zodat ik voor je kan blijven zorgen zoals je verdient.'

Ik ga naast hem zitten. 'Stil maar, het is al goed,' zeg ik alsof hij een van kinderen is. 'Het komt wel goed.'

Simon dwingt me de belofte af dat ik niks tegen de kinderen zal zeggen.

'Justin vindt toch al dat ik tekortschiet. Hij heeft niet nog een reden nodig om een hekel aan me te hebben.'

'Dit hebben we al zo vaak besproken,' zeg ik. 'Hij is boos op mij. Hij geeft mij de schuld van de scheiding, dat hij weg moest uit Peckham, bij zijn vrienden vandaan.'

'Vertel hem dan gewoon de waarheid. Waarom moet je de schuld op je nemen van iets wat niet jouw schuld is? Het is tien jaar geleden, Zoë. Waarom neem je Matt nog steeds in bescherming?'

'Ik neem Matt niet in bescherming, ik bescherm de kinderen. Ze houden van hun vader, ze hoeven niet te weten dat hij vreemd is gegaan.'

'Het is niet eerlijk voor jou.'

'Zo hebben we het afgesproken.' Het was een afspraak die van ons allebei een leugenaar maakte. Ik zou niet aan de kinderen vertellen dat hij was vreemdgegaan en hij zou net doen alsof hij niet meer van me hield, dat de beslissing van ons beiden kwam. Soms vraag ik me af wie de meeste moeite heeft zich aan die afspraak te houden.

Simon laat het erbij zitten. Hij weet dat hij deze strijd niet zal winnen. 'Ik wil weer mijn eigen broek kunnen ophouden voor we het ze vertellen. Alsjeblieft.'

We besluiten Katie en Justin te vertellen dat Simon voortaan fulltime vanuit huis werkt zodat hij niet meer weg hoeft om tot vijf uur in cafés te hangen en koppen koffie te drinken waar hij geen trek in heeft en die hij zich eigenlijk niet kan veroorloven.

Het feit dat hij op zijn creditcards leeft maakt me bijna misselijk. 'Waarom nam je dan toch steeds cadeautjes voor me mee? En uit eten? Dat zou ik nooit goedgevonden hebben als ik had geweten dat je je dat niet kon veroorloven.'

'Als ik het niet had gedaan had je je afgevraagd wat er aan de hand was, had je het misschien vermoed. Me minder leuk gevonden.'

'Ik had best voor mezelf kunnen betalen als we uitgingen, als we al uit waren gegaan.'

'En hoe denk je dat ik me daarbij zou voelen? Wat voor man laat een vrouw voor haar eigen eten betalen?'

'Doe niet zo belachelijk. We leven niet meer in de jaren vijftig.' Ik schiet in de lach, maar realiseer me dan dat het hem bittere ernst is. 'Het komt wel goed, dat beloof ik je.'

Ik hoop dat ik gelijk heb.

19

'Weet je zeker dat je er goed aan hebt gedaan?' vroeg Lexi. Ze hees Fergus uit bad, wikkelde hem in een handdoek en gaf hem toen aan Kelly – 'zorg dat je hem ook goed tussen zijn tenen afdroogt' – waarna ze hetzelfde deed met Alfie.

'Ja,' zei Kelly beslist. 'Ze heeft er recht op het te weten.' Ze zette haar neefje op haar schoot en wreef zo hard met de handdoek over zijn haar dat hij het uitschaterde.

'Krijg je er geen problemen mee?'

Kelly zei niets. Het was niet uit haar gedachten geweest sinds ze de telefoon had gepakt om Zoë Walker te bellen. Omdat ze het niet uit haar hoofd kon krijgen was ze naar Lexi gegaan, in de hoop dat de afleiding haar goed zou doen, maar ze had haar het hele verhaal verteld. 'Ziezo, helemaal schoon en droog.' Ze boog zich over naar Fergus en snoof diep de zoete geur van zijn huid en de talkpoeder op. Zoë was Kelly dankbaar geweest omdat ze haar op de hoogte had gebracht en Kelly had zichzelf voorgehouden dat dat haar handelen rechtvaardigde.

'Wil je vannacht blijven? Ik kan de bank wel opmaken.'

Kelly vond het heerlijk in het huis van Lexi. Het was een saai twee-onder-een-kaphuis in een nieuwbouwwijk die vol stond met auto's en containers, maar binnen was het warm en gezellig; een enorm contrast met haar zit-slaapkamer in Elephant & Castle. Het was erg verleidelijk.

'Kan niet. Ik heb morgenochtend om acht uur een afspraak met Zoë Walker in Covent Garden. Ik moet de laatste trein pakken.' Ze had gehoopt dat Nick ermee zou instemmen dat ze alleen naar Zoë Walker toe zou gaan, zodat ze niet het risico liep dat haar chef erachter zou komen dat ze gebeld had, maar hij stond erop samen te gaan. Kelly vertrouwde erop dat Zoë discreet zou zijn.

Lexi ging erover door: 'Is het niet... ik weet het niet, hoor... het negeren van een rechtstreeks bevel of zo?'

'Technisch gesproken wel, denk ik.'

'Technisch gesproken? Kelly!'

Alfie draaide zijn hoofdje om, verbaasd over de scherpe toon van zijn moeder, en Lexi kuste hem geruststellend. Ze liet haar stem een fractie dalen en vroeg: 'Wil je jezelf saboteren of zo? Het lijkt wel alsof je eropuit bent ontslagen te worden.'

'Ik heb gedaan wat ik moest doen.'

'Nee, je hebt gedaan wat jij vond dat je moest doen. Dat is niet altijd hetzelfde, Kelly.'

Zoë had een afspraak gemaakt met Kelly en Nick in een café dat Melissa's Too heette en in een zijstraat van Covent Street was. Hoewel het nog vroeg was, was het er al druk en Kelly's maag begon te rammelen toen ze de gebakken bacon van de sandwiches rook. Achter de toonbank stond een jong meisje uiterst efficiënt lunchpakketten klaar te maken en Zoë zat aan een tafeltje bij het raam. Ze zag er moe uit en haar ongewassen haar zat in een slordige paardenstaart, die een scherp contrast vormde met het sluike, gevlochten haar van de vrouw naast haar.

'Er komt vast wel iets,' zei de vrouw toen Kelly en Nick binnenkwamen. Ze stond op om de stoel vrij te maken. 'Maak je nou maar geen zorgen.'

'We hadden het over mijn partner,' legde Zoë uit, hoewel Nick en Kelly niks hadden gevraagd. 'Hij is ontslagen.'

'O, wat naar,' zei Kelly. Misschien zag ze er daarom zo moe uit.

'Dit is mijn vriendin Melissa. Het is haar café.'

Kelly stak haar hand uit. 'Agent Swift.'

'Inspecteur Nick Rampello.'

Er flitste een blik van herkenning over het gezicht van Melissa. 'Rampello? Waar heb ik die naam onlangs nog gezien?'

Nick glimlachte beleefd. 'Ik weet het niet. Mijn ouders hebben een Italiaans restaurant in Clerkenwell – misschien hebt u het daar gezien.'

'Daar is toch je nieuwe café?' zei Zoë.

'Dat zal het zijn. Nou, wat willen jullie drinken?' Melissa pakte een notitieblokje uit de borstzak van haar marineblauwe bloes, schreef de bestelling op en stond erop ze persoonlijk te bedienen, ondanks de rij die voor de toonbank stond.

'Er is iets gebeurd,' zei Zoë toen Melissa de koffie had gebracht.

'Hoe bedoelt u?' Nick nam een slokje espresso en vertrok zijn gezicht toen hij zijn tong verbrandde.

'Ik ben gevolgd. Maandagochtend op weg naar mijn werk. Ik wilde niet paranoïde reageren, maar 's avonds zag ik hem weer. Hij wist precies waar ik heen zou gaan en stond me op te wachten. Hij had de details zeker van de website.' Ze wierp een blik op Kelly en kleurde en Kelly hoopte vurig dat ze verder niets zou zeggen.

Kelly keek zijdelings naar Nick, maar die verblikte of verbloosde niet.

'Heeft deze man zijn naam genoemd?' vroeg Kelly.

'Luke Friedland. Ik zou hem kunnen beschrijven als dat helpt.'

Kelly haalde de benodigde papieren uit haar aktetas. 'Ik wil graag een verklaring opnemen als je het goedvindt. Ik wil alles weten wat je je herinnert van deze man, plus de route die je hebt genomen en de tijdstippen voor zover je ze weet.'

'Ik zal zorgen voor een persoonlijk alarm,' zei Nick. 'Dat draagt u altijd bij u en als er iets gebeurt, drukt u erop. De meldkamer is 24/7 bemand en daar kunnen ze uw locatie bepalen.'

'Denkt u dat ik in gevaar verkeer?'

Kelly keek naar Nick, die niet aarzelde.

'Dat zou heel goed kunnen.'

'Je hebt het haar verteld.'

Het was geen vraag.

Ze liepen naar Old Gloucester Road, naar het adres dat ze hadden gekregen van de *London Gazette*, het adres van degene die verantwoordelijk was voor de advertenties bij de zoekertjes. Nick reed en veranderde van rijbaan met een souplesse die je alleen verkreeg door jaren ervaring. Kelly kon hem zich voorstellen in uniform, hoe hij in een auto met gillende sirene door Oxford Street jakkerde.

'Ja.'

Ze schrok zich wild omdat Nick plotseling op de claxon sloeg toen een fietser hem eerst sneed en daarna door rood reed.

'Ik heb je expliciet verboden Zoë Walker op de hoogte te brengen van de ontwikkelingen in deze zaak. Welk deel had je niet begrepen?'

'Die beslissing zat me erg dwars.'

'Het kan me niet schelen wat jou al of niet dwarszit, Kelly, het was niet aan jou!' Ze gingen rechtsaf Shaftesbury Avenue op, waar hun een ambulance met sirene en zwaailicht tegemoet kwam rijden. 'We hebben hier te maken met een ingewikkelde en verreikende zaak, met meerdere daders en God mag weten hoeveel getuigen. Dat is belangrijker dan hoe Zoë Walker zich voelt.'

'Voor haar niet,' zei Kelly zacht.

Ze reden in stilte verder. Geleidelijk aan kneep Nick minder hard in het stuur en het kloppen van een ader in zijn slaap nam af.

Ze vroeg zich af of ze haar zaak zodanig had beargumenteerd dat Nick zijn beslissing om Zoë in het ongewisse te laten aan het heroverwegen was, of dat hij juist overwoog haar van de zaak te nemen en terug te sturen naar BT.

In plaats daarvan veranderde hij van onderwerp.

'Waarom ben je eigenlijk bij BT gegaan en niet bij de Met?' vroeg hij toen ze op de A40 reden.

'Die hadden niemand nodig en ik wilde in Londen blijven. Ik heb hier familie.'

'Een zus, is het niet?'

'Ja, mijn tweelingzus.'

'Er zijn er twee van jou. De hemel beware me.' Nick keek haar aan en Kelly lachte, minder om de grap dan om het verzoenende gebaar.

'En u? Komt u uit Londen?'

'Geboren en getogen. Hoewel ik tweedegeneratie-Italiaan ben. Mijn ouders zijn geboren op Sicilië en hier gekomen toen mijn moeder mijn oudste broer verwachtte. Ze hebben een restaurant geopend in Clerkenwell.'

'Rampello's,' zei Kelly, met in gedachten het gesprek met Melissa.

'*Di preciso*.'

'Spreekt u Italiaans?'

'Niet meer dan de gemiddelde toerist, tot eeuwige teleurstelling van mijn moeder.' Het licht was groen, maar de chauffeur voor hen wist kennelijk niet welke kant hij op moest en Nick toeterde twee keer kort. 'Mijn broers en ik moesten na school en in het weekend meewerken en dan riep ze opdrachten in het Italiaans. Ik weigerde gewoon antwoord te geven.'

'Waarom?'

'Koppigheid, denk ik. Bovendien begreep ik toen al dat een van ons het restaurant zou moeten overnemen als ze met pensioen gingen en ik wilde dat niet aanmoedigen. Ik heb altijd alleen maar bij de politie gewild.'

'Uw ouders zagen dat niet zitten?'

'Ze huilden bij de beëdiging. En niet van geluk.'

Ze reden Old Gloucester Road op en Kelly opende Google Maps op haar mobiel om te kijken waar nummer 27 was. 'Er staan hier weinig woonhuizen – misschien dat het een omgebouwd bedrijfspand of iets dergelijks is.'

'Of we worden met een kluitje in het riet gestuurd,' zei Nick grimmig en hij stopte langs een dubbele gele streep voor een Chinees restaurant. Nummer 27 lag tussen een wasserette en een dichtgetimmerd wedkantoor. 'Ik denk dat we weinig kans maken meneer James Stanford hier te vinden.'

Nick haalde het logboek van de auto uit het handschoenenvak en legde dat duidelijk zichtbaar op het dashboard. Het logo van de politie moest voldoende zijn om parkeerwachters af te schrikken.

Op de deur van nummer 27 zat een vettige aanslag van de uitlaatgassen. Erachter lag een lege hal met een smerige gebarsten tegelvloer. Er was geen ontvangstbalie, geen binnendeur en geen lift, alleen brievenbussen aan drie muren.

'Weet u zeker dat we op het goede adres zijn?' vroeg Kelly.

'Het adres klopt wel,' zei Nick grimmig. 'Alleen vinden we James Stanford hier niet.' Hij wees op een poster met gerafelde randen die op de verveloze deur geplakt was.

HEBT U ER SCHOON GENOEG VAN DE POST TE MOETEN OPHALEN?
UPGRADE UW ACCOUNT EN WE BRENGEN DE POST BIJ U AAN HUIS.

'Het is een postadres. Postbussen onder nummer, meer niet.' Hij haalde zijn telefoon tevoorschijn, fotografeerde de postbussen en scande ze, maar hij kon er geen logische volgorde in ontdekken.

'Hier heb ik hem,' zei Kelly, die aan de andere kant van de hal stond te kijken. 'James Stanford.' Ze trok aan de hendel. 'Afgesloten.'

'De creditcard waarmee voor de advertenties wordt betaald staat ook op dit adres,' zei Nick. 'We moeten toestemming vragen om de privacywet te omzeilen en zoeken uit wie de postbus heeft aangevraagd. We worden van het kastje naar de muur gestuurd en daar heb ik schoon genoeg van.'

He bedrijf dat achter de postbusservice in Gloucester Road zat was verrassend behulpzaam. Ze wilden elke schijn van verwijtbaar gedrag vermijden en waren – vermoedde Kelly – niet altijd van onbesproken gedrag waar het hun eigen administratie betrof. Ze overhandigden alles van James Stanford zonder op een bevel te wachten.

Stanford had ze kopieën gegeven van een rekening van zijn creditcard, een rekening van de nutsbedrijven alsmede zijn rijbewijs, waaruit bleek dat hij een blanke man was die in 1959 was geboren. Op alle drie die documenten stond een adres in Amersham, een plaats in Buckinghamshire aan het eind van de Metropolitan Line.

'De huizen zullen hier wel een vermogen kosten,' zei Nick toen ze langs een rij vrijstaande huizen achter indrukwekkende ijzeren hekken reden.

'Zal ik de plaatselijke politie inlichten?' vroeg Kelly en ze pakte haar telefoon om het nummer op te zoeken.

Nick schudde zijn hoofd. 'We zijn in een wip weer weg. We gaan eerst naar het huis en als er niemand thuis is doen we discreet navraag bij de buren.'

Tudor House in Candlin Street was geen tudorhuis, ondanks de zwart geschilderde balken over de gevel. Het grote, moderne huis stond op een terrein van, schatte Kelly, vierduizend vierkante meter. Nick stopte voor het hek en zocht naar de bel, maar het zwaaide automatisch open.

'Wat heeft een hek dan voor zin?' schamperde Kelly.

'Voor de show natuurlijk,' zei Nick. 'Sommige mensen hebben meer geld dan verstand.'

Het grind knerpte onder de banden en Nick keek naar het huis op zoek naar tekenen dat er iemand aanwezig was. Ze parkeerden naast een glanzende Range Rover en Nick floot. 'Mooi hoor.'

De deurbel had een ouderwetse ketting, wat niet in overeenstemming was met de leeftijd van het huis, maar kennelijk moest bijdragen aan het gevoel dat ook de zogenaamde tudorgevel moest oproepen. Je kon hier niet onderdoen voor de buren, dacht Kelly. Lang voor het geluid van de bel was weggestorven hoorden ze voetstappen achter de grote voordeur. Nick en Kelly deden allebei een stap naar achteren om afstand te creëren tussen henzelf en degene die tevoorschijn zou komen. Je kon nooit onfeilbaar inschatten hoe mensen zouden reageren, ook niet in een huis zoals dit.

De deur ging open en een knappe vrouw van begin vijftig glimlachte ze verwachtingsvol toe. Ze droeg een zwartfluwelen trainingspak en slippers. Kelly gaf haar het bevelschrift en de glimlach verdween als sneeuw voor de zon.

'Is er iemand gewond?' De hand van de vrouw vloog naar haar keel, een instinctieve reactie die Kelly al honderden keren had gezien. Er waren mensen voor wie de aanblik van politie automatisch de angst opriep voor ontdekking of arrestatie. Deze vrouw behoorde daar niet toe. Voor haar betekende de politie een ongeluk of erger.

'Niets om u zorgen over te maken,' zei Kelly. 'We zijn op zoek naar informatie. We komen voor meneer James Stanford.'

'Dat is mijn man. Hij is op zijn werk. Is er een probleem?'

'Mogen we even binnenkomen?' vroeg Kelly.

De vrouw aarzelde, maar stapte toen opzij en liet ze binnen in een grote, lichte hal. Op een tafeltje lag een stapel post en Kelly keek naar de bovenste envelop terwijl ze achter mevrouw Stanford aan naar de keuken liepen.

Mr. J.T. Stanford.

Het gezicht van Nick verried niets van de opwinding die Kelly zelf ongetwijfeld uitstraalde. Runde Stanford de website vanuit huis?

'James is managementconsultant bij Kettering Kline,' zei mevrouw Stanford. 'Hij is in Londen, naar een nieuwe cliënt, en komt pas laat thuis, ben ik bang. Kan ik u helpen? Waar gaat het over?'

'We onderzoeken een serie misdrijven,' zei Nick.

Kelly lette goed op het gezicht van de vrouw. Als James Stanford haar man was, wist zij er dan van? Had ze enige kennis over de website en de advertenties? Kelly zag foto's op het dressoir, zo te zien allemaal van dezelfde jongeman op verschillende leeftijden.

'Onze zoon,' zei mevrouw Stanford, die zag dat Kelly keek. 'Wat voor misdrijven? U denkt toch niet dat James erbij betrokken is?'

'We willen hem graag uitsluiten van ons onderzoek. U kunt ons geweldig helpen door een paar vragen te beantwoorden.'

Mevrouw Stanford zweeg, niet wetende wat ze moest doen. Uiteindelijk wonnen haar goede manieren het. 'Gaat u maar zitten. Wilt u een kopje thee?'

'Nee, dank u, we zijn zo klaar.'

Ze gingen aan een grote eikenhouten tafel zitten.

'Mevrouw Stanford,' begon Nick, 'u zei dat uw man managementconsultant is. Heeft hij nog andere zaken?'

'Hij is directeur van een paar liefdadigheidsinstellingen, maar geen zaken, nee.'

'Is hij ooit betrokken geweest bij het opzetten van een datingsite?'

Mevrouw Stanford keek verbaasd. 'Hoe bedoelt u?'

'Betaalde telefoonnummers,' legde Kelly uit. 'Dat soort dingen.' Ze schoof een papiertje over de tafel naar mevrouw Stanford en liet haar een advertentie zien uit de *London Gazette*.

De hand ging weer naar haar keel. 'Nee! Ik bedoel... mijn god, nee. Waarom zou hij? Ik bedoel, waarom zou u denken dat hij...' Ze keek paniekerig heen en weer van Kelly naar Nick.

Óf ze was een meesterlijk actrice, óf ze wist echt niet wat haar man uitspookte. Gebruikte Stanford daarom een postbus? Niet om zich te verbergen voor de politie, maar voor zijn eigen vrouw?

Kelly overhandigde mevrouw Stanford de rest van de map die ze bij zich had. 'Met deze documenten is drie maanden geleden een postbus geopend op Old Gloucester Road en er is voor betaald met de creditcard van uw man. Dezelfde documenten en dezelfde creditcard zijn gebruikt om advertenties te zetten in een Londense krant.'

'Advertenties,' zei Nick en hij keek mevrouw Stanford doordringend aan, 'die de kern vormen van een serie misdaden tegen vrouwen.'

Mevrouw Stanford keek naar de documenten; haar gezicht stond bezorgd en ze plukte met een hand aan haar ketting.

Nick zag haar ogen van links naar rechts vliegen en haar angst maakte geleidelijk plaats voor opluchting.

'Dit heeft niks met mijn man te maken,' zei ze en door de opluchting schoot ze in de lach.

'Maar James Stanford is toch uw man?' vroeg Kelly.

'Jazeker,' zei mevrouw Stanford. 'Maar dit...' ze wees op de kopie van het rijbewijs, 'is niet mijn man.'

20

Als de politie weg is brengt Melissa me zwijgend nog een kop koffie. Ze pakt het briefje van tien pond dat inspecteur Rampello heeft neergelegd. 'Gaat het wel?'

'Ja. Nee.' Ik strijk met mijn vingers door mijn haar en maak het elastiekje, dat opeens begint te knellen, los. 'Ze denken dat ik in gevaar verkeer.' Het zou geen nieuws voor me moeten zijn. Ik voelde het gevaar toen ik gisteren de details over de route naar mijn werk downloadde. Ik voelde het toen Luke Friedland mijn arm greep om te zorgen dat ik niet viel. Ik voel het al sinds ik mijn foto zag in de *Gazette* – een foto waarvan mijn familie zei dat ik het niet was, waardoor ik me heb laten sussen. Maar toen ik inspecteur Rampello de vraag stelde wilde ik een ander antwoord horen. Ik wilde gerustgesteld worden. Ik wilde horen dat ik overdreven reageer, paranoïde ben; waandenkbeelden heb. Ik wilde valse beloftes en halfvolle glazen. Een paar dagen geleden maakte ik me er druk over dat de politie me niet serieus nam, nu ben ik bang omdat ze dat wel doen.

Melissa gaat in de stoel zitten waar net nog inspecteur Rampello zat, negeert de vuile koppen op het tafeltje naast het onze en de steeds langer wordende rij bij de toonbank. 'Wat gaan ze eraan doen?'

'Ik krijg een alarm. Rechtstreeks verbonden met de meldkamer – voor het geval ik word aangevallen.'

'Daar heb je geen fluit aan.' Ze ziet mijn paniek, vertrekt haar gezicht en trekt me naar zich toe voor een omhelzing. 'Sorry. Maar toen hier werd ingebroken duurde het een kwartier voor de smerissen er waren; tegen die tijd waren de vogels al gevlogen. Het is een lachertje.'

'Wat moet ik dan?' Mijn stem klinkt enigszins hysterisch en ik haal een keer diep adem. Opnieuw. 'Wat moet ik doen, Melissa?'

'Hebben ze gezegd wat ze gaan doen om de mensen achter de website op te sporen? Dan pas kun je je veiliger voelen, niet met zo'n stom alarm.'

'Ze zeiden gewoon dat eraan gewerkt wordt.'

'Dat eraan gewerkt wordt? Jezus. En dat moet jou geruststellen? Er is een vrouw vermoord –'

'Twee vrouwen. Ten minste.'

'– en jij wordt geacht je kalm te houden terwijl zij eraan werken? Ze moeten je precies vertellen wat ze doen. Met wie ze praten en hoe ze die website traceren.'

'Dat vertellen ze mij niet, Melissa. Ik mocht eigenlijk niet eens weten hoe ik op de website kon komen. Agent Swift maakte me duidelijk dat zij in de problemen zou komen als ze erachter kwamen dat ze het aan me had verteld.'

'Jij hebt het recht te weten hoe ver ze zijn in hun onderzoek. Vergeet niet dat jij hun salaris betaalt.'

'Nou ja...' Ik stel me voor dat ik het politiebureau binnenmarcheer en inzage in het onderzoek eis.

'Ik wil wel met je mee om met ze te praten als je dat wilt.'

Ik zet mijn ellebogen op tafel en sla mijn handen voor mijn gezicht. 'Ik weet het gewoon niet meer,' zeg ik als ik weer even mijn hoofd boven water heb. Ik voel de angst in me opkomen en mijn hart bonken. 'Ik weet niet meer waar ik goed aan doe, Melissa.'

'Je eist inzage in het werk van de politie. Bericht van elke aanwijzing die ze krijgen. Dat je op de hoogte wordt gehouden van elke doorbraak.'

Ik weet niet of ik die gedachte geruststellend vind of angstaanjagend.

'Het lijkt wel of ik nergens meer controle over heb. De advertenties, Katie, zelfs onze financiën. Vroeger had ik alle touwtjes in handen en nu...'

'Hoeveel schuld heeft Simon?'

'Dat wil hij niet zeggen. Maar hij gebruikt al sinds augustus creditcards. Elke keer dat hij boodschappen heeft gedaan of een rekening voor elektriciteit of water heeft betaald. Etentjes, cadeautjes... het moet in de duizenden lopen, Melissa. Hij zegt dat hij deze ellende heeft veroorzaakt dus dat hij het ook zal oplossen.'

'Nou ja, als hij je hulp afwijst betekent dat dat je op hem zult moeten vertrouwen.' Ze pakt het lege espressokopje van inspecteur Rampello.

Ik zeg maar niet dat ik op het moment moeite heb wie dan ook te vertrouwen.

Het is al na negenen als ik het café uit loop, maar ik besluit langs de rivier naar mijn werk te lopen. Bij de gedachte aan de metro, zelfs een traject dat niets te maken heeft met de route op de website, slaat mijn hart op hol en word ik duizelig. Ik steek de Strand over naar Savoy Place en steek dan door naar de Thames. Ik let op iedereen. De man die naast me loopt met zijn handen in zijn zakken – kent hij de website? Is hij lid? De zakenman met de mobiel aan zijn oor en een sjaal om zijn nek tegen de kou; volgt hij vrouwen? Verkracht hij ze? Vermoordt hij ze?

Mijn ademhaling is snel en oppervlakkig en ik blijf even stilstaan om naar de rivier te kijken en mijn zelfbeheersing te herwinnen. Een stuk of tien figuren in een wetsuit krijgen SUP-instructie van een ranke blondine in een roze pak. Ondanks de kou lachen ze. Achter ze maakt een plezierboot een schuimende boeggolf in het grijze water van de Thames; op het dek staat een aantal vroege toeristen te blauwbekken.

Iemand raakt mijn arm aan.

'Gaat het wel goed met u?'

Ik trek mijn arm terug alsof ik gestoken word. Het is een jongeman, van Justins leeftijd maar met een pak en een das en het vertrouwen dat voortvloeit uit een goede opleiding en een goede baan. Of beide.

'U zag eruit alsof u elke moment kon omvallen.'

Mijn hart bonkt zo hard dat mijn ribben er pijn van doen en ik kan de woorden om hem te vertellen dat alles in orde is niet vinden. Dat hij me niet moet aanraken. In plaats daarvan deins ik achteruit. Schud mijn hoofd.

Hij steekt beide handen in de lucht en loopt met een overdreven boog om mij heen verder. 'Achterlijk wijf.'

Als hij tien stappen heeft gezet draait hij zich om en tikt met zijn wijsvinger op zijn voorhoofd. *Gestoord*, zeggen zijn lippen geluidloos en ik denk dat hij gelijk heeft.

Het is bijna tien uur als ik op kantoor kom. De wandeling heeft me goedgedaan en hoewel mijn voeten pijn doen voel ik me sterker; helderder.

Graham is in gesprek met een vrouw met rode pumps en een zwart mantelpak. Ze heeft een stapel papieren met details van gebouwen. Graham vertelt haar over de kantoren op Eastern Avenue met de cliëntentoiletten en vernieuwde keuken, ideaal voor pauzes van het personeel.

Ik luister niet naar zijn geroutineerde verkooppraatje terwijl ik achter mijn bureau ga zitten, maar aan de manier waarop Graham praat kan ik merken dat hij woest op me is.

Hij barst los zodra de vrouw weg is en haar weigering meteen het contract te tekenen heeft zijn woede nog aangewakkerd. 'Fijn dat je nog even langskomt, Zoë.'

'Het spijt me. Het zal niet weer gebeuren.'

'Maar het gebeurt wel weer, of niet soms? Je komt de laatste tijd elke ochtend te laat.'

'Ik moest een andere route nemen en dan is het moeilijk inschatten hoelang het gaat duren.'

Graham vraagt niet waarom. Dat interesseert hem niets. 'Ga dan eerder van huis. Je kunt hier niet doodleuk tegen tienen binnen komen wandelen.'

Ik heb me verontschuldigd en ik ben niet van plan dat nog eens te doen. 'Ik had een afspraak met de politie.' Ik verwacht half en half dat Graham door zal gaan zonder acht te slaan op mijn woorden, maar hij zwijgt even.

'Waarom? Wat is er gebeurd?'

Ik aarzel en overleg bij mezelf wat ik aan deze man kwijt wil. Ik denk aan de website met het menu van vrouwen en ik bedenk dat Graham Hallow precies het soort man is dat zich aangetrokken voelt door een website met een exclusief lidmaatschap. Ik twijfel er niet aan dat als ik het hem vertel, hij de verleiding om te gaan kijken niet zal kunnen weerstaan en ik wil de vrouwen in bescherming nemen. Ik wil niet dat er mensen naar hun foto kijken en hun reisroutes kennen, alsof ze niet meer zijn dan een object. En dan... wat? Ik heb er de grootste moeite mee te onderkennen wat ik weet: dat vrouwen worden aangevallen – vermoord – omdat hun gegevens verkocht worden. Het is bizar; het lijkt wel een sciencefictionverhaal.

'Ik word gestalkt,' zeg ik dus maar. Het is niet ver van de waarheid. Ik denk dat mijn baas bezorgd kijkt, maar dat is zo'n vreemde gewaarwording dat ik het niet zeker weet. 'Ik krijg een persoonlijk alarm van de politie.'

'Weten ze wie het is?' De vraag lijkt een beschuldiging, gesnauwd op de toon van iemand die op geen andere manier een vraag kan stellen.

'Nee.' En dan begin ik, omdat dat er al dagen aan zit te komen, hard te huilen. Natuurlijk uitgerekend in het bijzijn van Graham, denk ik, terwijl die aan de grond genageld blijft staan. Ik zoek in mijn zakken naar een tissue en uiteindelijk vind ik er een in mijn mouw. Hard snuit ik mijn neus, maar ik kan de tranenstroom niet stoppen. Mijn borstkas gaat op en neer bij deze bevrijdende tranen en ik snak naar adem. Snikkend breng ik na een paar valse starts uit: 'Het... Het spijt me. Ik weet het gewoon even niet meer.'

Graham staat nog steeds naast mijn bureau naar me te staren. Plotseling stapt hij naar de deur en even denk ik dat hij me gewoon laat zitten snikken. Maar hij schuift de deur op slot, zet het kaartje GESLOTEN voor, loopt naar het hoekje waar we de theespullen bewaren en zet water op.

Ik ben zo verbaasd over dit blijk van medeleven dat ik stop met huilen en alleen nog zo nu en dan snik. Ik snuit nogmaals mijn neus. 'Het spijt me echt.'

'Je staat duidelijk onder druk. Hoelang speelt dit al?'

Ik vertel hem zo veel ik kan zonder de naam van de website te noemen of hoe je erop moet komen. Ik zeg dat ik al een poosje word gevolgd en dat de politie mijn zaak heeft gekoppeld aan die van twee vermoorde vrouwen en verschillende aanvallen op andere.

'Wat doet de politie eraan?'

'Ze geven me een alarm. Ik moest vanmorgen een verklaring afleggen – daarom was ik te laat.'

Graham schudt zijn hoofd en het zachte vlees onder zijn kin wiebelt. 'Dat geeft niet, maak je niet druk. Weten ze wie erachter zit?'

Ik ben aangedaan door – en verbaasd over – Grahams interesse. 'Ik geloof het niet. Ze hebben niemand gearresteerd voor de moord op Tania Beckett, nog niet in ieder geval, en de website lijkt niet te traceren.'

Graham denkt na. 'Ik heb de hele dag afspraken buiten de deur. Ik wilde na de afspraak van vijf uur rechtstreeks naar huis gaan, maar als je het niet erg vindt om iets langer te blijven, kom ik terug en breng je naar huis.' Graham komt elke dag uit Essex. Meestal met de trein, maar soms met de auto, die hij dan op een belachelijk duur parkeerterrein om de hoek zet.

'Dat is kilometers om voor je! Echt, ik red het wel. Ik neem een andere route naar huis en ik vraag of Justin me op Crystal Palace komt ophalen –'

'Ik breng je naar huis,' zegt Graham beslist. 'Dan rijd ik door naar Sevenoaks, naar mijn broer en zijn vrouw. Eerlijk gezegd verbaast het me dat die vent van je je niet komt halen.'

'Ik wil hem niet ongerust maken.'

Graham kijkt me nieuwsgierig aan. 'Heb je het hem niet verteld?'

'Hij weet van de website, maar niet... Ik heb hem niet verteld dat ik in gevaar ben. We hebben op het moment wat problemen.' Ik zie het gezicht van Graham en verklaar me nader voor hij verkeerde conclusies trekt. 'Simon is ontslagen. Hij was boventallig. Het gaat dus niet zo lekker. Hij heeft al meer dan genoeg aan zijn hoofd.'

'Juist, nou, hoe dan ook, ik breng je vanavond thuis en daarmee basta.' Graham ziet er tevreden uit. Als hij een holbewoner was geweest, zou hij zich op de borst hebben geslagen.

'Goed,' zeg ik, 'bedankt.'

Een halfuur later gaat Graham naar zijn vergadering. 'Hou de deur op slot,' zegt hij, 'tot je weet wie het is.'

De deur van het kantoor is van glas, net als de hele gevel van het bedrijf, maar ik heb geen idee hoe ik moet weten of een man me komt verkrachten en vermoorden, of komt informeren naar de winkel in mobiele telefoons op Lombard Street, die gaat sluiten.

'Er staan trouwens overal bewakingscamera's,' zegt hij.

Ik ben zo verbaasd over die laatste mededeling dat ik maar niet zeg dat ik er weinig aan heb dat mijn moord is gefilmd als ik eenmaal dood ben.

'Sinds wanneer hebben wij bewakingscamera's?' vraag ik en ik kijk om me heen.

Graham staat er een beetje beteuterd bij. Hij kijkt op zijn horloge. 'Al een paar jaar. Ze zitten in de sprinklers. Een verzekeringskwestie. Hoe dan ook, het punt is dat je je geen zorgen hoeft te maken als je hier bent. Ik zie je tegen zessen.' De bel boven de deur klingelt als hij de deur opendoet en ook wanneer hij hem sluit.

Ik draai de sleutel om, maar zet het bordje op OPEN, en ga achter mijn bureau zitten. Ik had er geen idee van dat Graham camera's had laten installeren. Hebben werkgevers niet de plicht werknemers – om nog maar te zwijgen over cliënten – daarvan op de hoogte te stellen? Ik kijk naar het plafond.

Al een paar jaar.

Een paar jaar waarin ik dacht dat ik alleen was op kantoor; de deur van Graham dicht. Terwijl ik een broodje at, telefoneerde, mijn beha rechttrok. Kijkt hij naar me? Het is een akelige gedachte en als de kantoortelefoon gaat schrik ik.

Om halfzes draai ik het bordje weer op GESLOTEN. Het is niet druk geweest: een nieuwe huurder om een contract te tekenen en een handjevol belangstellenden voor een nieuw kantoorgebouw. Geen verdachte personen, geen aasgieren, en ik krijg weer het gevoel dat ik overdreven reageer. Maar nu wordt het buiten donker en in het kantoor branden lampen, zodat iedereen die langsloopt me duidelijk kan zien zitten. Ik word weer onrustig.

Ik ben blij wanneer Graham terug is, zwaaiend met zijn autosleutels. Hij vraag mijn postcode zodat hij de navigatie kan instellen.

Ik ben blij dat ik vanavond niet met de metro hoef; ik hoef me niet af te vragen wie er achter me staat of bang te zijn dat ik, net als Tania Beckett, vermoord word teruggevonden in een park.

Vanavond kan me in ieder geval niets overkomen.

Ik zal dat eerste dode meisje altijd dankbaar blijven.

Zij veranderde alles.

Zij heeft me doen inzien dat findtheone.com zo veel meer kon zijn dan een nieuw soort datingsite en opende een wereld aan nieuwe mogelijkheden voor me.

Natuurlijk blijven er klanten die hier niet komen om hun handen vuil te maken, die de site gebruiken zoals die oorspronkelijk bedoeld was: om een praatje te maken en tot een eetafspraak te komen.

Maar Tania Beckett toonde me dat er andere mannen zijn; mannen die een kat-en-muisspelletje spelen in de metro en zich ophouden in het park, precies op het moment dat jij daar loopt, met meer in gedachten dan een etentje.

Wat een mogelijkheden.

Hogere prijzen. Een gespecialiseerde markt.

Ik kan zo veel meer worden dan een koppelaar. Ik faciliteer verlangens die zo diep in de geest zitten dat men zich er nauwelijks van bewust is. Wie kan in alle eerlijkheid zeggen dat ze zich nooit hebben afgevraagd hoe het zou zijn om iemand echt kwaad te doen? Verder te gaan dan het sociaal aanvaardbare? De kick ervaren van iemand in je macht hebben?

Wie van ons zou die gelegenheid niet met beide handen aangrijpen als ze op een presenteerblaadje werd aangeboden?

21

‘We hebben een probleem, chef.’

Nick keek op van zijn bureau toen Kelly aan kwam lopen. De ochtendbijeenkomst was net afgelopen, maar Nick had zijn das al losgetrokken en het bovenste knoopje van zijn overhemd losgemaakt.

Kelly wist dat tegen de lunch de das verdwenen zou zijn, in het borstzakje van zijn jasje voor het geval de bobo’s langs zouden komen.

‘De account die je bij de website hebt aangemaakt is verwijderd. Ik probeerde in te loggen om te zien of er nieuwe profielen waren toegevoegd, maar ik werd eruit gegooid.’ Kelly kon het niet helpen en logde elk uur in en zelfs die ochtend, toen ze vroeg wakker werd, ging haar hand meteen naar haar mobiel. En elke keer kreeg ze buikpijn wanneer de banner NIEUWE PROFIELEN TOEGEVOEGD oplichtte, want dat betekende dat er weer meer vrouwen in gevaar waren, dat er meer potentiële slachtoffers bij waren gekomen. De website groeide sneller dan het onderzoek kon bijhouden en de trip naar Amersham de vorige dag had ook niets opgeleverd. De creditcard van James Stanford was vorig jaar gekloond; hij was zijn portefeuille verloren – of hij was gestolen – en het resultaat was verschillende incidenten van identiteitsfraude. De postbusservice in Old Gloucester Street was de zoveelste in een eindeloze serie misdaden met creditcardgegevens, die ongetwijfeld vele malen waren doorverkocht, en de politie was geen stap dichter bij het achterhalen van de identiteit van degene die verantwoordelijk was voor het in gevaar brengen van vrouwelijke forensen.

De wanden van het crisiscentrum waren bedekt met rijen foto's – sommige geïdentificeerd, andere naamloos – terwijl er op de website sinds ze daarop waren gekomen alweer nieuwe waren toegevoegd. Na de bijeenkomst had Kelly ingelogd en haar vingers vonden automatisch de juiste toetsen.

Inloggegevens niet herkend.

Kelly had verbaasd naar het scherm gekeken. Het opnieuw geprobeerd in de veronderstelling dat ze iets verkeerd had getypt.

Inloggegevens niet herkend.

Ze had alle gegevens van de account die Nick had geopend met zijn eigen creditcard en Gmail-adres herhaaldelijk gecontroleerd, maar zij deed niets fout. De account was opgeheven.

'Denk je dat we verlinkt zijn?'

Nick tikte met zijn pen tegen zijn laptop. 'Misschien. Hoeveel profielen heb je gedownload?'

'Allemaal. Dat is misschien verdacht.'

'Of het is verlakkerij om je je geld afhandig te maken. Wie gaat er nou naar de politie om zich te beklagen over iemand die ze onbeperkte stalkingmogelijkheden had beloofd?'

'Financiën heeft een prepaid creditcard geregeld,' zei Kelly. Ze had de e-mail binnen zien komen terwijl ze probeerde in te loggen met Nicks account.

'Mooi. Maak een nieuwe account en dan zien we wel hoelang het duurt voor die ook wordt geweigerd. Ik wil dat je op zoek gaat naar profielen uit Kent.'

'Tot nu toe komen ze allemaal uit Londen, chef.'

'Gisteren is er een ontvoering geweest in Maidstone. Een man zag dat een vrouw in een zwarte Lexus werd gesleurd, die vervolgens wegreed. Een uur later kreeg de politie een melding van een vrouw die helemaal overstuur was en vertelde dat ze was meegenomen en seksueel misbruikt, waarna ze op een industrieterrein aan de rand van de stad uit de auto was gegooid.'

Hij gaf Kelly een stapel papieren. Ze wierp een blik op het bovenste.

Kathryn Whitworth, 36

'Forens?'

'Ze reist elke dag van Pimlico naar een uitzendbureau in Maidstone.'

'Hebben ze het nummer van de Lexus?'

'Nee, maar hij heeft een paar kilometer van de plaats van het incident te hard gereden en dat is opgepikt door de radarcontrole. Hij wordt nu ingerekend door de plaatselijke politie.'

Het kostte Kelly niet veel tijd om een nieuwe account te openen en Kathryn Whitworth te vinden. Ze werd als Nieuw profiel op de eerste pagina gepromoot. Ze vergeleek de gegevens uit het procesverbaal met die van het profiel dat ze voor zich op het scherm zag.

Blank

Blond

Halverwege de dertig

Platte schoenen, draagt strakke jasjes; wollen geruite omslagdoek; zwarte paraplu; grijze Mulberry-laptoptas.

Maat 36-38

07.15 uur: komt binnen bij Pimlico. Neemt de roltrap en slaat links af op het perron voor de trein in noordelijke richting. Gaat bij de advertentie links van de plattegrond staan. Eén halte naar Victoria. Slaat rechts af aan het eind van het perron en gaat de roltrap op. Links naar perrons 1-8. Gaat naar Starbucks naast perron 2, waar de barista zonder instructie een venti skinny decaf latte voor haar maakt. Neemt de Ashford International-trein van perron 3. Opent haar laptop en werkt het hele traject. Stapt uit bij Maidstone East. Loopt over Week Street en gaat linksaf Union Street in. Werkt bij Maidstone Recruitment.

Beschikbaarheid: maandag tot vrijdag

Tijdsduur: 80 minuten

Moeilijkheidsgraad: gemiddeld

Het leed geen twijfel dat het over dezelfde vrouw ging. In een opwelling zocht Kelly Maidstone Recruitment op. Onder de professionele foto van Kathryn stond haar functie en een beschrijving. Op de foto van de website had Kathryn haar haar achter haar oren en zag er een beetje gestrest uit – of in elk geval alsof ze met haar gedachten elders was. In de werkfoto zat ze met haar linkerschouder naar voren tegen een witte achtergrond. Haar glanzende blonde haar was in een bob geknipt. Ze lachte de camera tegemoet; professioneel, betrouwbaar en zelfverzekerd.

Hoe zag Kathryn Whitworth er nu uit, vroeg Kelly zich af. Hoe keek ze toen ze deze verklaring van tien blaadjes gaf aan de rechercheur van Maidstone; toen ze in een geleende badjas in de speciale kamer zat te wachten op de medisch onderzoeker, die haar opnieuw zou betasten?

De beelden kwamen al te gemakkelijk naar boven.

Ze haalde het profiel van de printer en boog zich voorover om het aan Lucinda te geven.

'Het klopt.'

De mobiel van Kelly ging. *Nummer onbekend*, stond er op het schermpje. Kelly nam op.

'Spreek ik met rechercheur Thompson?'

Kelly wilde net zeggen dat de beller een verkeerd nummer had toen ze het weer wist. 'Ja, dat ben ik.' Ze wierp een blik op Lucinda, maar die had zich alweer naar haar eigen computer omgedraaid.

'Je spreekt met rechercheur Angus Green uit Durham. Ik heb dat dossier van die verkrachting waar u om vroeg.'

'Hebt u een momentje? Ik loop even naar buiten.'

Kelly hoopte dat niet iedereen op kantoor kon zien dat haar hart in haar keel bonkte. Ze dwong zichzelf rustig op te staan en weg te lopen, alsof het een onbelangrijk telefoontje was.

'Bedankt voor het terugbellen,' zei ze toen ze in de gang stond. Ze stond boven aan de trap zodat ze het kon zien als er iemand naar boven kwam en ze hield tegelijkertijd de deur van het MOT in de gaten.

'Graag gedaan. Hebben jullie iemand gearresteerd?'

'Nee, we doen onderzoek naar dergelijke zaken in het land en dit kwam naar boven. Ik belde om te vragen of er de laatste jaren nog ontwikkelingen zijn geweest.' Kelly's hart bonkte nu zo hard dat het pijn deed. Ze drukte een vlakke hand tegen haar borstbeen. Als iemand hierachter kwam zou ze zeker haar baan kwijtraken – en dan kwamen er geen tweede kansen meer.

'Ik ben bang van niet. We hebben zijn DNA in het bestand, dus als hij ooit wordt opgepakt voor iets anders hebben we een match, al zijn de kansen op vervolging ook dan nog klein.'

'Hoezo?' Kelly hoopte al op een arrestatie sinds ze bij de politie was gegaan en besefte dat oude zaken niet werden opgelost door hard werken, maar door stom toeval. Een eliminatie-DNA-test na een inbraak op het werk; een bewijsstuk na een aanhouding voor rijden onder invloed. Die ingehouden adem wanneer een eenvoudige zaak ineens iets heel anders werd en een misdaad van twintig jaar geleden eindelijk kon worden opgelost. Het was Kelly een paar maal overkomen en daar hoopte ze nu meer dan ooit op. Kelly had de man die Lexi had verkracht nooit gezien, maar ze kon de arrogante uitdrukking op zijn gezicht bijna zien veranderen in angst; een relatief simpele aanklacht die in het niet viel bij de positieve DNA-match die ondubbelzinnig vaststelde dat hij haar zusje had verkracht, haar had gestalkt, haar had overweldigd.

'We hebben een brief van het slachtoffer in het dossier,' zei rechercheur Green. 'Een juffrouw Alexis Swift. Er staat in dat hoewel ze haar verklaring niet intrekt, ze niet op de hoogte gehouden wenst te worden van eventuele ontwikkelingen in de zaak.'

'Maar dat bestaat niet!' Kelly had het eruit gegooid voor ze het wist en haar stem echode door de lege gang.

De verwarring van rechercheur Green klonk duidelijk door in de stilte die volgde.

'Ik bedoel, waarom zou een slachtoffer haar handen ervan aftrekken? Dat is gewoon niet logisch.'

'Er is geen uitleg, alleen een ondertekende verklaring. Misschien was het allemaal niet zo eenduidig als in het proces-verbaal. Misschien was het uiteindelijk toch iemand die ze kende; misschien had ze er wel mee ingestemd en was van gedachten veranderd.'

Het kostte Kelly moeite kalm te blijven. Het beeld van Lexi kwam haar voor ogen; opgekruld in een stoel in de speciale kamer voor zedenslachtoffers, te gebroken om op te staan, zelfs toen Kelly binnenkwam. Die had alle snelheidslimieten tussen Brighton en Durham aan haar laars gelapt.

Lexi was gekleed in geleende kleren die haar niet pasten, haar eigen zaten in papieren zakken, die allemaal een keurig etiket hadden en geseald waren. Lexi lag op de onderzoekstafel terwijl de tranen tussen haar gesloten oogleden door drupten; haar hand kneep Kelly zo hard dat ze er een blauwe plek aan overhield. Lexi had helemaal nergens mee ingestemd.

'Ja, dat zou kunnen,' zei ze luchtig. 'In ieder geval bedankt voor het telefoontje. Ik denk niet dat het in ons rijtje past, maar je kunt nooit weten.' Ze hing op en drukte haar voorhoofd tegen de koele muur.

'Als je wilt mediteren, Kelly, moet je dat maar in je eigen tijd doen.'

Ze draaide zich om en zag Nick in zijn hardloopoutfit, zijn gympen hadden geen geluid gemaakt op de trap. Onder zijn oksels en op zijn T-shirt had hij grote zweetplekken.

'Sorry, chef. Kleine pauze.' Kelly's gedachten draaiden op volle toeren. Wat had Lexi gedaan? En waarom?

'Die is nu voorbij. Ik ga douchen. Ik zie je over tien minuten in de briefingruimte.'

Kelly dwong zichzelf zich te concentreren op de huidige zaak. 'Je had gelijk met die zaak in Maidstone. Ik heb de details doorgegeven aan Lucinda.'

'Mooi. Laat de politie in Kent maar weten dat wij het overnemen. Maar laten we niet te hard van stapel lopen. Ik heb Cybercriminaliteit hier gevraagd om ons te vertellen wat ze in vredesnaam de afgelopen twee dagen hebben uitgevoerd. Je kunt tegenwoordig je kont niet keren zonder een digitale voetstap achter te laten. Hoe moeilijk kan het zijn om degene die achter deze website zit te vinden?'

'Heel moeilijk,' zei Andrew Robinson. 'Hij heeft zijn sporen grondig gewist. De details van de website staan in de Caymaneilanden geregistreerd.'

'De Caymaneilanden? Wordt de website daarvandaan gerund?' vroeg Kelly.

'Rustig maar,' zei Nick en hij keek haar aan. 'Er zit echt geen Caraïbisch tripje voor jou in.'

'Het betekent niet dat de dader zich daar bevindt,' ging Andrew verder, 'alleen dat zijn contactgegevens daar geregistreerd staan. Uiteraard is de relatie tussen de Britse politie en de Caymaneilanden niet innig te noemen. De kans dat we de informatie die we nodig hebben in handen krijgen is nihil. Wat we echter nu wel hebben is het IP-adres waarvandaan de website antwoordt.' Andrew zag de onnozele blik op de gezichten van Nick en Kelly en begon opnieuw. 'Wanneer ik een domein opzoek gaat er een signaal naar de betreffende website. Als de website niet bestaat krijgen we geen antwoord, maar anders – zoals in dit geval – kunnen we aan het antwoord niet alleen zien waar de gegevens van het domein zijn opgeslagen, maar ook welk apparaat wordt gebruikt om op dat bepaalde netwerk te komen. Als jij bijvoorbeeld,' hij gebaarde naar de smartphone van Nick, 'inlogt bij je bank, registreert die website het IP-adres van je mobiel, zodat wij je kunnen opsporen.'

'Ik snap het,' zei Nick. 'Dus waarvandaan logt de administrateur in?'

Andrew vlocht zijn vingers in elkaar en liet zijn knokkels kraken. 'Helaas is het ook weer niet zo simpel.' Hij opende zijn notebook en liet Nick en Kelly een nummer zien: 5.43.159.255. 'Dat is het IP-adres – als een postcode voor computers. Het is een statisch IP, maar wordt gehost op een Russische server en helaas zijn de Russen –'

'Laat me raden,' onderbrak Nick hem. 'De Russen werken niet samen met de Britse politie. Allemachtig!'

Andrew hief beide handen. 'Ik ben slechts de boodschapper.'

'En er is geen enkele manier waarop de website achterhaald kan worden?' vroeg Kelly.

'Eerlijk? Nee. In ieder geval niet binnen het tijdsbestek dat jullie hebben gezien het dreigingsniveau. Het is een nagenoeg onvindbare website.'

'Betekent dat dat de man die we zoeken een whizzkid is?' vroeg Kelly. 'Iemand met een IT-achtergrond?'

'Dat hoeft niet per se. Deze informatie kan iedereen online vinden. Zelfs de inspecteur zou het voor elkaar kunnen krijgen.'

Kelly verborg haar glimlach.

Nick hapte niet. 'Wat stel je voor?'

'Het aloude adagium. Volg de geldstroom.'

'Hoe bedoel je dat?' vroeg Kelly.

'Heb je *All the President's Men* gezien?' vroeg Andrew. 'Nee? Dan heb je wat gemist. De dader incasseert geld van mensen die zich op de datingsite inschrijven, toch? Dat geld moeten we in het oog houden. Elke transactie kan van de rekening of creditcard van de inschrijver gevolgd worden naar de PayPal-account die aan de website is gekoppeld en vandaar naar de rekening van de dader. Zodra je weet hoe het geld wordt opgenomen en door wie, ben je een stap verder.'

Kelly voelde een sprankje hoop.

'Welke gegevens heb je nodig?'

'Jij hebt je eigen creditcard gebruikt, of niet?'
Nick knikte.
'De datum van de transactie, het bedrag en de gegevens van de creditcard die je hebt gebruikt. Bezorg me die en ik pak onze man voor je.'

22

We zitten bijna een halfuur op Norwood Road in een file en schuiven met Grahams auto centimeter voor centimeter vooruit. Hij is een ongeduldig chauffeur en drukt zijn auto in elk vrij plekje dat hij ziet. Ook leunt hij op zijn claxon als de auto voor hem niet onmiddellijk gaat rijden als het verkeerslicht groen wordt. Het is de tweede dag dat Graham me naar huis brengt en we hebben geen gespreksstof meer nadat we de vraag of de videotheek de vraagprijs zal opbrengen of niet uit-en-te-na hebben besproken, en dat er nooit genoeg splitlevelkantoren zijn om aan de vraag te voldoen. Het blijft nu dus stil.

Zo nu en dan verontschuldig ik me omdat Graham zo ver moet omrijden, maar hij wil er niet van horen.

'Ik kan niet toestaan dat je door Londen zwerft met een of andere perverseling achter je aan,' zegt hij.

Even schiet het door me heen dat ik nooit in details ben getreden over het karakter van de aanvallen op vrouwen in Londen, maar dan realiseer ik me dat het heel logisch is om aan te nemen dat mannen die vrouwen stalken pervers zijn.

Ik weet dat ik Matt kan bellen en dat hij me zo lang als nodig is naar mijn werk en naar huis zal brengen. Ik vraag het niet omdat ik weet dat Simon dat vreselijk zou vinden en Matt er te veel van zou genieten.

Het feit dat Matt nog steeds van me houdt is een onuitgesproken waarheid die om ons allen heen hangt. Als ik met Matt de kinderen bespreek houdt hij mijn blik net iets langer vast dan nodig is. En wanneer ik zijn naam noem in het bijzijn van Simon zie ik een flits van jaloezie in diens ogen.

Simon kan me niet brengen. Zijn auto is een paar weken geleden verkocht. Indertijd vond ik hem idioot; misschien gebruikte hij hem door de week niet veel, maar onze weekenden waren gevuld met boodschappen doen, tripjes naar Ikea of bezoeken aan vrienden en familie.

'We kunnen wel met de trein,' zei hij toen ik opperde dat we een auto wel zouden missen.

Het was nooit in me opgekomen dat we ons misschien geen auto konden permitteren. Ik wou dat ik een rijbewijs had. Omdat ik in Londen woon leek het nooit nodig, maar nu had ik wel graag met de auto naar mijn werk willen gaan. Sinds ik de advertentie voor het eerst heb gezien leef ik onder hoogspanning; een voortdurend getintel, klaar om te vluchten. Of te vechten. Ik kijk alle kanten op, houd iedereen in de gaten.

Hier, in de auto van Graham, waar ik weet dat niemand me volgt, voel ik me veilig. Ik leun achterover in het zachte leer van de stoel en sluit mijn ogen zonder dat ik bang hoef te zijn dat er iemand naar me kijkt.

Wanneer we eenmaal de rivier over zijn begint het verkeer te rijden. Het is lekker warm want de verwarming staat aan en voor het eerst in dagen voel ik me ontspannen. Graham zet de radio aan en ik luister op Capital FM naar een interview van Greg Burns met Art Garfunkel. Tijdens de laatste zinnen hoor ik de eerste tonen van 'Mrs. Robinson'. Ik bedenk hoe leuk het is dat ik de hele tekst nog ken, maar voor ik die in mijn hoofd kan zingen ben ik al in slaap gevallen.

Tijdens het rijden bevind ik me in een toestand van half slapen, half waken. Het geluid van het verkeer verandert voortdurend en ik schiet wakker, om een paar tellen later weer in te dommelen. Ik hoor het begin van een nieuw liedje op de radio en na – in mijn beleving – een seconde de eindtonen van een heel ander nummer.

Mijn onderbewustzijn verwart de geluiden die in mijn slaap doordringen; bussen, de muziek, radioreclames. Het geluid van de motor verandert in het gerommel van de metro; de stem van de omroeper waarschuwt me voor de instap in de wagon. Ik sta in de metro tussen de andere forensen; de geur van aftershave en zweet vult de lucht. De aftershave komt me bekend voor, maar ik kan hem niet plaatsen.

Geplaatst: vrijdag 13 november

Blank

Eind dertig

Overal ogen. Die naar me kijken. Me volgen. Elke stap van mijn reis kennen. De trein stopt en ik probeer uit te stappen, maar iemand duwt tegen me aan, duwt me tegen de wand van de wagon.

Moeilijkheidsgraad: gemiddeld

Het is Luke Friedland. Hij drukt hard tegen mijn borst. *Ik heb je gered*, zegt hij en ik probeer met mijn hoofd te schudden, probeer me te bewegen. De geur van aftershave is overweldigend; hij vult mijn neusgaten en ik stik bijna.

Mijn ogen zijn gesloten.

Waarom heb ik mijn ogen dicht?

Ik doe ze open en de man die zich tegen me aan drukt is niet Luke Friedland.

Ik zit niet in de trein, omringd door medereizigers.

Ik zit in de auto van Graham Hallow.

Het gezicht van Graham is dicht bij het mijne. Ik ruik Graham, die houtige, kaneelachtige geur, vermengd met lichaamsgeur en de mottige geur van zijn tweed jasje.

'Waar zijn we? Ga van me af!'

De druk op mijn borst verdwijnt, maar ik snak nog steeds naar lucht. Paniek, alsof er twee handen om mijn hals liggen. Buiten is het donker en de duisternis dringt binnen in de auto. Ik zoek naar de deurhendel.

Ik knipper tegen de lampen.

'Ik probeerde je veiligheidsriem los te maken,' zegt Graham. Hij klinkt boos, defensief.

Omdat ik hem heb beschuldigd?

Omdat ik hem heb tegengehouden?

'Je was in slaap gevallen.'

Ik kijk naar beneden en zie dat de veiligheidsriem los ligt en over mijn linkerarm bungelt. Ik besef dat we in onze straat stilstaan: ik zie de voordeur van mijn huis.

Ik word rood. 'Het... Het spijt me.' Ik ben verward door de slaap. 'Ik dacht...' Ik zoek naar woorden, maar het hoeft al niet meer.

Graham start en het gebrul van de motor overstemt ons gesprek.

Ik stap uit de auto en huiver; het is tien graden kouder buiten de auto. 'Bedankt voor de lift. Het spijt me, ik dacht –'

Hij rijdt weg en laat me op de stoep staan.

Met findtheone.com heb je geen last van zenuwen voor een blind date, er is geen geforceerd gesprek tijdens het eten. Ik durf te beweren dat het eerlijker is dan de meeste datingsites, met hun opgepoetste foto's en profielen vol met leugens. Over de hoogte van het salaris, hobby's, lievelingseten... allemaal onbelangrijk. Wie bouwt er nou een relatie op beider voorliefde voor tapas? Een match kan op papier perfect zijn, maar de vonk missen die onontbeerlijk is.

Findtheone.com laat al die ellende links liggen, het voorwendsel dat het je iets kan schelen of je naar de opera gaat of in het park wandelt. Hier kunnen mannen alle tijd van de wereld nemen. Ze kunnen je een poosje volgen, een praatje met je aanknopen; kijken of ze geïnteresseerd genoeg zijn om een keer met je uit eten te gaan zonder dat ze hun tijd hoeven te verspillen aan een leeghoofd. Hier kun je het persoonlijk en innig maken. Ze kunnen je parfum ruiken, je adem, je huid. Een vonk voelen. En ernaar handelen.

Vraag je je af wie mijn cliënten zijn? Wie er aangetrokken wordt door zo'n website? Denk je dat de markt onmogelijk groot genoeg kan zijn?

Ik verzeker je dat dat wel zo is.

Mijn klanten komen uit alle lagen van de bevolking. Het zijn mannen die geen tijd hebben om een relatie op te bouwen. Mannen met zo veel geld dat het ze niks kan schelen. Mannen die 'de ware' nog niet hebben gevonden; mannen die er een kick van krijgen als ze macht hebben. Iedereen heeft zo zijn eigen reden om zich te abonneren op findtheone.com, en die reden laat mij koud.

Wie zijn dus die mannen?

Het zijn je vrienden. Het is je vader, je broer, je beste vriend, je buurman, je baas. Het zijn mensen die je elke dag ziet; de mensen met wie je naar je werk reist en weer naar huis.

Je bent geschokt. Je denkt dat je ze wel beter kent.

Je vergist je.

23

'Is dat uw auto?' Kelly duwde een foto van een zwarte Lexus over de tafel. Gordon Tillman knikte. 'Ten behoeve van de opname: de verdachte knikt.' Kelly keek naar Tillman, minder zelfverzekerd nu zijn blitse pak was verruild voor een soort grijs trainingspak, maar nog arrogant genoeg om zijn ondervragers uit te dagen. Uit zijn geboortedatum bleek dat hij zevenenveertig was, maar hij leek tien jaar ouder; zijn huid was aangetast door jaren van uitbundig leven. Drugs? Drank? Drank en vrouwen. Avonden waarop hij met zijn geld zwaaide om de aandacht te trekken van vrouwen die hem anders geen blik waardig zouden keuren. Kelly probeerde haar afschuw niet te tonen.

'Reed u gistermorgen om ongeveer kwart voor negen in uw auto?'

'Dat weet u.' Tillman was relaxed en hij hield zijn armen gekruist voor zijn borst terwijl hij Kelly aankeek.

Hij had niet om een advocaat gevraagd en Kelly had geen idee welke kant het verhoor op zou gaan. Een volledige bekentenis? Het leek erop, maar toch... er was iets in de ogen van Tillman wat deed vermoeden dat het niet zo gemakkelijk ging worden. Plotseling moest ze denken aan een andere verhoorkamer – een andere verdachte, een andere misdaad – en onder de tafel balde ze haar vuisten. Dat was een eenmalige gebeurtenis. Hij had haar tegen de haren in gestreken, maar toen was ze nog jonger, minder ervaren. Het zou niet meer gebeuren.

Evengoed voelde ze zweetdruppels over haar rug lopen en had ze moeite zich te concentreren. Ze had ze zich niet meer weten te herinneren, de gefluisterde woorden in haar oor. De woorden waardoor ze was geflipt en er een rode mist voor haar ogen was gekomen, zodat ze haar zelfbeheersing volkomen was kwijtgeraakt.

'Kunt u me in uw eigen woorden vertellen wat er gisteren tussen halfnegen en tien uur is gebeurd?'

'Ik kwam terug van een conferentie waar ik de avond tevoren was geweest. Er was na afloop een diner en ik had in Maidstone geslapen, dus ik was op weg terug naar Oxfordshire. De rest van de dag zou ik thuiswerken.'

'Waar werkt u?'

Tillman keek naar haar en liet zijn blik even doelbewust afzakken naar haar borst voor hij antwoordde.

Kelly voelde dat Nick vooroverleunde in zijn stoel. In gedachten bezwoer ze hem zijn mond te houden. Ze wilde Tillman niet de voldoening geven dat ze zelfs maar had gezien waar hij naar keek.

'In de City. Ik ben vermogensbeheerder bij NCJ Investors.'

Kelly was niet verbaasd geweest toen de inspecteur had aangekondigd dat hij bij het verhoor aanwezig zou zijn. Ze had hem gesmeekt Tillman te mogen verhoren en aangevoerd dat ze heel hard aan de zaak had gewerkt, en dat ze het persoonlijk tot een goed einde wilde brengen. Het had een eeuwigheid geduurd voor hij antwoordde.

'Goed. Maar ik ben erbij aanwezig.'

Kelly had geknikt.

'Je bent te onervaren om dit alleen te doen en er zullen op kantoor sowieso al wat wenkbrauwen de lucht in gaan.'

De andere reden lag onuitgesproken tussen hen in. Hij wist niet of Kelly zich zou kunnen beheersen. Hoe kon ze hem dat kwalijk nemen? Ze wist het zelf ook niet.

Ze was op staande voet geschorst en er dreigde behalve een intern onderzoek ook een strafprocedure.

'Hoe haal je het in je hoofd?' had Diggers gevraagd toen Kelly uit de verhoorkamer werd gesleept, haar overhemd gescheurd en een opkomende blauwe plek aan de zijkant van haar gezicht, waar de verdachte haar had geraakt toen hij zich verdedigde. Ze trilde als een riet en de adrenaline vloeide net zo snel weg uit haar lichaam als ze was toegestroomd.

'Geen idee.' Dat was niet waar. Ze had aan Lexi gedacht. Het was onvermijdelijk, dat had ze geweten zodra de zaak zich aandiende. Een meisje dat door een vreemde was verkracht op weg van huis naar school. 'Ik neem deze wel,' had ze ogenblikkelijk tegen haar chef gezegd. Ze had het slachtoffer behandeld met een mededogen dat ze haar zusje ook had gegund en had het gevoel dat ze iets had kunnen bijdragen.

Een paar dagen later brachten ze de dader binnen; een DNA-match bij een bekende zedendelinquent. Hij had afgezien van juridische bijstand en zat met een brede grijns in een papieren overall in de verhoorkamer. Geen commentaar. Geen commentaar. Geen commentaar. Toen geeuwde hij alsof het hele gedoe hem mateloos verveelde en Kelly had de woede in zich voelen opborrelen als een fluitketel die bijna kookte.

'U reed dus naar huis...' zei Nick als opzetje toen Kelly bleef zwijgen.

Kelly dwong zichzelf zich op Tillman te concentreren.

'Ik reed langs het politiebureau en bedacht dat ik waarschijnlijk te veel alcohol in mijn bloed had van de avond tevoren.' De mondhoek van Tillman krulde op in een glimlach en Kelly begreep dat hij heel goed wist dat deze bekentenis geen gevolgen zou hebben.

Ze durfde er haar pensioen om te verwedden dat Gordon Tillman regelmatig met te veel alcohol op achter het stuur zat; hij was typisch zo'n arrogante bal die beweerde dat hij beter reed met een paar pilsjes achter zijn kiezen.

'Ik dacht dat ik beter ergens koffie kon gaan drinken, dus ik stopte en vroeg aan een vrouw of er ergens een café was.'

'Kunt u deze vrouw beschrijven?'

'Midden dertig, blond haar. Strak figuurtje.' Tillman glimlachte weer. 'Ze raadde me een café aan dat vlakbij was en ik vroeg of ze zin had om koffie met me te drinken.'

'U vroeg een volkomen vreemde om koffie met u te gaan drinken?' vroeg Kelly, die geen moeite deed om haar ongeloof te verbergen.

'U weet wat ze zeggen,' zei Tillman met nog steeds een grijns op zijn gezicht. 'Een vreemde is gewoon een vriend die je nog niet hebt leren kennen. Ze keek me verleidelijk aan zodra ik stopte.'

'Is het uw gewoonte vrouwen die u niet kent mee te vragen voor koffie?' hield Kelly vol.

Tillman nam de tijd. Hij monsterde Kelly weer van onder tot boven en schudde licht zijn hoofd voor hij antwoord gaf. 'Maak je niet druk, schatje, ik vraag het alleen aan knappe vrouwen.'

'Kunt u verdergaan,' greep Nick nu in, 'met uw weergave van de gebéúrtenissen?'

Tillman hoorde de nadruk, maar ging door. 'Ze stapte in en we gingen naar het café, maar toen deed ze me een voorstel waar ik geen nee tegen kon zeggen.'

Bij de lach op zijn gezicht voelde Kelly gal in haar keel komen.

'Ze zei dat ze nog nooit zoiets had gedaan, maar dat ze altijd had gefantaseerd over seks met een vreemde en wat ik ervan dacht. Nou,' zei hij lachend, 'wat denkt u? Ze zei dat ik niet mocht weten hoe ze heette en dat ze ook mijn naam niet wilde horen en toen wees ze me de weg naar een industrieterrein aan de rand van Maidstone.'

'En wat is daar gebeurd?'

'U wilt alle details?' Tillman boog zich naar voren en keek Kelly uitdagend aan. 'Ze hebben een naam voor mensen zoals u.'

Kelly aarzelde geen moment. 'Er is ook een naam voor mannen zoals u.' Er zat een bal van woede in haar maag en ze concentreerde zich erop die daar te houden.

Het bleef even stil. Tillman grijnsde. 'Ze heeft me gepijpt en daarna heb ik haar geneukt. Ik heb aangeboden haar naar huis te brengen, maar ze wilde dat ik haar daar achterliet. Zeker een deel van de fantasie.' Hij hield Kelly's blik vast, alsof hij kon voelen welke strijd ze inwendig voerde; dat deze situatie iets in haar bevrijdde wat ze zorgvuldig opgesloten had gehouden. 'Ze wilde het ruig maar dat gaat voor veel vrouwen op, of niet soms?' Opnieuw grijnsde hij. 'En afgaande op het lawaai dat ze maakte vond ze het heerlijk.'

Ze vond het heerlijk.

De verdachte had zijn ogen tijdens het hele verhoor niet van Kelly af gehouden. Ze was samen met een mannelijke collega en er was geen onvertogen woord gevallen; hij had op geen enkele manier geprobeerd Kelly te intimideren. Pas toen de opnameapparatuur uit was en Kelly hem alleen terug begeleidde naar zijn cel boog hij zich naar haar over. Ze voelde zijn warme adem in haar nek en rook de zure geur van zijn lichaam en sigaretten.

'Ze vond het heerlijk,' fluisterde hij.

Het was net alsof ze buiten haar lichaam was getreden, dacht Kelly later. Alsof iemand anders zich met gebalde vuist om haar as had gedraaid; hem op zijn neus had gebeukt en hem in zijn gezicht had geklauwd. Iemand anders die haar zelfbeheersing verloor. Kelly was door een collega van hem af getrokken, maar toen was het al te laat.

Kelly vroeg zich af of Lexi toen ze die brief aan de politie van Durham schreef, toen al, minder om de uitkomst gaf dan Kelly; of ze voor niets bijna haar baan was kwijtgeraakt.

'Dat is het dus,' zei Kelly, die het beeld terzijde schoof. 'Dat is uw verhaal.'

'Dat is wat er is gebeurd.' Tillman kruiste zijn armen voor zijn borst en leunde achterover in zijn stoel, waardoor het plastic kraakte. 'Maar laat me raden. Ze heeft last gekregen van haar geweten of haar vriendje is erachter gekomen en nu jammert ze dat ze is verkracht, of niet soms?'

De laatste paar jaar had Kelly veel geleerd. Er waren betere manieren om met misdadigers om te gaan dan boos te worden. Ze leunde achterover en spiegelde Tillman, de palmen van haar handen geheven alsof ze zich overgaf. In afwachting van het onvermijdelijke zelfgenoegzame lachje.

En toen: 'Vertel eens wat meer over findtheone.com.'

De verandering was onmiskenbaar.

Er straalde paniek uit de ogen van Tillman en zijn hele lichaam verstrakte.

'Wat bedoelt u?'

'Hoelang bent u al lid?'

'Ik weet niet waar u het over hebt.'

Nu was het de beurt van Kelly om te lachen. 'Werkelijk niet? Dus wanneer we uw huis doorzoeken – wat we uiteraard gaan doen terwijl u in hechtenis zit – en we bekijken uw computer vinden we geen bewijs van uw bezoek aan de website?'

Er verschenen zweetdruppeltjes op het voorhoofd van Tillman.

'Dan vinden we geen details over de route die het slachtoffer dagelijks neemt? Betaald? Gedownload?'

Tillman wreef met zijn handpalm over zijn gezicht en veegde die daarna af aan zijn trainingsbroek. Er bleef een natte plek achter op zijn rechterdijbeen.

'Voor welk lidmaatschap hebt u gekozen? Goud zeker? Voor een man als u is alleen het beste goed genoeg.'

'Stop het verhoor,' zei Tillman. 'Ik ben van gedachten veranderd. Ik wil een advocaat.'

Het verbaasde Kelly niet dat Gordon Tillman geen genoegen nam met de dienstdoende advocaat en zijn eigen mannetje liet komen. Dat hij drie uur op dat privilege moest wachten deerde Kelly niet in het minst. In de tussentijd haalde de politie van Oxfordshire de laptop van Tillman op, samen met de boxershort die hij had gedragen tijdens de aanranding waarvan hij werd verdacht en die half in en half uit de wasmand in zijn badkamer hing. Agenten van de Met bezochten zijn kantoor en namen zijn werkcomputer en de inhoud van zijn bureauladen mee. Het deed Kelly genoegen dat zijn carrière, of hij nou schuldig werd bevonden of niet, in ieder geval voorbij was.

'Hoe snel kun je de laptop doorzoeken?' vroeg Nick aan Andrews.

Hij en Kelly waren teruggegaan naar het MOT terwijl Tillman overlegde met zijn advocaat.

'Drie tot vijf dagen als het haast heeft. Vierentwintig uur als je het budget kunt vinden.'

'Dat vind ik wel. Ik wil de zoekgeschiedenis van het afgelopen halfjaar, met elk bezoek aan de betreffende website. Ik wil weten welke profielen hij heeft bekeken, wat hij heeft gedownload en of hij de locaties heeft bekeken met Google Earth. En kijk meteen of er porno op de harde schijf staat – dat kan eigenlijk niet missen, en als er iets is wat buiten het toelaatbare valt, pakken we hem daar ook op. De arrogante klootzak.'

'Je vond Tillman dus niet aardig?' vroeg Kelly nadat Andrew in zijn eigen hok verdwenen was. 'En hij was nog wel zo charmant.' Ze vertrok haar gezicht. 'Hoeveel denk je dat hij weet?'

'Moeilijk te zeggen. Genoeg om dicht te slaan zodra hij begreep dat we de website kenden, zeker, maar of hij weet wie erachter steekt, dat denk ik niet. Als zijn raadsman een beetje verstand van zaken heeft zal hij hem adviseren niets meer te zeggen, dus dan komt het op het technische onderzoek aan. Is het rapport van de medisch onderzoeker er al?'

'Ik heb Zedendelicten in Kent gesproken voor het verhoor en ze hebben ons het hele onderzoek per fax gestuurd. Er is duidelijk bewijs van seksuele gemeenschap, maar dat staat natuurlijk niet ter discussie.'

Ze gaf de fax aan Nick, die de inhoud even snel bekeek.

'Geen verwondingen die op verzet wijzen en geen tekenen van geweld?'

'Dat zegt niks.'

Lexi was niet gewond. Ze was verlamd geweest, had ze Kelly verteld; dat nam ze zichzelf meer kwalijk dan wat ook. Dat ze zich niet had verzet.

'Nee, maar het maakt het een stuk lastiger voor ons om te bewijzen dat ze er niet mee instemde. Het is essentieel dat we een verband vinden tussen Gordon Tillman en haar profiel op de website. Wanneer we dat hebben houdt zijn verhaal dat hij haar zomaar op straat was tegengekomen geen stand.'

'En als ons dat niet lukt?' vroeg Kelly.

'Dat lukt ons wel. Waar is Lucinda?'

'Bij een taakverdelingsoverleg.'

'Ik wil dat ze de slachtoffers van de website identificeert. We hebben hun foto en weten precies wanneer ze waar zijn op weg van huis naar hun werk. Ze moeten worden opgehaald en gewaarschuwd.'

'Komt voor elkaar.'

Nick pauzeerde even. 'Dat was een lastig verhoor. Je hebt het goed gedaan. Ik ben onder de indruk.'

'Dank je.'

'We halen hem weer op. Ik denk niet dat het lang zal duren.'

De inspecteur had het bij het rechte eind. Op advies van zijn advocaat, een nerveuze, magere man met een stalen bril, beantwoordde Gordon Tillman elke vraag met 'Geen commentaar'.

'Ik ga ervan uit dat mijn cliënt op borgtocht vrij kan komen,' zei de advocaat toen Tillman naar zijn cel was gebracht.

'Dat is niet helemaal wat wij in gedachten hadden, ben ik bang,' zei Kelly. 'Dit is een serieuze zaak en er moet veel technisch onderzoek worden verricht. Uw cliënt moet het zich hier maar even gemakkelijk maken.' De positieve feedback van Nick had haar zelfvertrouwen gegeven en tijdens het tweede deel van het verhoor had ze zich weer meer ontspannen gevoeld. Als de rechercheur die ze was geweest voor ze er een puinhoop van had gemaakt.

Ze konden Tillman vierentwintig uur vasthouden, maar Nick had al contact opgenomen met de dienstdoende hoofdcommissaris voor een verlenging. Maar met de tijd die Andrew genoemd had was de twaalf uur die hij eraan vast mocht knopen waarschijnlijk onvoldoende; ze hadden toestemming van een rechter nodig om Tillman langer achter de tralies te houden.

Kelly bladerde de papieren van de zaak door terwijl ze wachtte tot ze de brigadier van de bewaring op de hoogte kon brengen. Het verslag van het slachtoffer was akelig om te lezen.

De zwarte Lexus was naast haar komen rijden; de man achter het stuur had de weg gevraagd en de passagiersdeur opengegooid omdat 'het raam vastzat'.

Ik vond het wel vreemd, stond in het verslag, *aangezien het een vrij nieuwe auto was, maar ik zocht er niks achter*. Kathryn had zich voorovergebogen de auto in om aanwijzingen te geven. De chauffeur zei dat hij naar de M20 moest en ze beschreef hem als vriendelijk en niet bedreigend.

Hij verontschuldigde zich dat hij mijn tijd verknoeide, zei ze, *en hij bedankte me omdat ik zo behulpzaam was.*

Kathryn had hem nogmaals verteld hoe hij moest rijden (*hij zei dat hij een slecht geheugen had*) en toen waren de ware bedoelingen van Gordon Tillman aan het licht gekomen.

'Plotseling strekte hij zijn arm uit en greep me. Hij pakte een hele hand van de grijze omslagdoek die ik om had, ergens achter mijn rechterschouder, en trok me de auto in. Het gebeurde zo snel dat ik niet eens tijd had om te schreeuwen. Hij reed weg terwijl mijn benen nog uit de auto staken en hij hield mijn hoofd tegen zijn schoot gedrukt. Ik voelde het stuur tegen mijn achterhoofd en met zijn vrije hand duwde hij mijn gezicht tegen zijn kruis.'

Op een gegeven moment had de auto lang genoeg stilgestaan dat Tillman voor het slachtoffer langs het portier dicht kon trekken, maar hij hield haar gezicht tegen zijn kruis gedrukt; de auto stond in een lage versnelling en dat bleef zo.

Ik probeerde mijn hoofd te draaien, maar dat stond hij niet toe, had ze gezegd tegen de rechercheur in Kent die de verklaring opnam. *Mijn gezicht lag tegen zijn penis en ik voelde hem steeds harder worden. Toen wist ik dat hij me zou verkrachten.*

Uit een aantekening van de dienstdoende agent bleek dat het slachtoffer twee kinderen had, van wie de jongste net anderhalf was. Ze werkte fulltime als intercedent en was elf jaar getrouwd.

Ik werk volledig mee aan het politieonderzoek en ben zo nodig bereid in de rechtbank te getuigen.

Natuurlijk wilde ze dat. Waarom zou je dat niet willen?

Waarom wilde Lexi dat niet?

'Ik heb frisse lucht nodig,' zei ze tegen Nick, die nauwelijks opkeek van zijn bureau. Kelly rende de trap van het MOT af en ging naar de binnenplaats achter het bureau. Ze merkte dat haar handen tot vuisten gebald waren en dwong zichzelf haar vingers te ontspannen en diep adem te halen.

Lexi nam op, net toen Kelly dacht dat ze de voicemail zou krijgen.

'Waarom heb je tegen de politie van Durham gezegd dat je niet wilt getuigen?'

Lexi schrok hoorbaar.

'Wacht even.'

Er volgde een onderdrukt gesprek; stemmen die Kelly herkende als Lexi's echtgenoot en een van de kinderen. Fergus, dacht ze. Er ging een deur dicht.

Toen Lexi weer aan de telefoon kwam sprak ze zacht, maar gedecideerd: 'Hoe weet je dat?'

'Waarom heb je gezegd dat je niet wil meewerken aan een vervolging, Lexi?'

'Omdat ik dat niet wil.'

'Ik begrijp het niet. Hoe kun je weglopen van het belangrijkste wat je ooit is overkomen?'

'Omdat het niet het belangrijkste is wat me ooit is overkomen, daarom! Mijn man is het belangrijkste wat me ooit is overkomen. Fergus en Alfie zijn het belangrijkste. Jij, mama en papa... allemaal veel belangrijker dan wat er een leven lang geleden in Durham is gebeurd.'

'Hoe zit het dan met andere mensen? Hoe zou je het vinden als hij iemand anders verkracht omdat hij niet schuldig is bevonden aan de aanval op jou?'

Lexi zuchtte. 'Daar voel ik me ook wel schuldig over, echt waar. Maar het is zelfbehoud, Kelly. Ik was eraan onderdoor gegaan, en wat had ik dan gemoeten? Wat hadden de jongens dan nog aan me gehad?'

'Ik begrijp niet waarom je het zo zwart-wit ziet. Het kan nog jaren duren voor ze hem te pakken hebben – als ze hem al krijgen – en dan denk je er misschien heel anders over.'

'Maar snap je nou niet dat dat het juist zo moeilijk maakt?'

Kelly hoorde de stem van haar zusje breken en voelde een brok in haar eigen keel.

'Ik wist nooit wanneer het zou gebeuren. Of ik plotseling opgebeld zou worden en dat ze dan iemand hebben opgepakt of dat iemand informatie heeft verstrekt. Stel je voor dat dat de dag voor een sollicitatie gebeurt? Of op de verjaardag van een van de kinderen? Ik ben gelukkig, Kelly. Ik heb een fijn leven met een gezin waar ik van hou en wat er in Durham is gebeurd is honderd jaar geleden. Ik wil het niet allemaal oprakelen.'

Kelly zweeg.

'Dat moet je toch kunnen begrijpen? Je snapt toch wel waarom ik het heb gedaan?'

'Nee, daar begrijp ik helemaal niks van. En ik snap ook niet waarom je me dat nooit hebt verteld.'

'Hierom, Kelly. Omdat ik van jou nooit verder mocht leven, ook al wilde ik dat. Je bent politieagent; je hele leven wroet je in het verleden op zoek naar antwoorden. Maar soms zijn er geen antwoorden. Soms gebeuren er de meest vreselijke dingen en daar moet je dan maar zo goed mogelijk mee in het reine zien te komen.'

'Ontkenning is niet de beste manier om –'

'Leef je leven, Kelly. Maar laat mij het mijne leven.'

De verbinding werd verbroken en Kelly stond in de ijzige kou, half verborgen door de schaduwen.

24

'Ben je zenuwachtig, lieverd?'

'Een beetje.'

Het is zaterdag één uur en we zitten in de keuken en ruimen de restanten op van de soep die ik heb gemaakt. Ik wilde dat Katie wat warms had gegeten voor haar repetitie, maar ze at maar een muizenbeetje van haar bolletje en heeft de soep nauwelijks aangeraakt.

'Ik ben ook zenuwachtig,' zeg ik tegen haar in een poging solidair te zijn, maar Katies gezicht betrekt.

'Denk je dat ik het niet kan?'

'Ach, lieverd, zo bedoel ik het toch niet.' Ik kan mezelf wel villen dat ik weer de verkeerde woorden heb gekozen. 'Ik ben niet zenuwachtig voor jou; ik ben opgewonden. Vlinders, weet je wel.' Ik sla mijn armen om haar heen, maar de bel gaat en ze trekt zich los.

'Daar zal je Isaac hebben.'

Ik volg haar de hal in terwijl ik mijn handen droog aan een theedoek. Er is eerst een technische doorloop en daarna volgt de generale repetitie, waar we allemaal bij zullen zijn. Ik wil het zo graag mooi vinden. Om Katie. Ik tover een glimlach om mijn mond als Katie zich losmaakt van Isaac en hij me kan begroeten.

'Fijn dat je haar komt halen,' zeg ik en ik meen het. Ik zou Isaac Gunn niet voor mijn dochter hebben uitgekozen – te glad, te oud voor haar – maar ik kan niet ontkennen dat hij goed voor haar zorgt.

Ze is nog niet één keer na een repetitie alleen met de metro naar huis gekomen en hij brengt haar zelfs thuis nadat ze in het restaurant heeft gewerkt.

Agent Swift heeft me beloofd dat ze zou bellen zodra ze Luke Friedland hebben opgespoord en het duurt zo lang dat ik er bloednerveus van word. Ik heb vandaag al twee keer ingelogd om naar de andere vrouwen te kijken; degenen waar bij stond dat ze beschikbaar zijn in het weekend heb ik gedownload en ik vraag me af of ze op dit moment worden gevolgd.

Justin komt naar beneden. Hij knikt naar Isaac. 'Alles oké, maat? Ik ga weg, mam. Ik weet nog niet of ik vanavond thuiskom.'

'Ja, dat doe je wel. We gaan allemaal naar Katies toneelstuk kijken.'

'Ik niet.' Hij wendt zich tot Katie en Isaac. 'Ik vind het prima, jongens, maar ik heb daar niks mee.'

Katie lacht. 'Geeft niet, hoor.'

'Ja, dat geeft wel,' zeg ik beslist. 'We gaan als gezin om Katie te zien in haar eerste professionele rol en daarmee basta.'

'Hoor eens, jullie hoeven er geen ruzie over te maken,' zegt Isaac. 'Als Justin niet wil komen hebben wij daar geen probleem mee, of wel, Kate?' Terwijl hij praat laat hij zijn arm om haar middel glijden en ze kijkt naar hem op en schudt haar hoofd.

Kate?

Ik sta een paar meter van mijn dochter, maar ik heb het gevoel dat er een enorme kloof tussen ons gaapt. Een paar weken geleden was het nog Katie en ik tegen de rest van de wereld; nu is het Katie en Isaac, *Kate* en Isaac.

'Het is de generale repetitie maar,' zegt ze.

'Reden te meer om je aan te moedigen, zodat het bij de première goed gaat.'

Zelfs Justin weet wanneer ik onverbiddelijk ben.

'Goed dan.'

Isaac kucht. 'We moeten –'

'Dan zien we je daar wel, mam. Weet je het theater te vinden?'

'Jaja. *Hals und Beinbruch*.' Mijn wangen doen zo langzamerhand pijn van het glimlachen. Ik sta bij de open deur en kijk ze na. Als Katie omkijkt, zwaai ik. Dan sluit ik de deur; het is koud geworden in de hal door de open deur.

‘Het kan haar echt niks schelen of ik er ben of niet, hoor.’

‘Het kan mij wat schelen.’

Justin hangt tegen de trapleuning en kijkt me peinzend aan. ‘Echt? Of wil je alleen maar dat Katie denkt dat je haar acteren serieus neemt?’

Ik bloos. ‘Ik néém het serieus.’

Justin zet een voet op de onderste tree, het gesprek verveelt hem. ‘En de rest moet een of ander stom Shakespeare-stuk uitzitten zodat je dat kunt bewijzen. Lekker hoor, mam.’

Ik heb geregeld dat Matt ons om drie uur ophaalt. Hij drukt op de bel, maar als ik opendoe staat hij al bij de buren en drukt op de bel van Melissa.

‘Ik wacht wel in de auto,’ zegt hij.

Tegen de tijd dat ik Simon en Justin zover heb en mijn jas aantrek zitten Melissa en Neil al in de taxi. Neil voorin en Melissa op de achterbank. Simon gaat op het klapstoeltje achter Matt zitten.

‘Wat is dit leuk,’ zegt Melissa. ‘Ik kan me niet heugen wanneer ik in een theater ben geweest.’

‘Heerlijk,’ zeg ik en ik kijk haar dankbaar aan. Simon kijkt uit het raam. Ik verschuif mijn voet zodat ik hem kan aanstoten, maar hij doet net alsof zijn neus bloedt en schuift zijn voet opzij.

Hij wilde niet dat Matt ons kwam ophalen.

‘We kunnen met de metro,’ zei hij toen ik hem vertelde dat Matt het had aangeboden.

‘Doe niet zo idioot. Het is hartstikke aardig van hem. Je moet er echt mee stoppen, Simon.’

‘Hoe zou jij het vinden als het andersom was? Mijn ex die ons rondrijdt –’

‘Dat zou me geen klap uitmaken.’

‘Ga jij dan maar met de taxi. Dan zie ik jullie daar wel.’

‘Zodat iedereen kan zien hoe belachelijk jij je aanstelt? En weet dat we er ruzie over hebben gemaakt?’

Als er één ding is waar Simon een hekel aan heeft is het als er achter zijn rug over hem wordt gepraat.

Over zijn schouder roept Matt naar mij: ‘Regent Street, toch?’

'Ja, dat klopt. Het moet naast een pub zijn.'

Simon draait zich om in zijn stoel en zijn gezicht wordt verlicht door het schermpje van zijn mobiel. 'Waterloo Bridge, langs Somerset House en dan naar links Drury Lane in.'

Matt schiet in de lach. 'Op zaterdag? Geen schijn van kans, man. Vauxhall Bridge, Millbank en dan door tot Whitehall. Bij Charing Cross moeten we kijken hoe we het laatste stuk het beste kunnen nemen.'

'Volgens de gps is het via Waterloo tien minuten sneller.'

'Ik heb geen gps nodig, man. Bij mij zit het allemaal hier.' Hij tikt tegen zijn slaap.

Simons schouders verstrakken.

Toen Matt opging voor zijn taxi-examen reed hij op een fiets de hele stad door en prentte zich elk steegje en elke straat met eenrichtingsverkeer in het hoofd. Er is geen gps die je beter de stad door kan loodsen dan mijn ex-man.

Maar dat is op het moment niet wat er speelt.

Ik kijk naar Simon, die uit het raam staart, en alleen aan zijn vingers die op zijn been trommelen zie ik dat hij geïrriteerd is. 'Misschien is het via Waterloo echt sneller, Matt,' zeg ik.

Hij kijkt me via de achteruitkijkspiegel aan en ik houd even zijn blik vast. Een woordeloze smeekbede om dat voor me te doen, en hoe graag hij Simon ook de loef zou afsteken, hij zou nooit iets doen wat mij kwetst.

'Dan nemen we Waterloo. En dan Drury Lane, zei je?'

Simon kijkt nog een keer op zijn mobiel. 'Ja, dat klopt. Geef maar een gil als je aanwijzingen nodig hebt.' Hij kijkt niet triomfantelijk of opgelucht, maar zijn vingers tikken niet meer en hij ontspant in zijn stoel.

Matt kijkt weer naar mij en nauwelijks waarneembaar vorm ik met mijn lippen dankjewel. Hij schudt zijn hoofd en ik weet niet of hij mijn dank afwimpelt of wanhoopt omdat ik dit nodig vond.

Simon draait zich naar de achterbank en ik voel iets tegen mijn voet. Als ik naar beneden kijk zie ik dat Simons voet dicht tegen de mijne aan staat.

Niemand zegt iets en als we een kwartier later stilstaan in het drukke verkeer op Waterloo pijnig ik mijn hersens op zoek naar iets om te zeggen, maar Melissa is me voor.

'Heb je al iets gehoord van de politie?'

'Niks nieuws,' zeg ik en ik hoop het daarbij te laten, maar Simon buigt zich naar voren.

'Iets gehoord? Over die foto's in de *Gazette*, bedoel je?'

Ik werp een blik op Melissa, die gegeneerd haar schouders ophaalt. 'Ik dacht dat je het hem had verteld.'

De binnenkant van het raam is beslagen. Ik trek mijn mouw over mijn hand en veeg het schoon met mijn manchet.

Buiten staat het verkeer muurvast en de autolichten veranderen door de regendruppels in grillige strepen rood en wit.

'Me wat had verteld?'

Matt schuift naar voren. In de spiegel kijkt hij me aan. Zelfs Neil heeft zich omgedraaid en wacht tot ik wat ga zeggen.

'Allemachtig, het is niks, hoor.'

'Het is niet niks, Zoë,' zegt Melissa.

Ik zucht. 'Goed dan. De advertenties in de *Gazette* leiden naar een website die findtheone.com heet. Het is een soort datingsite.'

'En daar sta jij op?' vraagt Matt met een geschrokken lach.

Ik blijf praten, voor mezelf maar ook voor de anderen. Elke keer dat ik vertel wat er aan de hand is voel ik me sterker. Geheimen zijn gevaarlijk. Als iedereen zou weten dat ze in de gaten worden gehouden – als iedereen wist dat hij werd gevolgd – dan zou er toch niemand gewond raken? 'Op de site staan de details van de route die vrouwen naar hun werk nemen. Met welke metro ze reizen, in welke wagon ze gaan zitten, dat soort dingen. De politie heeft de site in verband gebracht met in ieder geval twee moorden en nog wat andere misdaden jegens vrouwen.' Ik zeg niets over Luke Friedman; ik wil niet dat Simon ongeruster wordt dan hij al is.

'Waarom heb je dat niet verteld?'

'Jezus, Zoë!'

'Mam, gaat het met jou wel goed?'

'Weet de politie wie er achter die website zit?'

Ik sla mijn handen voor mijn gezicht om al die vragen af te weren. 'Het gaat uitstekend met me. Nee, dat weten ze niet.' Ik kijk naar Simon. 'Ik heb het je niet verteld omdat je al genoeg aan je hoofd had.' Ik zeg niet dat hij ontslagen is – niet waar iedereen bij is – maar hij knikt dat hij het begrijpt.

'Je had het moeten zeggen,' zegt hij zacht.

'Wat doet de politie?' dringt Melissa aan.

'Die website is zo goed als niet te traceren. Iets met een proxy of zo...'

'Een proxyserver,' zegt Neil. 'Logisch. Hij logt in via de server van iemand anders en zo kunnen ze hem niet vinden. De politie zal wel balen. Sorry, dat is natuurlijk niet wat je wilt horen.'

Dat is het inderdaad niet, maar ik begin al gewend te raken aan zulke antwoorden. Ik kijk uit het raam als we over Waterloo Bridge rijden en laat de anderen over de website praten alsof ik er niet bij ben. Ze stellen de vragen die ik de politie al heb gesteld, lopen dezelfde rondjes die mij inmiddels vertrouwd zijn. Mijn angsten worden blootgelegd en aandachtig onderzocht, geanalyseerd alsof het de plot van *EastEnders* betreft.

'Hoe denk je dat ze überhaupt aan de details van die reistrajecten komen?'

'Ze zullen ze wel volgen, denk ik.'

'Kunnen we het nu ergens anders over hebben?' vraag ik en iedereen valt stil.

Simon kijkt me vragend aan en ik knik geruststellend.

Justin kijkt recht naar voren, maar zijn vuisten zijn gebald en ik verwijt mezelf bitter dat ik zo nonchalant over de website heb gesproken.

Ik had er samen met de kinderen voor moeten gaan zitten om ze uit te leggen wat er speelt; ze de kans moeten geven mij te vertellen wat dat met ze doet. Ik steek mijn hand uit naar Justin, maar hij verstrakt en beweegt zijn schouders bij me vandaan. Ik moet straks op een rustig moment met hem praten, na het toneelstuk. Buiten lopen mensen, alleen of met z'n tweeën, met paraplu's en hun capuchon over hun natte haar. Ze kijken niet achter zich; controleren niet of ze in de gaten worden gehouden, dus doe ik het in hun plaats.

Hoeveel van jullie worden gevolgd?

Zou je het dan weten?

Aan de buitenkant ziet Rupert Street Theater er niet uit als een theater. De pub ernaast zit vol met lawaaierige jongelui en het theater heeft aan de straatkant geen ramen. De stenen zijn zwart geverfd en op een poster op de deur staan de speeldata van *Driekoningenavond*.

'Katherine Walker!' kraait Melissa en ze wijst op de kleine lettertjes onder aan de poster.

'Onze Katie, een echte actrice.' Matt grinnikt. Even denk ik dat hij zijn arm om me heen zal slaan en ik stap opzij. In plaats daarvan geeft hij me een stomp op mijn schouder, alsof hij een andere *cabbie* begroet.

'Ze heeft het toch maar voor elkaar, of niet?' zeg ik. Ze wordt natuurlijk niet betaald en Rupert Street Theater is eigenlijk een omgebouwd pakhuis met een geïmproviseerd podium en rijen plastic stoeltjes, maar Katie doet waarvan ze altijd heeft gedroomd. Ik benijd haar. Niet om haar jeugd of haar schoonheid – zoals mensen altijd denken over moeders en dochters – maar om haar hartstocht. Ik probeer te bedenken wat ik had kunnen doen; welke hartstocht ik had kunnen volgen.

'Had ik ook een bepaalde hartstocht toen ik zo oud was als zij?' vraag ik aan Matt, maar wel zo zacht dat niemand anders het kan horen.

'Wat?'

We lopen met z'n allen de trap af, maar ik wil het weten. Ik voel dat mijn identiteit langzaam van me af glijdt, gereduceerd tot een forensentraject, in de aanbieding op een website. Ik trek aan Matts arm zodat hij ook achterblijft en we staan in de schaduw terwijl ik probeer duidelijk te maken wat ik bedoel.

'Zoals het acteren van Katie. Ze strááłt zo als ze erover praat, zo gedreven. Had ik ook zoiets?'

Hij haalt zijn schouders op omdat hij niet begrijpt wat ik bedoel, waarom dat ineens zo belangrijk is. 'Je ging graag naar de bioscoop. Toen je Justin verwachtte hebben we massa's films gezien.'

'Dat bedoel ik niet – dat kun je niet eens een hobby noemen.' Ik ben ervan overtuigd dat ik het gewoon vergeten ben, dat er ergens in mij een hartstocht begraven ligt die me kan definiëren. 'Weet je nog hoe gek jij was op de motorcross? Dat je bijna het hele weekend op de baan was of aan motoren zat te sleutelen? Daar was je zo gek op. Had ik ook zoiets, iets waar ik meer dan wat ook van hield?'

Matt komt dichterbij en de geur van sigaretten en extra sterke pepermunt is vertrouwd. 'Je hield van mij,' zegt hij zacht. 'Je was dol op me.'

'Komen jullie nog?' Melissa komt de trap weer op rennen en blijft dan met een hand op de leuning staan. Nieuwsgierig kijkt ze naar ons.

'Sorry,' zegt Matt. 'We waren even herinneringen aan het ophalen. Het zal je niet verbazen dat onze Katie graag in het middelpunt van de belangstelling stond.'

Ze lopen samen naar beneden terwijl Matt vertelt hoe de vijfjarige Katie tijdens een van onze vakanties een toneel op was gelopen om 'Over the Rainbow' te zingen.

Ik volg ze en langzaam herstelt mijn hartritme zich.

Beneden brengt Isaac ons met veel omhaal naar onze plaatsen. We worden omringd door zeventienjarigen met beduimelde exemplaren van het toneelstuk waaruit op veel plekken post-its steken.

'We sturen altijd uitnodigingen naar omringende scholen als we publiek zoeken voor de generale repetitie,' zegt Isaac, die me ziet kijken. 'De acteurs hebben er veel aan als er publiek in de zaal zit en *Driekoningenavond* staat altijd bij een of andere school op het programma.'

'Waar bleef je nou?' vraagt Simon als ik naast hem ga zitten.

'Ik zocht het toilet,' zeg ik.

Simon wijst op een deur aan de zijkant van de zaal waar overduidelijk TOILET op staat.

'Ik ga straks wel. Ze gaan zo beginnen.' Ik ben me bewust van de aanwezigheid van Matt naast me en ik voel zijn warmte zonder hem te hoeven aanraken. Ik leun naar Simon toe, mijn hand in de zijne. 'En als ik het nou niet begrijp?' fluister ik. 'Ik heb op school geen Shakespeare gehad – en al die dingen waar jij en Katie het over hebben, ik kan er geen touw aan vastknopen.'

Hij geeft me een kneepje in mijn hand. 'Geniet er nou maar gewoon van. Katie gaat je heus niet overhoren over de thema's, die wil alleen maar horen dat je haar fantastisch vond.'

Dat is een makkie. Ik weet dat ze het geweldig zal doen. Dat wil ik tegen Simon zeggen als de lichten uitgaan en het publiek stil wordt. Het gordijn gaat open.

Als de muziek het voedsel der liefde is, speel door.

Er staat maar één man op het toneel. Ik was voorbereid op veel kant en ruches, maar hij heeft zwarte skinny jeans aan met een grijs T-shirt en rood met witte Converse-schoenen. Ik laat zijn woorden op me neerdalen als muziek; ik begrijp niet elke regel, maar ik geniet van de melodie. Als Katie onder begeleiding van twee matrozen opkomt slaak ik bijna een kreet van opwinding. Ze ziet er sensationeel uit. Haar haar hangt in een dikke vlecht over een schouder. Ze draagt een zilverkleurig strak topje. Haar rok is gescheurd als gevolg van de schipbreuk die ons net met veel flitsende lichten en geluidseffecten is duidelijk gemaakt.

Mijn broeder is nu in Elysium. Misschien is hij toch niet verdronken. Wat jullie, matrozen?

Ik moet steeds tegen mezelf zeggen dat het Katie is die daar staat. Ze aarzelt nergens en haar aanwezigheid vult de zaal, ook als ze niet aan het woord is. Ik wil uitsluitend op haar letten, maar ik word meegenomen in het verhaal; door de andere acteurs, die elkaar woorden toesmijten alsof ze aan het schermen zijn – de winnaar heeft het laatste woord. Tot mijn verbazing lach ik hartelijk, maar ben ook tot tranen toe bewogen.

Ik zou een wilgenhutje maken bij uw poort. Haar stem klinkt over het stille publiek en ik merk dat ik mijn adem inhoud. Ik heb Katie gezien bij het schooltoneel, wanneer ze oefende voor een auditie of zong op een talentenjacht op vakantie. Maar dit is anders. Ze is adembenemend.

O, u rustte niet
tussen de elementen aarde en lucht,
voor u mij binnenliet.

Ik knijp Simon in zijn hand en kijk naar links, waar Matt van oor tot oor zit te grijnzen. Ik vraag me af of hij net zo naar haar kijkt als ik. 'Zo goed als volwassen,' zeg ik vaak tegen mensen als ik het over Katie heb, maar nu besef ik dat dat 'zo goed als' wel weg mag. Ze is een volwassen vrouw. En of ze in haar leven de goede of de verkeerde keuzes maakt, het zijn haar eigen keuzes.

We klappen als bezetenen als Isaac het podium op komt om te zeggen dat het pauze is, lachen op de juiste momenten en blijven meelevend stilzitten als de man van de verlichting de fout in gaat en Olivia en Sebastian in het donker zet. Als het doek eindelijk valt popel ik om op te staan en op zoek te gaan naar Katie. Ik vraag me af of Isaac ons mee zal nemen naar achteren, maar Katie rent het podium op en springt de zaal in om zich onder het publiek te mengen.

We staan om haar heen en zelfs Justin zegt dat het 'best goed' was.

'Je was geweldig...' Ik merk dat ik tranen in mijn ogen heb en knipper ze weg, lachend en huilend tegelijk. Ik houd haar beide handen vast. 'Je was geweldig,' zeg ik nog een keer.

Ze omhelst me en ik ruik schmink en poeder.

'Geen secretaresseopleiding?' vraagt ze. Ze plaagt me, maar ik laat haar handen los en leg die om haar kin. Haar ogen schitteren en ik heb haar nog nooit zo knap gevonden. Met een duim wrijf ik een veeg make-up weg.

'Niet als dat niet is wat je wilt.'

Ik zie de verbazing op haar gezicht maar het is nu geen geschikt moment om het erover te hebben. Ik doe een pas opzij om de anderen ook de gelegenheid te geven om haar te vertellen hoe briljant ze was en ik koester me in haar overwinningsroes. Vanuit mijn ooghoek zie ik Isaac naar haar kijken.

Hij vangt mijn blik op en komt naar ons toe lopen.

'Was ze niet geweldig?' vraag ik.

Isaac knikt langzaam en alsof ze zijn blik voelt, kijkt Katie op en lacht naar hem.

'De ster van de voorstelling,' zegt hij.

25

De videoruimte van de ondergrondse van Londen rook nog naar nieuwe vloerbedekking en verf. Tegenover een rij bureaus hingen twintig monitoren van bewakingscamera's aan de muur. Drie operators wisselden handig van camera met een joystick of toetsenbord. In een hoek was de deur naar de regiekamer, waar de beelden zo nodig konden worden opgeslagen, bewerkt en rondgestuurd naar onderzoeksteams. Kelly tekende het register en liep naar het kantoor van Craig, achteraan in de hoek. Ze hield een oog gericht op een achtervolging op King's Cross die gevolgd werd door een van de operators.

'Hij loopt nu voorbij Boots... en gooit iets in een afvalbak onder de klok. Groene hoodie, zwarte Adidas-broek, witte gympen.'

Er rende een agent in uniform door het beeld en hij liep in op de figuur met de trainingsbroek, die nu bij Claire's Accessories liep. Om hen heen stonden mensen met een koffer, aktetas of boodschappentas. Ze keken omhoog naar de mededelingenborden; wachtten op informatie over perrons, vertrektijden en vertraging, zich niet bewust van de overtredingen die elke dag weer om hen heen gepleegd werden.

'Hoi, Kelly, hoe bevalt het je bij de Met?'

Kelly vond Craig aardig. Hij was begin twintig en popelde om toegelaten te worden tot de actieve dienst. Hij nam alles in zich op wat de rechercheurs tegen hem zeiden en zijn instinct was beter dan dat van de helft van de rechercheurs met wie Kelly had gewerkt, maar de fitnesstest was een hobbel voor hem.

'Het is fantastisch. Ik geniet ervan. Hoe is het met de training?'

Craig keek trots. Hij klopte op zijn niet onaanzienlijke buik. 'Twee kilo deze week. Slimming World.'

'Goed gedaan. Kun je me helpen iemand te vinden?'

Het was niet zo moeilijk om Luke Friedland te vinden op de beelden. De tijden van Zoë Walker klopten precies. Het was te druk op het perron van Whitechapel om Zoë duidelijk te zien, maar nadat de trein met een lading mensen was vertrokken zag Kelly haar duidelijk voor een lange man staan.

Luke Friedland.

Als hij echt zo heette.

Als ze niks over de omstandigheden had geweten, had Kelly gedacht dat ze een stel waren. Ze leken zich bij elkaar op hun gemak te voelen en Friedland legde bij het afscheid heel even zijn hand op de arm van Zoë.

'Wil je dat stukje even voor me terugspoelen?' vroeg Kelly aan Craig.

Een golfbeweging in de mensenmassa, als een wave, gaf aan dat er vlak voordat de trein binnenliep iets gebeurde op het perron, maar daarna bewoog iedereen zich naar de trein en stapte in. De camera was te ver weg om precies te kunnen zien wat er met Zoë gebeurde.

De mobiel van Kelly trilde tegen het bureau. Het was Lexi en ze draaide het toestel om zodat ze het kon negeren. Lexi moest de voicemail maar inspreken, Kelly wilde niet met haar praten.

Je begrijpt het niet, was het laatste berichtje van Lexi geweest.

Dat klopte. Wat voor zin had anders het werk dat zij en haar collega's verzetten? Of de bewakingscamera's, het rechtssysteem en de gevangenissen? Wat voor zin had het te vechten voor rechtvaardigheid als de slachtoffers – Lexi – geen zin hadden in al die procedures?

Ze gaf Craig de tweede datum en tijd. Dinsdag 24 november rond halfzeven 's avonds. De tweede ontmoeting van Zoë met Friedland; toen hij met Zoë vanuit de trein was meegelopen naar de uitgang van Crystal Palace en haar had gevraagd iets met hem te gaan drinken. Had hij ook het profiel van andere vrouwen gedownload van de website? En bij hen dezelfde benadering geprobeerd?

Andrew Robinson leek ervan overtuigd dat zijn cybercriminaliteitteam achter de identiteit zou komen van de man achter de website, maar hoelang ging dat duren? Intussen pakte Kelly de zaak aan zoals ze ook had gedaan met een drugsbende. Van onder naar boven. Gordon Tillman had geweigerd antwoord te geven op haar vragen, maar misschien was Luke Friedland spraakzamer.

'Is dit hem?' Craig pauzeerde het beeld en Kelly knikte.

De twee op het scherm liepen naar de poortjes; Kelly herkende de rode regenjas van Zoë en de meer formele overjas van Friedland uit de vorige opname. Precies zoals Zoë had verklaard liepen ze naar de poortjes en Friedland wachtte en liet Zoë voorgaan.

Kelly glimlachte toen ze zag dat Friedland zijn pasje voor het poortje hield. 'Hebbes,' mompelde ze en ze keek naar het exacte tijdstip op het scherm. Ze pakte haar mobiel en toetste uit haar hoofd een nummer. 'Hé, Brian, hoe is het met je?'

'Elke dag dezelfde ellende, je kent het wel,' zei Brian opgewekt. 'Hoe is het met je detachering?'

'Ik geniet met volle teugen.'

'Wat kan ik voor je doen?'

'Dinsdag 24 november, Crystal Palace, tweede poortje van links, 1837. Ik weet niet of het helpt, maar vlak ervoor gaat een mevrouw Zoë Walker.'

'Geef me twee tellen.'

Kelly hoorde getik op het toetsenbord van Brian. Hij zong binnensmonds en Kelly herkende het toonloze refrein dat hij al neuriede zolang ze hem kende. Brian had er al dertig jaar op zitten, was met pensioen gegaan en de volgende dag teruggekomen om bij de Londense ondergrondse aan de slag te gaan.

'Ik zou me thuis doodvervelen,' had hij tegen Kelly gezegd toen ze hem vroeg waarom hij niet van zijn pensioen aan het genieten was. Na dertig jaar werken in Londen was er niets wat Brian niet wist over de stad en wanneer hij uiteindelijk stopte zou hij moeilijk te vervangen zijn.

'Heb je enig idee wie je zoekt, Kelly?' vroeg hij.

'Zeker een man. Mogelijk ene Luke Friedland.'

Het bleef even stil en toen grinnikte Brian. Een hees, slijmerig geluid, gevoed door koffie en Benson & Hedges. 'Volkomen fantasieloos, die man van je. Zijn Oyster-card staat op naam van Luke Harris. Drie keer raden waar hij woont.'

'Friedland Street?'

'In één keer goed.'

Ze stonden hem op te wachten toen hij van zijn werk kwam en stapten de auto uit toen hij de deurcode intoetste.

'Kunnen we u even spreken?' vroeg Kelly en ze bekeek Harris aandachtig terwijl ze het bevel liet zien. Verbeeldde ze het zich of flitste er paniek in zijn ogen?

'Waarover?'

'Zullen we naar boven lopen?'

'Het komt niet zo goed uit, ik heb het erg druk vanavond. Misschien kunt u een nummer achterlaten...'

'We kunnen u ook meenemen naar het bureau, als u dat liever hebt,' zei Nick en hij kwam achter Kelly vandaan en ging naast haar staan.

Harris keek van de een naar de ander. 'Komt u maar binnen dan.'

Luke Harris woonde in een penthouse in W1, op de vijfde verdieping van een modern appartementengebouw. Vanuit de lift kwamen ze in een grote ruimte met aan de linkerkant de glanzend witte oppervlakken van een zelden gebruikte keuken.

'Heel aardig,' zei Nick, die de woonkamer door liep en uitkeek over de stad.

Aan de rechterkant rees de BT Tower hoog boven zijn buren uit en in de verte zag Kelly de Shard en de Heron Tower. In het midden van de kamer stonden twee sofa's met overdreven dikke kussens tegenover elkaar, gescheiden door een enorme glazen salontafel. Op de banken lag een stapel glossy reisbrochures.

'Hebt u die allemaal gelezen?'

Harris was nerveus, trok aan zijn das en keek eerst naar Kelly en toen naar Nick. 'Waarom zijn jullie hier?'

'Zegt de naam Zoë Walker u iets?'

'Ik ben bang van niet.'

'U hebt haar vorige week bij station Crystal Palace gevraagd of ze iets met u wilde drinken.'

'O! Ja, natuurlijk. Die Zoë. Ze heeft nee gezegd.'

Kelly hoorde een verontwaardigde ondertoon die in schril contrast stond met het onverschillige schokschouderen van Harris.

'Ongebruikelijk dat een vrouw uw charmes weet te weerstaan?' vroeg Kelly op sarcastische toon.

Harris had het fatsoen te blozen. 'Helemaal niet. We konden het aardig goed vinden, dacht ik, al kenden we elkaar net. En hoewel ze aantrekkelijk is, loopt ze al tegen de veertig, dus...' Onder de vernietigende blik van Kelly maakte hij zijn zin niet af.

'Dus ze had u wel een beetje dankbaarder mogen zijn?'

Harris zweeg.

'Hoe hebt u Zoë Walker ontmoet?' Nick draaide zich af van het kamerhoge raam en kwam terug naar het midden van de kamer.

Harris had ze niet gevraagd om te gaan zitten en was zelf blijven staan, dus dat had Kelly ook gedaan.

De inspecteur trok zich daar niets van aan en liet zich op een van de sofa's vallen.

Kelly volgde zijn voorbeeld.

Harris ging tegenover hen zitten, maar met tegenzin, alsof hij tot op dat moment nog had gehoopt dat ze niet lang zouden blijven.

'We raakten maandag in de metro aan de praat. Daarna kwamen we elkaar weer tegen en het leek te klikken.' Hij haalde weer zijn schouders op, maar nu had het iets geforceerds. 'Het is toch niet verboden om iemand mee uit te vragen?'

'Jullie kennen elkaar van de metro?' vroeg Kelly.

'Ja.'

'Een volkomen toevallige ontmoeting?'

Harris wachtte even. 'Ja, hoor eens, dit is belachelijk. Ik heb nog meer te doen, dus als u het niet erg vindt –' Hij maakte aanstalten om op te staan.

'U hebt niet de gegevens van haar woon-werkverkeer gekocht bij een website die findtheone.com heet?' Kelly hield haar toon achteloos en genoot van de uitdrukking op het gezicht van Harris, waar schrik en ongeloof om voorrang vochten.

Hij ging weer zitten en Kelly wachtte tot hij iets zou zeggen.

De stilte leek zich eindeloos uit te strekken.

'Arresteren jullie mij?'

'Zouden we dat moeten doen?'

De stilte was veelbetekenend. Had hij zich schuldig gemaakt aan een misdrijf? Het was niet verboden aan Zoë Walker te vragen of ze iets met hem ging drinken, maar als hij haar had gevolgd...

Gordon Tillman was beschuldigd van verkrachting, aangehouden en zaterdagmorgen voorgeleid bij de rechtbank. Op advies van zijn advocaat had Tillman op geen enkele vraag iets anders geantwoord dan 'Geen commentaar', ondanks de aanmaning van Kelly dat dat zijn zaak geen goed deed.

'Wie zit er achter de website, Gordon?' had Kelly opnieuw gevraagd. 'De rechtbank oordeelt veel milder als je ons helpt.'

Tillman had naar zijn advocaat gekeken, die snel in diens plaats antwoord gaf.

'Dat is een gewaagde belofte, agent Swift, en een waartoe u helemaal niet gemachtigd bent. Ik heb mijn cliënt geadviseerd verder geen informatie te verschaffen.'

Er was een halfslachtige poging gedaan hem op borgtocht vrij te krijgen omdat hij tot dan toe van onbesproken gedrag was en een goede maatschappelijke reputatie had, en vanwege het effect van zijn aanhouding op zijn loopbaan, maar de snelheid waarmee de rechter had geweigerd suggereerde dat hij dat besluit zonder veel moeite genomen had.

Ze hadden geen informatie uit Tillman weten te krijgen, maar misschien werkte Luke Harris beter mee. De inzet was lager; hij werd niet beschuldigd van verkrachting, zijn borg stond niet op het spel en hij was niet opgesloten. *Kalm aan, dan breekt het lijntje niet.*

'De website,' moedigde Kelly hem aan.

Luke steunde op zijn ellebogen en liet zijn hoofd rusten op zijn uitgespreide vingers. 'Ik heb me een paar weken geleden aangemeld,' mompelde hij tegen het hoogpolige tapijt onder de salontafel. 'Iemand op mijn werk heeft me erop attent gemaakt. Het profiel van Zoë is het eerste dat ik heb gedownload.'

Niet bepaald waarschijnlijk, dacht Kelly, maar ze besloot het erbij te laten zitten. Voorlopig. 'Waarom hebt u dat niet meteen gezegd toen we ernaar vroegen?'

Harris keek op. 'Ik had begrepen dat het geheim moest blijven. De leden wordt gevraagd discreet te zijn.'

'Door wie?' vroeg Nick. 'Wie runt de website, Luke?'

'Dat weet ik niet.' Hij keek op. 'Je kunt me net zo goed vragen wie er achter Google zit of Wikipedia. Ik heb de site gewoon gebruikt – geen idee wie hem runt.'

'Hoe wist je ervan?'

'Dat zei ik net. Door iemand van mijn werk.'

'Wie?'

'Dat weet ik niet meer.' Bij elke vraag die Nick op hem afvuurde raakte Luke meer over zijn toeren.

'Doe eens je best.'

Hij wreef over zijn voorhoofd. 'We zaten met een stel na het werk te praten in de pub. Het ging er nogal ruig aan toe. Een paar mannen waren het weekend naar een striptent geweest – en daar werden geintjes over gemaakt. Je weet wel, mannen onder elkaar.' Dat werd aan Nick gericht, die geen spier vertrok. 'Iemand noemde de website. Ze zeiden dat ik een wachtwoord nodig had om een account te openen en dat dat verstopt zat in een telefoonnummer in een advertentie, achter in de *London Gazette*. Een soort geheime code, alleen voor ingewijden. Ik wilde er niks mee, maar ik was nieuwsgierig en...' Hij maakte zijn zin niet af en keek naar Kelly en Nick. 'Ik heb niks verkeerds gedaan.'

'Dat bepalen wij wel,' zei Nick. 'Je hebt dus de gegevens van Zoë Walker gedownload en toen heb je haar gevolgd.'

'Ik heb haar niet gevolgd! Ik ben geen stalker. Ik heb het zo geregeld dat ik haar tegenkwam, meer niet. Hoor eens, dit allemaal,' hij gebaarde om zich heen naar het hele penthouse, 'is fantastisch, maar ik werk er verdomme heel hard voor. Ik zit zeven dagen per week op kantoor en heb elke avond een conferencecall met de Verenigde Staten... Veel tijd om vrouwen te ontmoeten heb ik niet. De website heeft me een duwtje in de goede richting gegeven, meer niet.'

Een heel harde duw, dacht Kelly en ze ving de blik van Nick op. 'Wat is er gebeurd op het perron van Whitehall, de eerste keer dat u Zoë aansprak?'

'Hoe bedoelt u?'

'We hebben een verklaring van Zoë,' zei Kelly op goed geluk, 'ze heeft ons alles verteld.'

Harris sloot even zijn ogen. Toen hij ze weer opende vermeed hij oogcontact en staarde in plaats daarvan naar een geïllustreerde reisgids voor Italië die voor hem op de salontafel lag. 'Ik had die ochtend geprobeerd met haar in gesprek te raken. Ik zag haar in de bovengrondse, precies zoals het in haar profiel stond. Ik wilde een praatje aanknopen, maar ze negeerde me. Ik dacht dat als ik haar ergens behulpzaam mee kon zijn, dat het ijs zou breken. Ik dacht dat ik voor haar kon opstaan of haar boodschappen kon dragen, zoiets. Maar die gelegenheid deed zich niet voor. Toen stond ik op Whitechapel vlak achter haar en zij stond heel dicht aan de rand van het perron en...' Hij zweeg en fixeerde zijn blik op het boek voor zich.

'Ga verder.'

'Ik heb haar een duw gegeven.'

Kelly snakte onwillekeurig even naar adem. Naast zich voelde ze Nick opveren op de bank. Het lijntje was niet gebroken.

'Ik heb haar meteen vastgepakt. Ze is geen moment echt in gevaar geweest. Vrouwen worden graag gered, toch?'

Kelly slikte haar instinctieve reactie in. Ze wierp een blik op Nick, die knikte. Kelly stond op. 'Luke Harris, ik arresteer u op verdenking van poging tot moord op Zoë Walker. U hebt het recht om te zwijgen...'

26

Maandagavond krijg ik een telefoontje van agent Swift.

'We hebben de man met wie je op Whitechapel hebt gesproken gearresteerd.'

'Luke Friedland?'

'Hij heet eigenlijk Luke Harris.'

In de stilte die volgt vraag ik me af waarom hij tegen me heeft gelogen. Het antwoord volgt meteen.

'Hij heeft toegegeven dat hij je heeft geduwd; we hebben hem gearresteerd wegens poging tot moord.'

Ik ben blij dat ik zit, want al het bloed trekt weg uit mijn hoofd. Ik pak de afstandsbediening en zet het geluid van de tv uit. Justin kijkt naar me en het al half gevormde protest verdwijnt als hij mijn gezicht ziet.

Hij kijkt naar Simon en knikt naar mij.

'Poging tot moord?' Ik krijg de woorden met moeite mijn mond uit.

Justins ogen worden groot.

Simon steekt een hand uit en raakt het enige van mij waar hij bij kan aan; mijn voeten, tussen ons in op de bank.

Op tv rennen ze met een jongetje met een gebroken dijbeen de gang van een ziekenhuis door in een of ander ziekenhuisprogramma.

'Ik denk niet dat we het hard kunnen maken,' zegt agent Swift.

'Om hem dat ten laste te leggen moeten we zijn moorddadige bedoeling kunnen bewijzen...'

Mijn adem stokt in mijn keel en ze haast zich te zeggen: '... en hij beweert dat hij het niet daarom heeft gedaan.'

'Geloven jullie hem?' Poging tot moord. *Poging tot moord!* De term zoemt rond in mijn hoofd. Als ik zijn aanbod van een drankje had geaccepteerd, zou hij me dan hebben vermoord?

'Ja, Zoë. Het is niet de eerste keer dat hij die techniek heeft gebruikt om een vrouw te benaderen. Hij... eh... hij dacht dat je dan eerder open zou staan voor zijn uitnodiging om iets te gaan drinken. Als je dacht dat hij je leven had gered.'

Het ontbreekt me aan woorden om uit te drukken hoezeer het me tegenstaat dat iemand zo denkt. Ik trek mijn voeten onder me en duw de hand van Simon van mijn enkel af. Ik kan op dit moment geen aanraking verdragen. Van wie dan ook. 'Wat staat hem nu te wachten?'

Agent Swift zucht. 'In vind het vreselijk om te moeten zeggen, maar waarschijnlijk niks. We geven zijn dossier door aan het OM en dan wordt hij vrijgelaten op voorwaarde dat hij geen contact zoekt met jou, maar waarschijnlijk wordt de zaak niet aangehouden.' Ze zwijgt even. 'Ik mag dit eigenlijk niet aan je vertellen, maar we hebben hem opgebracht om hem de stuipen op het lijf te jagen. In de hoop dat hij ons informatie zal verstrekken die naar de sleutelfiguur zal leiden.'

'En is dat gelukt?'

Ik weet het antwoord al voor ze iets zegt.

'Nee. Het spijt me.'

Nadat ze heeft opgehangen houd ik de telefoon nog even aan mijn oor, omdat ik het moment wil uitstellen waarop ik mijn partner en zoon moet uitleggen dat er in een cel in Noord-Londen een man zit die is gearresteerd omdat hij mij voor een trein heeft geduwd.

Als ik dat heb gedaan reageert Justin onmiddellijk, terwijl Simon er als verdoofd bij zit en de informatie kennelijk niet kan verwerken.

'Hij dacht dat je met hem uit zou willen als hij je had geduwd?'

'Het syndroom van de grote redder in nood, zei agent Swift,' mompel ik. Ik voel me wazig, alsof het met iemand anders gebeurt.

'Ze zitten eeuwig achter jongeren die op straat hangen aan, maar iemand die heeft toegegeven dat hij heeft geprobeerd iemand te vermoorden laten ze lopen. Klootzakken.'

'Justin, alsjeblieft. Zij kunnen ook geen kant op.'

'Naar de hel lopen kunnen ze.'

Hij loopt de kamer uit en ik hoor hem stampen op de trap.

Simon zit er nog steeds verloren bij. 'Maar je bent niet met hem uit geweest? Of wel?'

'Nee!' Ik pak zijn hand. 'Die vent spoort duidelijk niet.'

'En als hij het nog eens probeert?'

'Dat doet hij niet. Het is hem door de politie verboden.' Ik klink zekerder van mijn zaak dan ik in werkelijkheid ben. Hoe kunnen ze hem tegenhouden? En zelfs als ze Luke Friedland – *Harris*, verbeter ik mezelf – tegenhouden, hoeveel andere mannen staan me op het perron van de metro op te wachten?

'Ik ga morgen met je mee naar je werk.'

'Je moet om halfnegen in Olympia zijn.'

Simon heeft een sollicitatie bij een vakblad. Hij is belachelijk overgekwalificeerd voor die startersfunctie, dat zie ík zelfs, maar werk is werk.

'Ik zeg het af.'

'Dat kun je niet doen! Ik red me wel. Ik bel je van Whitechapel voor ik de metro in stap en zodra ik eruit ben. Zeg het alsjeblieft niet af.'

Hij lijkt niet overtuigd en hoewel ik het afschuwelijk vind om te doen draai ik de duimschroeven een beetje aan. 'Je hebt dat werk nodig. We hebben dat geld nodig.'

De volgende ochtend lopen we samen naar het station. Ik gooi een muntje in de koffer van Megan en geef Simon een hand. Hij wil me per se in de bovengrondse zetten voor hij de trein naar Clapham neemt. Op het perron kijkt hij voortdurend om zich heen.

'Wat zoek je?'

'Hen,' zegt hij grimmig. 'Mannen.' We zijn omgeven door mannen in zwarte pakken, als slecht opgestelde dominostenen. Niemand let op mij en ik vraag me af of dat komt door de aanwezigheid van

Simon. En jawel, zodra Simon is verdwenen en ik alleen in de metro zit valt me een man in pak tegenover me op. Hij kijkt naar me. Ik vang zijn blik op en hij kijkt weg, maar even later kijkt hij weer naar me.

'Kan ik iets voor u doen?' vraag ik nogal luid.

De vrouw naast me drukt haar rok tegen haar benen zodat ze niet meer in aanraking met mij is.

De man bloost en slaat zijn ogen neer.

Twee meisjes aan de andere kant van de wagon giechelen.

Ik ben zo'n raar mens in de metro geworden, zo iemand die je probeert te vermijden.

De man stapt bij het volgende station uit en kijkt niet meer naar me.

Op mijn werk heb ik steeds meer moeite me te concentreren. Ik update de website van Hallow & Reed, maar merk dat ik drie keer achter elkaar hetzelfde gebouw upload.

Op een gegeven moment komt Graham zijn kantoor uit. Hij gaat in de stoel aan de andere kant van mijn bureau zitten, waar normaal gesproken cliënten zitten die meer willen weten over een bepaald pand. Zwijgend overhandigt hij me een print van gegevens die ik vanmorgen heb getypt.

> Deze kantoren met hoogstaande service omvatten vergaderruimtes, supersnel internet en een receptie met professioneel opgeleid personeel.

Ik staar ernaar maar zie het probleem niet.

'Voor negenhonderd pond per maand?'

'Allemachtig, ik ben een nul vergeten. Het spijt me.' Ik wil inloggen om mijn fout ongedaan te maken, maar Graham houdt me tegen.

'Dat is niet de enige fout die je vandaag hebt gemaakt, Zoë. En gisteren was het net zo.'

'Het is deze maand allemaal erg moeilijk, ik –'

'En wat er van de week in de auto gebeurde – ik hoef je zeker niet te vertellen hoe ontzettend onredelijk ik je reactie vond, om niet te zeggen kwetsend.'

Ik word rood. 'Het was een misverstand, meer niet. Ik werd wakker en het was donker en –'

'Ik wil het er niet meer over hebben.' Graham ziet er net zo gegeneerd uit als ik me voel. 'Hoor eens, het spijt me erg, maar ik kan je hier niet gebruiken als je er niet met je gedachten bij bent.'

Ik kijk hem ontzet aan. Hij mag me niet ontslaan. Niet nu. Niet terwijl Simon werkloos is.

Graham ontwijkt mijn blik. 'Je moet er maar een poosje tussenuit.'

'Het gaat wel, eerlijk, ik moet gewoon –'

'Ik zal het op stress gooien,' zegt hij.

Ik ben bang dat ik hem niet goed heb verstaan. 'Je ontslaat me niet?'

'Moet dat dan?'

'Nee, ik dacht gewoon – dankjewel. Dat waardeer ik echt heel erg.'

Hij kleurt een beetje bij mijn vertoon van dankbaarheid, maar zegt niets. Het is een kant van Graham Hallow die ik nog niet eerder heb gezien en ik vermoed dat hij er net zomin aan gewend is als ik.

Even later overtroeft de zaak zijn medelijden en hij komt aanlopen met een tas vol rekeningen en ontvangstbewijzen uit zijn kantoor.

'Dit kun je ook van huis uit doen. De btw moet apart; bel me als je iets niet begrijpt.'

Ik bedank hem nogmaals, pak mijn spullen, doe mijn jas aan en slinger mijn handtas over mijn schouder, waarna ik naar het station loop. Ik voel me lichter nu er in ieder geval één ding is waarover ik me geen zorgen meer hoef te maken.

Ik sla rechts af van Walbrook Street Cannon Street in als ik een ongemakkelijk gevoel krijg.

Een huivering langs mijn ruggengraat, alsof er iemand naar me kijkt.

Ik draai me om, maar het is druk op het trottoir; ik ben omgeven door mensen. Niemand die speciaal opvalt. Ik wacht bij de oversteekplaats en weersta de neiging om te kijken, al gloeit mijn nek onder de blik van denkbeeldige ogen. Als schapen steken we de straat over, dicht opeengepakt, en aan de overkant gekomen zoek ik toch naar de wolf onder de schapen.

Niemand die extra op me let.

Ik verbeeld me het gevoel, net als vanmorgen met de man in de trein. Net als ik aannam dat de jongen met de gympen achter mij aan rende, terwijl hij me naar alle waarschijnlijkheid niet eens heeft opgemerkt. De website maakt me gek.

Ik moet me beheersen.

Met stevige pas loop ik de trap op, mijn hand lichtjes op de leuning en even snel als de mannen in pak. Om me heen beëindigen mensen hun telefoongesprek.

Ik ben nu bij het station.

Ik heb zo geen bereik meer.

Ik bel je als het nog tien minuten duurt.

Ik pak mijn mobiel en stuur Simon een berichtje. Ik ben op weg naar huis. Alles in orde. De tweede trap op, de buik van het station in. Hier klinken de voetstappen anders, omdat ze echoën tegen de betonnen oppervlaktes. Mijn zintuigen staan direct op scherp; ik hoor de individuele voetstappen achter me. Een paar hakken, nog luider als ze me inhalen. De zachte tred van ballerina's, het geluid van staal op beton – ouderwetse Blakey's-schoenbeschermers op mannenschoenen. Die is vast ouder dan ik, bedenk ik en ik probeer mezelf af te leiden door me een voorstelling van de man te maken. Een maatkostuum, handgemaakte schoenen. Grijs haar, dure manchetknopen. Niet op mijn hielen, gewoon op weg naar huis, naar zijn vrouw en hond in hun bungalow in de Cotswolds.

Het prikken in mijn nek houdt aan. Ik pak mijn Oyster-card, maar bij het poortje ga ik aan de zijkant staan, tegen de muur onder de kaart van de ondergrondse. De poortjes dwingen de forensen rustig te lopen en als ze stil moeten staan marcheren hun voeten door, alsof ze dat niet kunnen verdragen. Zo nu dan wordt de golf onderbroken door iemand die de regels niet kent, die geen kaartje in de hand heeft en in zijn zakken of een tas zoekt. De wachtende forensen maken geïrriteerde geluidjes tot het kaartje is gevonden en de stroom verder kan. Niemand let op mij. Het zit allemaal in je hoofd, houd ik mezelf voor en ik herhaal het in de hoop dat mijn lichaam gelooft wat mijn hoofd het vertelt.

'Sorry, mag ik even...'

Ik ga aan de kant voor een vrouw met een klein kind, die achter me op de kaart wil kijken.

Ik moet naar huis. Ik scan mijn pasje en loop op de automatische piloot naar het perron van de District Line. Ik ben op weg naar het eind van het perron, daar waar de deuren open zullen gaan, als het advies van agent Swift me te binnen schiet: *Ga ergens anders zitten. Doe niet wat je altijd doet.*

Ik draai me om en loop terug zoals ik gekomen ben. Terwijl ik dat doe zie ik een snelle beweging in mijn ooghoek. Niet iets, iemand. Iemand die zich verstopt? Iemand die niet gezien wil worden? Ik kijk naar de gezichten om me heen. Ik herken niemand, maar iets wat ik heb gezien komt me bekend voor. Kan het Luke Friedland zijn? *Luke Harris*, weet ik dan weer. Op borgtocht vrijgelaten; negeert hij de voorwaarde dat hij uit mijn buurt moet blijven?

Mijn adem versnelt en ik tuit mijn lippen en blaas heel langzaam uit. Zelfs als het Luke Harris is, wat kan hij beginnen op een vol perron? Evengoed stap ik naar achteren, weg bij de rand, als de trein nadert.

In wagon 5 is een vrije plek, maar ik bedank voor een aanbod te gaan zitten. Ik loop door naar de achterkant van de wagon, waar ik een goed overzicht heb. Er zijn een stuk of wat lege plaatsen, maar veel mensen blijven, net als ik, staan. Er staat een man die de andere kant op kijkt. Hij heeft een overjas en hoed, maar mijn zicht op hem is deels geblokkeerd en ik kan hem niet goed zien. Hetzelfde gevoel bekruipt me weer; iets wat bekend is, maar met een huivering van narigheid. Ik pak de huissleutels uit mijn tas. Er hangt een sleutelring aan die Justin op school heeft gemaakt; een houten z. Die neem ik stevig in mijn gebalde hand en ik laat de yalesleutel tussen mijn vingers door steken. Daarna stop ik mijn hand in mijn zak.

Op Whitechapel aarzel ik niet. Ik wacht tot de trein afremt en de deur opengaat. Ongeduldig druk ik op het knopje, nog voor de trein helemaal stilstaat. Ik ren alsof ik een aansluiting moet halen en dring tussen mensen door die dat niks kan schelen zolang ze zelf hun aansluiting niet missen. Ik luister of ik rennende voetstappen hoor, maar ik hoor alleen de mijne, dreunend op het ritme van mijn hijgende ademhaling.

Op het moment dat de bovengrondse trein het station binnenloopt kom ik het perron op. Net op tijd spring ik in de trein. Mijn adem komt tot rust. Er zit maar een handjevol mensen in de coupé en niemand bezorgt me een ongemakkelijk gevoel. Twee meisjes, beladen met plastic tassen; een man met een tv in een tas van Ikea; een vrouw van in de twintig met oordopjes in van haar iPhone. Tegen de tijd dat we Crystal Palace naderen ontspan ik mijn greep om de sleutel en verdwijnt de angst uit mijn borstkas.

Die komt terug zodra ik een voet op het perron zet en deze keer vergis ik me zeker niet. Iemand kijkt naar me. Volgt me. Als ik naar de uitgang loop weet ik – ik wéét het gewoon – dat iemand uit de wagon voor of achter de mijne is gestapt en nu achter me loopt. Ik draai me niet om. Ik kan het niet. Ik pak de sleutel in mijn zak en werk hem tussen mijn vingers. Ik ga sneller lopen en gooi alle zogenaamde onverschilligheid overboord en ren alsof mijn leven ervan afhangt. Want dat denk ik op dit moment. Mijn ademhaling is oppervlakkig en elke inademing doet pijn in mijn borst. Ik hoor voetstappen achter me; ze rennen ook. Leer op beton. Hard en snel.

Ik dring me tussen een stel dat net afscheid neemt en hoor verontwaardigd geschreeuw achter me. Ik zie de uitgang al; de donkere lucht omlijst door de deurposten. Ik ren sneller en vraag me af waarom er niemand roept – niemand doet iets – en ik begrijp dat ze niet denken dat er iets mis is.

Voor me zie ik Megan. Ze kijkt naar me en haar glimlach verdwijnt als sneeuw voor de zon. Ik houd mijn hoofd laag en zwaai met mijn armen. Ze houdt op met spelen. Ze zegt iets tegen me, maar ik versta het niet en ren door. Tijdens het rennen maak ik mijn tas open en zoek met een hand tussen al mijn spullen naar het alarm dat de politie me heeft gegeven. Ik vervloek mezelf omdat ik het niet in mijn zak heb gestopt of aan mijn kleding geklemd, zoals agent Swift had geopperd. Maar ik vind het en druk tegen de inkepingen aan de zijkant. Als het heeft gewerkt heeft het alarm al contact gezocht met mijn telefoon, die nu 999 belt.

Achter me wordt geschreeuwd. Een klap en een kreet en zo veel commotie dat ik me omdraai, nog steeds klaar om weg te rennen als dat nodig is. De wetenschap – hoop – dat de meldkamer meeluistert en er dankzij de gps een politieauto onderweg is geeft me vertrouwen.

Ik blijf stokstijf staan bij wat ik zie.

Megan staat boven een man met een overjas en een hoed. Haar gitaarkoffer, die normaal bij het hek staat, ligt onder hem en het geld ligt verspreid over het asfalt.

'Je hebt me expres laten struikelen!' zegt de man en ik loop langzaam terug naar het station.

'Gaat het goed met je?' roept Megan, maar ik kan mijn ogen niet afhouden van de man op de grond, die nu overeind komt en zijn knieën schoonveegt.

'Jij,' zeg ik. 'Wat doe jij in godsnaam hier?'

Oudere vrouwen lijken nogal in trek te zijn. Hun pagina wordt net zo vaak bezocht als die van jonge vrouwen; hun profiel net zo vaak gedownload. Net als bij elk bedrijf is het belangrijk op trends te letten; me ervan te vergewissen dat ik de juiste producten voor mijn cliënten in de aanbieding heb.

Al snel raakte ik gefascineerd door de statistieken; ik staarde naar getallen om te begrijpen hoeveel mensen de website hadden gezien, hoeveel op een link hadden geklikt en hoeveel er verder zijn gegaan en een profiel hebben gedownload. Ik buig me over de populariteit van de vrouwen op de site en delete meedogenloos elke vrouw die geen belangstelling trekt. Ten slotte kosten ze allemaal geld; het kost tijd om het profiel up-to-date te houden, me ervan te overtuigen dat de beschrijving nog klopt en dat ze hun route niet hebben veranderd. Tijd is geld, zeggen ze en mijn meisjes moeten hun plekje online wel verdienen.

Dat doen de meesten wel. Over smaak valt niet te twisten en het is – als het erop aankomt – een verkopersmarkt. Dit speciale vermaak is nergens anders te vinden, wat betekent dat ze niet kieskeurig kunnen zijn.

Goed nieuws voor je, of niet? Je hoeft je niet buitengesloten te voelen. Jong en oud; dik en dun; blondine of brunette… er is altijd wel iemand die je wil.

Wie zal het zeggen? Misschien downloadt op dit moment wel iemand je profiel.

27

'Even luisteren, jongens. Dit is een briefing voor Operatie FURNISS op dinsdag 1 december.'

Het was net *Groundhog Day*, dacht Kelly. Elke ochtend en elke avond kwamen dezelfde mensen samen in dezelfde ruimte. Veel leden van het team zagen er vermoeid uit, maar Nicks energie leek onuitputtelijk. Het was precies twee weken geleden dat het lichaam van Tania Beckett was gevonden en al die tijd was hij 's morgens als eerste op kantoor en ging hij 's avonds als laatste weg. Twee weken waarin Operatie FURNISS drie moorden en zes aanrandingen en verdachte incidenten had verzameld die waren terug te voeren op findtheone.com.

'Degenen onder jullie die hebben gewerkt aan de verkrachting in Maidstone – goed werk. Tillman is een akelige vent en door jullie inspanningen is hij van de straat.' Nick zocht naar Kelly. 'Wat is de laatste informatie over zijn computeractiviteiten?'

'Cybercriminaliteit zegt dat hij geen enkele moeite heeft gedaan om zijn sporen te wissen,' zei Kelly en ze keek naar de aantekeningen die ze had gemaakt tijdens haar gesprek met Andrew Robinson. 'Hij heeft de details van het slachtoffer gedownload en aan zichzelf gemaild; waarschijnlijk om ze ook op zijn telefoon te hebben, waar we ze inderdaad hebben aangetroffen.'

'Heeft hij nog andere gekocht?'

'Nee. Maar hij heeft er heel wat bestudeerd. Uit opgeslagen mappen blijkt dat hij de profielen van ongeveer vijftien vrouwen heeft bekeken, maar vóór die van Kathryn Whitworth heeft hij er nooit een gekocht.'

'Te duur?'

'Ik geloof niet dat dat hem iets uitmaakt. Hij is in september zilveren lid geworden en heeft betaald met – let wel – zijn zakelijke creditcard.'

'Leuk.'

'We vonden een welkomstbrief bij zijn weggegooide bestanden – precies dezelfde die wij hebben gekregen toen we een account onder pseudoniem hadden aangemaakt, maar met een ander wachtwoord. Kennelijk wordt de beveiliging van de site regelmatig aangepast; zoals Harris ons vertelde is het telefoonnummer in de advertentie de code voor het laatste wachtwoord.'

'Die jij zo slim hebt ontcijferd,' zei Nick.

'Tillman is lui,' zei Kelly, hardop denkend. 'Hij gaat met de auto naar zijn werk – voor de meeste vrouwen van de site zou hij moeten omrijden. Ik denk dat hij veel op de site heeft gekeken; misschien kreeg hij daar een seksuele kick van. Toen hij op het profiel zag dat Kathryn uit Maidstone kwam, waar hij naar een conferentie zou gaan, heeft hij zijn slag geslagen.'

'Geef zijn nummer door aan de automatische nummerplaatherkenning. Kijk of zijn auto in de dagen voor de verkrachting in de buurt van Maidstone is gezien.'

Kelly schreef *ANH* op en onderstreepte het terwijl Nick verderging met de briefing.

'Bij de analyse van Tilmans computer vond Cybercriminaliteit een versleuteld compartiment op zijn harddisk met honderdzesenzeventig onzedelijke foto's, waarvan een groot deel valt onder sectie 63 van de wet op extreme pornografische foto's. Hij blijft voorlopig zitten waar hij zit.'

Kelly had zelf Kathryn Whitworth willen bellen om haar te vertellen dat ze Tillman hadden gearresteerd op beschuldiging van verkrachting en dat hij ook vastzat voor het in bezit hebben van porno.

Lucinda had haar daarvan weerhouden. 'Laat dat over aan het

team Zedendelicten van Kent; zij hebben al een relatie met haar opgebouwd.'

'Ze weten niks van de zaak,' had Kelly tegengeworpen. 'Ik kan haar vragen beantwoorden en haar geruststellen.'

Lucinda was onverbiddelijk. 'Kelly, hou ermee op het werk van anderen te willen doen. Het team in Kent brengt het slachtoffer op de hoogte en jij hebt hier werk te doen.'

Hoewel de rechercheurs van het MOT geregeld grapjes maakten ten koste van de civiele medewerkers, werd Lucinda algemeen gerespecteerd om haar kennis en ervaring en Kelly vormde daarop geen uitzondering. Ze moest erop vertrouwen dat degene die Kathryn op de hoogte bracht dat met meeleven en begrip zou doen; er wachtte haar een langdurige rechtszaak en dat was geen sinecure.

Nick was nog niet klaar met zijn briefing. 'De meesten van jullie weten waarschijnlijk wel dat Kelly en ik gisteren Luke Harris hebben meegenomen, ook een gebruiker van de website. Aanvankelijk beweerde Harris dat hij alleen het profiel van Zoë Walker had gedownload, maar toen hij eenmaal vastzat, zong hij een toontje lager.'

Ontzet dat hij gearresteerd was op verdenking van poging tot moord, was Luke omgedraaid als een blad aan een boom. Hij had de wachtwoorden voor al zijn accounts verstrekt en opgebiecht dat hij het profiel van vier andere vrouwen op findtheone.com ook had gedownload. In alle gevallen was hij als 'redder in de nood' opgetreden. Hij verdrukte de vrouwen in een menigte en kwam dan naar voren om zich over ze te ontfermen. Deze techniek was matig succesvol; van één vrouw een kop koffie uit dankbaarheid met daaropvolgend een etentje, maar verder was het op niets uitgelopen.

'Harris bleef volhouden dat hij niets verkeerds had gedaan,' zei Nick tegen het team. 'Hij beweert dat hij geen van de vrouwen die hij heeft gevolgd kwaad wilde doen en dat zijn enige doel een vriendschap was.'

'Wat is er mis met uniform.com, zoals wij allemaal gebruiken?' riep iemand en Nick wachtte tot het gelach was weggestorven.

'Om datingsites hangt kennelijk een waas van wanhoop,' zei Nick en hij herhaalde de woorden van Harris. 'Luke Harris geeft de voorkeur aan de "spanning van de jacht", zoals hij dat noemt. Ik vermoed dat hij voorlopig zijn buik vol heeft van spanning.'

Kelly's mobiel ging. Ze keek op het schermpje in de verwachting daar de naam van Lexi te zien, maar het was Cathy Tanning. 'Een getuige,' zei ze tegen Nick, en ze hield haar mobiel even in de lucht als verklaring. 'Neem me niet kwalijk.' Ze nam op en liep de kamer uit naar haar bureau.

'Hoi, Cathy, alles goed?'

'Ja, prima, dank je. Ik wil je even laten weten dat ik niet meer in Epping ben.'

'Ben je verhuisd? Dat is plotseling.'

'Valt wel mee, hoor. Ik speel al heel lang met het idee om uit Londen weg te gaan en ineens deed zich iets voor. In Romford, dus niet heel ver weg. Ik kon me thuis niet meer ontspannen, ook niet nadat ik de sloten had veranderd.'

'Wanneer is de verhuizing?'

'Ik ben al weg. Ik heb eigenlijk een maand opzegtermijn maar de huisbaas wilde schilderen en behangen en het huis weer verhuren dus ik mocht eerder weg. Het pakt heel goed uit zo.'

'Daar ben ik blij om.'

'Maar daar bel ik eigenlijk niet voor,' zei Cathy. Ze aarzelde. 'Ik wil mijn verklaring intrekken.'

'Zit er iemand op je nek? Heb je problemen gekregen door het artikel in de *Metro*? Want als je bedreigd wordt –'

'Nee, dat is het niet. Ik wil het gewoon achter me laten.' Ze zuchtte. 'Ik vind het heel erg, ik weet hoe je je best hebt gedaan om erachter te komen wie mijn sleutels heeft en toen ik zei dat ik dacht dat er iemand in huis was geweest reageerde je fantastisch –'

'We weten bijna wie er achter de website zit,' onderbrak Kelly haar. 'Als we hem in staat van beschuldiging stellen hebben we je verklaring nodig.'

'Er zijn toch wel andere getuigen, of niet? Andere misdaden? Die arme meisjes die zijn vermoord – dat zijn de belangrijke zaken, niet die van mij.'

'Ze zijn allemaal belangrijk, Cathy. We zouden het niet onderzoeken als we daar niet van overtuigd waren.'

'Dank je. En als ik dacht dat mijn getuigenis het grote verschil zou maken, zou ik die zeker geven. Maar dat is niet zo, of wel?'

Kelly antwoordde niet.

'Een vriendin van me is vorig jaar getuige geweest,' zei Cathy. 'Ze is maandenlang lastiggevallen door de familie van de aangeklaagde. Ik heb geen zin in dat gedoe. Ik heb nu de kans om met een schone lei te beginnen in een splinternieuw huis waarvan niemand anders de sleutels heeft. Het was een angstige ervaring, maar ik ben er ongeschonden door gekomen – en daar wil ik het bij laten.'

'Mag ik het je dan tenminste wel laten weten als we iemand arresteren? Voor het geval je van gedachten verandert?'

Het bleef lang stil.

'Ja, dat wel. Maar ik zal niet van gedachten veranderen, Kelly. Ik weet dat het belangrijk is iemand achter de tralies te krijgen, maar mijn gevoel telt toch zeker ook mee?'

Het draait altijd om de slachtoffers, dacht Kelly, geërgerd omdat dat in twijfel werd getrokken. Ze had Cathy gezien als een van de meest betrouwbare getuigen in de zaak en was teleurgesteld dat ze zich had vergist. Ze deed haar mond open om Cathy te waarschuwen dat haar weigering om te getuigen kon resulteren in een behandeling als vijandige getuige, dat het beschouwd zou kunnen worden als belediging van de rechtbank.

Maar ze bedacht zich. Was het te rechtvaardigen om in de jacht op gerechtigheid een slachtoffer te bedreigen alsof ze aan een kruisverhoor werd onderworpen? Onwillekeurig zag ze Lexi voor zich. Ze haalde diep adem voor ze weer iets zei.

'Het gevoel van het slachtoffer is leidend in elke zaak. Fijn dat je het me hebt laten weten, Cathy.' Kelly verbrak de verbinding, sloot haar ogen en liep pas terug naar het crisiscentrum toen ze zeker wist dat ze haar emoties onder controle had. De briefing was klaar en het kantoor van het MOT gonsde weer van de activiteit. Ze liep naar Andrew Robinson, die naast Nick zat, en pakte een stoel bij een ander bureau vandaan zodat ze bij ze kon gaan zitten.

'Nog steeds achter de geldstroom aan?' vroeg Kelly, die zich die uitdrukking van de cybercriminaliteitrechercheur herinnerde.

'Zeker. Ik heb de gegevens van de creditcard van de inspecteur gevolgd, net als die van Gordon Tillman en Luke Harris. Ze komen allemaal uit bij een PayPal-account – kijk, zo.' Andrew haalde een leeg vel uit de printer en schreef er drie namen op: *RAMPELLO*, *TILLMAN*, *HARRIS*. 'Het geld gaat van deze drie bronnen,' hij trok pijltjes vanuit elke naam, 'naar hier,' Andrew tekende een rechthoek om het woord *PayPal*, 'en gaat dan verder hierheen.' Een pijl, en weer een rechthoek, dit keer om het woord *bankrekening*.

'En die bankrekening is van onze dader. Ja?' vroeg Nick.

'Absoluut.'

'En kunnen we aan die gegevens komen?'

'Die hebben we al.' Andrew zag de hoopvolle blik op het gezicht van Kelly. 'Het is een studentenrekening die op naam van Mai Suo Li staat. Ik heb kopieën van de legitimatiebewijzen die zijn gebruikt om de rekening te openen en ze zijn allemaal koosjer; uit de paspoortcontroles blijkt dat Mai Suo Li op 10 juli van dit jaar het Verenigd Koninkrijk heeft verlaten en naar China is gegaan, en niet is teruggekomen.'

'Kan de site vanuit China worden beheerd?'

'Dat is mogelijk, maar ik kan je nu al verzekeren dat we geen enkele medewerking hoeven te verwachten van de Chinese autoriteiten.'

Kelly kreeg er hoofdpijn van.

'Intussen kan ik jullie vertellen dat de dader een Samsung-apparaat gebruikt om de fondsen van PayPal over te hevelen naar de bankrekening. Ik kan niet zeggen of het een mobiel, een tablet of een laptop betreft, maar je kunt er gif op innemen dat het een draagbaar apparaat is.'

'Hoe weet je dat?' vroeg Kelly.

'Elke keer dat je je mobiel aanzet stuurt die een signaal om te zoeken naar wifi of bluetooth. Als het een thuiscomputer was zou dat altijd vanuit dezelfde locatie gebeuren, maar er is kennelijk over nagedacht hoe hij ontdekking kan voorkomen.' Andrew gaf Nick een papiertje en hij verschoof zijn stoel zodat Kelly het ook kon zien. 'Als de wifi altijd aan zou staan zou je honderden locaties verwachten, maar zoals je kunt zien zijn het er maar een paar en met lange tussenpozen. Dat kan erop duiden dat het apparaat alleen voor bepaalde doeleinden wordt aangezet; bijna zeker om geld van PayPal naar de rekening over te maken. Ik vermoed dat dit een weggooimobiel is, niet zijn gebruikelijke.'

Op het papier stond een lijst met locaties. De bovenste was onderstreept.

Espress Oh!

'Wat is dat?'

'Een koffietentje in de buurt van Leicester Square en de plaats waar onze man bij voorkeur gebruikmaakt van zijn weggooimobiel. De afgelopen maand heeft hij bij drie gelegenheden hun wifi gebruikt om geld van PayPal over te boeken naar zijn bankrekening. De data en tijden staan eronder.'

'Goed werk,' zei Nick.

'Dan is het nu tijd voor ouderwetse politiemethodes, vrees ik.' Andrew was, terecht, erg in zijn nopjes.

Kelly en de inspecteur voelden zich meer vertrouwd met dat werk. Een koffiebar op een drukke plek als Leicester Square beschikte ongetwijfeld over een bewakingscamera en misschien herinnerde een medewerker zich een bepaalde klant op een bepaalde dag. Als ze een duidelijk beeld konden destilleren uit de bewegende beelden zou dat landelijk verspreid worden in een zaak die zo belangrijk was als deze.

'Chef!' De roep kwam van de andere kant van de ruimte. 'Alarm van Zoë Walker. Er is een team onderweg naar Crystal Palace.'

Nick pakte zijn jas al. Hij keek naar Kelly. 'Kom, we gaan.'

28

‘Je hebt me expres laten struikelen!’ zegt Isaac vanaf de grond tegen Megan. Hij zet een hand op straat om overeind te komen.

De mensen die vanwege de opwinding waren blijven staan lopen weer door.

‘Ja,’ zegt ze, waarna ze zich bukt en het geld opraapt.

Ik help haar, al was het alleen maar om niet te staren naar Isaac, die tegelijkertijd verontwaardigd en geamuseerd lijkt door het voorval.

‘Je achtervolgde haar,’ zegt Megan schouderophalend, alsof ze geen andere keus had.

‘Ik haalde haar in, dat is heel wat anders.’ Hij staat weer.

‘Megan, dit is mijn dochters...’ Ik weet eigenlijk niet hoe ik hem moet noemen. ‘We kennen elkaar,’ besluit ik.

‘Juist.’ Megan lijkt zich niet te generen. Misschien betekent het feit dat we elkaar kennen in haar wereld helemaal niets. Dan kon hij me nog steeds achtervolgen.

Dan kon hij me nog steeds achtervolgen.

Ik schuif de gedachte aan de kant als volkomen belachelijk. Natuurlijk achtervolgde hij me niet. Ik wend me tot hem. ‘Wat doe je hier?’

‘Volgens mij leven we in een vrij land.’ Hij zegt het lachend, maar het irriteert me toch. Kennelijk ziet hij dat aan mijn gezicht, want hij wordt ernstig. ‘Ik ben onderweg naar Kate.’

'Waarom ging je rennen?' In het bijzijn van Megan – die haar gitaar losjes vastheeft maar ons nog steeds scherp in de gaten houdt – voel ik me zekerder.

'Omdat jij rende,' zegt hij.

Het klinkt zo logisch dat ik niet meer weet wat ik ervan moet denken. In de verte hoor ik een sirene.

'Ik wist dat je zenuwachtig was door de advertenties in de *Gazette* en Kate heeft me van de website verteld. Toen ik je zag rennen dacht ik dat je bang was voor iemand.'

'Ja, voor jou!' Mijn hart bonkt nog steeds in mijn keel en mijn hoofd tolt van de adrenaline. De sirene komt dichterbij.

Isaac heft zijn handen in een gebaar dat hij het toch niet goed kan doen, wat me nog meer ergert.

Wie is deze man? De sirene is oorverdovend; ik kijk Anerley Road in en zie een politiewagen met zwaailicht mijn kant op komen.

Tien meter voor ons stopt hij en de sirene wordt uitgezet.

Zal Isaac vluchten? Ik merk dat ik dat eigenlijk hoop. Ik wil dat het hiermee eindigt; de advertenties, de website, de angst.

Maar hij stopt zijn handen in zijn zakken en kijkt naar mij, hoofdschuddend alsof ik iets ongehoords heb gedaan. Hij loopt naar de agenten toe.

'Deze dame is een beetje geschrokken,' legt hij uit en ik word zo kwaad dat ik geen woord meer kan uitbrengen.

Hoe waagt hij het zich op te stellen alsof hij de leiding heeft? Hoe waagt hij het dit af te doen met de tekst dat ik *een beetje geschrokken* ben?

'Uw naam, meneer?' vraagt de agent en hij trekt zijn boekje terwijl zijn collega – een vrouw – naar mij toe komt.

'Hij zat achter me aan,' zeg ik, en door het te zeggen maak ik het waar. Ik begin over de advertenties, maar daar weet ze alles van. 'Het begon in Cannon Street, maar in Crystal Palace begon hij achter me aan te rennen.' Was hij begonnen met rennen, of ik? Wat deed het ertoe? De agente maakt aantekeningen, maar lijkt niet geïnteresseerd in de details.

Er stopt een auto achter de politiewagen en ik herken inspecteur Rampello achter het stuur. Agent Swift is er ook en ik voel een golf van opluchting dat ik haar niet hoef te overtuigen van de ernst van de situatie.

Rampello praat met de agente, die haar opschrijfboekje wegdoet en bij haar collega gaat staan.

'Hoe gaat het met je?' vraagt Kelly.

'Ja, goed, alleen heeft Isaac me de stuipen op het lijf gejaagd.'

'Ken je hem?'

'Hij heet Isaac Gunn – het is het vriendje van mijn dochter. Ze speelt op het moment in een theaterstuk en hij is de regisseur. Hij moet mijn route van de website hebben gehaald.' Ik zie dat ze een blik van verstandhouding wisselen en weet al wat ze gaan zeggen.

'De website geeft informatie om vreemden te kunnen volgen,' zegt agent Swift. 'Waarom zou een bekende daar gebruik van maken?'

Inspecteur Rampello kijkt op zijn horloge. 'Het is nog ochtend. In je profiel staat dat je om halfzes van je werk vertrekt.'

'Mijn baas heeft me naar huis gestuurd. Dat is toch geen misdaad, of wel?'

Hij is geduldiger dan mijn toon verdient. 'Natuurlijk niet. Maar als Isaac Gunn jouw gegevens van de website had en je wilde volgen, zou hij daar vandaag geen succes mee hebben, of wel? Je hebt je niet aan het script gehouden.'

Ik zwijg. Ik denk aan de voetstappen die ik in Cannon Street hoorde; de glimp van een overjas op de District Line. Was dat Isaac? Of iemand anders? Heb ik me het gevoel gevolgd te worden dan verbeeld?

'Jullie moeten hem in ieder geval ondervragen. Uitzoeken waarom hij achter me aan zat; waarom heeft hij me niet aangesproken zodra hij me zag?'

'Hoor eens,' zegt inspecteur Rampello, 'we zullen Gunn meenemen voor een vrijwillig gesprek. Kijken of er verband is met de website.'

'En dan laten jullie het me weten?'

'Zodra we kunnen.'

Aan de overkant van de straat stapt Isaac in de politieauto.

'Zullen we je even thuisbrengen?' vraagt agent Swift.

'Ik loop wel, dank je.'

Megan komt naast me staan als inspecteur Rampello en agent Swift wegrijden en dan realiseer ik me pas dat ze uit beeld was verdwenen zodra de politie arriveerde. 'Alles goed met je?'

'Prima. Dankjewel voor wat je net deed.'

'Dankjewel voor wat jij elke dag doet,' geeft ze glimlachend terug.

Ik gooi nog een muntstuk in haar gitaarkoffer terwijl ze de eerste akkoorden speelt van een nummer van Bob Marley.

Het is een frisse, koude dag. Ze voorspellen al dagen sneeuw en vanavond denk ik dat het ervan gaat komen. Er hangen dikke witte wolken boven mijn hoofd en de straat glinstert van de rijp. In mijn hoofd ga ik de route van mijn werk naar huis nog eens na en probeer achter het exacte moment te komen waarop ik het gevoel kreeg dat ik werd gevolgd; het exacte moment waarop ik ben gaan rennen. Door terug te denken hoef ik me niet bezig te houden met wat me werkelijk zorgen baart: wat moet ik in godsnaam tegen Katie zeggen? Dat haar vriendje me heeft gestalkt? Hoe dichter ik bij huis kom, hoe meer ik aan mezelf ga twijfelen.

Als ik de deur opendoe hoor ik de radio in de keuken. Simon zingt hard dan wel zacht mee, al naargelang hij de tekst kent. Ik heb hem lang niet horen zingen.

Als de deur achter me in het slot valt houdt het zingen op.

'Ik ben hier!' roept Simon totaal overbodig.

Hij heeft de tafel gedekt voor de lunch. 'Ik dacht dat je wel trek zou hebben in iets warms,' zegt hij. Op het fornuis staat een pan te stomen. Risotto met garnalen, asperges en citroen. Het ruikt heerlijk.

'Hoe wist je dat ik vroeg thuis zou zijn?'

'Ik heb naar je werk gebeld en je baas zei dat hij je naar huis had gestuurd.'

Het schiet even door me heen hoe blij ik zou zijn met een leven waarin niet elke beweging die ik maak onder de loep ligt, maar meteen voel ik me ondankbaar. De politie, Graham, Simon; ze proberen me allemaal te beschermen, meer niet.

'Ik dacht dat hij me wilde ontslaan.'

'Dat moet hij proberen. We klagen hem aan wegens onterecht ontslag voor hij "te huur" kan zeggen.' Hij grijnst om zijn eigen grapje.

'Wat ben jij melig. Mag ik aannemen dat het sollicitatiegesprek goed ging?'

'Ze belden me al nog voor ik bij de metro was. Morgen heb ik een tweede gesprek.'

'Dat is fantastisch! Zijn het leuke mensen? Lijkt het een goede baan?' Ik ga zitten en Simon zet twee dampende kommen risotto op tafel. Ik voel ineens een geeuwhonger die veroorzaakt wordt door de adrenaline van net. Na een paar happen vergaat me de trek weer; ik moet het tegen Katie zeggen. Zij zit op Isaac te wachten en vraagt zich af waar hij blijft. Maakt zich misschien wel zorgen.

'Ze zijn allemaal een jaar of twaalf,' zegt Simon. 'Er is een oplage van maar achtduizend en ik kan het met twee vingers in mijn neus.'

Ik doe mijn mond open om hem naar Katie te vragen, maar hij interpreteert dat verkeerd en haast zich te zeggen: 'Maar zoals je gisteren al zei, het is werk en de werktijden zijn gunstiger dan bij de *Telegraph*. Geen weekenden en geen avonddiensten op de nieuwsredactie. Het geeft me de gelegenheid om aan mijn boek te werken.'

'Het is geweldig nieuws! Ik wist wel dat zich iets zou voordoen.' Even eten we in stilte. 'Waar is Katie?' vraag ik alsof ik daar nu pas aan denk.

'Op haar kamer, denk ik.' Hij kijkt me aan. 'Hoezo? Is er iets?'

Op dat moment besluit ik niks tegen hem te zeggen.

Hij moet zich rustig concentreren op het gesprek van morgen zonder dat hij liever thuis zou blijven om op mij te passen; zonder bang te hoeven zijn dat Katie omgaat met een potentiële stalker. Ik negeer het indringende stemmetje in mijn hoofd dat zegt dat ik het hem niet wil vertellen omdat ik er zelf niet eens zeker van ben.

Ik hoor voetstappen op de trap en het onmiskenbare geluid van Katie, die richting de keuken komt.

Met haar ogen op haar mobiel gericht loopt ze binnen. 'Hoi, mam, wat ben jij vroeg thuis.'

Ik kijk van haar naar Simon, als een konijntje dat gevangenzit in de koplampen van een auto en niet weet naar welke kant van de weg het moet vluchten.

Na een blik op haar telefoon zet ze fronsend de waterkoker aan.

'Alles in orde, schat?'

Simon kijkt me verbaasd aan, maar zegt niks.

Als hij de spanning in mijn stem al hoort, zal hij die wijten aan de gebeurtenissen. De 'stress' waarvoor Graham me naar huis heeft gestuurd.

'Isaac zou komen, maar hij laat net weten dat er iets tussen gekomen is,' zegt Katie. Ze lijkt meer verbaasd dan boos en ik weet dat dat is omdat ze er niet aan gewend is teleurgesteld te worden.

Ik vind het vreselijk dat ik daar nu de oorzaak van ben.

Ik had aangenomen dat de politie de mobiel van Isaac wel ingenomen zou hebben. Ik stel me het gesprek in de politieauto of op het bureau voor.

Ik moet even een bericht sturen aan mijn vriendin.

Eén bericht en dan lever je je mobiel in.

Misschien ging het helemaal niet zo. Misschien konden ze het allemaal uitstekend met elkaar vinden. Isaac die zijn charmes loslaat op de vrouw en haar mannelijke collega inpakt.

Ik moet mijn vriendin even laten weten wat er aan de hand is. Jullie hebben haar moeder gezien, die spoort niet helemaal...

'Zei hij nog wat er tussen was gekomen?' vraag ik Katie.

'Nee, het zal wel iets met de show te maken hebben. Hij is altijd aan het werk – dat zal wel moeten als zelfstandige. Ik hoop wel dat alles in orde is – over zeven uur gaat het doek op.' Ze neemt haar Pot Noodles mee naar boven en ik laat mijn vork op de rand van mijn kom rusten.

Vanavond is de première. Hoe kon ik dat vergeten? Stel je voor dat Isaac nog op het bureau zit!

'Heb je geen honger?' vraagt Simon.

'Het spijt me.'

Ik heb er een zooitje van gemaakt en weet niet hoe ik er weer uit moet komen. De rest van de dag sluip ik door het huis, bied Katie kopjes thee aan die ze niet wil en zet me schrap voor het moment waarop ze me verwijt dat ik Isaac door de politie heb laten meenemen.

Een *vrijwillig gesprek*, herinner ik me. Hij is niet gearresteerd.

Maar ik weet dat het onderscheid Isaac weinig zal uitmaken. En Katie ook niet.

Om vijf uur haalt Matt haar op om haar naar het theater te brengen.

'Ze pakt even haar spullen,' zeg ik. Matt staat op de stoep en ik voel de kou door de open deur naar binnen stromen. 'Ik wil je wel binnenvragen, maar het is... nou ja, lastig.'

'Ik wacht wel in de taxi.'

Katie komt de trap af rennen terwijl ze haar jas aantrekt. Ze geeft me een kus.

'*Hals- und Beinbruch* maar weer, schat. Dat moet je toch zeggen?'

'Dank je, mam.'

Als Matt wegrijdt gaat mijn mobiel. Het nummer van agent Swift verschijnt op het scherm. Ik loop de trap op en duw Justin aan de kant, *Sorry*. Boven ga ik de werkkamer van Simon in en doe de deur achter me dicht.

Kelly Swift draait er niet omheen. 'We hebben hem laten gaan.'

'Wat zei hij?'

'Wat hij ook tegen jou zei. Dat hij je in de metro zag en vond dat je angstig keek. Hij zei dat je steeds om je heen keek en schrikachtig was.'

'Heeft hij toegegeven dat hij me achtervolgde?'

'Hij zei dat hij op weg was naar je dochter en dus dezelfde kant op moest. Toen je ging rennen werd hij bezorgd, dus ging hij achter je aan om je in te halen.'

'Waarom heeft hij me dan niet aangesproken?' wil ik weten. 'Toen hij me zag in de metro? Toen had hij naar me toe kunnen komen.'

Agent Swift aarzelt. 'Hij lijkt te denken dat je hem niet mag.'

Op de computer van Simon zit een post-it die los dreigt te raken en met mijn duim duw ik de hoekjes vast.

'We hebben zijn mobiel en laptop, Zoë – we mochten die zonder protest bekijken. Op het eerste gezicht is er geen enkel verband met findtheone.com. Cybercriminaliteit zal de komende uren verder onderzoek doen en ik laat het je natuurlijk weten als er iets uit komt.' Ze zwijgt weer even en met een veel zachtere stem zegt ze: 'Zoë, ik geloof niet dat hij iets met de website te maken heeft.'

'Mijn god, wat heb ik gedaan?' Ik doe mijn ogen dicht alsof dat zal helpen de rotzooi die ik heb veroorzaakt op te ruimen. 'Mijn dochter vergeeft het me nooit.'

'Isaac had alle begrip voor het misverstand,' zegt agent Swift. 'Hij weet dat je onder zware druk staat. Volgens mij heeft hij er geen probleem mee het tussen jullie twee te houden.'

'Hij zegt niks tegen Katie? Waarom zou hij dat doen?'

Ze ademt uit en er kruipt een lichte ergernis in haar stem. 'Misschien is hij gewoon een aardige vent, Zoë.'

Het is de volgende dag stil in huis wanneer ik opsta. Het is vreemd helder in onze slaapkamer en wanneer ik de gordijnen opendoe zie ik dat de beloofde sneeuw is gekomen. De wegen zijn al schoon – autobanden en zout hebben korte metten gemaakt met wat er 's nachts is gevallen – maar de trottoirs en tuinen, geparkeerde auto's en daken zijn bedekt met vijf centimeter sneeuw. Nieuwe vlokjes zweven langs het raam en vullen de voetstappen op het pad op.

Ik kus Simon op zijn lippen. 'Het sneeuwt,' fluister ik als een klein kind dat naar buiten wil om te spelen.

Hij glimlacht zonder zijn ogen open te doen en trekt me het bed weer in.

Wanneer ik opsta sneeuwt het niet meer. Justin heeft een lange dag in het café en Katie slaapt een gat in de dag na de première. Tegen de waterkoker staat een briefje voor me:

> *Uitverkochte zaal! Isaac vond het het beste publiek ooit. X*

Hij heeft het haar niet verteld. Langzaam adem ik uit.

Ik moet hem spreken. Mijn verontschuldigingen aanbieden. Maar niet vandaag.

'Hoe laat is het gesprek?' vraag ik aan Simon.

'Pas om twee uur, maar ik wilde vanmorgen vast gaan om een paar oude uitgaven op te halen en die dan tijdens de lunch te bekijken. Dat vind je toch niet erg, hè? Je redt het hier toch wel?'

'Ja, natuurlijk. Katie is er ook. Ik ga denk ik maar eens opruimen.' Het is een rommeltje in huis; de eettafel waar we twee weken geleden nog omheen gezeten hebben is weer veranderd in de gebruikelijke puinhoop. Gisteravond heb ik de ontvangstbewijzen en rekeningen van Graham uitgepakt, maar ik kan er pas mee aan de slag als ik heb opgeruimd.

Hij kust me ten afscheid en ik wens hem succes. Ik hoor hem fluiten terwijl hij de voordeur openmaakt en ik glimlach.

Rond elven verschijnt Katie. Ondanks de kringen onder haar ogen en het potloodstreepje dat ze niet helemaal heeft afgeschminkt, ziet ze er stralend uit.

'Het was geweldig, mam.' Ze pakt een kop thee van me aan en volgt me de eetkamer in, waar ze een stoel bijtrekt en gaat zitten met haar knieën tegen haar borst. Ze heeft reusachtige wollige pantoffels aan. 'Ik had de souffleur helemaal niet nodig en aan het eind stond er zowaar iemand op! Volgens mij was het een bekende van Isaac, maar toch.'

'Dan komt er dus nu geld binnen?'

'Ja, vast. We moeten de huur van het theater betalen en de kosten van het loket, dus dat komt eerst.'

Ik zeg niks. Ik vraag me af of Isaac zijn deel al heeft gehad.

Plotseling kijkt Katie me aan. 'Waarom ben je niet op je werk?'

'Ik ben ziek thuis.'

'Waarom heb je dat niet gezegd, mam? Dat moet je niet doen. Kom, laat mij maar.' Ze springt overeind en pakt de stapel dossiers uit mijn handen. Ze kijkt om zich heen en legt ze neer op het kastje waar ze vandaan kwamen. Er dwarrelt een ontvangstbewijs op de grond.

'Ik ben niet ziek-ziek. Graham heeft me een poosje vrij gegeven. Gewoon, zolang de politie de onzin rondom die website nog niet heeft opgelost.' Het geeft me een goed gevoel het af te doen als onzin. Krachtig, zou Melissa zeggen. Ik buk me om het ontvangstbewijs dat onder de tafel terecht is gekomen op te rapen.

Cola light; 2 pond 95.

Ik weet niet of het van de stapel gekomen is of dat het een van de rekeningen is die we allemaal op de tafel dumpen.

Het is een rekening van een tent die Espress Oh! heet. Een vreselijke naam voor een café, vind ik. Zo geforceerd dat je er kromme tenen van krijgt. Als ik het briefje omdraai zie ik dat er een nummer achterop staat: 0364 in een handschrift dat ik niet ken. Een pincode misschien?

Ik leg het aan de kant. 'Laat maar liggen, schat,' zeg ik tegen Katie, die nog steeds stapels papier verplaatst met meer enthousiasme dan effectiviteit. 'Het is gemakkelijker als ik het zelf doe. Dan raakt het niet door elkaar.' Ik luister naar haar verhalen over de première – over de viersterrenbeoordeling van *Time Out* en wat ze voelde toen ze voor de tweede keer een open doek kregen – terwijl ik de papieren op de eettafel sorteer en opruim. Het proces heeft een kalmerende uitwerking op me. Alsof ik de controle over mijn leven terug kan krijgen door het huis op te ruimen.

Ik zou Graham nooit om verlof hebben gevraagd en ik ben blij dat hij me ertoe heeft gedwongen. Nu kan ik tenminste thuisblijven terwijl de politie doet wat ze moeten doen om deze zaak op te lossen. Ik ben klaar met detectivewerk. Laten zij het risico maar lopen; ik blijf hier, veilig thuis.

29

Het interieur van Espress Oh! was weinig aantrekkelijk en dat maakte de claim op de ruit, DE BESTE KOFFIE VAN LONDEN, een beetje onwaarschijnlijk. De deur klemde maar gaf uiteindelijk toe, zodat Kelly met kracht naar binnen struikelde.

'Bewakingscamera!' zei ze triomfantelijk tegen Nick en ze wees op een sticker op de muur waarop stond: LACHEN NAAR HET VOGELTJE! met een afbeelding van een camera ernaast. Binnen was het veel groter dan je zou verwachten en op bordjes aan de muur stond dat er boven ook nog zitjes waren. Een wenteltrap leidde naar wat waarschijnlijk de toiletten waren, afgaande op de voortdurende stroom mensen die van boven naar beneden liepen. Het was er behoorlijk lawaaierig en de gesprekken moesten opboksen tegen het grote zilverkleurige koffieapparaat op de toonbank.

'We willen de manager graag spreken.'

'Dan ben je niet de enige.' Het meisje achter de kassa had een Australisch accent, zodat alles wat ze zei een vraag leek. 'Als u een klacht wilt indienen hebben we daar formulieren voor, ja?'

'Wie heeft vandaag de leiding?' vroeg Kelly en ze klapte haar legitimatie open zodat haar penning zichtbaar werd.

Het meisje was niet onder de indruk. Langzaam en gedecideerd keek ze het café door. Er waren twee andere barista's, een veegde de tafels schoon en de andere stapelde met zo'n snelheid en fanatisme kopjes in een industriële vaatwasser dat het Kelly verbaasde dat ze heel bleven. 'Dat ben ik, denk ik. Mijn naam is Dana.' Ze veegde haar handen af aan haar schort. 'Jase, wil jij even op de kassa letten? We gaan wel even naar boven.'

Op de eerste verdieping van Espress Oh! stonden leren banken die comfortabel leken, maar die te hard en te glimmend waren om lang op te blijven zitten.

Dana keek verwachtingsvol van Nick naar Kelly. 'Wat kunnen we voor jullie doen?'

'Hebben jullie hier wifi?' vroeg Nick.

'Natuurlijk, wilt u de code?'

'Op dit moment niet, dank je. Kunnen klanten daar gratis gebruik van maken?'

Dana knikte. 'We worden geacht de code zo nu en dan te veranderen, maar zo lang als ik hier ben is hij al hetzelfde en dat bevalt de vaste klanten uitstekend. Ze vinden het vervelend als ze steeds om de code moeten vragen en wij hebben er dan ook meer werk aan, snapt u?'

'We zoeken iemand die een paar keer op jullie netwerk heeft ingelogd,' zei Kelly. 'In verband met een ernstige misdaad.'

Dana's ogen werden groot. 'Moeten we ons zorgen maken?'

'Ik denk niet dat jullie hier in gevaar zijn, maar het is heel belangrijk dat we hem zo snel mogelijk vinden. Ik zag bij het binnenkomen dat jullie een bewakingscamera hebben – mogen we naar de beelden kijken?'

'Natuurlijk. De monitor staat in het kantoor van de manager, komt u maar.' Ze volgden haar naar een deur aan de andere kant van de ruimte, waar ze snel een aantal cijfers intoetste op een toetsenbordje dat op het deurkozijn zat. Ze liet ze binnen in een kamer die niet veel groter was dan een bezemkast, met daarin een bureau met een computer, een stoffige printer en een in-bakje met rekeningen en afleverstrookjes. Op een plank boven de computer stond een zwart-witmonitor met een flakkerend beeld van de camera. Kelly herkende de balie die ze boven hadden gezien en de glanzende koffiemachine.

'Hoeveel camera's hebben jullie?' vroeg Kelly. 'Kunnen we ook nog vanuit een andere hoek kijken?'

'Het is er maar één, weet je?' zei Dana.

Ze zagen Jase, de jongen aan wie Dana de kassa had overgedragen, een stomende latte op een zwart dienblad zetten. Je kon net het profiel van zijn klant zien, voor ze wegdraaiden.

'Dus de enige camera staat gericht op de kassa?' vroeg Kelly.

Dana leek uit het veld geslagen. 'De eigenaar denkt dat we allemaal met onze handen in de kassa zitten. Het is hetzelfde in de hele keten. Vorig jaar hebben we problemen gehad met asociaal gedrag en toen hebben we de camera op de voordeur gericht. De baas ging door het lint. Nu laten we het maar zo. Geen slapende honden wakker maken, hè?'

Nick en Kelly wisselden een teleurgestelde blik.

'Ik wil graag alle beelden die jullie van vorige maand hebben,' zei Kelly. Ze wendde zich tot de inspecteur. 'Toezicht?'

Hij knikte. 'We onderzoeken een ernstig misdrijf,' zei Nick tegen Dana, 'dus misschien moeten we een paar weken een extra camera plaatsen. Als dat gebeurt, is het van het grootste belang dat de klanten dat niet merken, wat betekent,' hij keek Dana streng aan, 'dat er zo min mogelijk mensen van op de hoogte moeten zijn.'

Dana keek doodsbenauwd. 'Ik zal het tegen niemand zeggen.'

'Dankjewel. Je bent erg behulpzaam geweest,' zei Kelly, al was de moed haar in de schoenen gezonken. Elke keer dat ze dachten dat ze een sterke aanwijzing hadden gevonden die hen dichter naar de man achter de website zou brengen, liep het op niks uit. Ze konden naar de beelden van de bewakingscamera kijken op het tijdstip dat de dader op de wifi was ingelogd, maar doordat negentig procent van het beeld werd ingenomen door de werknemers, was de kans op een positieve identificatie erg klein.

Toen ze het café uit liepen piepte de mobiel van Kelly. 'Bericht van Zoë. Ze werkt voorlopig thuis; ze wilde me even laten weten dat ze niet bereikbaar is op kantoor.'

Nick keek haar waarschuwend aan. 'En als ze het vraagt zijn er geen noemenswaardige ontwikkelingen, oké?

Kelly haalde diep adem en probeerde rustig te antwoorden. 'Ik heb haar verteld hoe ze op de website kon komen omdat ik vind dat ze er recht op heeft om te weten wat er over haar op staat.'

Nick liep naar de auto, maar riep over zijn schouder: 'Je víndt te veel, agent Swift.'

Terug op Balfour Street ging Kelly met de band van Espress Oh! naar de regelkamer.

Tony Broadstairs had meer dan vijfentwintig jaar ervaring als rechercheur op verschillende afdelingen en gaf Kelly graag advies dat ze niet wilde horen of nodig had. Vandaag wilde hij haar onderrichten in het belang van een consequent doorgevoerde bewijsvoering.

'Je moet dus tekenen omdat je mij dit bewijsstuk overhandigt,' zei hij en hij omcirkelde het betreffende hokje op het kaartje dat eraan was gehangen, 'en dan teken ik voor ontvangst.'

'Begrepen,' knikte Kelly, die deze handeling al negen jaar verrichtte. 'Dank je.'

'Want als een van die handtekeningen ontbreekt, kun je de zaak in de rechtbank vergeten. Je man kan zo schuldig zijn als wat, maar als de verdediging ontdekt dat er een foutje is gemaakt in de procedure, zakt de zaak sneller in dan een soufflé die je te snel uit de oven haalt.'

'Kelly.'

Nadat ze zich had omgedraaid zag Kelly hoofdinspecteur Digby, nog met zijn overjas aan, naar ze toe komen lopen.

'Ik wist niet dat u hier was, chef,' zei Tony. 'Ik dacht dat u aan het genieten was van al die vakantieuren die u nog op moet maken. U had vandaag geen zin om te golfen?'

'Geloof me. Tony. Ik ben hier niet uit vrije keus.' Met een effen gezicht keek hij naar Kelly. 'Mijn kantoor. Nu.' Hij riep de inspecteur: 'Nick, jij ook.'

De opluchting die Kelly had gevoeld omdat ze niet langer hoefde te luisteren naar het lesje bewijsvoering van Tony verdween toen ze de uitdrukking op het gezicht van de hoofdinspecteur zag. Ze haastte zich achter hem aan door de kantoortuin en toen hij de deur van zijn kantoor had geopend zei hij dat ze moest gaan zitten. Ze werd bevangen door een gevoel van onheil. Wat kon de hoofdinspecteur voor reden hebben om haar zo in zijn kantoor te ontbieden – en nog wel op een van zijn vrije dagen? Ze kon maar één ding bedenken.

Durham.

Nu had ze het echt verpest.

'Ik heb mijn nek voor je uitgestoken, Kelly.' Diggers was blijven staan en ijsbeerde door de kleine ruimte, zodat Kelly niet wist of ze naar hem moest blijven kijken of haar blik naar voren gericht moest houden, als een beklaagde in de rechtszaal. 'Ik heb met deze detachering ingestemd omdat ik vertrouwen in je had. Je had me ervan overtuigd dat je te vertrouwen was. Ik heb me voor je ingezet, Kelly!'

Kelly's maag trok samen van angst en schaamte; hoe had ze zo stom kunnen zijn? De laatste keer had ze haar baan op het nippertje weten te behouden; de verdachte die ze was aangevlogen had geen aangifte gedaan. Na een bezoekje van Diggers had hij besloten dat hij niet nog meer aandacht op zichzelf wilde vestigen. Ook het interne onderzoek was gunstig voor haar verlopen, weer dankzij een bezoek van Diggers aan de hoofdcommissaris. *Verzachtende omstandigheden door een privékwestie*, had er in het onderzoek gestaan, maar het was haar wel duidelijk gemaakt dat die vlieger geen tweede keer zou opgaan.

'Ik ben gisteravond gebeld.' De hoofdinspecteur was eindelijk gaan zitten en boog zich nu over zijn grote, eikenhouten bureau. 'Een inspecteur uit Durham, die had gehoord dat we ons verdiepten in historische verkrachtingszaken en wilde weten of ze verder nog behulpzaam konden zijn.'

Kelly kon hem niet aankijken. Aan haar linkerkant voelde ze de blik van Nick.

'Ik was daar uiteraard nogal verbaasd over. Ik mag dan wel snel met pensioen gaan, Kelly, ik denk dat ik nog heel goed weet waar wij ons mee bezighouden. En dat is niet,' hij sprak nu langzaam en pauzeerde tussen alle woorden, 'met de universiteit van Durham. Zou je me willen uitleggen waar je in godsnaam mee bezig bent?'

Langzaam keek Kelly op. De blinde drift waaraan Diggers ten prooi leek te zijn gevallen was kennelijk uitgewoed en hij leek minder angstaanjagend dan toen hij begon. Evengoed trilde de stem van Kelly en ze slikte in een poging zichzelf onder controle te krijgen.

'Ik wilde weten of er nog ontwikkelingen waren in de zaak van mijn zusje.'

Diggers schudde zijn hoofd. 'Ik denk dat ik je niet hoef te vertellen dat wat je hebt gedaan een ernstige disciplinaire overtreding is. Nog afgezien van het feit dat je de wet ter bescherming van data hebt overtreden, wat als misdaad wordt aangemerkt, kun je ontslagen worden omdat je je positie hebt misbruikt voor persoonlijk gewin.'

'Ik weet het, chef.'

'Waarom heb je dan in godsnaam...' Diggers hief zijn armen en op zijn gezicht stond alleen onbegrip te lezen. Toen hij weer sprak klonk zijn stem zachter. 'En waren er ontwikkelingen in de zaak van je zusje?'

'Ja, wel. Alleen niet zoals ik verwachtte, chef.' Kelly slikte nog een keer, maar het brok in haar keel wist van geen wijken. 'Mijn zusje... ze heeft haar medewerking aan vervolging ingetrokken. Ze heeft expliciete instructies gegeven dat ze niet op de hoogte gehouden wenst te worden van welke ontwikkelingen ook en het niet hoeft te weten als de dader is aangehouden.'

'Ik neem aan dat je dat niet wist?'

Kelly knikte.

Het bleef lang stil, maar toen nam Diggers weer het woord. 'Ik denk dat ik het antwoord op de vraag al weet, maar ik moet hem stellen: was er enige professionele reden om dit verzoek te doen aan een ander district?'

'Ik had het haar gevraagd,' zei Nick.

Kelly draaide zich om om naar hem te kijken en probeerde haar verbijstering te verbergen.

'Jij hebt Kelly gevraagd contact op te nemen met Durham om te vragen naar een verkrachtingszaak uit het verleden waarbij haar zus betrokken was?'

Diggers staarde Nick aan.

Kelly dacht dat ze een geamuseerde blik in zijn ogen zag, maar zijn mond stond hard en ze besloot dat ze het zich verbeeld moest hebben.

'Zou je willen vertellen waarom?'

'Operatie FURNISS blijkt veel uitgebreider dan we aanvankelijk dachten, chef. Uit de zaak in Maidstone blijkt dat we verder moeten kijken dan binnen de M25 en hoewel de advertenties pas in september zijn begonnen, is nog niet duidelijk hoe ver weg en hoe ver terug we moeten gaan. Tot nu toe komen we niet veel verder met deze dader, dus het leek een goed idee ons te verdiepen in oudere verkrachtingszaken met een stalker. Ik wilde weten of dit patroon ook in andere steden wordt herkend.'

'Langer dan tien jaar geleden?'

'Ja, chef.'

Diggers zette zijn bril af. Hij keek eerst peinzend naar Nick en toen naar Kelly. 'Waarom heb je dat niet meteen gezegd?'

'Ik – ik weet het niet, chef.'

'Ik neem aan dat er geen verband was tussen Operatie FURNISS en de zaak in Durham?'

De vraag was aan Kelly gericht, maar Nick gaf antwoord.

'Dat heb ik uitgesloten,' zei hij zonder aarzeling.

'Dat vermoedde ik al.' Diggers keek van Kelly naar Nick en terug.

Kelly hield haar adem in.

'Mag ik dan voorstellen dat daarmee het onderzoek naar oude zaken voltooid is?'

'Ja, chef.'

'Aan het werk dan, jullie allebei.'

Ze stonden al in de deuropening toen Diggers Kelly terugriep. 'Nog één ding...'

'Chef?'

'Daders, agenten, getuigen, slachtoffers... ze hebben één ding gemeen, Kelly, en dat is dat geen twee mensen hetzelfde zijn. Elk slachtoffer reageert anders op wat hem is overkomen; sommige zijn gebrand op wraak, andere op rechtvaardigheid, sommige willen het kunnen afsluiten en weer andere,' hij keek haar recht aan, 'willen gewoon verder met hun leven.'

Kelly dacht aan Lexi en aan Cathy Tannings verlangen met een schone lei te beginnen in een huis waarvan alleen zij de sleutels had. 'Ja, chef.'

'Staar je niet blind op slachtoffers die niet hetzelfde najagen als wij. Dat maakt ze niet slecht. Focus dat fanatisme van je – en je niet geringe talent – op de zaak als geheel. Ergens loopt een seriedader die verantwoordelijk is voor de verkrachtingen, de moorden en het stalken van tientallen vrouwen. Zorg dat je hem vindt.'

Mensen worden gepakt wanneer ze onvoorzichtig worden.

Mijn naam zal je niet vinden in het spoor dat leidt naar findtheone.com – ik heb altijd de namen van andere mensen gebruikt, geleend uit portefeuilles en jaszakken.

James Stanford, die er geen idee van had dat hij een postbus had in Old Gloucester Road of een creditcard waarmee hij advertenties in de London Gazette *betaalde. Mai Suo Li, de Chinese student die met liefde zijn Britse bankrekening afstond in ruil voor voldoende baar geld om naar huis te kunnen.*

De namen van andere mensen, nooit de mijne.

Maar dat bonnetje. Dat was slordig.

De code van een deur, achteloos opgeschreven op het dichtstbijzijnde velletje papier zonder erbij stil te staan dat dat het einde van alles kon betekenen. Als ik er nu aan denk – aan die nonchalance – vervult het me met razernij. Zo onnozel. Zonder het bonnetje was het perfect geweest. Niet te herleiden.

Maar het is nog niet voorbij. Als je in een hoek gedreven wordt zit er maar één ding op.

Vechtend ten onder gaan.

30

Tegen lunchtijd is de tafel weer leeg en heerst er een schijn van orde in huis. Ik zit aan tafel en baan me een weg door de papieren van Graham. Het methodische inboeken van taxiritten en lunchbonnetjes heeft een eigenaardig rustgevend effect. Mijn telefoon piept en ik zie dat ik een bericht heb van agent Swift, als antwoord op wat ik eerder heb gestuurd.

> Sorry dat ik niks meer heb laten horen. Snelle update – ik probeer later nog te bellen. We denken dat de dader een website beheert vanuit een café in de buurt van Leicester Square dat Espress Oh! heet. We doen er nog verder onderzoek. Luke Harris wacht nog op bericht van borgtocht, afwachten hoe het OM reageert. Thuiswerken lijkt me een goed idee. Pas goed op jezelf.

Ik lees het bericht twee keer. Dan pak ik de map met diverse stukken van de tafel en zoek naar het bonnetje van Espress Oh! Ik kijk naar het nummer dat op de achterkant gekrabbeld is en zoek dan naar een datum. De inkt is uitgesmeerd en ik kan het niet lezen. Hoelang ligt het al hier? Het is binnen niet koud, maar ik bibber en het bonnetje in mijn hand bibbert mee. Ik loop de keuken in.

'Katie?'

'Mmm?'

Ze smeert brood op het aanrecht zonder een bord te gebruiken, veegt de kruimels in haar hand en gooit ze in de gootsteen. 'Sorry.' Dan ziet ze mijn gezicht. 'Het zijn maar een paar kruimeltjes, hoor, mam.'

Ik geef haar het bonnetje. 'Ben jij daar wel eens geweest?' Ik voel me licht in het hoofd, alsof ik te snel boven water ben gekomen. Ik voel mijn hartslag en tel de slagen in een poging tot rust te komen.

Katie trekt haar neus op. 'Ik geloof het niet. Waar is het?'

'In de buurt van Leicester Square.' Wanneer je in gevaar bent wordt je lichaam geacht een van twee standen te kiezen: vluchten of vechten. Maar het mijne doet geen van beide. Ik bevries, ik wil wel vluchten, maar ik kan me niet bewegen.

'O, ik ken het wel. Tenminste, dat denk ik. Ik ben er nooit geweest, maar wel eens langs gelopen. Waarom wil je dat weten?'

Ik wil Katie niet de stuipen op het lijf jagen. Ik vertel van het bericht van agent Swift, maar rustig, alsof het niet erg belangrijk is. Het gezoem in mijn oren wordt harder. Het is geen toeval. Dat weet ik.

'Het is maar een bonnetje. Het hoeft niet van de persoon achter de website te zijn. Toch?' Ze kijkt me onderzoekend aan en probeert te peilen hoe bezorgd ik ben.

Jawel.

'Nee, natuurlijk niet.'

'Het kan van iedereen zijn; uit een jaszak gevallen of een oud plastic tasje, van alles.' We proberen er allebei iets onschuldigs van te maken. Een eenzame sok. Een zwerfkat. Alles behalve een bonnetje waaruit blijkt dat er een link is tussen een maniak en ons huis. 'Ik laat altijd bonnetjes in tassen zitten.'

Ik wil dat ze gelijk heeft. Ik denk aan alle keren dat ik een tas uit de stapel onder in het gootsteenkastje heb getrokken en dat er bonnetjes van de vorige keer in zaten.

Ik wil dat ze gelijk heeft, maar voel aan het prikken in mijn hals dat het niet zo is. De enige reden dat het bonnetje in ons huis is, is dat iemand het heeft meegenomen.

'Wel erg toevallig, vind je niet?' Ik probeer te glimlachen, maar het mislukt jammerlijk en verandert in iets heel anders.

Angst.

Er is een stemmetje in mijn hoofd dat ik wil negeren; een onheilsgedachte, dat het antwoord zich recht voor mijn neus bevindt.

'We moeten het rationeel bekijken,' zegt Katie. 'Wie is er de laatste tijd hier in huis geweest?'

'Jij, ik, Justin en Simon. En natuurlijk Melissa en Neil. De stapel papieren die ik gisteren op de tafel heb gelegd – de rekeningen en ontvangstbewijzen – is van Graham Hallow.'

'Kan het van hem zijn?'

'Misschien.' Ik denk aan de stapel *Gazettes* op het bureau van Graham en de volkomen redelijke verklaring daarvoor. 'Maar hij is de laatste tijd heel aardig – hij heeft me verlof gegeven. Ik zie hem zoiets niet doen.' Dan bedenk ik iets. De politie heeft geen bewijs gevonden tegen Isaac, maar dat betekent niet dat het er niet is. 'We hebben de tafel voor de zondagse lunch leeggeruimd. Toen was Isaac er ook.'

Katies mond valt open. 'Wat wil je daarmee zeggen?'

Ik haal mijn schouders op, maar het is niet overtuigend, ik trap er zelf ook niet in. 'Ik wil niks zeggen. We noemen alleen de mensen op die de laatste tijd hier geweest zijn.'

'Je kunt toch niet serieus denken dat Isaac er iets mee te maken heeft. Mam, toen het begon kende ik hem nog niet eens – je zei zelf dat de advertenties voor het eerst in september verschenen.'

'Hij heeft een foto van je genomen, Katie. Zonder dat je het wist. Vind je dat niet een beetje creepy?'

'Om naar iemand anders van de cast te sturen! Niet voor een website.' Ze schreeuwt tegen me, defensief en boos.

'Hoe weet je dat?' schreeuw ik terug.

Het blijft stil en we maken allebei de balans op.

'Het kan van iedereen zijn,' zegt Katie koppig.

'Dan moeten we het huis doorzoeken.'

Ze knikt.

'We beginnen met de kamer van Justin.'

'Justin? Je kunt toch niet serieus denken dat...' Ik zie haar gezicht. 'Oké.'

Als kleuter gaf Justin al de voorkeur aan een computer boven een boek. Ik was al bang dat ik iets verkeerd had gedaan – hem te veel tv had laten kijken – maar toen kwam Katie en zij was een boekenwurm en ik besefte dat de kinderen gewoon heel verschillend waren. We hadden niet eens een computer thuis toen ze nog klein waren, maar informatica was het enige vak waarvoor Justin graag naar school ging. Hij smeekte Matt en mij om een computer en omdat we die niet konden betalen spaarde hij zijn zakgeld en kocht de onderdelen, die per stuk in een grote envelop thuis werden bezorgd. Ze verdwenen onder zijn bed bij zijn meccanosets en legodozen. Die eerste computer bouwde hij helemaal zelf naar instructies die hij bij de bibliotheek had laten printen en in de loop van de tijd verving hij onderdelen; meer geheugen, een grotere harddisk, een betere videokaart. Op zijn twaalfde wist Justin meer over computers dan ik.

Ik weet nog dat ik hem een keer na school bij me riep, voor hij naar boven rende om een of ander gamenetwerk op te starten. Met klem sprak ik over de gevaren van je online blootgeven; dat de tieners met wie hij zo eindeloos chatte misschien helemaal geen tieners waren, maar perverse vijftigers die boven hun toetsenbord zaten te watertanden.

'Ik ben veel te slim voor die pedo's,' zei hij lachend. 'Die krijgen mij niet te pakken.'

Ik denk eigenlijk dat ik wel onder de indruk was. Trots omdat mijn zoon zo slim was, zo veel meer wist van elektronica dan ik.

En al die jaren dat ik bang was dat hij ten prooi zou vallen aan een onlinecrimineel is het nooit in me opgekomen dat hij er zelf een kon zijn. En met dezelfde vaart verwerp ik die gedachte weer. Als dat zo was, zou ik het weten.

In de kamer van Justin ruikt het muf, naar oude sigarettenrook en sokken. Op het bed ligt de stapel wasgoed die ik daar gisteren heb neergelegd, maar die is omgevallen doordat Justin in het bed heeft geslapen zonder eerst zijn was op te ruimen. Ik doe de gordijnen open om wat licht binnen te laten en vind zes mokken, waarvan er drie als asbak zijn gebruikt. Naast een aansteker ligt een keurig gerolde joint.

'Kijk in de laden,' zeg ik tegen Katie, die in de deuropening is blijven staan.

Ze beweegt zich niet.

'Doe dan. We weten niet hoeveel tijd we hebben.' Ik zit op het bed en maak Justins laptop open.

'Dit voelt niet goed, mam.'

'En een website waarop de hele route van vrouwen uit de doeken wordt gedaan voor mannen die ze willen verkrachten of vermoorden voelt wel goed?'

'Dat zou hij nooit doen.'

'Nee, dat denk ik ook niet. Maar we moeten het zeker weten. Doorzoek zijn kamer.'

'Ik weet niet eens wat ik zoek,' zegt Katie, maar ze trekt de kast open en kijkt op de planken.

'Meer bonnetjes van Espress Oh!,' zeg ik en ik probeer te bedenken wat hem erbij zou lappen. 'Foto's van vrouwen, informatie over hun reisschema...' Ik heb een wachtwoord nodig voor de laptop van Justin. Ik staar naar het scherm en zijn gebruikersnaam, Game8oy_94, kijkt terug naast zijn avatar, een handpalm die naar de camera wijst.

'Geld?' vraagt Katie.

'Zeker. Alles wat ongewoon is. Wat zou Justins wachtwoord kunnen zijn?' Ik probeer zijn geboortedatum en er verschijnt: VERKEERD WACHTWOORD: TWEE POGINGEN OVER.

'Geld,' zegt Katie nogmaals.

Ik kijk op.

Ze heeft een envelop in haar hand, net zo een als waarin Justin mij het kostgeld heeft gegeven. Hij zit zo vol met briefjes van twintig en tien dat hij niet eens dicht kan. 'Denk je dat dit zijn loon is uit het café?'

Katie weet niet dat Melissa hem contant uitbetaalt en hoewel ik denk dat het haar koud zou laten, ben ik niet van plan het haar te vertellen. Hoe meer mensen het weten, hoe groter de kans dat de belastingdienst erachter komt, en daar zitten Melissa en ik niet op te wachten.

'Dat zal wel,' zeg ik vaag. 'Leg het maar terug.'

Ik gok nog een keer een wachtwoord van Justin, een mengeling van ons adres en de naam van zijn eerste huisdier; een woestijnrat die Gerald heette, ontsnapte en toen nog maanden onder de vloer van de badkamer heeft gewoond.

TOEGANG GEWEIGERD: NOG ÉÉN POGING OVER.

Ik durf het niet nog een keer te proberen. 'Ligt er nog meer in de kast?'

'Ik kan niks meer vinden,' zegt Katie en ze trekt de laden van de ladekast een voor een open en voelt als een kenner met haar hand of er niks onder geplakt zit. Daarna voelt ze tussen zijn kleren.

Ik klap de laptop dicht en leg hem op het bed en hoop dat hij er net zo bij ligt als Justin hem heeft achtergelaten.

'En de laptop?'

'Ik kan er niet in komen.'

'Mam...' Katie kijkt me niet aan terwijl ze begint te praten. 'Je weet toch dat het bonnetje ook van Simon kan zijn, hè?'

Ik reageer prompt. 'Het is niet van Simon.'

'Dat weet je niet.'

'Wel.' Ik ben in mijn hele leven nog nooit ergens zo zeker van geweest. 'Simon houdt van me. Hij zou me nooit kwaad doen.'

Katie ramt een la zo hard dicht dat ik schrik. 'Je wijst met de vinger naar Isaac, maar het idee dat Simon erbij betrokken is wijs je zonder meer af?'

'Je kent Isaac net vijf minuten.'

'Het is niet eerlijk, mam. Als we de spullen van Justin doorzoeken en Isaac beschuldigen, mag Simon niet vrijuit gaan. We moeten zijn kamer doorzoeken.'

'Ik ga niet Simons kamer doorzoeken, Katie. Dan kan ik toch niet verwachten dat hij me ooit nog vertrouwt?'

'Moet je luisteren, ik zeg niet dat hij erbij betrokken is of zelfs maar dat het Espress Oh!-bonnetje van hem is. Maar het zou kunnen.'

Ik schud mijn hoofd en ze gooit haar handen in de lucht.

'Mam! Het zou kunnen. Dat moet je toch minstens erkennen.'

'We wachten tot hij thuis is en dan gaan we met z'n allen naar boven.'

Katie is onverbiddelijk. 'Nee, mam. Nu.'

De trap naar zolder is smal en als je de deur op de overloop ziet, zou je denken dat er alleen maar een kast achter zit; of misschien een badkamer of een klein slaapkamertje. Voor de komst van Simon gebruikte ik het als vluchtplek; het was niet eens echt ingericht, maar ik stapelde een aantal kussens op elkaar en dan deed ik de deur dicht en ging een halfuurtje liggen. Ik stal tijd voor mezelf in het gekkenhuis van het alleenstaande ouderschap. Ik genoot van het gevoel van heimelijkheid. Nu voelt de ruimte gevaarlijk en elke stap brengt me verder van de licht en ruimte van de rest van het huis, verder van veiligheid en openheid.

'En als Simon thuiskomt?' vraag ik. Simon en ik hebben geen geheimen voor elkaar, maar als volwassenen zijn we het erover eens dat we ruimte voor onszelf nodig hebben. Ons eigen leven. Ik heb geen idee wat hij zou zeggen als hij Katie en mij zo zou zien, rondsnuffelend in zijn werkkamer.

'We doen niks verkeerd. Hij weet niet dat we het bonnetje hebben gevonden. We moeten kalm blijven.'

Ik voel me echt totaal niet kalm.

'We halen de kerstspullen tevoorschijn,' zeg ik ineens.

'Wat?'

'Als hij thuiskomt en vraagt wat we doen, zeggen we dat we de kerstpullen van zolder halen.'

'O, ja.'

Het interesseert Katie niet echt, maar ik voel me beter nu ik een smoesje klaar heb.

De deur onder aan de trap slaat met een klap dicht en ik schrik me rot. Het is de enige deur die dat doet; de enige die op last van de brandweer een dranger heeft.

Simon wilde die eraf halen. Hij zei dat hij het fijner vond als de deur openbleef en hij het geroezemoes van beneden kon horen.

Ik stond erop dat hij bleef omdat ik bang ben voor brand, voor alles wat een bedreiging kan vormen voor mijn gezin.

Heeft het gevaar zich werkelijk al die tijd vlak voor ons bevonden?

Woont het in ons huis?

Ik word misselijk en moet gal wegslikken in een poging een fractie van de wilskracht te bemachtigen die mijn negentienjarige dochter tentoonspreidt.

Katie staat midden in de kamer en kijkt langzaam en aandachtig om zich heen. De lege muren lopen zo schuin weg dat er maar een kleine ruimte in het midden is met stahoogte. Er komt maar een zielig beetje van de winterzon door het Velux-dakraam en ik doe het licht aan.

'Daar.' Katie wijst op de archiefkast, waarop de Samsung-tablet van Simon ligt. Ze geeft hem aan mij. Ze is doelbewust, bijna kattig. Ik wou dat ik wist wat ze dacht.

Ik maak de hoes open, toets het wachtwoord van Simon en open de browser. 'Hoe kan ik nou zien waar hij naar gekeken heeft?'

Katie kijkt over mijn schouder. 'Daar tikken.' Ze wijst. 'Dan moet je een lijst krijgen van de sites waar hij op is geweest en wat hij heeft gezocht.'

Ik zucht van opluchting. Er springt niets in het oog. Nieuwssites, een paar reisbureaus. Een Valentijnsweekend. Hoe kan Simon nou aan een vakantieboeking denken als hij zo veel schulden heeft? Gewoon nieuwsgierigheid waarschijnlijk. Ik denk aan de tijd die ik heb doorgebracht op sites met huizen van een miljoen die ik me nooit zou kunnen veroorloven.

Katie kijkt in de archiefkast en haalt er een vel papier uit. 'Mam,' zegt ze langzaam, 'hij heeft je voorgelogen.'

Onmiddellijk ben ik weer misselijk.

'Geachte meneer Thornton,' leest ze voor, 'naar aanleiding van uw gesprek met Personeelszaken laat ik u weten dat u bent ontslagen.' Ze kijkt naar de datum. 'Dat was op 1 augustus.'

Wat een opluchting!

'Ik weet van dat ontslag. Het spijt me dat ik jullie dat niet heb verteld. Ik ben er zelf pas een paar weken geleden achter gekomen.'

'Je wist het? Werkt hij daarom nu van huis uit?'

Ik knik.

'En daarvoor dan? Sinds augustus bedoel ik. Hij draagt altijd zijn pak, gaat op tijd de deur uit...'

Ik ben Simon te trouw om te vertellen dat hij maar deed alsof hij naar zijn werk ging en tegen ons allemaal heeft gelogen, maar dat hoeft ook niet. Ik kan aan Katies gezicht zien dat ze al tot die conclusie is gekomen.

'Maar je weet het niet zeker, of wel?' vraagt ze. 'Je weet niet wat hij al die tijd heeft gedaan – wat hij écht heeft gedaan. Je weet alleen wat hij je heeft verteld. Voor hetzelfde geld heeft hij al die tijd vrouwen gevolgd in de metro. Foto's van ze gemaakt. Hun gegevens op internet gezet.'

'Ik vertrouw Simon.' Mijn woorden klinken hol, ook in mijn eigen oren.

Ze doorzoekt de archiefkast en gooit allemaal mappen op de grond. In de bovenste la liggen allerlei papieren van Simon; arbeidscontracten, levensverzekering en wat al niet meer.

In de middelste la heb ik alles wat met het huis te maken heeft opgeborgen; opstal- en inboedelverzekering, de hypotheekakte, de plannen voor de verbouwing van de zolder waar we nu staan. In een andere map zitten de geboortebewijzen van de kinderen en mijn scheidingspapieren, en al onze paspoorten. In een derde la liggen bankafschriften, eigenlijk alleen omdat ik niet weet wat ik er anders mee moet doen.

'Kijk in het bureau,' zegt ze, zoals ik haar net heb bevolen de kamer van Justin te doorzoeken. Ze raakt gefrustreerd omdat het zo lang duurt om elk papier te bekijken en gooit alles op de grond. Daarna wappert ze er met één hand door, zodat alles verspreid ligt. 'Er moet iets zijn, ik weet het gewoon.'

Mijn dochter is sterk. Een pittige tante.

'Dat heeft ze van jou,' zei Matt altijd als ze de volgeladen lepel waarmee ik voor haar heen en weer zwaaide weigerde. Of absoluut naar de winkel wilde lopen, al kon ze nog maar amper op haar beentjes staan. Die herinnering is pijnlijk en in gedachten schud ik mijn hoofd. Ik ben de volwassene. Ik moet sterk zijn. Dit is mijn schuld. Ik heb me door Simon laten inpakken, gevleid door de aandacht, zijn onbaatzuchtigheid.

Ik heb antwoorden nodig en wel nu.

Ik open de eerste la, trek de inhoud eruit en gooi alles op de grond, waarbij ik de mappen schud om zeker te weten dat er onder onschuldige papieren niet iets anders schuilgaat. Ik kijk Katie aan en ze knikt grimmig en goedkeurend.

'Deze la zit op slot.' Ik rammel met het handvat. 'Ik weet niet waar de sleutel is.'

'Kun je hem forceren?'

'Ik doe mijn best.' Ik leg een hand op het bureau en trek met de andere uit alle macht aan de la. Hij geeft geen krimp. Ik kijk op het bureau of de sleutel daar misschien ligt en keer een pot met pennen om, maar ik vind alleen stof en een paar paperclips. Ik denk aan de manier waarop Katie de ladekast van Justin doorzocht en strijk met mijn hand over de onderkant van het bureaublad voor het geval de sleutel daar vastgeplakt zit. Daarna onder alle laden.

Niets.

'We moeten het slot forceren.' Ik zeg het met meer vertrouwen dan ik voel. Ik heb nog nooit van mijn leven een slot geforceerd. Ik pak een schaar met een scherpe punt op van de grond en steek die in het slot. Zonder te weten wat ik doe wriemel ik wat heen en weer en daarna op en neer en trek tegelijk aan het handvat. Er klinkt een krakend geluidje en tot mijn verbazing schuift de la open. Ik laat de schaar vallen.

Ik wil dat de la leeg is. Ik wil dat er alleen maar een kapot potlood en een stoffige paperclip in liggen. Als bewijs voor Katie – voor mij – dat Simon niets met de website te maken heeft.

Hij is niet leeg.

Velletjes papier uit een speciale blocnote gescheurd liggen onschuldig aan één kant van de la. Grace Southeard, staat er op het eerste boven een serie vinkjes.

36
Getrouwd?
London Bridge

Ik pak het stapeltje papier en kijk naar de volgende.

Alex Grant
52

Grijs haar. Kortgeknipt. Slank. Ziet er fantastisch uit in een spijkerbroek.

Ik ben bang dat ik moet overgeven. Ik weet nog hoe geruststellend Simon was, die avond dat we uit eten gingen toen ik me zo bezorgd maakte over die advertenties.

... een geval van identiteitsfraude dat, hoewel ergerlijk, je niet kan schaden.

'Wat heb je gevonden, mam?' Katie komt naar me toe. Ik draai de papieren om, maar het is al te laat.

Ze heeft ze gezien. 'O mijn god...'

Er ligt nog meer in de la. Het Moleskine-boekje dat ik Simon bij onze eerste Kerstmis samen heb gegeven. Ik pak het en voel het zachte leer onder mijn vingertoppen.

De eerste paar bladzijden zijn onbegrijpelijk. Halve zinnen; onderstreepte woorden; pijlen van een naam in een vierkant naar de volgende. Ik blader door en het valt open bij een diagram. In het midden staat *hoe?*, omgeven door een getekend wolkje. Daaromheen meer woorden, allemaal in hun eigen wolkje.

Neergestoken
Verkracht
Gewurgd

Het boekje valt uit mijn handen en landt met een klap in een van de openstaande laden. Ik hoor een onderdrukte kreet van Katie en draai me om om haar te troosten, maar voor ik de kans heb iets te zeggen, klinkt er een geluid dat ik meteen herken. Ik verstijf en kijk Katie aan. Ik zie aan haar gezicht dat ze het ook heeft gehoord.

Onder aan de trap is de deur met een klap dichtgegaan.

31

'Koffie.'

'Nee, dank je.' Kelly had de hele dag niet gegeten, maar ze dacht niet dat ze iets kon verdragen. Nadat hij haar had weggestuurd was Diggers nog een halfuur gebleven en daarna was hij vertrokken naar de plek waar bijna gepensioneerde hoofdinspecteurs met een overschot aan vrije dagen verbleven. Hij had niets meer tegen Kelly gezegd en was alleen even bij het bureau van Nick blijven staan voor een onverstaanbaar gesprekje dat, daar was Kelly van overtuigd, over haar ging.

'Het was geen voorstel,' zei Nick. 'Trek je jas aan, we gaan naar de overkant.'

De Starbucks op Balfour Road leek meer op een afhaalrestaurant dan op een café, maar er stonden twee barkrukken voor het raam en die bezette Kelly terwijl Nick koffie haalde. Kelly wilde warme chocolademelk want ze had behoefte aan comfort food. Er zat een dikke klodder slagroom op, die was versierd met chocoladesnippers. Naast de koffie verkeerd van Nick zag het er overdreven uit.

'Bedankt,' zei Kelly toen duidelijk werd dat Nick niet van plan was het woord te nemen.

'Het volgende rondje is voor jou,' zei hij.

'Omdat je me hebt gered net, bedoel ik.'

'Ik snap wel wat je bedoelt.' Hij keek haar aan zonder te glimlachen. 'En als je nog eens gered moet worden omdat je het hebt verkloot of iets stoms hebt gedaan of om wat voor reden ook, vertel het me dan in godsnaam van tevoren. Wacht niet tot we in het kantoor van de hoofdinspecteur zitten.'

'Het spijt me echt heel erg.'

'Ja, dat snap ik.'

'En ik waardeer het heel erg. Ik had niet verwacht dat je dat zou doen.'

Nick nam een slok koffie. Hij grinnikte. 'Eerlijk gezegd had ik dat ook niet van mezelf verwacht. Maar ik kon niet werkeloos toekijken terwijl een van de beste rechercheurs met wie ik ooit heb gewerkt –'

Kelly sloeg haar ogen neer om te verbergen hoe verguld ze met de woorden was.

'– de zak zou krijgen omdat ze zoiets oerdoms had gedaan als haar positie misbruiken voor een persoonlijke zaak. Wat heb je nou precies gedaan?'

De blos van genoegen die Kelly had gevoeld bij het compliment van Nick verdween als sneeuw voor de zon.

'Ik vind dat je me wel een uitleg verschuldigd bent.'

Kelly lepelde wat warme slagroom haar mond in en voelde het smelten op haar tong. Ze probeerde de woorden in haar hoofd uit voor ze ze sprak. 'Mijn zusje is tijdens het eerste jaar aan de universiteit van Durham verkracht.'

'Dat had ik begrepen. En de dader is nooit gepakt?'

'Nooit. Er waren wat verdachte omstandigheden voor de verkrachting; Lexi trof kaarten aan in haar postvak waarin werd gevraagd of ze bepaalde kleren aan wilde trekken – kleding die ze bezat – en op een dag lag er een dode goudvis voor haar deur.'

'Heeft ze dat aangegeven?'

Kelly knikte. 'Het interesseerde de politie niet. Zelfs toen ze vertelde dat ze werd gevolgd zeiden ze alleen maar dat ze er een aantekening van zouden maken. Op een donderdagavond had ze nog laat college en niemand liep dezelfde kant op dus was ze alleen. De avond dat het gebeurde heeft ze me nog gebeld. Ze belde omdat ze zenuwachtig was – ze zei dat ze voetstappen achter zich hoorde.'

'Wat heb je gedaan?'

Kelly voelde tranen branden achter haar ogen. Ze slikte moeilijk. 'Ik heb gezegd dat het haar verbeelding was.' Ze hoorde nog steeds de stem van Lexi, hijgend terwijl ze de hal in liep.

'Er loopt iemand achter me, Kelly. Ik zweer het. Net als vorige week.'

'Lex, er zijn zeventienduizend studenten in Durham – er loopt altijd iemand achter je.'

'Dit is anders. Hij probeert niet gezien te worden.' Lexi sprak dringend en fluisterend en Kelly moest zich inspannen om haar te verstaan. 'Ik draaide me net om maar toen was er niemand, maar ik weet dat hij er is.'

'Je moet jezelf niet zo overstuur maken. Bel me als je thuis bent. Oké?'

Kelly had op het punt gestaan om uit te gaan, herinnerde ze zich. Ze had de muziek hard gezet terwijl ze haar haar deed en nog een jurk die ze niet aan wilde op de stapel op het bed gooide. Ze had zich niet gerealiseerd dat Lexi niet meer had teruggebeld tot ze door een onbekend nummer werd gebeld.

'Kelly Swift? Je spreekt met agent Barrow-Grint van de politie van Durham. Ik heb je zusje hier bij me.'

'Het was jouw schuld niet,' zei Nick vriendelijk.

Kelly schudde haar hoofd. 'Hij zou het niet hebben gedaan als ik aan de telefoon was gebleven.'

'Dat weet je niet.'

'Als hij het had gedaan, dan had ik het gehoord – dan had ik meteen de politie kunnen bellen. Lexi is pas na twee uur gevonden – ze was zo geslagen dat ze nauwelijks uit haar ogen kon kijken – en toen was de dader allang weg.'

Nick sprak haar niet tegen. Hij draaide zijn kopje rond tot het oortje voor hem was en sloeg er toen beide handen omheen. 'Geeft Lexi jou de schuld van wat er is gebeurd?'

'Dat weet ik niet. Waarschijnlijk wel.'

'Heb je het haar niet gevraagd?'

'Ze wil er niet over praten. Ze vindt het vreselijk als ik dat wel doe. Ik dacht dat ze er maanden last van zou houden – misschien wel haar hele leven – maar het is net of ze er een streep doorheen heeft gezet. Toen ze haar man ontmoette is ze er met hem voor gaan zitten en heeft gezegd dat er iets was wat hij moest weten. Ze heeft hem het hele verhaal verteld en hem laten beloven dat hij het er nooit meer over zou hebben.'

'Wat een sterke vrouw.'

'Vind je? Ik vind het niet gezond. Net doen of het niet is gebeurd is niet de beste manier om een trauma te verwerken.'

'Je bedoelt dat het niet is hoe jíj met traumatische gebeurtenissen omgaat.'

Kelly keek hem scherp aan. 'Dit gaat niet om mij.'

Nick dronk zijn koffie op en zette het kopje zorgvuldig op het schoteltje voor hij Kelly recht aankeek en zei: 'Inderdaad.'

Kelly's telefoon ging toen ze terugliepen naar kantoor. Ze bleef achter op de trap om het lawaai van het MOT te vermijden. Het was Craig, van de beelden van de beveiligingscamera's.

'Kelly, heb je de interne briefing van British Transport van vandaag gezien?'

Nee dus. Het kostte haar al moeite genoeg om de stroom e-mails van deze zaak bij te houden zonder ook nog het dagelijkse schrijven van haar eigen team te lezen.

'Het is daar mis met de regiekamer. Met wat je me laatst vertelde over je zaak bij de Met vond ik dat je het moest weten.'

'Is er ingebroken?'

'Erger. Ze zijn gehackt.'

'Ik dacht dat dat onmogelijk was.'

'Niets is onmogelijk, Kelly, dat zou je moeten weten. Het systeem werkt al weken traag en toen we er een techneut bij haalden ontdekte hij malware. We hebben een firewall die het zo goed als onmogelijk maakt om via het web gehackt te worden, maar er kan altijd fysiek een virus in gestopt worden.'

'Het is dus iemand van binnenuit?'

'Het voltallige personeel is vanmorgen ondervraagd en een van de schoonmaaksters sloeg door. Ze was omgekocht om een USB-stick in de hoofdcomputer te stoppen. Natuurlijk beweert ze dat ze geen idee had van wat ze deed.'

'En wie heeft haar omgekocht?'

'Ze weet niet hoe hij heet en kan zich verrassend genoeg ook niet herinneren hoe hij eruitzag. Ze zegt dat ze werd benaderd toen ze op weg was naar haar werk en meer geld aangeboden kreeg dan ze in een maand verdient.'

'En hoe ver is de hacking gegaan?'

'De malware heeft een programma geïnstalleerd dat in verbinding staat met de computer van de hacker en het hele systeem is vervangen. Ze hebben geen controle meer over de richting van de camera's, maar het ergste is dat de hacker alles ziet wat de regiekamer ziet.'

'O mijn god.'

'Past dat in jullie zaak?'

'Dat is heel goed mogelijk.' Ondanks haar goede relatie met Craig was Kelly bang voor wat Diggers te zeggen zou hebben als ze meer over de zaak zei dan strikt noodzakelijk was. Het laatste waar ze op zat te wachten was nogmaals op het matje geroepen te worden, al twijfelde ze er niet aan dat de twee zaken met elkaar te maken hadden.

'Onze dader heeft de eigen camera's van British Transport gebruikt om de vrouwen te stalken,' verkondigde Kelly toen ze het kantoor in liep en een gesprek van Nick met Lucinda onderbrak. Ze vertelde ze alles over het gesprek met Craig. 'De cybercriminaliteiteenheid van BT buigt zich er nu over, maar hoewel ze de malware hebben geïdentificeerd, betekent dat niet dat ze hem zomaar kunnen verwijderen.'

'Kunnen ze niet het hele systeem onklaar maken?' vroeg Lucinda.

'Dat zou kunnen, maar dan verkeert potentieel de hele stad in gevaar in plaats van –'

'In plaats van een klein aantal vrouwen dat sowieso al gevaar loopt,' maakte Nick de zin af. 'We moeten tussen twee kwaden kiezen.' Hij stond op, helemaal opgepept, en Kelly realiseerde zich hoe hij gedijde op de adrenaline veroorzaakt door snelle ontwikkelingen in het onderzoek. 'Goed, we hebben een verklaring nodig van jouw contact van de camerajongens en ik wil dat die schoonmaakster wordt aangehouden wegen onwettige toegang tot de computersystemen met misdadige bedoelingen.’ Hij keek om zich heen op zoek naar de computerdeskundige van HOLMES, die de acties al invoerde in zijn laptop. ‘En laat Andrew Robinson hierheen komen. Ik wil weten waar de beelden van de camera’s heen gaan en wel meteen.’

32

We kunnen niets anders doen dan blijven staan wachten tot Simon de trap op komt.

Ik zoek de hand van Katie, die al in de mijne glijdt. Ik knijp er hard in en ze knijpt terug. Dat deden we toen ze nog klein was, op weg naar school. Ik kneep een keer en ze kneep een keer terug; dan kneep zij twee keer en dat spiegelde ik. Morsecode tussen moeder en kind.

'Drie betekent: *Ik hou van je*,' vertelde ze me ooit.

Dat doe ik nu, zonder te weten of ze het zich herinnert, terwijl we luisteren naar de voetstappen op de trap.

Katie antwoordt direct en ik voel tranen branden achter mijn ogen.

Het zijn dertien treden vanaf de overloop.

Ik tel de stappen die dichterbij komen. Elf, tien, negen.

Mijn hand in die van Katie is klam en mijn hart bonkt zo snel dat de slagen naadloos in elkaar overgaan.

Ze knijpt zo hard in mijn vingers dat het pijn doet, maar dat kan me niets schelen – ik knijp net zo hard.

Vijf, vier, drie...

'Ik heb mijn sleutel gebruikt, ik hoop dat je het niet erg vindt.'

'Melissa!'

'O mijn god, je hebt ons bijna een hartaanval bezorgd.'

Katie en ik beginnen van opluchting hysterisch te lachen.

Melissa kijkt ons verbaasd aan. 'Waar zijn jullie mee bezig? Ik heb je gebeld op je werk en je baas zei dat je ziek thuis was – ik kwam alleen even kijken of alles in orde was en maakte me zorgen toen je de deur niet opendeed.'

'We hebben de bel niet gehoord. We waren...' Katie zwijgt en kijkt me vragend aan. Hoeveel vertellen we?

'We zijn op zoek naar bewijs,' zeg ik tegen Melissa. Het lachen is me vergaan en ik laat me op de bureaustoel van Simon zakken. 'Ik weet dat het belachelijk klinkt, maar het lijkt erop dat Simon de details van al die vrouwen online heeft gezet – mijn gegevens.'

'Simon?' Op het gezicht van Melissa zie ik het ongeloof en de verwarring waaraan ik zelf ook ten prooi ben. 'Weet je het zeker?'

Ik vertel haar hoe het zit met het bonnetje van Espress Oh!; de mail van agent Swift. 'Simon is in augustus werkloos geworden – vlak voor de eerste advertenties verschenen. Hij heeft erover gelogen tegen mij.'

'Wat doe je in vredesnaam nog hier dan? Waar is Simon nu?'

'Hij heeft een sollicitatiegesprek bij Olympia. Ik weet niet precies hoe laat – aan het begin van de middag, geloof ik dat hij zei.'

Melissa keek op haar horloge. 'Dan kan hij elk moment thuiskomen. Kom mee naar mijn huis, dan bellen we daar de politie. Had je enig idee? Jezus, Simon!'

Ik voel mijn hartslag weer versnellen, mijn ribbenkast bonkt en mijn oren suizen. Plotseling ben ik ervan overtuigd dat we het niet redden naar buiten; dat Simon thuiskomt terwijl we nog op zolder zijn. Wat moeten we doen als hij eenmaal weet dat hij erbij is? Ik denk aan Tania Beckett en Laura Keen, de ongelukkige slachtoffers van zijn zieke online-imperium. Wat maken nog drie hem dan uit? Ik sta op en grijp Katie bij haar arm. 'Melissa heeft gelijk, we moeten hier weg.'

'Waar is Justin?' Ik ben bevangen door angst en wil mijn gezin bij me hebben; ik moet weten dat allebei mijn kinderen in veiligheid zijn. Als Simon weet dat we hem doorhebben kan er van alles gebeuren.

'Rustig maar, hij is in het café,' zegt Melissa. 'Ik kom er net vandaan.'

Even voel ik me opgelucht. 'Daar kan hij niet blijven – daar weet Simon hem te vinden. Iemand anders moet het van hem overnemen.'

Melissa wordt ineens zakelijk. Ze doet me denken aan een hulpverlener bij een grote ramp die praktische hulp en troostende woorden biedt. 'Ik zal hem bellen en zeggen dat hij de tent moet sluiten.'

Melissa pakt mijn gezicht tussen haar handen. Ze brengt haar gezicht vlak bij het mijne en dwingt me te luisteren naar wat ze zegt. 'We moeten hier nu weg, Zoë. Begrijp je me? We weten niet hoeveel tijd we hebben.'

Met z'n drieën rennen we de trap af naar de gestoffeerde overloop en zonder onze pas in te houden naar de begane grond. In de hal pakken Katie en ik onze jas, die we over de trapleuning hadden gegooid. Ik kijk om me heen naar mijn tas, maar Melissa houdt me tegen.

'Geen tijd. Ik ga hem wel halen als jij en Katie eenmaal veilig hiernaast zitten.'

We gooien de deur achter ons dicht en rennen het pad over zonder de moeite te nemen de deur op slot te doen. Daarna rennen we het tuinpad van Melissa op. Ze maakt de deur open en duwt ons naar binnen en de keuken in.

'We moeten onszelf opsluiten,' zegt Katie. Ze kijkt met een van angst vertrokken gezicht van Melissa naar mij. Haar onderlip trilt.

'Simon probeert toch niet hier binnen te komen, schat. Hij weet niet eens dat we hier zijn.'

'Als hij merkt dat we niet thuis zijn komt hij als eerste hier kijken. Doe alsjeblieft de deur op slot.' Ze is bijna in tranen.

'Ik denk dat ze gelijk heeft,' zegt Melissa. Ze doet de voordeur op het nachtslot en ondanks mijn woorden tegen Katie lucht het me op als ik het slot dicht hoor klikken.

'En de achterdeur?' vraagt Katie. Ze trilt en ik word razend.

Hoe waagt Simon het mijn dochter dit aan te doen?

'Die is altijd op slot. Neil is als de dood voor inbrekers – hij wil niet eens dat de sleutel zichtbaar is vanuit de tuin.' Melissa slaat een arm om Katie heen. 'Ik beloof je, schatje, dat je nu veilig bent. Neil is deze week weg voor zijn werk dus je kunt zo lang blijven als je wilt. Zetten jullie de waterkoker aan, dan bel ik agent Swift om haar te vertellen van het bonnetje dat jullie hebben gevonden. Wat is haar nummer?'

Ik pak mijn telefoon uit mijn achterzak, zoek het nummer op en geef hem aan Melissa. Ze tuurt ernaar.

'Ik ga wel even naar boven. Daar heb ik meer bereik. Wil je alsjeblieft vast koffiezetten? De cupjes staan naast het apparaat.'

Ik zet het koffieapparaat aan; een modern chromen geval dat melk opschuimt en cappuccino mengt en hemel weet wat nog allemaal meer kan.

Katie loopt de keuken door. Ze gaat bij de openslaande deuren staan en rammelt aan de hendel.

'Op slot?'

'Op slot. Ik ben bang, mam.'

Ik probeer mijn stem kalm te houden ondanks de chaos die ik inwendig voel. 'Hier kan hij ons niets doen, lieverd. Agent Swift komt om met ons te praten en dan laten ze mensen komen om Simon te arresteren. Hij kan ons geen kwaad doen.'

Ik sta voor het koffieapparaat en leg mijn handen op het aanrecht; het graniet is glad en koel. Nu we veilig en wel uit huis zijn, maakt mijn angst plaats voor woede. Ik doe mijn best die niet aan Katie te laten zien, want ze is al een zenuwinzinking nabij. Ik denk aan de leugens die Simon me heeft verteld in de maanden waarin ik dacht dat hij nog werkte; zijn overtuiging, toen ik weken geleden de *Gazette* mee naar huis nam, dat het niet mijn foto was. Hoe heb ik zo stom kunnen zijn?'

Ik denk aan de schuld die Simon en ik opgebouwd hebben. De website moet veel meer opleveren dan zijn salaris bij de *Telegraph*. Geen wonder dat hij geen andere baan had – waarom zou hij? De baan waarvoor hij vandaag aan het solliciteren is – misschien bestaat die niet eens. Ik stel me Simon voor in een café, niet om zich voor te bereiden op een sollicitatie, maar scrollend door zijn mobiel, foto's van vrouwen en gegevens over de route die ze naar hun werk nemen, die hij kopieert voor de website.

Katie is rusteloos en ijsbeert tussen het raam en de lange, witte tafel van Melissa. Zo nu en dan pakt ze een kunstvoorwerp van een plank.

'Doe je voorzichtig?' waarschuw ik haar. 'Dat heeft waarschijnlijk een vermogen gekost.'

Boven hoor ik de stem van Melissa, die met agent Swift in gesprek is. Ik hoor haar vragen: 'Verkeren ze in gevaar?'

Ik hoest hard, omdat ik niet wil dat Katie nog ongeruster wordt dan ze al is.

Ze heeft de vaas teruggezet en een glazen presse-papier gepakt. Ze laat haar duim over het gladde oppervlak glijden.

'Alsjeblieft, schat, je maakt me nerveus.'

Ze zet het terug en ijsbeert de keuken door naar het bureau van Melissa.

Het groene lampje op het koffieapparaat knippert, het water is heet. Ik druk op *Start* en zie de zwarte vloeistof in het kopje stromen. De geur is sterk, overweldigend bijna. Meestal drink ik geen koffie, maar vandaag kan ik het wel gebruiken. Ik pak nog een cupje. 'Wil je ook?' vraag ik aan Katie.

Ze geeft geen antwoord.

Als ik me omdraai zie ik dat ze spullen op het bureau bekijkt. 'Niet aan Melissa's spullen komen, lieverd.' Ik vraag me af hoelang het duurt voor de politie er is en of ze Simon gaan zoeken of wachten tot hij thuiskomt.

'Mam, kom eens kijken.'

'Wat?' Ik hoor de voetstappen van Melissa op de trap en zet haar koffie op het eiland achter me. Ik roer suiker door mijn koffie, neem een slokje en brand mijn tong.

'Mam!' zegt Katie dringend.

Ik loop naar het bureau om te kijken waarvan ze zo van slag is geraakt.

Het is een kaart van de Londense metro – die ik al heb gezien toen ik de administratie van Melissa meenam.

Katie heeft hem uitgevouwen en uitgespreid op het bureau. De bekende kleuren van de metrolijnen verdwijnen bijna onder een spinnenweb van strepen en pijlen en aantekeningen.

Ik staar ernaar.

Katie huilt, maar ik maak geen aanstalten haar te troosten. Ik zoek de route die ik inmiddels uit mijn hoofd ken; die van Tania Beckett naar haar werk.

De Northern Line naar Highgate en dan bus 43 naar Cranley Gardens.

De route is gemarkeerd met een gele highlighter en aan het eind staat een handgeschreven aantekening.

Niet meer actief

In een koffiebar hoor je van alles.

Ik stel me voor dat het werk in een druk café net zoiets is als werken als barman of kapster. We zien de hoogte- en dieptepunten van het leven terug in het gezicht van onze klanten; horen flarden van gesprekken tussen vrienden. We hebben profijt van jullie bonussen – een lunch die wordt betaald met nieuwe briefjes van twintig; een pond dat nonchalant op tafel wordt gegooid – en we accepteren de consequenties van een slechte maand, als je het wisselgeld voor een kleintje koffie uit moet tellen en de fooienpot op de toonbank negeert.

Een café biedt een uitgelezen kans om grote sommen geld te verplaatsen. Wie controleert hoeveel mensen er zijn geweest? Onzichtbare klanten kunnen nog steeds hun rekening betalen. Geld komt zwart binnen en verlaat het pand weer wit.

In de loop der tijd worden de vaste klanten loslippig. We kennen jullie geheimen, jullie ambities, jullie bankgegevens. Losse klanten nemen ons in vertrouwen. De formica bar fungeert als bank bij de psychiater. Jullie praten, wij luisteren.

Het is de perfecte bron voor meer meisjes en – zo nu en dan – meer klanten. Een kaartje dat je in de jaszak laat glijden van een man die aan het profiel voldoet. Een man die zich al heeft bewezen door zijn schunnige opmerking tegen het meisje achter de kassa; wiens krijtstreep en bretels zeggen dat hij rijk is. Een man die later de uitnodiging op het kaartje uit zijn jaszak leest en zich gevleid genoeg voelt om een kijkje te nemen.

Een club met exclusieve leden. De beste meisjes.

Toegang tot een service die hij nergens anders in de stad kan krijgen.

Toegang tot jou.

33

Melissa staat in de deuropening tussen de hal en de keuken. Ze registreert de geschrokken blik op het gezicht van Katie, de opengevouwen kaart in mijn hand, en langzaam verdwijnt haar glimlach. Ik merk dat ik hoop dat ze het zal ontkennen, dat ze een aanvaardbare verklaring heeft voor het bewijs dat ik in handen heb.

Ze probeert het niet eens. In plaats daarvan zucht ze diep, alsof ze het heel vervelend vindt wat wij gedaan hebben.

'Het getuigt van slechte manieren om in de persoonlijke spullen van andere mensen te kijken,' zegt ze en ik slik de automatische verontschuldiging die in me opkomt in.

Ze loopt de keuken door en haar hakken tikken op de vloer. Ze pakt de kaart uit mijn hand.

Ik merk dat ik mijn adem inhoud, maar als ik wil uitademen is er niks; mijn borst staat strak gespannen, alsof iemand erop drukt. Ik kijk naar haar terwijl ze de kaart opvouwt en geërgerd mompelt als de vouwen de verkeerde kant op gaan. Maar ze is niet gehaast, totaal niet in paniek. Haar kalmte brengt me in de war en ik moet mezelf blijven voorhouden dat het bewijs onweerlegbaar is. Melissa zit achter de website; achter de advertenties in de *London Gazette*. Melissa jaagt vrouwen door heel Londen op; verkoopt hun gegevens zodat mannen ze ook kunnen opjagen.

'Waarom?' vraag ik, maar ze geeft geen antwoord.

'Je kunt maar beter gaan zitten,' zegt ze en ze gebaart naar de lange witte tafel.

'Nee.'

Melissa zucht verbitterd. 'Maak het nou alsjeblieft niet nog moeilijker dan het is, Zoë. Ga zitten.'

'Je kunt ons hier niet houden.'

Dan schiet ze in de lach. Een humorloos geluid dat aangeeft dat ze precies kan doen waar ze zin in heeft. Ze zet een paar passen naar het aanrecht; een vlakte van graniet, slechts onderbroken door het koffieapparaat en het messenblok naast het fornuis. Haar hand zweeft even boven het blok en haar wijsvinger speelt een stil iene miene mutte voor ze een vijftien centimeter lang mes met een zwart heft naar boven trekt. 'O nee?'

Langzaam laat ik me in de dichtstbijzijnde stoel zakken. Ik trek aan de mouw van Katie en die doet hetzelfde. 'Hier kom je niet mee weg, Melissa,' zeg ik. 'De politie kan elk moment hier zijn.'

'Dat betwijfel ik ten zeerste. Afgaande op de updates die je me de laatste weken zo behulpzaam hebt verstrekt, bakt de politie er helemaal niets van.'

'Maar je hebt agent Swift net verteld dat we hier zijn. Zij zal...' Nog voor ik de spottende uitdrukking op het gezicht van Melissa zie breek ik mijn woorden af. Wat stom van me. Natuurlijk heeft Melissa Kelly Swift niet echt gebeld. Dat besef is als een stomp in mijn maag en plotseling sla ik dubbel in mijn stoel, totaal uitgeput. De politie is niet onderweg. Mijn alarm is thuis, in mijn tas. Niemand weet dat we hier zijn.

'Je bent ziek,' snauwt Katie. 'Of gek. Of allebei.' In haar stem klinkt meer door dan alleen woede.

Ik denk aan de tijd die Katie in deze keuken heeft doorgebracht; om taarten te bakken, haar huiswerk te doen, om met Melissa te praten op een manier die tussen moeder en dochter niet altijd mogelijk is, hoe hecht ze ook zijn. Ik probeer me voor te stellen hoe ze zich voelt, maar besef dat ik het al weet. Belogen. Gebruikt. Verraden.

'Geen van beide. Ik zag een gat in de markt en ben erin gesprongen.' Melissa komt naar ons toe lopen met het mes losjes in haar hand, alsof we haar hebben gestoord bij het koken.

'Dit is geen zakelijke onderneming!' Ik ben zo razend dat ik struikel over mijn woorden.

'Het is absoluut een zakelijke onderneming en een succesvolle ook, mag ik wel zeggen. Binnen veertien dagen nadat de website de lucht in ging had ik al vijftig klanten en er komen er elke dag meer bij.' Ze klinkt als een advertentie voor een franchiseonderneming; alsof ze loopt op te scheppen over de uitbreiding van haar keten met cafés.

Ze gaat tegenover ons zitten. 'Ze zijn zo stom. Forensen. Je ziet ze elke dag, zich niet bewust van de wereld om hen heen. Ingeplugd in hun iPod, starend naar hun mobiel, verdiept in de krant. Ze nemen elke dag dezelfde route, zitten op dezelfde stoel en staan elke dag op dezelfde plek op het perron.'

'Ze gaan gewoon naar hun werk,' zeg ik.

'Elke dag zie je dezelfde mensen. Ik keek een keer naar een vrouw die zich op de Central Line zat op te maken. Ik had haar al een paar keer gezien en elke dag volgde ze hetzelfde patroon. Ze wachtte tot Holland Park, dan pakte ze haar make-uptasje en begon haar gezicht te bewerken. Eerst poeder, dan oogschaduw, mascara en lippenstift. Ik keek naar haar, maar toen ik wegkeek zag ik dat er ook een man zat te kijken, met een blik in zijn ogen waaruit bleek dat hij niet alleen maar aan haar gezicht dacht. Op dat moment kreeg ik het idee.'

'Waarom ik?' Pas als ik de vraag stel, verbaas ik me erover dat die niet eerder in me is opgekomen. 'Waarom heb je mij op de website gezet?

'Ik had een paar oudere vrouwen nodig.' Ze haalt haar schouders op. 'Over smaak valt niet te twisten.'

'Maar ik ben je vriendin!' Ik schrik er zelf van hoe zielig dat klinkt, als een ruzie op het schoolplein over wie bevriend is met wie.

Melissa knijpt haar mond samen. Abrupt staat ze op, gaat voor de openslaande deuren staan en kijkt de tuin in. Het duurt een paar seconden voor ze antwoord geeft. 'Ik ken niemand die zo jammert over haar leven als jij.'

Ik had iets heel anders verwacht; een misstap van een paar jaar geleden. Niet dit.

Ze zet een jankstem op: '*Ik heb mijn kinderen veel te jong gekregen.*'

'Dat heb ik nooit gezegd.' Ik kijk naar Katie. 'Ik heb er nooit spijt van gehad dat jullie geboren zijn. Van allebei niet.'

'Je loopt weg bij een modelechtgenoot – fatsoenlijk inkomen, grappig, betrokken bij de kinderen – en vervangt hem door de volgende man die net zo perfect is.'

'Je weet niks van mijn huwelijk met Matt. En ook niet van mijn relatie met Simon trouwens.' Bij de gedachte aan Simon word ik overvallen door een schuldgevoel. Hoe heb ik kunnen denken dat hij verantwoordelijk was voor de website? Ik denk aan de namen en de opgekrabbelde bedreigingen die ik in het laatje heb gevonden en even slaat de twijfel weer toe. Maar dan begrijp ik het; hij heeft het Moleskine-boekje gebruikt waarvoor het bedoeld was: aantekeningen voor zijn roman. Ik glimlach van opluchting en Melissa kijkt me giftig aan.

'Het is allemaal zo gemákkelijk voor jou, hè, Zoë? En toch blijf je maar klagen.'

'Gemakkelijk?' Als ze geen mes in haar hand had gehad was ik in de lach geschoten, maar de weerspiegeling van de zon in het lemmet verlicht de keuken met regenbogen.

'Je woonde nog niet hier of je wentelde je in zelfmedelijden. Alleenstaande moeder, moeite om de rekeningen te betalen en om de vijf minuten een huilbui.'

'Dat was een moeilijke tijd,' zeg ik ter verdediging, meer tot Katie gericht dan op Melissa.

Katie pakt mijn hand en geeft me de ongesproken steun die ik nodig heb.

'Waar je ook om vroeg, ik heb het je gegeven. Geld, een baan, hulp met de kinderen.' Ze draait zich met een ruk om en ik hoor haar hakken schrapen over de vloer als ze zich over me heen buigt. Haar haar valt over het mijne en ze sist in mijn oor: 'En wat heb jij ooit voor mij gedaan?'

'Ik...' Ik sla dicht. Er moet toch wel iets te bedenken zijn? Maar er is niets. Melissa en Neil hebben geen kinderen, geen huisdieren om voor te zorgen, geen planten om water te geven wanneer ze op vakantie zijn. Maar vriendschap betekent toch meer dan dat? Moet binnen een vriendschap alles op een goudschaaltje worden gelegd? 'Je bent jaloers,' zeg ik en het lijkt zo'n onbeduidend woord om iets van deze omvang, deze verschrikking, te rechtvaardigen.

Melissa kijkt me aan alsof ze in iets viezigs is getrapt. 'Jaloers? Op jou?'

Maar het idee schiet wortel. Groeit uit tot iets wat logisch lijkt.

'Jij denkt dat je een veel betere moeder zou zijn geweest dan ik.'

'Ik zou in ieder geval dankbaarder zijn geweest, dat is zeker,' snauwt ze me toe.

'Ik hou van mijn kinderen.' Het is ongelooflijk dat ze dat in twijfel trekt.

'Je hebt ze amper meegemaakt! Ze waren lastig en je schoof ze mij toe als je genoeg van ze had. Wie heeft Katie leren koken? Wie heeft Justin weggehouden bij die kleine crimineeltjes op school? Als ik er niet was geweest zou hij in de gevangenis zijn beland!'

'Je zei dat ze altijd mochten komen, dat je het leuk vond.'

'Omdat ze me nodig hadden! Wat hadden ze anders? Een moeder die altijd aan het werk was, altijd liep te klagen en te janken.'

'Dat is niet eerlijk, Melissa.'

'Het is de waarheid, of je dat nou leuk vindt of niet.'

Naast me houdt Katie haar mond. Ik kijk naar haar en zie dat ze zit te trillen, alle kleur is uit haar gezicht getrokken.

Melissa recht haar rug. Ze gaat op de draaistoel achter het bureau zitten en zet de computer aan.

'We gaan, Melissa.'

Ze lacht. 'Kom op, Zoë, zo stom kun je niet zijn. Je weet van de website; je weet wat ik heb gedaan. Ik kan je niet zomaar laten gaan.'

'Laat ons dan hier zitten!' roep ik, want ik heb bedacht hoe het ook anders kan. 'Ga jij nu maar. Sluit ons hier op. Wij weten niet waar je heen gaat en we vertellen de politie niet wat je ons hebt verteld. Dan kun je alles van je computer verwijderen.' Ik weet dat het hysterisch klinkt. Ik sta op zonder te weten wat ik precies van plan ben.

'Ga zitten.'

Ik voel mijn benen niet, maar ze bewegen automatisch in de richting van Melissa.

'Ga zitten!'

'Mam!'

Het gebeurt zo snel dat ik geen tijd heb om te reageren.

Melissa staat op uit haar stoel en werpt zich op me, zodat we samen op de grond vallen. Ze ligt boven op me en pint me tegen de vloer. Met haar linkervuist heeft ze een pluk haar vast en met haar rechterhand houdt ze het mes tegen mijn keel.

'Ik word hier zo moe van, Zoë.'

'Ga van haar af!' Katie gilt, trekt aan Melissa's jasje en geeft haar een welgemikte schop in haar buik.

Ze merkt het nauwelijks en ik voel het mes tegen mijn huid drukken.

'Katie.' Mijn stem is niet meer dan een fluistering. 'Stop.' Ze aarzelt, maar deinst dan achteruit. Ze bibbert zo dat ik haar tanden op elkaar hoor klapperen.

Mijn keel prikt.

'Mam, je bloedt!'

Ik voel een straaltje langs mijn hals druppelen.

'Zúl je nou luisteren?'

Ik knik en voel nog meer bloed uit de snee in mijn hals stromen.

'Uitstekend.' Melissa staat op. Ze veegt haar knieën af en haalt dan een papieren zakdoekje uit haar zak en veegt het mes zorgvuldig schoon. 'En nou zitten.'

Ik doe wat me gezegd wordt.

Melissa gaat weer achter het bureau zitten. Ze tikt op het toetsenbord en ik zie de bekende achtergrond van de findtheone-website. Melissa gebruikt een naam en een wachtwoord, maar de site ziet er anders uit; ik realiseer me dat ze heeft ingelogd als beheerder. Ze maakt het beeld klein en opent met een aantal snelle bewegingen een volgend scherm.

Ik zie een metroperron. Het is niet druk; er staan een stuk of tien mensen en op een bankje zit een vrouw met een boodschappentrolley. Aanvankelijk denk ik dat we naar een foto kijken, maar dan staat de vrouw met de boodschappentrolley op en begint heen en weer te lopen.

'Is dat een beveiligingscamera?'

'Inderdaad. Het zijn niet mijn camera's, maar ik kan de beelden wel bekijken. Ik heb overwogen eigen camera's te installeren, maar dan moet ik me beperken tot een paar metrotrajecten. Dit is de Jubilee Line.'

Weer een snelle reeks toetsen en het beeld laat een ander perron zien, waar ook een handjevol mensen op de trein staat te wachten. 'Ik krijg niet het complete netwerk en het is uitermate vervelend dat ik de camera's niet kan richten – ik kan alleen zien wat de technici zien. Maar het heeft het hele proces aanmerkelijk vereenvoudigd en natuurlijk veel interessanter gemaakt.'

'Hoe bedoel je?' vraagt Katie.

'Voor ik het netwerk had wist ik niet wat er met de vrouwen gebeurde. Ik moest ze van de website verwijderen als hun profiel verkocht was en steeds controleren of ze geen ander werk hadden gekregen of een andere route namen naar hun werk. Het duurde soms dagen voor ik merkte dat een vrouw een andere jas had. Dat is niet goed voor mijn reputatie. Door de beveiligingscamera's kan ik ze altijd in de gaten houden. Daardoor weet ik wat er met ze gebeurt.'

Ze blijft typen en drukt dan met een weids gebaar op de enterknop. Terwijl ze zich omdraait verschijnt er langzaam een glimlach op haar gezicht.

'Zullen we een spelletje spelen?'

34

Kelly keek naar de telefoon op haar bureau en zette zich schrap om te gaan bellen. Ze had het al verschillende keren geprobeerd, maar steeds opgehangen voor de telefoon overging en een keer toen er opgenomen werd. Voor ze van gedachten kon veranderen pakte ze de telefoon weer en toetste het nummer. Met de hoorn tussen haar schouder en oor wachtte ze tot hij overging; eigenlijk wilde ze de voicemail horen, maar tegelijkertijd wilde ze het ook achter de rug hebben. Nick had gezegd dat iedereen over tien minuten in de briefingruimte moest zijn, dus voorlopig zou er geen tijd meer zijn voor persoonlijke zaken.

'Hallo.'

Bij het geluid van Lexi's stem wist Kelly niet meer wat ze moest zeggen. Om haar heen maakte iedereen zich klaar om naar de briefingruimte te gaan; ze pakten blocnotes en bogen zich over hun bureau om een laatste mail te lezen. Kelly overwoog later terug te bellen.

'Hallo?' En toen nog eens, geërgerd: 'Hallo?'

'Ik ben het.'

'O. Waarom zeg je niks?'

'Sorry, er was geloof ik iets mis met de verbinding. Hoe gaat het met je?' Ze hoorde een e-mail binnenkomen en opende die met haar muis. Hij was van de inspecteur.

Hoor ik daar het water koken? Door de open ruimte zag Kelly Nick op zijn BlackBerry kijken.

Hij keek op, grinnikte en maakte een drinkgebaar met zijn vrije hand.

'Goed. En met jou?'

'Goed.' Ze knikte naar de inspecteur en hield haar wijsvinger in de lucht om aan te geven dat ze er zo aan kwam, maar de inspecteur keek al niet meer.

Het geforceerde gesprek ging verder tot Kelly er niet meer tegen kon.

'Eigenlijk belde ik om je een fijne dag te wensen, morgen.'

Het bleef even stil. 'Morgen?'

'Dan heb je toch een reünie? In Durham?' Klonk ze enthousiast? Kelly hoopte van wel. Hoe vreselijk ze het idee ook vond dat Lexi terugging naar die campus; hoe zeker ze ook wist dat ze dat zelf nooit zou doen, ze moest accepteren wat Lexi haar nu al jaren aan haar verstand probeerde te brengen. Het was niet haar leven.

'Ja.' De stem van Lexi klonk wantrouwig.

Kelly kon het haar niet kwalijk nemen. 'Nou, ik hoop dat het leuk is. Sommige mensen zijn vast niets veranderd. Met wie woonde je ook alweer samen in het tweede jaar? Die alleen maar worstjes at?' Ze sprak te snel en de woorden vielen over elkaar heen in een poging luchtig te klinken en ondersteunend, zoals ze meteen had moeten reageren toen Lexi zei dat ze naar Durham ging voor de reünie.

'Gemma, geloof ik.'

'Ja, die bedoel ik, zo gek als een deur.'

'Wat is er aan de hand, zus? Waar bel je echt voor?'

'Om sorry te zeggen. Omdat ik me met jouw leven heb bemoeid en je keuzes heb veroordeeld.' Ze haalde diep adem. 'Maar vooral omdat ik die avond niet aan de telefoon ben gebleven.'

Lexi maakte een geluidje. Een onderdrukte kreet achter in haar keel. 'Niet doen, Kelly, alsjeblieft. Ik wil niet –'

Ze klonk zo overstuur dat Kelly het bijna opgaf, zo erg vond ze het om Lexi pijn te doen. Maar ze had al te lang gewacht met het zeggen. 'Wil je alsjeblieft naar me luisteren, dan beloof ik je dat ik het er daarna nooit meer over zal hebben.' Ze vatte de stilte van Lexi op als instemming. 'Het spijt me dat ik heb opgehangen. Je was bang en ik heb je in de steek gelaten en er gaat geen dag voorbij dat ik me daar niet schuldig over voel.'

Het bleef zo stil dat Kelly dacht dat Lexi had opgehangen, maar uiteindelijk begon ze te praten.

'Het was niet jouw schuld, Kelly.'

'Maar als ik –'

'Het is niet gebeurd omdat jij hebt opgehangen en het is niet gebeurd omdat ik alleen door het bos naar huis ben gegaan. Ik neem jou niets kwalijk en ik neem de politie niets kwalijk.'

'Ze hadden jouw meldingen serieus moeten nemen.'

'Ik ben die avond verkracht, Kelly, omdat er een man was die had bedacht dat hij dat ging doen. Ik weet niet of hij het eerder had gedaan en of hij het daarna nog heeft gedaan en of het nou goed is of niet, mij kan het niets schelen. Het is één avond, één uur van mijn leven, en ik heb er duizenden meer die gevuld zijn met vreugde en geluk.'

Alsof het gerepeteerd was hoorde Kelly haar neefjes op de achtergrond lachen; een aanstekelijke slappe lach waar ze vrolijk van werd. 'Het was zijn schuld, en niemand anders, Kelly.'

'Goed.' Meer kon Kelly niet uitbrengen, uit angst dat ze zou gaan huilen. Ze wilde nu dat ze Lexi met haar mobiel had gebeld, zodat ze niet vastzat achter haar bureau, waar iedereen haar kon zien. Ze sloot haar ogen en legde een hand tegen haar voorhoofd. Op de achtergrond speelden Fergus en Alfie verder, hun gegiechel zo nu en dan onderbroken door een verontwaardigde kreet over het eigenaarschap van een of ander stuk speelgoed. In gedachten zag Kelly Lexi in de keuken staan tussen de legostenen, de jongens nog onvermoeibaar, ondanks een lange dag op school en de crèche. Niets in het leven van Lexi werd door haar verleden gedefinieerd; ze leefde in het moment. Het werd tijd dat Kelly dat voorbeeld volgde. Ze beheerste zich en tegelijk begonnen ze te praten.

'Wat zal ik aandoen?'

'Wat doe je aan naar de reünie?'

Kelly glimlachte en dacht terug aan de tijd op school, toen ze elkaars zinnen afmaakten. Lexi beweerde altijd dat ze speciale tweelingkrachten bezaten, maar het kwam doordat ze zo veel tijd samen doorbrachten. Ze waren elkaars beste vriendin.

'Ik moet eigenlijk ophangen,' zei Kelly toen ze zag dat Nick zijn drinkmime herhaalde. 'Ik heb een vergadering. Laat me horen hoe het is geweest. En of Gemma tegenwoordig wel iets anders eet dan worstjes.'

Lexi schoot in de lach. 'Bedankt voor je telefoontje. Ik hou van je, dat weet je.'

'Ik hou ook van jou.'

Achteruit liep Kelly de briefingruimte in. Ze duwde met haar billen de deur open en hoopte dat ze het blad, dat krom was en angstwekkend wiebelde bij elke stap die ze zette, niet zou laten vallen. 'We hebben bijna geen theezakjes meer, Lucinda, dus ik heb van die kruidendingen van jou gebruikt, is dat goed?'

De analiste reageerde niet; eigenlijk keek helemaal niemand op. 'Er is iets gebeurd, of niet?' vroeg Kelly.

'Cybercriminaliteit heeft net bericht gekregen van een nieuw profiel,' zei Nick. Hij verschoof zijn stoel om ruimte te maken voor haar en Andrew Robinson maakte een gebaar naar de laptop die voor hem stond.

'Nadat Nicks lidmaatschap was beëindigd hebben we op zijn opdracht een nieuwe account aangemaakt,' zei Andrew. 'Een kwartier geleden kreeg ik dit.'

De e-mail was kort; een regel bovenaan en daaronder de foto van een blonde vrouw.

Splinternieuwe download: alleen vandaag GRATIS

'Waren de andere ook gratis?' vroeg Kelly.

'Alleen voor gouden leden. Geen van de profielen is ooit voor minder dan tweehonderd pond aangeboden en dit is de eerste keer dat we bericht krijgen van een nieuw profiel. Voor zover we weten ging de enige berichtgeving via de advertenties in de *Gazette*.'

Kelly las het profiel.

Blank

18 jaar

Lang blond haar, blauwe ogen

Blauwe spijkerbroek, grijze enkellaarsjes, zwart V-hals-T-shirt en oversized grijs vest met een ceintuur; witte knielange donsjas, ook met ceintuur; zwarte handtas met kettinkje

Maat 34-36

15.30 uur: komt binnen bij metrostation Crystal Palace. Neemt de bovengrondse tot Canada Water, gaat in het voorste rijtuig zitten, bij de deur. Stapt over op de Jubilee Line, loopt over het perron en gaat bij de kaart van de metro staan, waar de deuren van wagon #6 opengaan. Gaat zitten en leest een tijdschrift. Stapt over op Waterloo, slaat rechts af en gaat de trap af naar perron 1; in noordelijke richting op de Northern Line. Loopt over het perron en blijft in het midden staan vlak bij een versleten stuk van de gele lijn. Daar gaat de middelste wagon open. Blijft tot Leicester Square bij de deuren staan. Neemt de roltrap en loopt via uitgang 3 Charing Cross Road op.

Beschikbaarheid: ALLEEN VANDAAG

Tijdsduur: 45 minuten

Moeilijkheidsgraad: buitengewoon uitdagend

'Dit hebben alle leden gekregen,' zei Andrew. Het bleef even stil terwijl iedereen de consequentie overdacht als het hele adressenbestand van findtheone.com – hoe groot dat ook was – op de link klikte van het profiel van deze vrouw en het downloadde. Hoeveel mannen zaten nu al achter hun computer, of keken op hun telefoon en lazen hetzelfde wat Kelly net had gelezen? En hoeveel van hen zouden, in de wetenschap dat ze haar weg door Londen zou volgen zonder te weten dat ze bekeken werd, een stap verder gaan?

'Kun je die foto vergroten?' vroeg Kelly.

Andrew deed wat ze vroeg en vulde het scherm met een vergroting van het pasfotootje dat ze net hadden gezien.

Het was een selfie en de tiener tuitte haar lippen naar de camera; een massa blond haar viel deels over haar ogen. De soft focus deed vermoeden dat de foto van Instagram of een andere socialmediasite was gehaald.

De foto was Kelly onbekend, maar het meisje niet. Ze kende haar van een andere foto, die Kelly had gekregen omdat daar een kleiner beeld af was gehaald. Kelly had elke letter van het Operatie FURNISS-dossier gelezen. Ze wist dat ze dit meisje eerder had gezien. Hetzelfde blonde haar. Dezelfde getuite lippen.

Ze wendde zich tot Nick. 'Ik ken haar. Dit is de dochter van Zoë Walker.'

35

'Wat voor spelletje?' vraag ik.

Melissa lacht. Ze zit nog steeds achter haar bureau en draait haar stoel om ons in de gaten te houden. Ze kijkt naar haar scherm.

'Al meer dan honderd hits.' Ze kijkt naar Katie. 'Je bent populair, meisje.'

Mijn maag knijpt zich samen. 'Je zet haar niet op die website.'

'Daar staat ze al op.' Melissa klikt weer en ik zie de foto van Katie, die met getuite lippen naar ons kijkt met een nonchalant zelfvertrouwen dat totaal niet past bij de huidige situatie.

Katie slaakt een kreet en ik sla mijn arm om haar heen en trek haar zo snel tegen me aan dat haar stoelpoten over de grond krassen.

'Zo gaan we het doen,' zegt Melissa op zakelijke toon, de toon die ze gebruikt aan de telefoon met leveranciers en waarmee ze de bankmanager overhaalt om haar nog een lening te verstrekken. Zo heeft ze nog nooit tegen mij gesproken en het bloed stolt in mijn aderen. 'Het profiel van Katie is een beperkte tijd gratis te downloaden en alle leden hebben de link gekregen.'

Er klinkt een belletje uit de computer en er verschijnt een bericht, en nog een, en nog een.

Gedownload

Gedownload

'Zoals je ziet valt ze in de smaak. Niet verbazingwekkend als je bedenkt dat ze meestal vijfhonderd pond betalen voor iemand die veel minder...' ze neemt de tijd om het juiste woord te zoeken en vindt er dan een waar ik misselijk van word, '... verleidelijk is.'

'Ze gaat helemaal nergens heen.'

'Ach, doe niet zo flauw. Waar is je gevoel voor avontuur? Heus niet al mijn cliënten hebben schandelijke bedoelingen. Sommige zijn juist heel erg romantisch.'

'Ze gaat niet.'

'Dan ben ik bang dat het voor jullie allebei heel beroerd gaat aflopen.'

'Hoe bedoel je dat?'

Ze negeert mijn vraag. 'Dit zijn de regels. Katie volgt haar normale route en als ze in het restaurant kan komen zonder... laten we zeggen, oponthoud... dan win je en laat ik je gaan. Zo niet... nou ja, dan verliezen jullie allebei.'

'Dat is ziek,' zegt Katie.

Melissa kijkt haar spottend aan. 'Kom nou toch, Katie, niks voor jou om een gelegenheid waarbij je in het middelpunt van de belangstelling kunt staan af te wijzen.'

'Wat bedoel je daar nou weer mee?'

'Dit is je kans om de ster van de show te zijn. We weten allemaal dat je pas gelukkig bent als alle ogen op jou zijn gericht. Het maakt niet uit of Justin ook wel eens aandacht wil, of een van je vriendinnen. Het moet altijd om jou draaien, of niet? Zo moeder, zo dochter.'

Ik ben verbijsterd over de haat in haar stem.

Katie huilt, net zo geschokt als ik.

'Dus,' zegt Melissa. 'Dat is het spelletje. Zijn jullie er klaar voor? Of gaan jullie liever meteen door naar het stuk waarin jullie allebei verliezen?' Ze test het mes op haar vingernagel, maar het is te scherp om soepel over de bloedrode nagellak die Melissa altijd draagt te glijden.

'Je gebruikt mijn dochter niet als lokaas voor een stel misselijke kerels. Dan ga ik nog liever dood.'

'Jij mag het zeggen,' zegt Melissa onverschillig en ze komt op me af met het mes voor zich uit.

'Nee!' gilt Katie. Ze houdt zich aan me vast en de tranen stromen over haar wangen. 'Ik doe het wel. Ik ga wel. Ik wil niet dat ze je kwaad doet.'

'Ik wil het niet hebben, Katie. Ze pakken je.'

'Maar als ik het niet doe gaan we allebei dood. Begrijp je het niet? Ze is niet goed bij haar hoofd.'

Ik werp een blik op Melissa, maar die lijkt zich niets aan te trekken van de beschuldiging van Katie.

Er is geen spoor van zenuwen of woede, wat haar handelen nog angstwekkender maakt. Ze zou het mes zo in me steken, zonder een spier te verrekken, besef ik.

Het kost me moeite om te bedenken dat de vrouw die ik als vriendin beschouwde – de vrouw die ik dacht te kennen – iemand anders is. Iemand die een grondige hekel aan me heeft. Die me zo verschrikkelijk haat omdat ik wel een moeder ben, dat ze bereid is mij kwaad te doen, mijn dochter kwaad te doen.

Katie knijpt in mijn schouder. 'Ik kan het wel, mama. Het is druk in de metro – er zijn overal mensen – niemand doet me iets.'

'Maar Katie, er zijn vrouwen vermoord, verkracht. Je moet niet gaan.' Terwijl ik het zeg denk ik aan het alternatief. Wat zal er met Katie gebeuren als ze hier blijft? Ik twijfel er niet aan dat Melissa mij zal vermoorden, maar ik zal niet toestaan dat ze Katie ook vermoordt.

'Die vrouwen wisten niet dat ze gevolgd werden. Dat is in mijn voordeel. En ik ken de weg, mam. Ik merk het meteen als iemand me volgt.'

'Nee, Katie.'

'Ik kan het. Ik wil het doen.' Ze huilt niet meer en haar gezicht staat zo vastbesloten dat de adem stokt in mijn keel. Ze denkt dat ze me kan redden. Ze denkt echt dat ze dit spel kan spelen – dat ze Londen kan doorkruisen zonder gepakt te worden – en dat Melissa mij zal sparen als ze heeft gewonnen.

Ze heeft het mis. Melissa laat mij niet gaan – maar ik kan Katie redden als zij probeert mij te redden. Buiten heeft ze nog een kans. Hierbinnen zijn we allebei ten dode opgeschreven.

'Goed,' zeg ik tegen haar. Het voelt als verraad.

Ze staat op en kijkt Melissa aan. Ze heeft haar kin uitdagend naar voren gestoken en even moet ik denken aan haar rol in het toneelstuk, waar ze haar identiteit verbergt achter jongenskleren en slimme woorden. Als Katie bang is, is daar niets van te merken.

'Wat moet ik doen?'

'Je moet gewoon naar je werk gaan. Doodeenvoudig. Je moet over,' ze kijkt op het computerscherm, 'vijf minuten weg en je neemt dezelfde weg die je altijd neemt naar het restaurant. Je geeft je mobiel aan mij en je stopt nergens en doet geen domme dingen, zoals de politie waarschuwen of om hulp roepen.'

Katie overhandigt haar mobiel.

Melissa gaat naar haar computer en drukt op een aantal toetsen. Op het scherm verschijnt een bekend beeld; de beveiligingscamera van metrostation Crystal Palace.

Links zie ik de taxistandplaats en de graffiti die al zo lang op de muren zit als ik me kan herinneren.

Terwijl we kijken loopt een vrouw gehaast het station binnen. Ze kijkt op haar horloge.

'Als je één voet verkeerd zet, zie ik dat,' gaat Melissa verder. 'En je hoeft geen genie te zijn om te begrijpen wat dat voor je moeder betekent.'

Katie bijt op haar lip.

'Je hoeft het niet te doen,' zeg ik zacht.

Ze gooit haar haar naar achteren. 'Het is goed. Ik kan wel voor mezelf zorgen, mam. En voor jou.' Haar blik is grimmig en vastbesloten, maar ik ken haar te goed om te geloven dat het zelfvertrouwen dat ze uitstraalt echt is. Ze speelt een rol, maar dit is geen toneelstuk. Het is geen spelletje, wat Melissa ook zegt. Wat er ook gebeurt, er gaan slachtoffers vallen.

'Tijd om te gaan,' zegt Melissa.

Ik druk Katie zo dicht tegen me aan dat de lucht uit mijn longen wordt geperst. 'Wees voorzichtig.' Dat moet ik duizenden keren eerder hebben gezegd sinds ik moeder ben, maar altijd is het een formule voor iets anders.

'Wees voorzichtig' toen ze tien maanden oud was en tussen de meubels door manoeuvreerde. Het betekende eigenlijk: *Pas op die vaas.*

'Wees voorzichtig' toen ze leerde fietsen. *Pas op voor auto's*, had ik ook kunnen zeggen.

'Wees voorzichtig' toen ze voor het eerst serieus verkering had. Toen betekende het: *Laat je geen pijn doen. Zorg dat je niet zwanger wordt.*

'Wees voorzichtig,' zeg ik nu. *Laat je niet pakken. Hou je ogen open. Wees ze te snel af. Ren voor je leven.*

'Natuurlijk, mam. Ik hou van je.'

Doe net of het een heel gewone dag is, houd ik mezelf voor terwijl de tranen opwellen in mijn ogen. Doe net of ze gewoon naar haar werk gaat, dat ze straks thuiskomt en dat we dan een of andere serie gaan kijken op Netflix en een pizza eten. Doe net of dit niet de laatste keer is dat je haar zult zien. Ik huil nu openlijk, net als Katie, wier eerdere bravoure te oppervlakkig was om deze stroom van emoties te weerstaan. Ik wil nog zeggen dat ze op Justin moet passen als ik er niet meer ben, dat ze moet zorgen dat Matt hem niet laat ontsporen, maar als ik dat doe plant ik de gedachte in haar hoofd die ik daar niet wil hebben; dat ik er niet meer ben wanneer ze terugkomt, áls ze terugkomt.

'Ik hou ook van jou.'

Ik prent de kleinste details in mijn hoofd; hoe haar haar ruikt; het restje lipgloss in haar mondhoek. Ik fixeer het beeld zo in mijn gedachten dat wat er het komende uur ook gaat gebeuren, ik zal sterven met het beeld van Katie voor ogen.

Mijn kleine meisje.

'Zo is het genoeg.' Melissa doet de keukendeur open en Katie loopt door de smalle gang naar de voorkant van het huis.

Dit is mijn kans, denk ik. Ik overweeg achter Katie aan te rennen en zodra de voordeur opengaat samen met haar naar buiten te schieten, ons in veiligheid te brengen. Maar hoewel Melissa het mes naast haar lichaam heeft hangen, houdt ze het zo stevig vast dat haar knokkels er wit van zijn. Ze zou geen seconde aarzelen om het te gebruiken.

Messen.

Ik had er meteen aan moeten denken. Het messenblok, nu met een bewoner minder, bevat nog steeds een vleesmes en drie groentemessen van verschillende groottes. Ik word overvallen door het beeld van Katie die naar het metrostation loopt. Het gevaar tegemoet. Ren weg, smeek ik haar in stilte. Loop de andere kant op. Zoek een telefooncel. Zeg het tegen de politie.

Ik weet dat ze dat niet zal doen. Ze denkt dat Melissa me zal vermoorden als ze niet over acht minuten op de beveiligingscamera verschijnt.

Ik weet dat ze me ook zal vermoorden als ze wel verschijnt.

Bij terugkeer van Melissa ben ik halverwege het aanrecht en de tafel.

Zo te zien heeft ze iets meegenomen uit de gang. Een rol ducttape.

'Waar ga jij heen? Kom hier.' Ze gebaart met de punt van het mes en meer aanmoediging heb ik niet nodig. Melissa draait mijn stoel zodat ik de monitor kan zien.

Ik ga zitten.

'Handen achter je rug.'

Ik doe wat ze zegt en hoor dat ze de ducttape in stroken scheurt.

Melissa omwikkelt mijn polsen en bindt ze daarna vast aan de achterkant van de stoel zodat ik mijn armen niet meer kan bewegen. Dan scheurt ze nog twee stukken af en maakt mijn enkels aan de stoelpoten vast.

Ik kijk op de klok in de rechterhoek van het scherm.

Nog zes minuten.

De gedachte dat Katie een drukbezette route neemt naar haar werk en dat het nog licht is troost me enigszins. Er zijn geen donkere steegjes waar ze in gelokt kan worden en als ze haar gedachten erbij houdt, kan haar niks gebeuren. De vrouwen die aan mannen ten prooi zijn gevallen – Tania Beckett, Laura Keen, Cathy Tanning – wisten niet dat ze gevolgd werden.

Katie weet het. Katie is in het voordeel.

'Klaar voor de show?' vraagt Melissa.

'Ik wil het niet zien.' Maar ik merk dat ik niet weg kan kijken. Ineens komt er een herinnering in me boven; Katie is nog een baby en ik ben met haar in het ziekenhuis. Ik dwing mezelf te blijven kijken terwijl ze een infuus inbrengen in haar minuscule handje zodat ze vocht kan krijgen nadat ze door een akelig griepvirus helemaal is uitgedroogd. Ik wilde niets liever dan het van haar overnemen, maar als dat niet kon was lijden terwijl zij leed het minste wat ik kon doen; het samen met haar beleven.

Er verschijnt al een korstje op de snee in mijn hals, de huid staat strak en begint te jeuken. Ik strek mijn nek om de jeuk te verlichten, maar dan druppelt er vers bloed op mijn schoot.

Nog vier minuten.

Zwijgend kijken we naar het scherm. Ik heb honderden vragen, maar ik wil niet met Melissa praten. Ik verlies me in een fantasie waarin de politie op dit moment in volle vaart op weg is naar Anerley Road. Elk moment kan ik het kabaal horen waarmee de deur wordt ingetrapt. Het lijkt zo echt dat ik mijn oren spits om de sirene te horen. Maar het blijft stil.

Nog twee minuten.

Het lijkt of er een eeuwigheid verstreken is als we Katie op beeld zien verschijnen. Ze blijft niet staan, maar kijkt naar de camera en staart ons recht aan tot ze eronderdoor is en we haar niet meer kunnen zien.

Ik zie je, zeg ik geluidloos. Ik ben bij je. Maar ik kan de tranen die over mijn wangen biggelen niet tegenhouden.

'We kunnen jammer genoeg niet zien dat ze door het poortje gaat.' De toon van Melissa is vriendelijk – kletserig bijna – alsof we samen aan een project werken. Het is zenuwslopend. Nog veel erger dan wanneer ze tegen me zou schreeuwen of me zou bedreigen. 'Maar zodra ze het perron op komt, pikken we haar weer op.'

Ze beweegt de muis over het scherm en ik zie een lijst van wat naar ik aanneem camera's zijn: *Aldgate East – ingang; Angel – ingang; Angel – perron zuidwaarts; Angel – perron noordwaarts; Bakerloo – loketten*... De lijst is eindeloos.

'Een aantal van de vroege profielen is niet in de juiste locatie voor de camera's waar ik toegang toe heb,' zegt Melissa, 'maar het grootste deel van Katies route kunnen we volgen. Kijk, daar is ze.'

Katie staat op het perron met haar handen in haar zakken. Ze kijkt om zich heen en ik hoop dat ze op zoek is naar camera's of uitzoekt wie van haar medepassagiers een bedreiging voor haar kan zijn.

Ik zie een man in pak naar haar toe lopen. Katie deinst een stukje achteruit en ik begraaf mijn nagels in mijn handpalmen. Mijn hart bonkt.

'Wat is het toch een toneelspeelstertje, hè?'

Ik negeer haar. De bovengrondse rijdt binnen en Katie stapt in. De deuren sluiten en slokken haar veel te snel op. Ik wil dat Melissa overstapt naar de volgende camera, maar ze beweegt zich niet.

Ze pakt een pluisje van haar jasje, bekijkt het fronsend en laat het op de grond vallen.

Mijn fantasie slaat weer op hol. Ik zie Simon thuiskomen na zijn sollicitatiegesprek; het huis is leeg, de deur niet op slot, en hij vermoedt dat ik hier ben. Hij komt me redden. Mijn fantasie groeit omgekeerd evenredig aan mijn verdwijnende hoop.

Er komt niemand.

Ik zal hier sterven. In het huis van Melissa. Zal ze zich van mijn lichaam ontdoen, vraag ik me af, of me hier achterlaten, waar Neil me dan in staat van ontbinding vindt als hij thuiskomt van zijn zakenreis?

'Waar ga je heen?' vraag ik.

Ze draait zich om en kijkt naar me.

'Nadat je mij hebt vermoord. Waar ga je dan heen?'

Ze begint iets te zeggen – ze wil ontkennen dat ze me gaat vermoorden – maar bedenkt zich. Even flitst er iets van respect in haar ogen, maar dan is het weg en haalt ze haar schouders op. 'Costa Rica, Japan. De Filipijnen. Er zijn landen genoeg waarmee we geen uitleveringsverdrag hebben.'

Hoelang zal het duren voor ze me vinden? Zal Melissa dan al in een ander land zijn? 'Je komt nooit door de paspoortcontrole,' zeg ik met meer vertrouwen dan ik voel.

Ze kijkt me minachtend aan. 'Nee, niet als ik mijn eigen paspoort gebruik.'

'Hoe –' Ik ben met stomheid geslagen. Ik ben in een parallelle wereld beland waarin mensen met messen zwaaien, valse paspoorten gebruiken en hun vriendinnen vermoorden. Ineens dringt er iets tot me door. Melissa is slim, maar niet zo slim. 'Hoe heb je dit allemaal geleerd?'

'Wat allemaal?' Ze is afgeleid en zit te tikken. Het gesprek verveelt haar.

'Die beveiligingscamera's, een vals paspoort. Agent Swift zei dat de advertenties waren opgegeven door een man; dat hij een postbus had geopend op zijn naam. De website is niet te traceren. Je hebt hulp gehad – dat kan niet anders.'

'Ik vind dat nogal beledigend, Zoë. Je onderschat me.'

Ze kijkt me niet aan en ik weet dat ze liegt. Ze kan dat allemaal nooit in haar eentje hebben gedaan. Is Neil werkelijk op zakenreis? Of zit hij boven? Luistert hij mee? Wacht hij tot er versterking nodig is? Verbeeld ik me dat de vloerplanken kraken?

'Zo, nu is het een kwartier,' zegt Melissa ineens en ze kijkt op haar horloge. 'Ik krijg de bovengrondse niet, maar op de volgende camera kunnen we zien dat ze op Canada Water overstapt.' Ze klikt op de volgende camera en ik zie weer een perron; een groep schoolkinderen wordt bij de rand weggehouden door drie begeleidsters, die lichtgevende hesjes dragen.

De trein rijdt binnen en ik zoek het beeld af naar Katie, maar ik zie haar niet. Mijn hart slaat op hol: is er nu al iets met haar gebeurd? Op dat korte stukje van Crystal Palace naar Canada Water?

Maar dan vang ik een glimp op van een witte donsjas en daar is ze, de handen nog steeds in haar zakken. Ze kijkt voortdurend om zich heen en bestudeert iedereen die voorbijkomt.

Ik slaak een zucht van verlichting.

Katie verdwijnt uit beeld en hoewel Melissa nog twee camera's probeert, zien we haar pas weer als ze op de Jubilee Line staat te wachten. Ze staat dicht bij de rand en ik wil roepen dat ze naar achteren moet, dat iemand haar zo onder de trein kan duwen.

Terwijl ik zo naar haar kijk, via een beveiligingscamera, lijkt het net een griezelfilm waarbij je weet dat het slecht zal aflopen met de hoofdpersoon en je naar de tv roept dat hij of zij niet zo idioot moet doen.

Niet naar buiten gaan, negeer dat geluid dat je hoort niet... heb je het script dan niet gelezen? Weet je dan niet wat er gaat gebeuren?

Ik bedenk dat Katie het script wél heeft gelezen. Ze kent het gevaar, ze weet alleen niet uit welke hoek het zal komen.

Er staat een man links achter Katie. Hij houdt haar in de gaten. Ik kan zijn gezicht niet zien, daarvoor is de camera te ver weg, maar hij heeft zijn hoofd naar haar toe gedraaid en beweegt het langzaam op en neer terwijl hij haar van top tot teen monstert. Hij komt een stap dichterbij en zet me schrap tegen de stoelleuning en buig me voorover in een poging het beter te kunnen zien. Er staan meer mensen op het perron, waarom kijken die de verkeerde kant op? Als hij iets uithaalt ziet niemand het. Vroeger voelde ik me veilig in de metro. Zo veel camera's, zo veel mensen overal. Maar niemand kijkt. Niet echt. Iedereen reist in zijn eigen bubbel, zich niet bewust van zijn medereizigers.

Binnensmonds zeg ik haar naam en alsof ze me hoort, kijkt ze om.

Ze ziet de man.

Hij zet een pas in haar richting en Katie duikt meteen weg.

Ik kan haar lichaamstaal niet lezen. Is ze bang?

Ze loopt naar het andere eind van het perron.

Melissa beweegt in haar stoel en ik kijk naar haar. Ze kijkt gespannen naar het scherm, maar heeft zich niet, zoals ik, voorovergebogen. Ze leunt achterover, haar ellebogen rusten op de armleuningen en ze heeft haar vingertoppen tegen elkaar gezet. Er speelt een glimlachje om haar lippen. 'Fascinerend,' zegt ze. 'Ik vond het altijd een leuk idee dat de vrouwen niet wisten dat ze gevolgd werden, maar dit maakt het interessanter. Een kat-en-muisspelletje in de ondergrondse. Misschien als extra service voor de leden.'

Ik walg van haar blijmoedigheid.

De man op het perron is niet achter Katie aan gegaan, maar als de trein stopt en forensen uitstappen, zie ik dat hij zich door de drukte heen in haar richting beweegt. Hij stapt niet in op dezelfde plek, maar als ik opgelucht uitadem zie ik dat hij wel in dezelfde wagon zit.

'Kun je inloggen op de camera in de trein? Ik wil het zien. Ik wil zien wat zich in de trein afspeelt.'

'Verslavend, hè? Nee, dat heb ik geprobeerd, maar die is beveiligd. We hebben' – ze bekijkt een andere tab die openstaat – 'zeven minuten tot ze in Waterloo is.' Ze trommelt met haar vingers op het bureau.

'Het is druk in de trein. Niemand haalt iets uit in een drukke trein.' Ik zeg het net zo goed tegen mezelf als tegen Melissa.

Zou iemand iets doen als Katie gilde? Ik heb haar altijd geleerd lawaai te maken als er iets zou gebeuren. 'Maak zo veel mogelijk kabaal,' zei ik tegen haar, 'als een viezerik zich tegen je aan drukt, wend je dan niet tot hem maar tot iedereen eromheen. Roep meteen: "Blijf van me af!" Zorg dat de hele wagon het hoort. Misschien doen ze niks, maar hij zal ermee stoppen, let maar op.'

Het is maar vier minuten van Waterloo naar Leicester Square. Dat weet ik omdat Melissa het me heeft verteld en omdat elke seconde aanvoelt als een uur. Zodra we Katie kwijtraken in de metro die vanuit Waterloo naar het noorden rijdt haalt Melissa een ander beeld naar voren; de camera die op de onderkant van de roltrap van Leicester Square gericht staat.

Zwijgend wachten we tot ze verschijnt.

'Daar is ze,' zegt Melissa en ze wijst op Katie.

Ik ga meteen op zoek naar de man die haar op het perron benaderde en als ik hem een paar meter achter haar zie opduiken, krimpt mijn maag ineen.

'Die man...' zeg ik, maar verder weet ik ook niet wat er te zeggen valt.

'Hij houdt wel vol, hè?'

'Weet je wie dat is? Waar hij vandaan komt? Hoe oud hij is?' Ik weet niet waarom die dingen belangrijk zouden zijn.

'Het profiel is bijna tweehonderd keer gedownload,' zegt Melissa. 'Het kan elk van die mannen zijn.'

De man dringt zich langs een vrouw met een kinderwagen.

Katie stapt de roltrap op.

Loop door, zeg ik in mijn hoofd, maar ze blijft stilstaan en de man loopt aan de linkerkant omhoog en stapt dan achter haar naar rechts.

Hij legt een hand op haar arm en buigt zich naar haar toe. Hij zegt iets.

Katie schudt haar hoofd en dan zijn ze boven en verdwijnen uit beeld.

'De volgende camera! Ga naar de volgende camera!'

Melissa reageert opzettelijk traag, genietend van mijn paniek. Het is druk op Leicester Square en als we eindelijk beeld hebben, zie ik aanvankelijk Katie niet. Maar dan zie ik haar lopen naast de man uit de trein.

Mijn hart slaat op hol. Er is iets niet in orde. Katie loopt raar, een beetje scheef. Haar hoofd is gebogen en hoewel het er niet naar uitziet dat ze zich verzet, schreeuwt haar lichaamstaal dat ze niet weg kan komen.

Als ik beter kijk, zie ik dat hij met zijn rechterhand haar linkerbovenarm vastheeft; daarom loopt ze uit balans. Hij moet een wapen hebben. Hij moet haar bedreigen. Waarom schreeuwt ze anders niet? Rent ze niet weg? Vecht ze niet?

Ik zie Katie met deze man naar de poortjes lopen, haar arm onhandig voor zijn borst.

Bij een kaart van de metro staan twee beambten vervoersbewijzen te checken. Ze kletsen en ik wil uit alle macht dat ze zien dat er iets niet in orde is, maar ze letten niet op. Hoe kan zoiets op klaarlichte dag gebeuren? Waarom ziet niemand wat ik zie?

Ik kan me niet losmaken van het scherm.

Maar als ze bij de poortjes komen moet de man Katie toch loslaten? Dat is haar kans om te ontsnappen. Ik ken Katie, die maakt nu al plannen – bedenkt welke kant ze op moet rennen, welke uitgang het beste is.

Ik voel een golf adrenaline. Dat gaat ze doen – ze zal ontsnappen.

Maar ze komen helemaal niet bij de poortjes. In plaats daarvan leidt de man haar naar links, waar een onbezet informatieloket is en een deur waarop staat: VERBODEN TOEGANG.

Hij kijkt om zich heen om te zien of er iemand kijkt.

Mijn bloed verkilt als ik zie dat hij de deur openmaakt en Katie mee naar binnen trekt.

Je vindt dat ik te ver ben gegaan. Dat ik het leven van vrouwen die ik niet ken in de waagschaal stel is al erg genoeg, vind je, maar dit? Dit is te erg. Hoe kan ik spelen met het leven van iemand om wie ik zou moeten geven?

Er is iets wat je moet begrijpen.

Katie heeft het aan zichzelf te wijten.

Het is met haar altijd hetzelfde geweest. Altijd het middelpunt van de belangstelling willen zijn, gillen om gehoord te worden, aandacht trekken, liefde opeisen. En zich nooit eens afvragen hoe dat is voor anderen.

Altijd praten, nooit luisteren.

En nu is haar wens in vervulling gegaan.

Alle ogen zijn op haar gericht.

Haar belangrijkste productie tot nu toe; haar meest uitdagende rol. De voorstelling waarbij alle andere voorstellingen in het niet vallen.

Het laatste doek.

36

'Welke telefoonnummers hebben we van Zoë Walker?' wilde Nick weten.

Lucinda keek in haar aantekeningen. 'Mobiel, werk en thuis.'

'Bel ze allemaal.'

Kelly zocht al verbinding met haar mobiel en schudde haar hoofd toen ze de voicemail kreeg. 'Zoë, wil je alsjeblieft het MOT bellen zodra je dit bericht hoort?'

'Wat weten we van de dochter?' vroeg Nick.

'Ze heet Katie,' zei Kelly, die haar hersens pijnigde in een poging zich alles wat Zoë haar ooit had verteld te herinneren. 'Ze wil actrice worden, maar werkt op het moment in ploegendiensten in een restaurant in de buurt van Leicester Square – ik weet niet welk.' Kelly probeerde zich te herinneren of Zoë nog meer had verteld over haar kinderen; ze had ook nog een zoon, wist Kelly, en een partner, maar ze hadden eigenlijk alleen over de zaak gesproken.

'Nick, Zoë Walker is vandaag niet op haar werk,' zei Lucinda en ze legde de telefoon neer. 'Haar baas heeft haar gisteren naar huis gestuurd, hij zei dat ze zich alleen nog maar kon concentreren op – ik citeer – die klotezaak. Ik heb gezegd dat hij Zoë moet vragen contact met ons op te nemen als hij haar eerder spreekt.'

'Bel haar thuis.'

'Geen gehoor.'

'En we hebben geen andere nummers voor haar in ons systeem?'

Nick begon te ijsberen, zoals hij deed wanneer hij sneller wilde nadenken.

'Niet van Zoë en niets van Katie. We hebben een oud mobiel nummer van haar zoon, Justin – hij is in 2006 opgepakt wegens winkeldiefstal en heeft een waarschuwing gekregen voor bezit van softdrugs in 2008. Sindsdien niets meer, al is hij een aantal keer ter controle aangehouden.'

'Wat zegt de telefooninlichtingendienst?'

'Er is voor Katie Walker geen telefoon geregistreerd op het huisadres. Dan heeft ze dus geen abonnement of ze lift mee op het abonnement van haar moeder. Ik heb ze gevraagd het te onderzoeken.'

'Waar kwam de mail met het profiel van Katie vandaan?' Nick vuurde de vraag af op Andrew, die zich niet van de wijs liet brengen door zijn felheid.

'Niet uit Espress Oh!, als je dat soms denkt. Een ander IP-adres. Ik zal een verzoek indienen.'

'Hoelang gaat dat duren?' Nick keek op zijn horloge en wachtte niet op antwoord. 'Hoelang ook, het duurt te lang. De politie van BT is onderweg naar Leicester Square, maar het is niet gezegd dat ze op tijd bij Katie zijn en intussen lijkt de kans me groot dat Zoë in onmiddellijk gevaar verkeert.'

'Ze is nog steeds niet thuis.' Lucinda legde de telefoon neer. 'Haar mobiel staat uit.'

'Ik wil dat haar mobiel getraceerd wordt. Zoek uit wanneer die voor het laatst is gebruikt en waar. Kelly, zodra Lucinda een locatie heeft wil ik dat er een eenheid op afgaat.'

'Zeker,' zei Kelly en ze ging naast Lucinda zitten, die al op zoek was. Nick ijsbeerde weer en ratelde opdrachten zonder adem te halen. Er vormde zich een gedachte; iets wat iemand net had gezegd, maar Kelly kon er de vinger niet achter krijgen in de drukte en chaos van de briefingruimte.

'Kunnen we het nummer van Katie van de rekening van Zoë Walker af halen?' vroeg Nick.

'Eventueel,' zei Lucinda. 'Maar dat is een langdurige procedure en biedt geen zekerheid. Dan moet ik kijken naar de nummers die ze veel heeft gebeld en gokken welke van gezinsleden zijn.'

'Doe dat. Alsjeblieft,' zei hij er snel achteraan.

Het was de eerste keer dat Kelly meemaakte dat de inspecteur uit zijn doen raakte.

Hij had zijn das al losgetrokken, maar nu deed hij hem af en gooide hem op tafel, maakte het bovenste knoopje los en rekte zijn hals uit, eerst de ene kant op en toen de andere.

'Andrew, hou de website in de gaten en waarschuw me zodra er iets verandert. Doe wat je kunt om erachter te komen waar dat recente mailtje vandaan kwam. Als het niet Espress Oh! is, is het misschien een ander café. Als dat zo is, Kelly, stuur er dan meteen een eenheid op af om de beelden van de beveiligingscamera te bekijken van de tijd dat het werd verstuurd.'

Espress Oh!

Dat was het. De gedachte die rondzweefde in het hoofd van Kelly landde eindelijk. De ontmoeting met Zoë in het café in Covent Garden. De vriendin met de keten van koffietentjes; de nieuwe zaak in Clerkenwell. Het Australische meisje bij Espress Oh! en de afwezige eigenaar met de keten. 'Geen klanten,' zei ze en plotseling wist ze met zekerheid wie ze zochten. De persoon achter de website; de persoon die nu, op dit moment, de negentienjarige Katie het gevaar in stuurde en waarschijnlijk Zoë Walker vasthield als gijzelaar.

Nick keek haar verwachtingsvol aan.

Kelly voelde een golf van adrenaline. 'We moeten bij de kamer van koophandel zijn,' zei ze. 'Het gaat niet om een klant die de wifi gebruikt bij Espress Oh!, het is de eigenaar!'

37

'Katie!' Ik schreeuw zo hard dat mijn stem breekt en mijn mond is plotseling gortdroog. Ik ruk aan de tape en voel het trekken aan de haartjes van mijn pols. Ik vind een kracht waarvan ik het bestaan niet kende en voel de tape meegeven.

Melissa glimlacht. 'Ik heb gewonnen.' Ze draait haar stoel en kijkt me met gevouwen handen peinzend aan. 'Maar ja, het kon ook niet anders.'

'Kutwijf. Hoe kon je?'

'Ik heb helemaal niks gedaan. Dat heb jij gedaan. Jij hebt haar het gevaar in gestuurd; gevaar waarvan je wist dat het er was. Hoe kun je dat je eigen vlees en bloed aandoen?'

'Jij –' Melissa heeft me niet gedwongen. Ze heeft gelijk; ik heb Katie laten gaan. Het is mijn schuld. Ik kan haar niet aankijken. De pijn in mijn borst is zo onverdraaglijk dat de adem me bijna wordt benomen. Katie. Mijn Katie. Wie is die man? Wat doet hij met haar?

Ik probeer mijn stem kalm te houden. Redelijk. 'Je had zelf ook kinderen kunnen hebben. Je had ze kunnen adopteren, ivf proberen.' Ik kijk weer naar het scherm, maar de deur – ik neem aan dat het een bezemkast of een onderhoudsruimte is – blijft gesloten. Waarom heeft niemand het gezien? Er zijn overal mensen. Ik zie het lichtgevende jasje van een medewerkster van de ondergrondse en ik wil zo graag dat ze die deur opent; dat ze Katie hoort schreeuwen;

iets doet – wat dan ook – om datgene wat mijn kleine meisje nu ondergaat te laten ophouden.

'Dat weigerde Neil.' Melissa staart naar het scherm en ik zie haar ogen niet. Ik kan niet zien of er emotie in te lezen staat of dat ze net zo doods zijn als haar stem. 'Hij zei dat hij een eigen kind wilde, niet dat van een ander.' Ze lacht hol. 'Ironisch als je nagaat hoeveel tijd we met jouw kinderen hebben doorgebracht.'

Op het scherm gaat het leven verder; mensen lopen elkaar voor de voeten, zoeken naar hun Oyster-card en rennen om de trein te halen. Maar voor mij staat de wereld stil.

'Je hebt verloren,' zegt ze alsof we hebben zitten kaarten. 'Tijd om af te rekenen.' Ze pakt het mes en laat haar vinger langs het lemmet glijden.

Ik had Katie nooit moeten laten gaan, wat ze ook zei. Ik dacht dat ik haar een kans bood, maar ik stuurde haar op het gevaar af. Melissa zou geprobeerd hebben ons te vermoorden, maar was haar dat gelukt, twee tegen één?

En nu gaat ze me alsnog vermoorden. Vanbinnen ben ik al dood en een deel van me wil dat het voorbij is. Zodat de duisternis die al over me neerdaalt sinds Katie is vertrokken me helemaal kan overspoelen.

Doe het maar, Melissa. Vermoord me maar.

Mijn oog valt op de pennenhouder op het bureau van Melissa – die Katie bij handenarbeid heeft gemaakt – en een gevoel van razernij overmeestert me. Katie en Justin waren dol op Melissa. Ze zagen haar als tweede moeder; iemand die ze konden vertrouwen. Hoe waagt ze het dat vertrouwen zo te beschamen?

Geestelijk schud ik mezelf door elkaar. Ik wring weer met mijn polsen, draai mijn handen tegengesteld en beleef een pervers genoegen aan de pijn die dat veroorzaakt. Het is afleiding. Mijn ogen zijn nog steeds gericht op het scherm, alsof ik met alleen mijn gedachten de deur naar de werkkast kan openmaken.

Misschien leeft Katie nog. Misschien is ze verkracht of in elkaar geslagen. Wat gebeurt er met haar als ik er niet ben wanneer ze me het hardst nodig heeft? Ik kan niet toestaan dat Melissa me vermoordt.

Plotseling voel ik frisse lucht op een plekje van mijn pols dat is vrijgekomen. De tape raakt los. Ik kan mezelf bevrijden.

Ik denk snel na en laat mijn hoofd op mijn borst zakken zodat Melissa denkt dat ik het heb opgegeven. Mijn gedachten tollen. De deuren zijn afgesloten en de enige ramen in de keuken zijn grote lichtkoepels, waar ik onmogelijk bij kan komen. Er is maar één manier om te zorgen dat Melissa mij niet vermoordt en dat is haar eerst vermoorden. De gedachte is zo belachelijk dat ik er duizelig van word; hoe ben ik zover gekomen? Hoe ben ik een vrouw geworden die iemand zou kunnen vermoorden?

Maar Melissa zou ik kunnen vermoorden. En dat ga ik doen ook. Mijn benen zitten zo strak vast dat ik die met geen mogelijkheid kan loskrijgen en dat betekent dat ik snel zal moeten zijn. De ducttape om mijn polsen zit nu zo los dat ik één hand voorzichtig kan bevrijden, waarbij ik moet zorgen dat mijn bovenarmen niet bewegen. Ik ben ervan overtuigd dat mijn plan – voor zover je van een plan kunt spreken – op mijn gezicht geschreven staat, dus ik staar naar het scherm, zonder te hopen dat ik Katie te zien zal krijgen, maar evengoed wanhopig op zoek naar een teken dat de deur open zal gaan.

'Dat is gek,' zeg ik zonder erover na te denken of ik mijn gedachten beter voor mezelf had kunnen houden.

Melissa kijkt naar het scherm. 'Wat?'

Nu zijn allebei mijn handen vrij. Ik houd ze stevig achter mijn rug.

'Dat bord,' ik knik naar de linkerbovenhoek van het scherm, 'boven aan de roltrap. Dat was er een minuut geleden nog niet.'

Het is een geel plastic klapbord met een waarschuwing dat de vloer nat is. Iemand heeft iets geknoeid. Maar wanneer? Niet terwijl ik zat te kijken.

Melissa haalt haar schouders op. 'Iemand heeft daar een bord neergezet.'

'Niet waar. Het was er ineens.' Ik weet dat het bord er niet stond toen Katie de trap op kwam, anders had ze eromheen moeten lopen. En wanneer het dan is verschenen... Nou ja, ik weet het niet zeker, maar ik heb mijn ogen niet langer dan een paar seconden van het scherm afgehouden sinds Katie verdween en elke keer dat ik zo'n lichtgevend hesje zag heb ik het gevolgd in de hoop dat de drager ervan de ruimte in zou lopen waarin Katie is verdwenen.

Er vliegt een schaduw over de blik van Melissa. Ze buigt zich naar het scherm. Ze heeft het mes nog steeds in haar rechterhand.

Allebei mijn handen zijn nu vrij en langzaam beweeg ik ze. Eerst langs de stoel en dan heel geleidelijk naar mijn benen. Ik houd mijn blik strak op Melissa gericht. Zodra ze zich beweegt schiet ik overeind en houd mijn handen op mijn rug, maar het is te laat, ze heeft de beweging gezien vanuit haar ooghoek.

Het zweet druipt van mijn voorhoofd en prikt in mijn ogen.

Ik weet niet waarom Melissa naar het aanrecht kijkt, maar ik weet meteen dat ze ziet wat ik heb gedaan. Haar ogen schieten naar het messenblok. Ze telt de messen en ziet dat er een ontbreekt.

'Je houdt je niet aan de regels,' zegt ze.

'Jij ook niet.'

Ik buig me voorover en pak het heft van het mes. Ik krimp even in elkaar als het in mijn been snijdt terwijl ik het uit mijn laars trek.

Nu, denk ik. Dit is de enige kans die ik ooit krijg.

38

De politiewagen racete met gillende sirene over Marylebone Street en kon nog net een open bus ontwijken die voor ze optrok toen ze Madame Tussauds passeerden.

Kelly luisterde naar de agenten die voorin zaten en de wedstrijd op Old Trafford bespraken boven het geluid van de sirene uit.

'Hoe Rooney die misser kon maken begrijp ik niet. Als ik iemand driehonderdduizend per week zou betalen zou ik verdomme wel zorgen dat hij recht kon schieten.'

'Kan niet presteren onder druk, dat is het punt.'

Op Euston Square ging het licht net op rood. De chauffeur drukte op de claxon, waardoor de sirene nog een toontje hoger klonk. De auto's voor ze gingen aan de kant zodat ze erlangs konden. Ze sloegen rechts af Bloomsbury in en Kelly zette haar radio harder en wachtte gespannen op het laatste bericht. Dat kwam toen ze West End naderden. Kelly sloot haar ogen en liet haar hoofd tegen de leuning vallen.

Het was voorbij. In ieder geval voor Katie Walker.

Kelly boog zich voorover tussen de stoelen. 'Je kunt nu wat rustiger aan doen.'

De chauffeur had het bericht ook gehoord en schakelde de sirene uit en liet de auto terugvallen tot een aanvaardbare snelheid nu er geen haast meer bij was. Niemand die gered moest worden.

Bij Leicester Square zette hij haar af voor het Hippodrome en ze rende naar het metrostation, waar ze met haar legitimatie zwaaide naar een verveeld uitziende dame bij de poortjes. Ze was langs een andere ingang binnengekomen dan ze van plan was en keek om zich heen om te bepalen waar ze zich precies bevond.

Daar.

De deur naar de werkkast was vies aan de onderkant, waar mensen hem met hun voet openschoven, en de poster waarop mensen werden gemaand verdachte pakketjes aan te geven was aan de hoeken omgekruld. Op een bordje stond dat het verboden toegang was voor onbevoegden.

Kelly klopte twee keer op de deur en ging naar binnen. Hoewel ze wist wat ze zou aantreffen, bonkte haar hart.

De werkkast had geen ramen en in het donker zag ze een bureau met een metalen stoel aan één kant en een stapel gele borden aan de andere kant. In een hoek stond een emmer op wieltjes met smerig grauw water. Daarnaast zat een jong meisje op een plastic krat met een bekertje thee in haar handen.

Ook zonder de uitdagend getuite lippen van de foto was Katie Walker duidelijk herkenbaar. Dikke strengen haar met highlights vielen over haar schouders en de bolle donsjas maakte haar dikker dan ze in werkelijkheid was.

Blank

18 jaar

Lang blond haar, blauwe ogen

Blauwe spijkerbroek, grijze enkellaarsjes, zwart V-hals-T-shirt en oversized grijs vest met een ceintuur; witte knielange donsjas, ook met ceintuur; zwarte handtas met kettinkje.

Maat 34-36

Tegen de muur geleund stond een breedgeschouderde man met donker haar. Hij kwam naar voren en stak zijn hand uit naar Kelly.

'John Chandler van de BT-politie.'

'Kelly Swift.' Ze liet zich op haar hurken zakken. 'Hoi, Katie, ik ben Kelly, een van de rechercheurs van de zaak van je moeder. Alles in orde?'

'Ik geloof het wel. Ik ben bang dat mijn moeder...'

'Er zijn al mensen onderweg naar haar toe.' Ze stak een arm uit en kneep Katie even in haar arm. 'Je hebt het geweldig gedaan.'

Het radiobericht van rechercheur Chandler, dat Katie in veiligheid was, werd al snel gevolgd door een bevestiging van wat Kelly al vermoedde; Zoë werd vastgehouden door Melissa West, eigenaresse van verschillende cafés in Londen, waaronder Espress Oh!

'Het was afschuwelijk.' Katie keek op naar John. 'Ik wist niet of ik u kon vertrouwen. Toen u in mijn oor fluisterde wilde ik wegrennen. Ik dacht, als hij nou geen politie in burger is? Als het gewoon een smoesje is? Maar ik wist dat ik u moest geloven. Ik was zo bang dat Melissa zou begrijpen wat er aan de hand was en mama kwaad zou doen.'

'Je hebt het geweldig gedaan,' zei John. 'Een Oscar waard.'

Katie probeerde te glimlachen, maar Kelly zag dat ze nog zat te trillen.

'Er was niet veel acteerwerk bij. Hoewel u had gezegd wat er ging gebeuren, was ik ervan overtuigd dat alles gelogen was toen u me hier naar binnen trok. Ik dacht dat het voorbij was. Game over.'

'Het spijt me dat we je daaraan hebben blootgesteld,' zei Kelly. 'We weten dat de beveiligingscamera's gehackt zijn, maar we weten niet in hoeverre, hoeveel wel of niet zichtbaar was. Toen we jouw profiel op de website zagen wisten we dat we je veilig uit de treinen moesten zien te krijgen en weg van iedereen die je kwaad zou willen doen, zonder dat Melissa dat in de gaten had.'

'Hoelang moeten we hier nog wachten? Ik wil naar mama toe.'

'Het spijt me, we moeten zeker weten dat de beelden op de beveiligingscamera verwisseld zijn.'

Craig had snel gereageerd op de bezorgdheid van Kelly, dat Melissa rechercheur Chandler en Katie uit de werkkast zou zien stappen en zou begrijpen hoe het zat. Hij had de livebeelden vervangen door beelden van de vorige dag rond dezelfde tijd, toen het ongeveer even druk was op Leicester Square, in de hoop dat Melissa de verwisseling niet zou opmerken.

Kelly hoopte dat hij gelijk had. 'Alles is in orde, we kunnen nu weg zonder dat ze ons kan zien.'

Op het moment dat ze de deur opendeed kraakte de radio van Kelly.

'We hebben een ambulance nodig in Anerley Road,' zei een anonieme stem. 'Met spoed.'

Katies ogen werden groot.

'Zeg dat ze geen sirene aan moeten doen en niet voor de deur moeten parkeren.'

'Een voorzorgsmaatregel,' zei Kelly snel toen de ogen van het meisje zich met tranen vulden. Ze zette het volume van de radio zo zacht dat die nauwelijks nog te horen was. 'Je moeder is oké.'

'Hoe weet je dat?'

Kelly opende haar mond voor nog meer nietszeggende geruststellingen, maar sloot hem toen weer. De waarheid was dat ze geen idee had of Zoë Walker überhaupt nog leefde.

39

Er is overal bloed. Het spuit uit Melissa's hals over haar bureau en het kleurt haar bloes rood. De vingers van haar rechterhand vallen open en het mes klettert op de grond.

Ik sta te trillen. Als ik naar beneden kijk zie ik dat ik ook bloeddoorweekt ben. Ik houd mijn mes nog steeds in mijn rechtervuist geklemd, maar de adrenaline die ik voelde toen ik haar neerstak is verdwenen en ik ben duizelig en gedesoriënteerd. Als ze me nu aanvalt denk ik niet dat ik haar kan tegenhouden. Ik heb niets meer over. Ik buig me voorover en trek met mijn vrije hand de ducttape van mijn enkels. In mijn haast om bij Melissa uit de buurt te komen schop ik de stoel om.

Ik had me de moeite kunnen besparen. Als ik weer opkijk houdt ze met beide handen haar keel omklemd in een vruchteloze poging het bloeden te stelpen. Het blijft tussen haar vingers doorsijpelen en haar handen bedekken. Ze opent haar mond, maar er komt geen geluid uit, anders dan een rauwe, rasperige, bubbelige zucht die schuim om haar lippen brengt. Ze gaat staan, maar haar benen weigeren dienst en ze staat te zwaaien alsof ze dronken is.

Ik sla mijn handen voor mijn gezicht en bedenk te laat dat ze helemaal onder het bloed zitten, dat nu dus overal zit. Ik krijg een waas over mijn blikveld en de ijzerachtige geur in mijn neusgaten maakt me kotsmisselijk.

Ik zeg niets. Wat valt er te zeggen?

Dat het me spijt?

Het spijt me niet. Ik ben vervuld van haat.

Voldoende haat om de vrouw van wie ik dacht dat ze mijn vriendin was neer te steken. Voldoende haat om toe te zien hoe ze om adem vecht zonder dat het me iets kan schelen. Voldoende haat om te zien dat haar lippen blauw worden en de eerst zo fel spuitende bloedstroom opdroogt tot een ritmisch en nauwelijks waarneembaar gedruppel. De vloeistof die zo-even nog bijna een meter ver kwam ebt langzaam weg, zonder haast. Haar huid is grijs; haar ogen het enige nog levende in de invallende duisternis. Ik zoek in haar blik naar berouw of woede, maar er is niks. Ze is al dood.

Als ze valt, is het niet op haar knieën. Ze wankelt niet en grijpt niet naar het bureau – zoals in de film – probeert niet mij beet te pakken om me met zich mee te trekken. Ze valt als een boom, ze stort achterover en valt languit op de plavuizen met zo'n klap dat ik even, belachelijk natuurlijk, bang ben dat ze zich bezeerd zal hebben.

En dan blijft ze onbeweeglijk liggen, de handen langs haar zij en haar ogen uitpuilend in haar asgrauwe gezicht.

Ik heb haar vermoord.

En dan slaat het berouw toe. Niet vanwege de misdaad die ik heb gepleegd of zelfs om wat ik heb gezien – een vrouw die in haar eigen bloed verdrinkt – maar omdat ze nu nooit rekenschap zal hoeven afleggen en nooit berecht zal worden. Uiteindelijk heeft ze toch gewonnen.

Ik laat me op de grond zakken, leeg alsof ook mijn bloed uit me is weggestroomd. De sleutel van de achterdeur zit in Melissa's zak, maar ik wil haar lichaam niet aanraken. Hoewel ze geen teken van leven meer geeft – haar borstkas gaat niet op en neer en ze ratelt geen laatste lucht meer uit haar longen – ben ik toch bang dat ze opeens overeind komt en met haar bebloede handen mijn polsen zal grijpen. Ze ligt tussen mij en het bureau en ik blijf zitten wachten tot mijn lichaam niet meer zo trilt. Zo meteen moet ik over haar heen stappen en 999 bellen en vertellen wat ik heb gedaan.

Katie. Ze moeten het weten van Katie. Ze moeten naar Leicester

Square; ik moet weten of ze nog leeft – ze moet weten dat ik nog leef, dat ik haar niet in de steek heb gelaten... ik sta te snel op en mijn voeten slippen over het bloed, dat de hele vloer lijkt te bedekken. Een streep bloed deelt het scherm in tweeën. Ik zie nog steeds het beeld van de beveiligingscamera en de deur van de werkkast is nog steeds dicht.

Terwijl ik mijn evenwicht hervind hoor ik in de verte sirenes. Ik wacht tot ze weer wegsterven, maar ze klinken steeds harder en dringender, tot het pijn doet in mijn oren. Ik hoor geschreeuw en dan een klap die door het hele huis weerklinkt.

'Politie!' hoor ik. 'Blijf waar je bent.'

Er klinkt donderend geraas in de hal en een reusachtige dreun als de keukendeur wordt opengegooid en tegen de muur knalt.

'Handen omhoog!' schreeuwt iemand.

Ik bedenk dat het belachelijk is om te aan te nemen dat Melissa daar in haar huidige toestand nog toe in staat is, maar dan dringt tot me door dat ze mij bedoelen. Langzaam steek ik mijn handen in de lucht. Ze zijn bedekt met bloed, dat is uitgelopen over mijn armen, en mijn kleding is donkerrood.

De agenten dragen een zwarte overall en een helm met gesloten vizier en met witte letters POLITIE op de zijkant. Eerst zijn het er twee, al snel gevolgd door nog een stel, dat reageert op de oproep van de eerste.

'Versterking!'

De eerste twee komen naar mij toe en blijven een paar meter voor me staan. De andere twee doorzoeken de kamer en roepen instructies naar elkaar. Ik hoor nog meer mensen in de rest van het huis. Het geluid van rennende voeten en een schreeuw als er weer een lege kamer is doorzocht filtert door naar beneden.

'Ambulance!' roept iemand. Er komen twee nieuwe agenten binnen en ze rennen naar Melissa. Een van hen drukt zijn handen tegen de wond in haar hals. Ik begrijp niet waarom ze proberen haar leven te redden. Weten ze het niet? Weten ze niet wat ze op haar geweten heeft? Het is trouwens een kansloze onderneming; het leven heeft haar allang verlaten.

'Zoë Walker?' Een van de agenten die voor me staan noemt mijn naam, maar door hun helm kan ik niet zien wie er heeft gesproken.

Ik kijk van de een naar de ander. Ze hebben zich twee meter van elkaar gepositioneerd, zodat de een als ik recht vooruitkijk op tien uur staat en de ander op twee uur. Ze zijn op elk gebied elkaars spiegelbeeld; één voet een stukje naar voren, de handen boven het middel en de palmen naar buiten; niet bedreigend, maar klaar om in actie te springen. Achter ze zie ik de twee ambulancebroeders geknield naast Melissa zitten. Ze hebben een doorzichtig plastic scherm over haar gezicht gelegd en een van hen beademt haar.

'Ja,' zeg ik uiteindelijk.

'Laat je wapen vallen.'

Ze vergissen zich. Melissa had een mes; Melissa hield het mes tegen mijn keel tot mijn huid bloedde. Ik zet een stap naar voren.

'Laat je wapen vallen!' zegt de agent weer, harder nu.

Ik volg zijn blik naar mijn rechterhand, waar het lemmet door de laag bloed heen glimt. Mijn vingers schieten uit zichzelf open, alsof ze zich nu pas bewust worden van wat ze vasthouden, en het mes glijdt over de vloer.

Een van de agenten schopt het buiten mijn bereik en duwt dan het vizier van zijn helm omhoog. Hij lijkt niet ouder dan mijn kinderen.

Dan vind ik mijn stem terug. 'Mijn dochter is in gevaar. Ik moet naar Leicester Square – wilt u me brengen?' Mijn tanden klapperen zo dat ik op mijn tong bijt. Nog meer bloed; het mijne dit keer.

De agent kijkt naar zijn collega, die ook zijn scherm omhoogduwt. Hij is veel ouder; een grijze baard, keurig getrimd onder vriendelijke ogen, waarvan de hoeken rimpelen als hij me geruststelt.

'Katie is in veiligheid. Ze is door een collega van ons opgepikt.'

De rest van mijn lichaam begint nu ook te trillen.

'Er is een ambulance onderweg – ze zullen u meenemen naar het ziekenhuis om u te onderzoeken, goed?' Hij kijkt naar zijn jongere collega. 'Shock,' legt hij uit.

Maar het is geen shock, het is opluchting. Ik kijk achter de agenten. Een broeder zit naast Melissa, maar hij raakt haar niet aan. Hij schrijft iets op.

'Is ze dood?'

'Ja.'

'Godzijdank.'

40

'Dat lijkt nog niet echt op een feestje,' zei Lucinda en ze keek naar het zakje pinda's dat Nick had opengetrokken en midden op tafel had gelegd.

'Het spijt me dat het niet aan uw verwachtingen voldoet, dame,' zei Nick. 'Ik denk niet dat de Dog and Trumpet kaviaar en kwarteleieren op het menu heeft staan, maar als je wilt kan ik nog wel even gaan kijken wat de aanbieding van de dag is?'

'Haha, zo bedoelde ik het niet. Ik voel me gewoon een beetje leeg, snap je?'

'Dat heb ik ook,' zei Kelly. Het was zo hectisch geweest; de rit met de gillende sirenes naar Katie Walker, onmiddellijk gevolgd door een dodenrit naar Zoë en dan de politieauto's die voor het huis van Melissa stonden te blèren. De ambulance was aan het begin van Anerley Road blijven staan; de wachtende broeders konden pas met hun taak beginnen toen het binnen veilig was. Kelly dacht niet dat haar hartslag de afgelopen uren onder de honderd was geweest, maar nu stortte ze in.

'Het is gewoon de anticlimax,' zei Nick. 'Morgen, als het zware werk begint, veren jullie wel weer op.'

Er was veel te doen. Zodra ze toegang hadden tot de computer van Melissa had Cybercriminaliteit findtheone.com kunnen afsluiten en de klantenlijst kunnen bekijken. Ze allemaal opsporen en vaststellen of ze een misdaad hadden gepleegd, en zo ja welke, zou nog veel tijd kosten.

De aanvraag bij de kamer van koophandel had geresulteerd in de vaststelling dat Melissa West eigenaresse was van vier cafés in Londen: Melissa, Melissa Too, Espress Oh! en een zaak in het hart van Clerkenwell die nog geen naam had, maar die een fantastische omzet draaide, ondanks het ontbreken van een aanrecht, koelkast of keukenfaciliteiten.

'Om geld wit te wassen,' had Nick uitgelegd. 'Een café is daarvoor een uitgelezen gelegenheid, omdat zo veel mensen contant betalen. Op papier kan ze een paar honderd pond per dag verdienen zonder dat ze enige omzet heeft gedraaid.'

'Wat denk je dat haar man wist?'

'Dat zullen we wel merken als we hem verhoren.' Neil West had de leiding over het installeren van een miljoenen kostend IT-systeem bij een advocatenkantoor in Manchester. Uit zijn agenda, die gelukkig gesynchroniseerd was met die van zijn vrouw en die ze vanuit haar computer eenvoudig hadden kunnen bekijken, was gebleken dat hij de volgende dag op Londen City Airport zou landen. Daar zou hij door de politie worden opgewacht en gearresteerd. Op zijn computer, thuis, boven in zijn werkkamer waren mappen met gegevens over alle bedrijven waarvoor Neil ooit had gewerkt, allemaal voorzien van een uitgebreide lijst met contacten. De bedrijven waar Gordon Tillman en Luke Harris werkten hadden in het verleden Neil gecontracteerd en de verwachting was dat er meer overeenkomsten gevonden zouden worden tussen de lijsten van Neil en die op de computer van Melissa.

'Denk je dat ze hem met de rotzooi had willen achterlaten?' vroeg Lucinda.

Zoë had verteld dat Melissa van plan was het land te verlaten en Cybercriminaliteit had gezien dat ze online had gezocht naar vluchten naar Rio de Janeiro.

'Ik denk het,' zei Nick. 'Ik geloof niet dat Melissa zich om iemand anders dan zichzelf bekommerde.'

Kelly dacht aan wat Katie haar had verteld, de verbittering in de stem van Melissa toen ze praatte over het oppassen op de kinderen van Zoë; over haar kinderloosheid. 'Toch wel. Ik denk dat dat een deel van het probleem was. De website was gewoon een zakelijke onderneming, maar Zoë en Katie erbij betrekken? Dat stuk was persoonlijk.'

'Ik vind het zo erg dat ze ermee weg is gekomen,' zei Lucinda en ze stak haar hand uit naar de pinda's.

'Ze is in haar halsslagader gestoken en doodgebloed,' zei Nick. 'Dat noem ik niet ermee wegkomen.'

Kelly glimlachte halfslachtig. 'Je weet wel wat ik bedoel. Ze heeft het leven voor Zoë en Katie tot een hel gemaakt, om nog maar te zwijgen over de honderden vrouwen die niet eens wisten dat ze gevaar liepen. Ik had haar graag voor de rechter gesleept.' Kelly's telefoon lichtte op en ze veegde over het scherm om het te activeren, scrolde langs allemaal berichten waarop ze niet wilde reageren.

'Wat is dit? Een viering of een wake?' Diggers verscheen bij de tafel en Kelly schoot overeind alsof ze acht moest geven. Het was de eerste keer dat ze hem weer zag na de schrobbering in zijn kantoor en ze vermeed het oogcontact te maken.

'Zal ik een stoel voor u pakken, chef?' vroeg Lucinda.

'Nee, ik blijf niet. Ik kwam alleen even om jullie een rondje aan te bieden. Jullie hebben fantastisch werk geleverd. Ik had de hoofdcommissaris al aan de lijn, die me feliciteerde. Goed gedaan.'

'Bedankt, baas,' zei Nick. 'Ik zei net hetzelfde.'

'En wat jou betreft...' Diggers keek naar Kelly, die voelde dat ze bloosde. 'Ik geloof dat we veel aan jou te danken hebben.'

'Iedereen heeft even hard gewerkt,' zei Kelly, die met tegenzin opkeek, maar opgelucht constateerde dat Diggers haar oprecht hartelijk aankeek. 'Ik was toevallig op de goede plek toen het laatste puzzelstukje verscheen.'

'Misschien wel. Je was in ieder geval een waardevolle toevoeging aan het team. Nou, wat drinken jullie?' De hoofdinspecteur ging naar de bar en kwam terug met een blad met glazen en nog een zakje pinda's. Hij had niets voor zichzelf meegenomen en Kelly besefte dat ze deze gelegenheid niet voorbij mocht laten gaan.

'Chef? Moet ik weer terug naar BT?' Terwijl ze het vroeg merkte ze pas hoezeer ze het antwoord vreesde; hoe graag ze weer deel wilde uitmaken van een team, zonder de roddels en het wantrouwen die haar in haar eigen eenheid ten deel vielen.

'Drie maanden hadden we toch gezegd?'

'Ja, maar ik dacht nu Melissa dood is en de website geblokkeerd...' Kelly wist wat er allemaal nog gedaan moest worden – dat de moordenaar van Laura Keen nog vrij rondliep, net als de stalker van Cathy Tanning – maar achter in haar hoofd zat de preek die ze in Diggers' kantoor had gehad. Was dat de aanleiding die hij nodig had om een einde te maken aan de detachering?

'Drie maanden,' zei Digger opgewekt. 'Je mag de leiding hebben over het verhoor van Neil West en dan praten we een keer serieus over jouw carrière. Misschien is het tijd voor een schone lei bij een nieuwe eenheid, wat jij?' Hij knipoogde naar haar en schudde de hand van Nick voor hij vertrok.

Tranen van opluchting sprongen Kelly in de ogen. Ze knipperde ze weg, pakte haar telefoon en bekeek de apps op zoek naar afleiding. Ze scrolde door Facebook, dat vol stond met versierde kerstbomen en sneeuwpoppen die gemaakt waren van het zielige beetje sneeuw dat de vorige dag was gevallen. Haar oog viel op een statusupdate van Lexi.

Een paar rimpels erbij, stond er, *maar nog steeds dezelfde bende van Durham!*

Ze hadden een foto uit hun studententijd gekopieerd en Lexi had de twee naast elkaar gezet, waarop een stroom aan reacties was gekomen van familie en vrienden. Op beide foto's had Lexi de breedste grijns van iedereen en Kelly glimlachte in weerwil van zichzelf.

Prachtige foto, typte ze. *Je bent niks veranderd.*

41

Matt rijdt voorzichtig, neemt de bochten langzaam en benadert de drempel alsof ik gebroken botten heb. Het ziekenhuis wilde me per se van top tot teen nakijken, ondanks mijn verzekering dat Melissa me, op de snede in mijn hals na, waar geen hechtingen in hoeven, verder niet heeft verwond.

Ik kreeg het bed naast Katie, die werd behandeld voor shock, maar verder ongedeerd is. De hoofdzuster gaf haar pogingen ons gescheiden te houden maar op en schoof ten slotte het gordijn dat ons scheidde open zodat we elkaar konden zien. We waren er pas een halfuur toen Isaac verscheen en met zijn gebruikelijke zelfverzekerdheid binnen kwam rennen.

'Kate! Mijn god, is alles goed met je? Ik ben gekomen zodra ik kon.' Hij ging op de rand van haar bed zitten, pakt haar handen en laat zijn blik over haar lichaam glijden op zoek naar verwondingen. 'Ben je gewond?'

'Het gaat goed met me. Het spijt me van de voorstelling van vanavond.'

'Jezus, maak je daar maar geen zorgen over. Ongelooflijk wat je hebt meegemaakt.'

'Maar de kaartjes –'

'Ik geef de mensen gewoon hun geld terug. Vergeet het toneelstuk, Kate, dat is niet belangrijk, jij wel.' Hij kuste haar voorhoofd en voor het eerst zag het er niet uit als een bestudeerd gebaar. Hij is echt op haar gesteld, besefte ik. En zij op hem.

Hij keek op en onze blikken kruisten elkaar en toen wilde ik dat het gordijn toch nog dicht was. Ik kon niks opmaken uit zijn gezichtsuitdrukking en ik wist niet of de mijne zei wat ik wilde zeggen.

'Jij hebt het ook erg zwaar gehad,' zei hij.

'Ja.'

'Ik ben blij voor je dat het nu allemaal voorbij is.' Hij wachtte even en benadrukte zijn volgende woorden. 'Ik hoop dat je alles wat er is gebeurd nu kunt vergeten. Het verleden laten rusten.'

Als Katie zich afvroeg waarom haar vriend de woorden die hij aan haar moeder richtte zo zorgvuldig koos, had ze er geen aanmerkingen op.

Isaac hield mijn blik vast alsof hij zeker wilde weten dat ik hem begrepen had.

Ik knikte. 'Ik hoop het ook. Dankjewel.'

'We zijn er bijna,' zegt Matt.

Simon, die naast me op de achterbank zit, slaat zijn arm om me heen en ik laat mijn hoofd tegen hem aan vallen.

In het ziekenhuis heb ik hem verteld dat ik dacht dat hij achter de website zat. Ik moest wel – ik werd verteerd door schuldgevoelens.

'Het spijt me,' zeg ik nu.

'Dat hoeft niet. Ik kan me niet eens voorstellen wat jij hebt moeten doorstaan. Je moet het gevoel hebben gehad dat niemand te vertrouwen was.'

'Dat aantekeningenboekje...' Ik denk aan de aantekeningen die ik heb gezien; een vrouwennaam, haar kleding. Dat ik er echt van overtuigd was dat ik het bewijs voor een misdaad in handen had.

'Losse gedachten voor mijn roman,' zegt Simon. 'Ik bouwde een personage op.'

Ik ben blij dat Simon er geen toestand van maakt; hij lijkt totaal niet beledigd dat ik hem van zoiets vreselijks heb verdacht.

We naderen Crystal Palace en aan de andere kant van Simon zit Katie uit het raam te kijken; Justin zit voor haar, naast Matt.

Isaac is de stad in om de teleurgestelde theaterbezoekers tevreden te stellen en ze over te halen morgen naar het stuk te komen kijken, want Katie staat erop dat ze dan weer kan spelen.

Hoe bestaat het dat het net lijkt of er niks is gebeurd?

Langs het trottoir ligt vieze natte sneeuw en de gebouwen staan te druppen. Een nog maar net herkenbare sneeuwpop staat op het plein van een basisschool, zijn winterwortel verdwenen. Mensen gaan de stad in terwijl anderen nog op weg zijn van hun werk naar huis en op hun telefoon kijken, zich niet bewust van de wereld om hen heen.

We rijden langs Melissa's café en ik kan er niks aan doen, maar ik hap naar lucht. Al die keren dat ik na mijn werk een kop thee bij haar ben gaan drinken; haar heb geholpen met de voorbereidingen voor de lunch. Er brandt licht en donkere schaduwen vallen op de tafels en stoelen, die vandaag niet opgestapeld zijn.

'Moet je niet fatsoenlijk afsluiten?' vraag ik aan Justin.

Hij draait zich om om me aan te kijken. 'Ik wil daar niet meer naar binnen, mam.'

Dat begrijp ik. Ik wil het ook niet. Mijn hart slaat al op hol alleen omdat we in Anerley Road zijn en ik voel weer een golf van haat voor Melissa omdat ze de plek waar ik van hou en waar ik graag woonde heeft bezoedeld. Ik had niet gedacht dat ik ooit nog zou verhuizen, maar nu weet ik het nog zo net niet. Een schone lei voor Simon en mij. Ruimte voor Justin en Katie natuurlijk, een nieuw voor ons allemaal.

We komen langs het metrostation. Ineens zie ik Katie weer voor me, die naar de ingang loopt en opkijkt naar de camera, doodsbang, maar vastbesloten te slagen. Vastbesloten mij te redden.

Ik kijk naar haar en vraag me af wat ze denkt, maar aan haar profiel kan ik niks aflezen. Ze is zo veel sterker dan ik had gedacht.

'Hoe gaat het nu verder?' vraagt Matt. Tegen de tijd dat ik belde was alles al voorbij en toen hij in het ziekenhuis kwam trof hij zijn ex-vrouw en dochter aan in een bizar samenraapsel van kledingstukken die Simon van huis had meegenomen. De politie had de kleren die we in het huis van Melissa droegen meegenomen. Ze legden het vriendelijk uit, dat er op alle details gelet moest worden en dat ik me geen zorgen hoefde te maken. Alles zou in orde komen.

'Volgende week ga ik een verklaring afleggen,' zeg ik, 'en dan zal het OM het dossier bekijken en in de dagen daarna tot een besluit komen.'

'Je wordt niet vervolgd,' heeft agent Swift me verzekerd. Aan de snelle blik over haar schouder kon ik zien dat ze daarmee haar boekje te buiten ging. 'Het is duidelijk dat je uit zelfverdediging hebt gehandeld.' Ze zweeg toen inspecteur Rampello in de ziekenkamer verscheen, maar hij knikte instemmend.

'Een formaliteit,' zei hij.

Aan het eind van Anerley Road zie ik een agent staan met een lichtgevend hesje. Eén kant van de weg is afgesloten met pylonnen en daar staan nog steeds twee politieauto's en een witte wagen van de technische dienst.

Matt parkeert zo dicht mogelijk bij het huis. Hij stapt uit, maakt het achterportier open en helpt Katie uitstappen. Met zijn arm om haar heen lopen ze samen naar huis.

Justin volgt, zijn ogen gericht op de blauw-witte politietape om het huis van Melissa, die wappert in een briesje.

'Niet te geloven, hè, schat?' zeg ik. Ik maak me los uit de armen van Simon en geef Justin een hand.

Hij kijkt naar me; hij moet de gebeurtenissen van vandaag nog verwerken. 'Melissa,' begint hij, maar dan stokt het.

Ik weet hoe hij zich voelt; het kost mij ook de grootste moeite het onder woorden te brengen.

'Ik weet het, lieverd.'

We wachten bij het hek tot Simon ons inhaalt en de deur openmaakt.

Ik kijk niet naar Melissa's huis, maar ook zonder het te zien stel ik me de figuren in hun witte overalls voor in haar prachtige keuken.

Zou Neil er blijven wonen? Het bloed zal nu wel opgedroogd zijn, denk ik. Het glanzende oppervlak donker geworden, de randen van de spetters schilferig. Iemand moet het schoonmaken en ik stel me voor dat ze schrobben en bleken; dat de plavuizen voor eeuwig de omtrek laten zien van de vrouw die daar is gestorven.

Mijn voordeur zwaait open. Binnen is het warm en gezellig. Er gaat troost uit van de gebruikelijke stapel jassen over de trapleuning en de ongeordende berg schoenen op de mat.

Matt stapt opzij en ik volg Simon en Katie naar binnen.

'Nou, dan ga ik maar,' zegt Matt. Hij wil zich omdraaien, maar Simon houdt hem tegen.

'Heb je trek in een borrel?' vraagt hij. 'Die kunnen we geloof ik allemaal wel gebruiken.'

Matt aarzelt, heel even maar. 'Graag. Dat zou fijn zijn.'

Ik wacht in de hal; ik trek mijn jas uit en maak de berg schoenen nog wat groter.

Justin, Katie en Matt lopen door naar de woonkamer en ik hoor Matt vragen wanneer we de kerstboom gaan optuigen en of ze dit jaar nog wensen hebben.

Simon komt de keuken uit met een fles wijn en een handvol glazen, de stelen hachelijk tussen zijn vingers gestoken.

'Kom je ook?' Hij kijkt me bezorgd aan, niet wetende hoe hij me moet helpen.

Ik glimlach geruststellend en beloof hem dat ik zo kom.

De deur staat nog op een kier en ik maak hem een klein stukje verder open en blijf staan terwijl ik de kou voel op mijn gezicht. Ik dwing mezelf naar de buren te kijken, naar de tuin van Melissa met de wapperende politietape.

Niet om terug te denken aan wat er is gebeurd, maar om mezelf ervan te doordringen dat het voorbij is.

Dan doe ik de deur dicht en ga naar mijn familie.

Epiloog

Melissa had nooit oog voor uitbreiding. Kon het niet zien of wilde het niet zien. Dat was me niet duidelijk. Dat was het enige waar we ruzie over maakten. Ze was op zo veel gebieden zo slim; zo bereid met me mee te werken, geloofde in mij toen niemand anders dat deed. En op andere manieren zo kortzichtig.

Het gaat toch goed zoals het gaat, zei ze dan, we verdienen toch geld? Waarom zou je dan van alles veranderen? Maar ik wist dat we nog zo veel verder konden gaan en het frustreerde me dat ze dat niet wilde aannemen. Wat een kruidenier bleek ze achteraf te zijn.

Ze zag zichzelf graag als mijn mentor, maar in werkelijkheid had ze mij veel harder nodig dan ik haar. Zonder mij zou ze haar sporen nooit zo goed hebben kunnen uitwissen.

Zonder mij was Melissa niks.

Het kat-en-muisspelletje – Katie door Londen opjagen, dat was mijn idee.

Die twee wilden het niet loslaten en de politie kwam steeds dichterbij. 'Een laatste uitspatting,' zei ik tegen Melissa. 'Als je dat doet, kun je daarna naar Rio verdwijnen met tachtig procent van alles wat we hebben verdiend en dan vindt niemand je.' Het was een mooie samenwerking, maar het was voor ons allebei tijd om verder te gaan.

O ja, tachtig procent.

Altijd de spijkerharde zakenvrouw. Al heb ik de advertenties geplaatst, heb ik het camerasysteem gehackt, heb ik de klanten benaderd – natuurlijk met een beetje hulp van het adressenbestand van Neil. En wat krijg ik? Maar twintig klereprocent.

'Doe dit,' zei ik tegen Melissa. 'Speel dit spelletje en vertrek. Doe het voor mij. Doe het omdat ik je heb geholpen. Nu is het jouw beurt om mij te helpen.'

En dat heeft ze gedaan.

Ik zag Katies profiel uitgestuurd worden en toen wist ik dat het was begonnen. Ik voelde mijn bloed sneller stromen en vroeg me af of Melissa opgewonden was. Zoiets hadden we nog nooit gedaan, maar het voelde goed. Het voelde fantastisch.

Wat Katie betreft... ik vond het haar verdiende loon. Haar verdiende loon, niet alleen omdat ze altijd alle aandacht opeist, maar omdat ze het lievelingetje is. Omdat ze nooit problemen veroorzaakt, voor haar nooit de politie aan de deur komt en ze nooit van school werd getrapt.

Het was ook háár verdiende loon.

Zoë.

Van je liefhebbende zoon.

Haar verdiende loon omdat ze bij papa weg is gegaan terwijl hij alles voor haar overhad. Haar verdiende loon omdat ze me bij mijn vrienden vandaan heeft gehaald. Haar verdiende loon omdat ze neukte met een man die ze net had ontmoet, nog voor ze gescheiden was, en hem toen mee naar huis heeft genomen zonder te vragen wat ik daarvan vond.

Ze denken dat ze het spel gewonnen hebben nu Melissa dood is. Ze denken dat het voorbij is.

Ze vergissen zich.

Het begint net.

Ik heb Melissa niet nodig, ik heb geen advertenties in de Gazette *nodig. Ik heb geen website nodig.*

Ik heb het concept, ik heb de technologie en ik heb een mailinglijst van klanten die allemaal geïnteresseerd zijn in de specialistische service die ik ze kan bieden.

En natuurlijk heb ik jullie.
Honderdduizenden die elke dag precies hetzelfde doen.
Ik zie jullie, maar jullie zien mij niet.
Tot ik wil dat jullie me wel zien.

Dankwoord

Iedereen weet dat een tweede boek een hachelijke onderneming is en dit boek zou er niet gekomen zijn zonder de steun, begeleiding en praktische bijstand van heel veel behulpzame mensen. Mijn oprechte dank gaat uit naar Guy Mayhew, David Shipperlee, Sam Blackburn, Gary Ferguson, Darren Woods en Joanna Harvey voor hun hulp bij de research. Eventuele fouten komen geheel voor mijn rekening en ik heb mezelf veel literaire vrijheden veroorloofd. In het bijzonder dank ik Andrew Robinson, die zo veel van zijn tijd in het boek heeft gestoken dat ik hem er een plaats in heb gegeven.

Dank aan Charlotte Beresford, Merilyn Davies en Shane Kirk voor de plotbesprekingen en bètalezingen en aan Sally Boorman, Rachel Lovelock en Paul Powell, die tijdens de veiling ruimhartig hebben geboden op het recht enkele personages een naam te geven.

Het leven van een schrijver is vaak eenzaam. Het mijne is zeer verrijkt door de gemeenschappen op Twitter, Instagram en Facebook, waar de leden altijd klaarstaan met opbeurende woorden, virtuele glazen champagne en suggesties voor proefnamen. Zowel in mijn online als in mijn echte leven sta ik altijd weer te kijken van de gulheid van de mensen in het thrillervak, waar ik zo veel aan heb. Schrijvers zijn geweldige mensen.

Ik heb het geluk vertegenwoordigd te worden door de beste agent die er is, Sheila Crowley, en ik ben er apetrots op dat ik bij Curtis

Brown hoor. Een speciaal woord van dank voor Rebecca Ritchie en Abbie Greaves voor hun steun.

Ik zou niet half de schrijver zijn die ik ben zonder het talent en inzicht van mijn redacteur, Lucy Malagoni. Het is een genot om met haar te werken. Het team van Little, Brown is ongelooflijk en mijn dank gaat uit naar Kirsteen Astor, Rachel Wilkie, Emma Williams, Thalia Proctor, Anne O'Brien, Andy Hine, Kate Hibbert en Helena Doree voor hun enthousiasme en toewijding.

Er zou een prijs moeten bestaan voor familieleden van schrijvers, die te maken krijgen met stemmingswisselingen, deadlines, aangebrand eten en te laat op school komen. Bij gebrek aan medailles gaan mijn liefde en dank naar Rob, Josh, Evie en George, die mijn leven lichter en mijn boeken mogelijk maken.

Ten slotte dank ik uit de grond van mijn hart de boekverkopers, bibliotheken en lezers die een succes hebben gemaakt van *Mea culpa*, omdat ze het zo mooi vonden. Daar ben ik heel dankbaar voor en ik hoop dat jullie van *Ik zie jou* net zo zullen genieten.

Lees ook het steengoede debuut van Clare Mackintosh:

Wanneer een alleenstaande moeder de hand van haar zoontje even loslaat, gebeurt het ondenkbare: hij rent de straat over en wordt aangereden door een auto. De bestuurder rijdt door. In een fractie van een seconde verandert Jenna's wereld in een nachtmerrie. Om de vreselijke waarheid te ontlopen verhuist ze naar een afgelegen plek aan de kust in Wales, maar de herinneringen, angsten en rouw zijn allesoverheersend.

Inspecteur Ray Stevens leidt het onderzoek naar de dader. Vastbesloten om tot de bodem van de zaak te komen, zet hij zowel zijn professionele als zijn persoonlijke leven op het spel. Intussen wordt Jenna ingehaald door haar verleden, met alle verwoestende consequenties van dien...

Paperback, 400 blz. | ISBN 9789026143946
ISBN e-book 9789026137747